公元787年，唐封疆大吏马总集诸子精华，编著成《意林》一书6卷，流传至今
意林： 始于公元787年，距今1200余年

 意林幻青春
开 启 你 的 传 奇

风晓 / 著
樱寒

吉林摄影出版社
·长春·

图书在版编目（CIP）数据

仙萌奇缘.①/风晓樱寒著.－－长春：吉林摄影出版社，2017.8
（意林幻青春）
ISBN 978-7-5498-3289-7

Ⅰ.①仙… Ⅱ.①风… Ⅲ.①长篇小说－中国－当代Ⅳ.①I247.5

中国版本图书馆 CIP 数据核字 (2017) 第 207298 号

仙萌奇缘①
XIAN MENG QIYUAN ①

著　　者	风晓樱寒
项目出品	意林幻青春
出 版 人	孙洪军
主　　编	顾　平　杜普洲
责任编辑	施　岚
总 策 划	蔡　燕　李　岚
统筹策划	李　岚
设计总监	资　源
执行编辑	王　雪
封面设计	资　源
美术编辑	徐　丹　张　迪
开　　本	700mm × 1000mm 1/16
字　　数	290千字
印　　张	15.5
版　　次	2017年8月第1版
印　　次	2017年8月第1次印刷

出　　版	吉林摄影出版社
发　　行	吉林摄影出版社
地　　址	长春市泰来街1825号
	邮　编：130062
电　　话	总编办　0431-86012616
	发行科　0431-86012602
网　　址	www.jlsycbs.net
经　　销	全国各地新华书店
印　　刷	河北鹏润印刷有限公司

书　号　ISBN 978-7-5498-3289-7　　　　　定　价：29.80 元

版权所有　翻印必究
（如发现印装质量问题，请与承印厂联系退换）

目录 contents

001 第一章 白衣青年

014 第二章 吸星之术

027 第三章 语坛风波

040 第四章 一只小黄鸭

052 第五章 夜探碧海峰

065 第六章 试剑大会

079 第七章 真相大白

092 第八章 云渊秘境

105 第九章 地下长廊

118 第十章 陷阱重重

第十一章 湖底森林 132

第十二章 久别重逢 145

第十三章 教训乔三 158

第十四章 下山历练 171

第十五章 怪事频出 184

第十六章 前尘往事 198

第十七章 独孤宣御 212

第十八章 真假无双 224

番外 237

第一章

白衣青年

近日,仙界的第一名门玄天剑宗因为一条小道消息炸开了锅。

玄天剑宗首座、碧落峰峰主凌殊真君的亲传弟子云悠,为了白溯跟一名外门女弟子争风吃醋,并将对方打伤一事,成为玄天剑宗上下茶余饭后津津乐道的话题。

白溯是谁?素有仙界第一人之称的紫阳真君唯一的亲传弟子,玄天剑宗万众瞩目的天之骄子,年少便能成为玄天剑宗年轻一辈中的佼佼者。加上出众的气质和相貌,引得不少年轻的女子为之倾心。只可惜性格冷若冰霜,潜心修炼,向来独来独往,对感情之事更是漠不关心。

云悠会为白溯争风吃醋,是意料之中的事情。玄天剑宗上下皆知云悠钟情于白溯,她甚至说过"要以白溯为目标"之类的话。

在年轻一辈中,云悠是少数可以与白溯相提并论的人之一。身为天之骄女的云悠是继白溯之后在入门试炼中直接通关的唯一一个人,更因为天生的变异雷灵根,成为各峰峰主争夺的对象,最后她拜入碧落峰的门下,成为鲜少收徒的玄天剑宗首座凌殊真君的亲传弟子。

以云悠的资质和实力,的确足以与白溯相配。可当主角换成了一个资质愚钝的杂役女弟子,在外人看来就有些痴心妄想了。令人称奇的是,这名杂役女弟子居然有胆量去挑衅云悠,这到底是勇气可嘉还是不自量力?

作为修真界的第一名门,玄天剑宗并没有禁止私斗的规定,而是一定程度上允许同门之间互相切磋交流。可与云悠截然相反,那不过是一名外门不起眼的伪五灵根杂役女弟子,结果是不言而喻的。

至于名字……等等,那名杂役女弟子叫什么来着?

此时此刻,话题中的主角之一云悠正踩着飞剑前往碧落峰。

正如其名,碧落峰一年四季都被翠绿的树木环绕,山峦连绵起伏,峰峦叠嶂,笔直的山峰更是在云雾缭绕间直入云霄。

云悠的身影灵活地在山峰间穿梭。她穿着蓝衣白衫,乌发高束,不多修饰,衬得一张小脸干净明朗,清爽可爱。如苍穹中的一只飞鸟,碧落峰亲传弟子的衣裙在

风中划出漂亮的弧线，映衬得那片苍翠的山峰灵气更甚。

"师父，我回来啦！"欢快的声音在碧落峰中响起，只是，云悠刚从飞剑上跳下，一道逼人的剑气突然从前方袭来，奔着她的胸口疾刺而来。

云悠呆了一下，才猛地反应过来，连忙跳到一旁，躲过了那道来势汹汹的剑气。

俊秀青年一招手收回飞剑，不由分说追上前，就开始追着云悠打。

"啊！师叔你做什么？"云悠抱头就跑。

她没有想到，完成任务回来后，第一个迎接她的竟然是师叔凌华真君的剑气。大概谁也不会想到，这个看起来不过二十来岁、行为有失风范的青年居然也是一峰之主。凌华真君在她身后跳着脚怒喊道："丫头！你又把我的酒藏到哪里去了？"

"师叔！师父说喝太多酒对身体不好。"

云悠被他追赶得上蹿下跳，苍白的解释并没有得到师叔的原谅，反而让他更加暴躁。

"少胡说八道，快把我的酒交出来！"满山乱窜的云悠终于抢在跑断腿之前，果断向外援求救："呜哇，师父救命！"

"凌华，够了。再欺负我徒弟，以后再也不要来碧落峰了。"与一道清冷的声音同时出现的是一名气质淡然的男子，面若冠玉，剑眉星目，五官面堂间有一股威严清正之气。

这个冷厉的声音成功让凌华真君收住了脚步。他悻悻地一拂衣袖："师兄，你就惯着她吧！你看都把她惯成什么样子了？堂堂亲传弟子居然去跟一个外门杂役弟子私斗？"

凌殊真君的目光淡淡地扫过他，没有说话，可脸上分明写着"我愿意惯着，你管得着吗"的意思。无视凌华真君那气结的表情，凌殊真君又看向云悠，神色有所缓和："小萌，过来。"

"师父，不要再叫我小萌了。"云悠鼓起包子脸，有些不高兴地说道，但还是听话地走了过去。自从知道她的小名，无论是师父、师叔还是其他人，都不再唤她的名字了。就连她的联络灵牌上登记的名字也是云小萌，等到她发现的时候已经改不了了。

"小萌，你跟那个杂役女弟子是怎么回事？"

"丫头这回闯祸了吧？"凌殊真君话音刚落，凌华真君立刻接话道，他的语气虽带着几分揶揄，倒也没有谴责的意思，"她还把对方打成了重伤。"

云悠听得一头雾水："师父师叔，你们说的……是谁？"

"你不知道？你竟然不知道？"凌华真君瞪大了眼睛，一脸惊奇，接着幸灾乐祸道，"你为了白溯把一个杂役女弟子打成重伤的事情已经传遍门派上下了。"

第一章 白衣青年

"什么?白溯来了?他在哪里?"听到这个名字,云悠立刻眼前一亮,左顾右盼,跃跃欲试。

凌华真君见状不由得挑了挑眉,音量抬高道:"丫头,到了这个时候你还想着那个小子?难道你对他真的……"

云悠一脸兴奋地点头:"当然!我早就想跟他打一场了!"

凌华真君无语了。

倒是凌殊真君从中听出了一丝端倪:"这么说来,那个杂役女弟子的事情跟你无关?"

"没有吧?凡是跟我打过的人,我一定会记得的。"云悠摸着下巴想了一会儿,又补充道:"我完成任务后,在回来的路上遇见了浮云峰的张烨师兄,就顺便跟他切磋了几下。"

凌华真君忍不住露出嫌弃的表情,说道:"你这个丫头!好端端的一个女孩子,怎么整天想着打架?"凌殊真君微微蹙眉:"那你回来的路上还发生过什么?"

"这个……啊!我想起来了,在跟张烨师兄打架的时候,倒是有一个外门装束的女弟子突然冲了过来。她当时好像喊着什么,我没有听清楚……不过她自己一头撞到树上,就晕过去了。"云悠眨了眨眼,觉得很不可思议,"她不会就是师父和师叔说的那个杂役女弟子吧?"

"看吧!我就说这件事情跟她有关。"凌华真君看向凌殊真君,义正词严地说道,"师兄,身为首席弟子,理应成为众弟子的典范。你或多或少也应该给这丫头一点儿惩罚,小惩大诫。"

坏师叔!又给她使绊子!云悠气呼呼地瞪向凌华真君,但对方非但没有收敛,还回了她一个得意扬扬的眼神。

"既然如此……"凌殊真君瞥了凌华真君一眼,似乎早已看穿他的想法,不动声色地收回视线后,才慢悠悠地开口道,"小萌,念在你不知情的分上,就罚你到青鸾峰的思过崖静思两个时辰。"

"是的,师父!"云悠朝笑容瞬间僵在脸上的凌华真君做了一个鬼脸,欢快地蹦跳着离去。

"又是这样,真没意思……"凌华真君冷哼了一声,碎碎念道,忽然像想起什么似的,立刻敛起脸上的表情,一把揪住云悠的衣领将她抓了回来,"等等,先别走。"

"云小萌,你到底把我的酒藏到哪里了?"

"酒?"云悠愣了愣,仔细回想了一下,接着皱起了小脸,"师叔,我明明记得,在我离开之前,你已经把酒喝光了,还盼咐祁莲师姐外出的时候顺路给你捎些

回来，怎么又怪到我头上了？"

凌华真君脸色一僵，尴尬地扯了扯嘴角："是吗？我忘了……"

云悠有些不高兴地撇了撇嘴，转身离去。

"那些酒明明是师叔自己喝光的，怎么又怪到我头上呢？"她边走边嘀咕道，"果然人老了，记性也变差了……"

"丫头，胡说些什么呢？还不快去思过崖！"

"啊啊啊，我知道了！"

青鸾峰，是玄天剑宗的九九八十一峰之一。因为地势险要而被设成思过崖。

因为阵法的设置，身处在青鸾峰内的人灵力都会被暂时封存。门派内犯错的弟子，都会被罚到这里静思己过。然而此刻，青鸾峰的峰顶，一个冷傲孤清的白衣身影正临渊而立，衣袂迎风而飞。

白衣青年有着一张俊美的面孔，脸上每一处细节都巧夺天工，那双眼眸深邃而不可捉摸，覆满冰霜。

"哑哑……"一只黑鸦叫唤着从空中盘旋而下，轻盈地落到他的肩膀上。

"小白！我来看你了！"峰顶的入口处隐隐传来一个兴奋的声音。白衣青年闻声转过身去，肩上的黑鸦随着他的动作展翅飞走。下一刻，手中的长剑突然出鞘，凌厉的剑气向着云悠横扫而去！势如破竹！迅如闪电！

对于白衣青年的举动，云悠却毫不意外。躲过气势汹汹的剑光后，云悠召唤出她的剑，剑华一露，一个漂亮的翻腕花，她高喝一声，挥舞着剑，向白衣青年刺去。

"看招！"云悠手中的剑化作七道剑气飞散而出，在将白衣青年包围之前又合为一体，朝着他胸前刺去。白衣青年侧身一躲，便轻松躲过云悠的攻击。他脚下借力，往前一跃，跟云悠缠斗在一起。

你来我往间，云悠和白衣青年已过了上百招。飞沙走石，草木被连根拔起，生机盎然的峰顶转眼间变得一片狼藉。

渐渐地，云悠开始体力不足，但仍然努力跟上白衣青年的节奏。但到了最后，她终是筋疲力尽，一个重心不稳，直直地向前摔去。

"小心！"白衣青年及时收住了攻势，飞身上前接住了将要倒下的云悠。

"我没事。"云悠站稳了脚，朝他露出一个大大的笑容，但随即又泄气了，耷拉着脑袋无精打采地说道，"不过还是比不上小白，看来我要更加努力才行。"

这个隐蔽的地方，是她被凌殊真君罚到思过崖时无意中发现的。直到那个时候，她才惊讶地发现，青鸾峰中居然也有地方可以使用灵力。就是那一次，她在这里遇见了白衣青年。

第一章 白衣青年

初见面之时，因为云悠的好战心理，不由分说就跟对方打了起来。所谓不打不相识，两个人就这样熟稔起来，可惜云悠每一次都败在白衣青年的手上。不过云悠并不气馁，她仍然常常跑到这个地方找白衣青年切磋，白衣青年也会指出她的不足之处。

但白衣青年从未向她提起过自己的名字，云悠也没主动问过，因为对方总是穿着白色的衣服，所以云悠便称呼他为"小白"。

"不用着急。"白衣青年看向她的眼中有了一丝温度。

"嗯！"云悠点了点头，正要说话之时，一直盘旋在半空观战的黑鸦向她飞了过来，扑到她的怀中亲昵地蹭了蹭。

"小黑，我今天给你带来了灵果，是从师父种的灵树上摘下来的。"伸手揉了揉黑鸦毛茸茸的小脑袋，云悠勾起一抹笑容，从乾坤袋中拿出一枚红色的果子递给黑鸦。黑鸦用翅膀环抱着红果子，跳到地上，蹦跳着走开了。

云悠重新抬起头，看向白衣青年，虽然他的表情与平常无异，但她还是一下子就看出他的不对劲儿："小白，怎么了？你不高兴吗？"

白衣青年看了她一眼，又移开了视线，缓缓开口道："听说，你为了白溯，打了一个杂役女弟子？"

"啊？什么？"云悠一时没听清他说了什么。

"外面都在传你喜欢白溯。"白衣青年的语气听起来十分平静，却带着一丝难以察觉的怪异。

"原来小白你也会关注外面的传言吗？不过，白溯啊……其实我还没见过他呢，根本就不知道他长什么样子，只是知道他很厉害。"云悠歪着脑袋想了想，很是认真地说道，"与其喜欢他的话，还不如喜欢你啊！"

白衣青年无语了。

"说起来，小白，是你比较厉害，还是白溯比较厉害？"云悠似是想起了什么，又好奇地问道。

"当然是他。"沉默了一下，白衣青年回答道。

"啊，那我现在连你都打不过，看来离白溯还有一大段距离。不过，我们一起努力吧！"

"嗯。"

"对了，小白，我最近找到一个好东西。不过我还没来得及看……你等等。"

"就是这个！"

云悠从乾坤袋中翻出了一个蓝皮的小本子，朝白衣青年挥了挥，又当着他的面翻开，兴奋地朗读起来："白溯，身高八尺，五大三粗，豹头虎面，龙额鱼眼，

虎背熊腰，力大无穷……原来白溯长这个样子吗？那为什么还有那么多女弟子喜欢他……难道她们都喜欢荒原巨熊那类的男子？"云悠颇为不解地说道。

云悠并没有注意到白衣青年脸上怪异的神情，而是陷入了沉思。

荒原巨熊是她上次在蛮荒秘境中遇到的一种灵兽。它们喜好独居，体形巨大但长相丑陋，爱吃生肉，性格暴躁，凶横无比，极具攻击性，即使是筑基期的修士遇上它也要绕道而行。

"不对，黄大壮不是说这本攻略可以打倒白溯吗？"越想越不对劲儿，云悠终于意识到自己是上当受骗了。她气愤地将蓝皮本子摔到地上，狠狠地踩了几脚："可恶，我又被那个家伙骗了！这种东西还敢收我二十五块下品灵石！"

"别看这种东西，看多了不好。"一旁的白衣青年开口道。

云悠郁闷地点了点头，有些心不在焉地说道："小白，我得走了。不然让师叔发现我没有在面壁思过，估计又要给我使绊子了，下次有机会再来找你。"

告别了白衣青年，云悠转身离去。目送着云悠离开，刚刚还在地上玩耍的黑鸦一改刚才乖巧的模样，飞到白衣青年的肩膀上，用翅膀戳了戳他，揶揄地开口道："你是不是喜欢人家小姑娘？不然也不会特意解开禁制放她进来。"

"喜欢人家小姑娘就直说啊，你这样婆婆妈妈的不坦白，小心人家跟别人跑了。"黑鸦发出嘲笑的怪叫声。

"聒噪！"白衣青年目光冰冷地看了黑鸦一眼，将刚刚云悠送的果子戳在了它的尖喙上。讥笑声戛然而止，黑鸦"扑通"一声掉到了地上，还没等它发出抗议，又听白衣青年冷冷地开口。

"以后不准再扑进她的怀里，不然我就把你的翅膀剪掉。"扔下这句话，他便冷漠地转身走开了……

坏主人！活该你追不上人家小姑娘！嘴尖插着一个果子发不出声音，黑鸦只能气急败坏地扑棱着翅膀，尝试把嘴尖上的果子弄掉。可惜任由它如何挣扎，最后也只是落了一地羽毛。

云悠在思过崖里的时光并不枯燥。她在这棵树下转转，戳戳那朵花，翻翻那块石头，两个时辰转眼间便过去了。要是让凌华真君看到她在这里的所作所为，一定会跳脚说她暴殄天物、不懂珍惜。

云悠所用的剑名为紫霄，是最初拜入师门时由凌殊真君所赠。

雷属性的紫霄剑对于天生变异雷灵根的云悠来说再合适不过了，可同是雷灵根的凌华真君也十分喜欢这把紫霄剑。他多次向凌殊真君求这把紫霄剑，都没有得偿所愿。后来，紫霄剑却被云悠这样一个小丫头轻而易举得去了，让凌华真君如何能

第一章 白衣青年

不气?"真难得,今天师叔居然没来捣乱……"

云悠左右张望一番,这才唤出飞剑,御剑离开。

说来云悠这次回来得也正是时候,没有错过玄天剑宗即将举行的盛事——试剑大会。试剑大会是玄天剑宗每三年举办一次的斗法大会,不论内门、外门还是记名弟子均可报名参加。

获胜的人不仅能获得不同程度的丰富奖励,更重要的是——排行前十的弟子可以获得进入上古秘境历练的资格。

虽然试剑大会只有十个进入秘境的名额,但云悠并不为这个资格而发愁——此刻的她正躲在自己的房间里,整理着之前历练收获的战利品。

"这个给师姐,这个给师兄,这个给师父,这个留给自己……"云悠清点着乾坤袋里的东西,将有用的都留下。当她摸出一瓶百年的桃花酿时,下意识地愣了一下:"这个勉为其难地留给师叔吧!哼!"

挑拣完毕后,云悠将剩下的东西扔回乾坤袋里,打算明天带去执事大殿交任务。

执事大殿是玄天剑宗给门下弟子发放任务的地方。根据任务的难度和完成度,弟子可以获得不同数值的门派贡献点。门派贡献点可以积累,用以兑换修仙所需的物资和法器。

大概是大家都忙着修炼的缘故,这天清晨前往执事大殿接任务的人并不多。一名正在打扫的杂役弟子看到云悠,很熟络地跟她打起招呼来:"云师姐,又来领任务了?"

"不,我是来交任务的。"

不知道是不是错觉,云悠话音刚落,执事大殿内的人似乎不约而同地松了一口气。云悠是执事大殿的常客,除了修炼和找人切磋外,她最爱做的事情就是——刷任务。看着不断累积的贡献点,云悠觉得成就感满满。

尽管执掌执事大殿的临海真君多次向她强调,亲传弟子只需完成每月规定的数额即可,他们修炼所用到的物资会由各自的师尊直接提供,但她还是置若罔闻。

这小姑娘实在是厉害,曾在一个月之内,把金丹期以下的任务几乎都清空了。

为此,执事大殿不得不多发一些采集灵露、灵草之类的枯燥但又实用的任务,以缓解紧缺的任务需求。

临海真君也多次向云悠的师父凌殊真君"抱怨"过此事,大概是被缠得不耐烦了,凌殊真君就直接把云悠扔下山历练去了。

于是,执事大殿任务数量总算开始恢复正常。但一年的时光过去得飞快,这个让执事大殿上下都头痛的小姑娘又回来了。庆幸的是,她这次并不是来接任务的。

"临海师伯,我来交任务了!"听着从门外传来的清脆如银铃般好听的声音,

临海真君忍不住抹了一把虚汗，然后才暗松了一口气，朝云悠露出一抹笑容："小萌，你回来了。"

只是下一刻，他的笑容便僵在了嘴角。看着云悠放到案上的那一大包东西，他忍不住嘴角抽搐，带了这么一大包东西过来，这跟清任务也没什么区别了！

"怎么了，师伯？我带回来的东西有问题吗？"云悠眨了眨眼睛，一脸困惑地看着脸色变化多端的临海真君。

"没……"临海真君还来不及表达自己内心的复杂之情，就被包裹中的一样东西吸引了，"凌霜花？你居然带回了凌霜花？"

他从里面拿出了一朵霜花状的白色小花，一边放在手心惊讶地端详着，一边看向云悠，迫不及待地问道："你是在什么地方采集到凌霜花的？还有采集凌霜花的时候，你有遇到什么妖兽吗？"

"那个地方是一个山谷，看上去是白色的，就像覆满了雪一样。其实我也是迷路的时候误打误撞走进去的。"云悠仔细回想了一下，又摇头道，"妖兽我倒没有遇到，不过我遇到了一只小白猫，毛茸茸的很可爱。"

说到这里，她忍不住嘴角上扬："我跟它玩了一会儿，它就把这朵小花送我了。"

这小姑娘的运气真是了不得！凌霜花本是只存在于书上的灵植，据记载，凌霜花服用后可以重塑灵根，但这种花三千年一开花，只有在布了天然幻境的霜绛谷中才会生长，并且每次开花仅有一朵。

然而，要采摘这种花并不容易。凌霜花生长的地方都会有强大的妖兽守护，即使是金丹期的修士，也未必是那凶狠无比的妖兽的对手。

因为这种花的存在本身就是个传说，加上凌霜花生长的霜绛谷难以寻找，又有凶猛的妖兽，采集凌霜花的任务搁置了近百年也无人敢接。

根据云悠的描述，那只可爱的白色小猫无疑是凌霜花的守护兽……到底是哪里出了差错？临海真君端详着手中的凌霜花百思不得其解，片刻后，他神色复杂地开口道："看来之前领任务的那个五灵根的女娃注定无功而返了……"

云悠对此也没有多想，换取了门派贡献点后，便心满意足地离开了，只留下临海真君对着再次被清空的任务叹气不已。

云悠刚走出执事大殿，就见一个青色的身影十万火急地朝她冲了过来。青色竹纹罩袍，乌黑色的长发被一支竹簪绾成清新简约的发髻，缠在腰际的墨绿色丝绸带同时挂着一把青柄银鞘的细剑。

女子气质如莲花般纯洁无瑕，只可远观不可亵玩。

"咦？师姐你回来了？"

师姐祁莲，也是凌华真君的独生女儿，师父是落丹峰的朱砂元君。跟她娇弱的

第一章 白衣青年

外表和白莲的气质很不一样，祁莲的内在跟她的灵根一样，火暴得很。

"小萌，听说那个白溯欺负你了？"不等云悠反应过来，祁莲二话不说就将她拉走，"走，师姐帮你去砍他！"

"可是……"白溯的事情一时说不清楚，云悠只好搬出了凌华真君，"师姐你刚回来，不去看看师叔吗？"

祁莲冷哼了一声："别管那个老头，整天就只会喝酒和耍酒疯！"

云悠发愣片刻，祁莲已经将她带上了飞剑。似乎再不解释就迟了，云悠赶紧开口道："师姐，没有啦！我跟白溯没什么的，那些传言都是别人胡说的。"

祁莲果然停了下来，她回过头皱眉看向云悠，半信半疑地道："但我听别人说的都是你喜欢白溯啊？"

云悠有些嫌弃地撇了撇嘴："才不是！我才不喜欢像荒原巨熊般的男人！白溯长成那个样子，我才不会喜欢他呢！"

门派里的人怎么会传她喜欢白溯啊？一点儿眼光也没有！每天对着一个像荒原巨熊的人，实在太可怕了！这边的祁莲愣住了，一时没有反应过来。

然而，两个人都不知道的是——不远处，一个人将这一幕尽收眼底。

仿佛与世隔绝一般，那一身白衣不染尘埃，白衣青年在这烈日的喧嚣炎热下释放着冰雪寒气，双眸里尽是幽黑色的冰寒。

肩上的乌鸦侧头看向他，发出幸灾乐祸的怪叫声："哎呀！小白小白，你又被嫌弃了。"

白溯说："闭嘴！"

听着云悠一本正经的解释，祁莲却忍不住嘴角抽搐："小萌，到底是谁告诉你……"

虽然她与白溯并不相熟，但也有过几面之缘。白溯当然不是像云悠所说的形似荒原巨熊，长相丑陋。相反，他有着出众的容貌，否则也不会有那么多的年轻女弟子对他念念不忘了。

只是白溯性格冷漠，在待人处事方面十分不近人情。祁莲猜测这大概跟他的身世有关。因为自小在玄天剑宗长大，时常跟在老爹凌华真君身边，她自然能得知一些不为外人所知的内幕。

白溯出身于瑶州白家，白家曾是仙界第一家族，却在十多年前惨遭魔族灭族。白家家主的好友紫阳真君听闻白家灭族惨案，便立刻到实地进行查探，并发现了白家唯一的幸存者白溯。念在是旧友遗孤的分上，紫阳真君便破誓将其收为门徒，将毕生所学传授于他。

通过与白溯的几次接触，祁莲发现白溯这人并不好相处。所以当她听说他和云

悠的传言后,第一个反应就是:一定是自家小师妹被他欺负了!

因此回到玄天剑宗后,她第一时间找到了云悠。

对于白溯的过往,祁莲也是深表同情的,但如果他敢欺负自己的小师妹,她一定会狠狠地教训白溯的!

不过现在,她似乎得到了一个意料之外的答案。就在这个时候,祁莲突然感觉背后似有一道能穿透她身体的冰冷刺骨的目光。向来敏感的她下意识回过头去,却什么都没有发现。

祁莲收回思绪,正要语重心长地对云悠进行一番训话的时候,却发现自家小师妹的注意力已经不在自己身上了。云悠的目光越过了她,正盯着某个地方……

"小萌,你在看……"祁莲皱起了眉,顺着云悠的视线看去,却看见了奇怪的一幕。云悠一直盯着的人是一个穿着黄衣的少年,他面若桃花,唇红齿白,清秀的面容显得文质彬彬。

只是他做的事情却与他此刻的形象很不符合——他背着一个比他个子还高的大布包,正向过往的弟子说着什么。

"这位师兄,不知道有没有兴趣看一看这些……"

"这位师弟,请等一等,来看看我的……"

"这位师姐,"只见他又拦住了一位过路的女子,嘴角勾起一抹看起来温文尔雅的笑容,"这是最新一期的仙界联盟快报,不知道你有没有兴趣……"

"糟了!"突然,黄衣少年眼角的余光瞥到了什么,发出一声低呼,也不再管那女子的反应,背起自己刚卸下来的布包拔腿就跑!

祁莲看着对方怪异的举动,不由得好奇地问:"小萌,那个人是?"

"黄大壮,你给我站住!"云悠不及细说,拔出剑就追了上去!

站住?傻子才站住!黄大壮脚下像是生风一样,速度更快了。只是他身上负重过量,就是跑得再快,速度也被一定程度地限制了。

蓦地,脖子上有凉凉的触感传来,黄大壮身体一僵,身子不敢再乱动了。

正是云悠的紫霄剑。

不过是须臾之间,云悠已神不知鬼不觉地来到了黄大壮的身边。

怎么可能?他根本就没有听见任何动静!上一刻还在窃喜的黄大壮,在这一刻,心顿时沉入了冰冷的谷底。

"还要跑吗?"身后传来云悠平静无波的声音,又看了一眼脖子上正流转着雷电之力的剑身,黄大壮的双腿忍不住发起抖来,"云师姐,刀剑无情,快拿开……"

"这么点儿小事就吓得浑身发抖,你还是男人吗?"云悠看着他这副没有出息的模样,忍不住皱眉道。

第一章 白衣青年

"我我我……"黄大壮扁了扁嘴，说哭就哭，毫无形象，"云师姐饶命啊！我不是故意散播你跟白溯师兄的谣言的！"

云悠正要质问他那本攻略到底是怎么回事，对方却说出了令她出乎意料的一番话。她和白溯的……谣言？

黄大壮并没有注意到云悠脸上的不妥之色，依然自顾自地说了下去："我不该一时鬼迷心窍，为了那几百块灵石，而编造你和白溯师兄的事情……"

云悠愣了一下，只觉得越听越不对劲儿。

"你说什么？我和白溯的谣言是你放出去的？"她提高了声音，握着紫霄剑的力道收紧，一股灵力自剑柄输入，刹那间雷电之力化作利针刺入了黄大壮的身体。

身体像被千万根利针瞬间刺中，黄大壮被电得一阵哆嗦，他很快一个激灵清醒过来。当意识到自己到底说了什么时，恨不得甩自己一个巴掌！

黄大壮哭丧着脸问道："云……云师姐，既然你不是因为这件事而生气，那为什么要来找我？"

"我为什么找你，你自己难道不清楚吗？"云悠没好气地说道。

黄大壮秀气的脸苦成一团，可能过于紧张，一时语无伦次："是……你出任务前，我卖给你的地图和收集物品的攻略都是假的，那其实是我自己画的和胡编乱造的，看在我们认识这么久的分上，你原谅我吧！"

"什么？你卖给我的那些攻略也是糊弄我的？"

还是没有说对？黄大壮当即懊悔得恨不得再甩自己一个巴掌！

眼看着那把紫光闪烁的紫霄剑又要贴上来，黄大壮急得嗷嗷大叫："等……等一等！那到底是为了什么？云师姐你能不能直接告诉我，就算要死，也让我死个明白好吗？"

"你卖给我的那本有关白溯的攻略，为什么全是一些没用的东西？谁要知道白溯长什么模样了？我要知道怎样才能打败他！"云悠的语气十分强硬。

"这……"原来是这个原因吗？

黄大壮眼珠一转，头脑里冒出了一个主意："那是因为，我……我对云师姐你爱慕已深。但是我深深知道，以我这种资质根本配不上师姐，所以嫉妒之下就想要破坏师姐的名声……"

只是话未说完，他便被一声娇斥打断，"你这个登徒子！"红光闪动，一道火红的剑气以雷霆之势朝着黄大壮狠狠劈了下来，"竟然敢对小萌胡言乱语！"

嗅到了危险气息的黄大壮赶紧跳开，等站稳后，他才发现，刚才站着的地方，以剑气落下的地方为中心，向着四周龟裂开去！

好险！万一刚刚没躲开，裂开的恐怕不是地面，而是他了。

黄大壮顿时惊出了一身冷汗,他心有余悸地抬起头,却见一个青衣身影挡到了云悠面前,对他怒目而视!

"祁……祁女神!"看清了面前的人,黄大壮顿时瞪大了眼睛,噔噔退后两步,不由得脸红失措起来,"你怎么会……"

祁莲对这个称呼很是不悦,当下怒斥道:"什么女神,叫我师姐!"

你为什么不告诉我祁女神也在?黄大壮用哀怨的眼神看着云悠。

你又没问!云悠将紫霄剑收起,毫不客气地回了他一个白眼。

"你还敢这样看小萌!竟然敢对小萌做那些阴险的事情,实在不可饶恕!"祁莲厉声道,举起剑对着他就要劈下。

"等一下!刀下留人!我还有话要说!"黄大壮赶紧大喊出声,"祁女……不不,祁师姐,这都是误会啊!"

"误会?"剑刃在离黄大壮只有分毫的时候停了下来,祁莲收起了剑,一脸怀疑地看着他,"什么误会?要是你敢说出一句假话,我就把你劈了!"

"当然是误会。"黄大壮连忙赔笑道,用手抹掉额上的汗珠,继续说道,"因为我的过失,不小心把我记录事情的本子卖给了云师姐。"

不等云悠和祁莲开口,他又赶紧从布包里翻出一本红皮书,朝两个人露出一个讨好的笑容:"这本是一只小黄鸭最新写的秘境攻略,就当是我给云师姐的赔礼。"

"什么?一只小黄鸭前辈出了秘境攻略?我怎么不知道?"不仅是云悠,就连祁莲也愣住了。

一只小黄鸭是仙界中新近崛起的鬼才写手,"一只小黄鸭"是他的笔名,他的写作范围十分广阔,不仅有以仙界为原型的话本,更有各种秘境攻略、修炼攻略和仙界旧事。

虽然这个笔名看起来很幼稚,但是他写出的东西实在叫人拍案叫绝,因此他的作品很快就吸引了大批的支持者。祁莲和云悠也在其中,可惜"一只小黄鸭"的写作速度实在不尽如人意,一个月才出那么一部作品。

黄大壮轻咳了一声,有些不自然地说道:"那是因为……这本是独家的非卖品,是有价无市的攻略。因为我跟一只小黄鸭有很深的交情,所以他才送给我的。"

祁莲怔了一下,再次开口的声音带着几分急切和惊喜:"什么?你认识一只小黄鸭前辈?"

黄大壮先是一愣,脸不觉一红,接着又故作镇定道:"不仅认识,还十分熟悉。"

"真的?那他现在在哪里?"

"不才,正是在下。"黄大壮得意地挺起胸膛,用大拇指指着自己,一脸骄傲地说道。没想到,祁莲不但没有丝毫的惊喜和讶然,反而露出一脸鄙视的表情:"骗

第一章 白衣青年

人！一只小黄鸭前辈那样德高望重，怎么会是像你这样一事无成，只会坑蒙拐骗的人！"云悠在一旁极为赞同地点头。

一字一句宛如利剑一般直插黄大壮脆弱的小心脏，瞬间有和被万箭穿心的感觉。

"像一只小黄鸭前辈那么有才华的人，一定是翩然若仙的世外高人。"祁莲十分肯定地说，又用剑在他面前比画了一番，吓唬他道，"看在你认识一只小黄鸭前辈的分上，今天就先放过你。不过，你要是再敢败坏一只小黄鸭前辈的名声，我下次必定不会放过你！"

"我知道了……"黄大壮有些魂不守舍地应了一声，"看在云师姐这么关照我的生意的分上，再送你一张白溯的画像吧！"

他将一张卷轴塞到了云悠手中，然后失魂落魄地离开了。云悠一头雾水地打开了那张卷轴，却惊得差点儿把手中的东西扔掉！

这张所谓白溯的画像，是有一个头，两条胳膊，两条腿没错，可是这长得人不像人，鬼不像鬼的……怎么比荒原巨熊还可怕？看了晚上会做噩梦的啊！云悠当即决定将这个东西还给黄大壮，可等她再抬头的时候，已经不见对方的踪影。

黄大壮此时正灰头土脸地走在返回住处的路上。直到现在，没有学会最基本的御剑术的他只能以步代替。可背着那么沉重的布包，不一会儿，他便气喘吁吁地走不动了。抬头半明媚半忧伤地望向天空，黄大壮忍不住叹了一口气。

自从遇上云悠后，他就跟"幸运"这个词绝缘了。尤其是今天，他居然当着祁莲的面丢脸了！从进入门派开始，他就倾慕着宛如一朵天山雪莲般纯洁无瑕的祁莲，希望有一天她能回头看到自己……

所以，不给云悠使一些小绊子，他就不叫黄大壮！黄大壮暗暗地想着，嘴角不自觉地勾起一抹阴险的笑容。

突然，一阵从背脊升腾而起的寒气让他打了一个寒噤……咦？怎么突然变冷了？天气降温了吗？

一道阴影自他的头顶覆下，黄大壮心里突然升起了不好的预感。抬起头，面前一人正御剑而立，翩然若仙，浑身却散发着冷得让人窒息的寒意。

而那人，赫然是——白溯。

黄大壮双腿一软，差点儿跪了下去。

他今天是倒了什么霉？竟然一天之内连着遇到两个煞神？

第二章

吸星之术

在黄大壮仓皇逃离后，云悠接到了来自凌殊真君的传信。

竹简上只有简短的几句话，大意是让她赶快回去。

"小萌，是凌殊师伯的传信吗？"祁莲一眼就认出竹简上面的印记。

云悠迅速扫完竹简上面的内容，然后点了点头："师父让我赶快回去，说有重要的事情要跟我商量。还有就是……"

她眨了眨眼，抬头看向祁莲："师父说，让师姐你也顺便过去一趟，把凌华师叔领回去。师叔知道你回来后就赖在碧落峰不肯离去，说是见不到你就不走。"

"什么？那个老头，都多大年纪了，还像个小孩子似的。"祁莲的语气有些恼火。提起父亲凌华真君，她就忍不住头痛。说是父亲，她却觉得凌华真君更像是她的儿子。不但要照料他，还得随时随地给他收拾烂摊子。

"那我们回去吧。"两个人踏上飞剑，往碧落峰赶去。

在飞往碧落峰的路上，云悠突然想起一个问题，"对了，师姐，这次的任务你不是跟大师兄一同去的吗？怎么没有看见他？"

执事大殿到碧落峰的距离并不远，两个人很快到达了目的地。

祁莲并没有来得及回答云悠的问题，不过云悠很快得到了答案……

刚落地，就见凌华真君急匆匆地朝自家闺女奔了过来，拉过她的手上下打量着，不住地念叨："莲莲，你回来了，一路辛苦了！最近过得怎么样？有没有吃饱？有没有受伤？觉得还好吗？怎么回来也不告诉爹一声？还有，顾楚痕那个小子有没有欺负你？"

明明已经是几百岁的老古董，却偏偏要将自己的容貌维持在十七八岁的模样，还顶着这么一张稚嫩的脸喊出那么一个称呼。

祁莲明显被凌华真君的称呼给吓到了，她深呼吸了一口气，压下暴走的冲动，然后不着痕迹地抽回自己的手："好了老爹，我什么事都没有。还有，不要那样叫我。"

"莲莲，你居然这样说，你不爱爹爹了吗？是不是因为这个小子？"凌华真君捂着自己的胸口，一脸受伤的表情，说着又气呼呼地瞪了旁边一个清秀的青年一眼。

第二章 吸星之术

一个玉树临风的蓝袍青年不知何时站在了那里，正靠着檀木门边，脸上挂着懒散的笑意。

"大师兄！"无视凌华真君那一脸哀怨和气愤的表情，落地之后，云悠便一脸欣喜地朝蓝袍青年跑了过去，"你回来了！"

蓝袍青年便是凌华真君刚刚口中的顾楚痕。直至现在，凌殊真君只收过两名亲传弟子。除了云悠外，另一个就是顾楚痕。

久别重逢，顾楚痕却没有像往常一样亲切地跟云悠打招呼，而是露出一个意味深长的笑容，别有深意地说道："小萌，快进去吧，师父正在里面等你。"

云悠的感觉向来敏锐，总觉得大师兄的笑容有些不怀好意。

在他的催促下，她还是压下心底的疑惑，抬步走入殿内："师父，您找我有什么事吗？"

"小萌，过来。"凌殊真君招手将她唤到跟前，"你对这次试剑大会有什么看法？"试剑大会？云悠眼睛一亮，语气带上了几分向往："大概会有很多高手吧？"

看着小姑娘亮晶晶的黑眸，凌殊真君过了好一阵才慢悠悠地开口道："为师这次前来，是要告诉你，你不必参加这次试剑大会了。"

"为什么？"云悠先是愣了一下，接着急得跳了起来。

"正如你所说的，这次试剑大会高手云集，也鱼龙混杂，虽然比赛场中有阵法限制，但其中不免伤亡。而这次的秘境试炼，各峰峰主手中都有一个名额，你可以不必参加试剑大会直接参与试炼。"什么？这不是走后门吗？

云悠瞪大了眼睛："可是师父，我更想通过自己的努力获得秘境试炼的名额！"

"但为师已经把你推荐上去了。"凌殊真君语气淡然，却没有丝毫转圜的余地。

"不是还有大师兄吗？按理说，这个名额不应该轮到我才对啊。"云悠苦着一张小脸看着凌殊真君，十分不解。

凌殊真君道："你的修炼速度虽快，但还算不上顶尖，你师兄觉得以你现在的修为参加试剑大会还是有一定危险，所以便跟为师商量把名额让给你。"

云悠总算听明白了，原来被大师兄坑了一把！难怪他刚刚笑得那么阴险！

一股无名的火气蹿了上来，她急得上蹿下跳，在凌殊真君周围转来转去："师父，你怎么可以这样？你怎么能跟坏师兄一起欺负我？快把名额还我，我才不要走后门！"

"好了，我意已决，你还是回去好好准备这一次的秘境之行吧。"被吵得不耐烦的凌殊真君掐了一个法诀，毫不客气地将她打发出门。

被传送出门的云悠只能眼巴巴地看着那紧关的大门，心里委屈极了。

大师兄最坏了，平时总欺负她就算了，这次还抢她名额！

"坏师兄！"越想越觉得愤意难平，云悠"噌"地拔出紫霄剑，转向顾楚痕，"来跟我打一场！输了就把名额还给我！"

顾楚痕似是一点儿也不意外她激烈的反应，反而被她这副样子逗乐，挑眉懒洋洋地反问道："这个名额本来不属于你，何来'还'一说？"

"哼，打了再说！"云悠简直要被气疯了，她也懒得再跟他耍嘴皮子，决定先揍他一顿再说。

"好啊，你追上我，我就给你揍。"顾楚痕勾唇一笑，不紧不慢地召唤出飞剑，踏剑而上，绕着碧落峰周边来回地转，边飞边回头逗弄云悠，"小萌，修炼了这么久，速度还是不能赶上我吗？"

"坏师兄！有本事就不要跑！"

云悠和顾楚痕在碧落峰中你追我逐，惊得树丛中的飞鸟都四散而去。

向来护短的祁莲见小师妹被欺负，也放出飞剑迎上前，截住了顾楚痕的去路，没好气地一脚踹向他。

顾楚痕一脚踩空，就从飞剑上掉了下来，狼狈地摔到地上。但他还没站稳，就被祁莲扯着耳朵揪了起来。

"都多大的人了，怎么还像个小孩子似的？"祁莲黑着脸训道，"欺负小萌很好玩是吧？有本事让我追你啊，看我不揍你！"

"疼疼疼……小莲，我错了。"顾楚痕嗷嗷大叫着，连连求饶。

"小子，让你对我家闺女图谋不轨，这下活该！"凌华真君在一旁幸灾乐祸，就差没摇旗呐喊了。

从飞剑上下来，明明大师兄就在自己前方的一尺之遥，云悠却迈不动步了。不知道为什么，眼前的这一幕她不忍心破坏。云悠摸了摸头顶竖起来的那一撮呆毛，有些落寞地耷拉下脑袋。

师姐和大师兄的感情真好，他们相处的时候似乎有种气氛，旁人就是插不进去。为什么她总觉得有种闷闷的感觉？不知道怎么的，看着眼前的一幕，云悠不由自主地想起了小白。

她抬头看向碧蓝如洗的天空，有些惆怅地想：不知道现在小白在做些什么呢？

失去了参加试剑大会的名额，云悠就像是被霜打的茄子一样，无精打采。

她垂头丧气地回到自己的住处，刚打开门，就听见一声叫唤。

"喵呜。"软软糯糯的声音，门缝中走出一只毛色雪白的小猫，停在她的脚边，抬起头用一双黑溜溜的眼睛看着她，煞是可爱。

看着脚边那团毛茸茸的东西，云悠愣了一下，然后弯腰将它抱了起来。咦？这不是她在霜绛谷里遇到过的那只雪白的小猫吗？它什么时候跟着她回来了？

第二章 / 吸星之术

云悠从小就对毛茸茸的东西没有抵抗力，可惜凌殊真君讨厌带毛类的东西，因此向来对猫狗之类的灵宠敬而远之。

以凌殊真君的屋子为中心，方圆十里都一片寂静，没有任何带绒毛和羽毛的生物。小白猫乖巧地窝在云悠的怀里，伸出一只爪子搭到她的手上，然后用可怜兮兮的眼神看着她。云悠这才发现，小猫的爪子上有一道清晰的伤痕。

"谁这么残忍，居然伤害一只这么可爱的小猫！"看着那道触目惊心的伤痕，云悠不觉有些气愤。她安抚般揉了揉小白猫的脑袋，转身将它抱到屋内。

喂给小猫一颗回春丹，云悠又用干净的纱布给它包扎伤口。小白猫也很乖，静静地躺在垫子上，任由云悠折腾。看着那蜷缩成一团雪白的东西，云悠的心都软了。

经过一番艰难的内心挣扎，云悠忐忑地抱着小小白去找凌殊真君。

为什么要叫它小小白？

原因很简单：她已经认识一个人叫小白了，所以这只小白猫只能叫小小白。

"师父师父，"不等凌殊真君开口，云悠已经将小白猫举到他面前，一脸期待地问，"我能养它吗？"

"这种毛茸茸的东西，快点儿拿走！"向来"闻毛色变"的凌殊真君正要把这一大一小赶走，然而当他的神识从小白猫身上扫过时，神色却陡然大变。他看向云悠，语气变得极为凝重："等等，小萌，这只猫你是从哪里捡回来的？"

"我刚回到房间就看见它了，应该是它自己跟着来的吧？"云悠歪着脑袋不解地问，"怎么了，师父？有问题吗？"

怀里的小白猫眨了眨黑溜溜的眼睛，也是一脸好奇的表情。

凌殊真君伸出手，两根手指在小白猫的头顶上轻轻一抹。顿时，一道黑气从它的身上冒出，升腾而起，然后化为轻烟散去。

与此同时，在落霞峰杂役弟子的居住地。

正在闭关修炼的颜无双倏地睁开了眼睛，"噗"地吐出一口鲜血。

来不及吸收的灵气在她的身体里乱窜，受到挤压的经脉裂开、破损，霎时间痛不欲生，清秀的五官扭曲成一团。

她捂住遭到反噬而剧痛的胸口，瞪大了眼睛，脸上全然是难以置信之色。

怎么可能？她和幻雪猫的联系——竟然断掉了！

幻雪猫是颜无双在霜绛谷中无意中缔结契约的灵兽。它原是凌霜花的守护兽，虽然身材娇小，但生性凶狠，并且有着强大的战斗力。

而此时的云悠，全然不知玄天剑宗另一处发生的事情。

"师父，这到底是怎么回事？为什么我会从那股黑烟中感到邪恶的气息？"她惊讶地问。

"喵呜。"黑气消散之后,小白猫发出一声舒服的叹息,伸了一下懒腰,然后用小脸蹭了蹭云悠的手。

"这只猫被人强行烙下了契约印记。"凌殊真君深蹙起眉,表情显得越发凝重,"没想到这种恶毒的咒印再次出现了。"

云悠眨眨眼,一脸的不解:"咒印?"

凌殊真君颔首道:"没错,这种咒印,曾在三十年前出现过,当时差点儿令整个仙界大乱。没想到会再次出现……"他叹了一口气,继续说道:"幸好这只猫身上的咒印并不稳固,使用者应该是初学者,手法并不熟练,否则,为师也对它无可奈何。"

"师父,这到底是怎么回事?"

沉默了一下,凌殊真君开口问道:"小萌,你可曾听说过吸星之术?"

吸星之术?云悠歪着脑袋想了一下,不确认地回答道:"就是类似繁星谷修炼的那种靠抽取别人灵力而增长自身修为的法术吗?"

繁星谷,因为修炼功法的特殊,谷中人向来亦正亦邪,在仙界中的地位颇为尴尬。

"可以这么说,但是那种吸星之术,恐怕比繁星谷修炼的法术要邪恶百倍不止。"凌殊真君还是头一回这般严肃。

云悠惊得捂住了嘴巴:"什么?难道他们给小猫烙了这种印记,是要吸取它的灵力……"

"胡闹!"一声怒喝打断了她的话。

"痛!"云悠捂着被敲打的额头,抬头看向凌殊真君,"师父,为什么要打我?"

凌殊真君挑眉道:"不要胡言乱语。"

云悠揉着被敲痛的地方,小嘴轻撇:"不是师父您说的吸星之术吗?"

凌殊真君轻咳一声,没有理会她的抱怨,而是接着说道:"具体的,还要从三十多年前的事情说起……"

只听他娓娓道来。

"在三十年前,玄天剑宗其实有一个比白溯更为出色的弟子……"

"咦?比白溯还要厉害的弟子?那打架是不是很厉害?"云悠眼前一亮。

被打断的凌殊真君没好气地瞪了她一眼:"不要插嘴!"

"哦……"云悠缩了缩脖子,不敢再胡乱插话了。

"他在入门之时,原本也只是五灵根的资质,在门派当中毫不起眼,并没有多少人会注意到他。没想到,他是千年难得一见的混元灵根。在不久的一场比赛中,他脱颖而出,身上的资质终于被发现,最后他被掌门师兄收为亲传弟子,同时也成为玄天剑宗重点培养的弟子。只可惜……"说到这里,凌殊真君忍不住叹息,"可

第二章 吸星之术

惜人的欲望总是不断地膨胀，他并不满足于眼前，于是误入歧途，竟然在暗地里修炼邪法。"

听到这里，云悠终于忍不住开口问道："所以，他被废掉修为逐出师门了？"这是她能想到的最严厉的惩罚。

玄天剑宗是仙界中的第一名门，被逐出门的弟子，就等于被整个仙界列入了黑名单。

"被发现后，掌门师兄的确打算只是废除他的修为并将他逐出师门。只是，他不但在暗中修习邪修之术，更鬼迷心窍地谋害同门。他所修炼的功法，就是刚刚为师跟你说的吸星之术。经过暗中调查，门派里已经有百余名女弟子惨遭他的毒手。"

"而跟他有所接触还没遇害的女子像鬼迷心窍一般，始终不肯将他供出。经过调查发现，这些女子都有一个相同的特点。"

"是刚才师父所说的那种……契约的咒印？"云悠想起了凌殊真君方才提到的咒印。

"没错。那种契约的咒印可以控制任何生物的意识，并且会逐渐抹杀原本的意识，是一种极为邪恶的法术。一旦被烙上印记，就等同于沦落为对方的傀儡。"凌殊真君停顿片刻，才继续说道，"经过此事，掌门师兄和各位长老终于痛下杀心，决定将他就地处决。只是遭到了对方的极力反抗，最后由修为高深的长老们合力才将他打败，但他虚弱的灵识还是从几位长老手中逃脱了。"

"那现在他……"

"原本为师也认为随着他的不知所终，这种邪法也不会再出现，但现在看来……"凌殊真君的眉间笼罩上了一层忧虑。

云悠疑惑地问道："那会是他做的吗？"

"那个咒印的手法稚嫩，看起来不像。可这种邪法再次在玄天剑宗中出现，不容小觑啊！至于是否是那人所为，就不得而知了。至于这件事情，为师会跟掌门和一干长老商量的。"

他说着，又看向云悠，郑重地说道："小萌，切记暂时不要将这事透露出去，就连你的师兄和师姐也不能告诉。"

"是，师父。"云悠点了点头，她显然也意识到了这次事态的严重性。

这个话题到此结束，不过她觉得自己似乎忘记了什么重要的事情。

啊，想起来了！歪着脑袋想了好一阵，她对上凌殊真君的视线，声音中多了几分兴奋："那师父，您是同意我养小小白了吗？"不然师父也不会那么大方地帮小小白破除咒印啊。

"谁是小小白？"凌殊真君挑眉问道。

"就是它呀。"云悠说着,将小白猫举到凌殊真君面前。

"不行!快把这只猫给我扔掉。"凌殊真君下意识地往后退了一大步。

"师父……"云悠有些失望,但还是极力劝说道,"您就让我养吧,我会好好看着它的,不会让它跑到您这边来的。"

"喵呜。"小白猫低低地叫唤了一声,用水汪汪的眼睛看着凌殊真君。

"不行不行,不把它扔掉,我就把你跟它一起扔出去。"凌殊真君的语气丝毫没有商量的余地,他不耐烦地随手扔给云悠一片玉简,用不容拒绝的语气说道,"雷系法诀和你的猫,自己挑一个。不过选了猫就别回碧落峰了。"

云悠怔了一下,下意识用神识扫向师父手中的玉简。

雷动九天:雷系法诀,群体攻击。看了看手中可怜兮兮的小白猫,又看了看手中的玉简,云悠犹豫不决。小小白才受了伤还没痊愈,要是没人照顾,多可怜。

所以,她还是选雷系法诀好了!就这样愉快地决定了。

"对不起了,师父不准我养你。"抱着小白猫离开了凌殊真君的住处,云悠在自己房间门前处将它放了下来,"你乖乖的,自己去找别人玩吧。"

摸了摸小白猫的脑袋,她依依不舍地跟它告别,然后转身入屋。

"喵呜!"最后,小白猫的抗议声都被隔绝在紧闭的门外了。

试剑大会的日子将近,玄天剑宗上下都摩拳擦掌,跃跃欲试,期待着在这场盛会上大展身手,拔得头筹,风光一把,名扬全门。就连之前闹得沸沸扬扬的有关云悠和白溯的小道消息,也被盖过了风头,议论的人也渐渐变少了。

可云悠始终闷闷不乐。每当她走过一个地方,都能从其他人口中听到"试剑大会"的字样,这让她的心里十分难受。

将凌殊真君给的玉简收了起来,她叹了一口气,站起身,打算外出转转。只是刚打开门,一团小小的、毛茸茸的东西便出现在她的脚边。正是几天前被她赶走的小白猫。

"喵呜!"小白猫嘴里叼着一根小鱼干,不知道是从哪里偷回来的,而后将小鱼干放到云悠的脚边,还用爪子往前小心地推了推。

"给我的?"云悠指着自己问,眨了眨眼睛,有些诧异。

小白猫点头,那双黑溜溜的眼睛似在闪闪发光,映出云悠稍显疲惫与困惑的模样。云悠一脸为难地看着它,斟酌着言辞,犹豫道:"可是,你给我小鱼干也没有用,师父不准我养你。"

小白猫可怜兮兮地望着她。如果它有眉毛的话,那它此时的两道眉毛应该是弯得低低的,就像是要哭出来一般。

第二章 吸星之术

"师父特别讨厌有毛的灵兽，以前我跟他外出历练，他总是把那些试图接近他的灵兽的毛都剃光！"担心伤了小猫的自尊，云悠解释道，"不过，这不是你的问题，是师父的问题。"

小白猫耷拉着脑袋，垂头丧气，无精打采，仿佛生无可恋。

云悠叹了一口气，蹲下身摸了摸它的脑袋，安慰道："别灰心，小小白，你去找别人吧。你那么可爱，一定会有人收养你的。"

闻言，小白猫直接"扑通"一下，倒在她的脚边，并打起了滚，就是不肯起来，竟然就这样耍起了赖皮。

"乖啦乖啦，别这样。"云悠一脸忧愁，像哄孩子般哄着小猫。

"喵呜。"小小白两只毛茸茸的前爪紧紧抱住她的小腿，用一种被遗弃的小可怜的眼神看着云悠。

"别这样啦。"一种负罪感油然而生，云悠甚至不敢直视小白猫黑溜溜的眼睛，于是将它抱了起来，放到头顶。小白猫的身体十分暖和，顶着它就像戴了一顶毛茸茸的帽子，暖洋洋的，舒服极了。

"我带你去找小白吧。"思索了一阵，云悠忽然想到一个不错的解决办法，"他看起来很闲的样子，应该会愿意照顾你的！"

"喵呜！"小小白听到与自己相似的名字，只觉得前途未卜……

下定了主意，云悠召唤出飞剑载着小白猫前往青鸾峰。

云悠当初是在青鸾峰遇到小白的，所以要找他也只能来到青鸾峰，除此之外，她想不到第二个能找到小白的地方。

到达青鸾峰的峰顶，云悠前不久打斗的那片狼藉的痕迹已经不见了，青鸾峰上又恢复一派好山好水的景象。

柔软青翠的绿草地，潺潺自山间流泻的清泉，还有对岸戎片的桃花林。许多白色的蝴蝶成双成对地在芳草鲜花之间飞舞，天空毫不吝啬地抛下大片大片的灿阳，徐徐微风携着惬意抚平大地的棱角。

真是与世无争和修身养性的好地方。

刚到青鸾峰，云悠便抱着小白猫兴冲冲地喊道："小白，我又来找你了！"

可是，她并没有得到回应。

咦？奇怪，小白人呢？

云悠又试探般喊了一句："小白，小白，来打一场！"

还是没人回答，四周只有微风吹拂，涓涓流水的声音。

"咦？今天小白不在吗？"云悠微微蹙眉，伸手拍了拍小白猫的脑袋，"小小白，你真是运气不好啊……要不明天再来？"

她失望地往后退了几步，正打算转身离开，却不期然地撞入一个怀抱中。白溯眼底的漆黑被那一抹蓝色照亮，看到云悠错愕的清秀面庞，他冷峻的脸颊在层层日光的叠加下柔和许多。

"嗯？小白？"云悠诧然地看向从身后突然抱住自己的人，愣了一下。

今天小白怎么有些怪怪的？

"抱歉。"这个动作仅仅维持了片刻，白溯便松开了她，退到一边，表情冷淡地说道。

云悠也没有在意他怪异的举动，很快就恢复了常态，一看见白溯，她便忘掉了小白猫的事情，兴致勃勃地问道："小白，你会参加这次试剑大会吗？"

白溯注视着她，缓缓点头。

"师父给我开后门了，说我不用参加。"然而说这话时云悠没有一点儿喜悦之色，反而气鼓鼓的，不满道，"可是我还是想参加，可以跟很多高手交手呢！"

白溯轻声道："没关系，以后我跟你打。"

云悠想了想，欣然同意了，脸上绽开一个大大的笑容："那么，就连我的那一份一起，一定要把对手揍个落花流水。"

"好。"这种说法，让白溯心情大好。

"喵！"直到头顶的小白猫发出不满的抗议声，云悠这才想起来青鸾峰的意图。

"对了，小白，你能帮我养小小白吗？师父不让我养。"她将头顶上的小白猫抱了下来，眼睛亮晶晶地看向白溯。

"小小白？"白溯的语气起了细微的变化，他的目光落到了她手上那团毛茸茸的东西上。

"喵呜。"小白猫抬头看看云悠，又看看白溯，似是对目前这种状况十分迷惑。

一下子听出白溯语气的不妥，云悠赶紧追问道："怎么了？小白你也讨厌毛茸茸的东西吗？"

见他不说话，她垂下脑袋，脸上露出了失望的表情："我明白了，如果小白你也讨厌毛茸茸的东西的话，我再想想其他办法……"

"不是。"白溯突然出声道。

"嗯？"云悠疑惑地说。

"它……怎么养？"在云悠疑惑的注视下，白溯皱眉，视线微移，对上小白猫极为无辜的眼神。

"就当成是自己孩子那样养吧？"云悠习惯性地歪了歪头，停顿了一下，又不确定地补充了一句，"虽然我也不会……"

似是没有听到云悠最后一句话一样，白溯毫不犹豫地点头答应了："好。"

第二章 / 吸星之术

"真的吗？"云悠喜出望外地说道。

见白溯点头，她高高兴兴地将小白猫交到白溯手上，又揉了揉小白猫的脑袋，叮嘱道："小小白，你要乖乖的，我有空再来看你。"

"喵呜。"小白猫依然是那副懵懂无知的模样，它睁着水灵灵的眼睛，歪着脑袋看着云悠。"小白，我先回去修炼了，谢谢你。"

云悠微笑着朝白溯挥了挥手，便踏上飞剑离开了。

白溯一言不发目送着云悠的身影，直到再也不见她的踪影，才将视线收回。

他盯着手中的小白猫许久，似是对如何饲养这团东西这个问题纠结了许久——终于在片刻之后，他果断将小白猫塞给了一旁的黑鸦。

"好好照顾它。"冷淡的语气，带着不容抗拒的意味。

刚刚完全被忽略在一旁、毫无存在感的黑鸦先是愣了一下，接着炸毛了。

它"哑哑"地叫了两声，气得直跺脚。

"为什么要我照顾这团软绵绵的东西，白色有什么好看的？又不是你儿子，干吗要帮你养……不对！我为什么要想着帮你养儿子？"真是气死鸦了！

白溯一个冷厉的眼神扫了过来，让黑鸦瞬间闭嘴。

"咯咯，开玩笑的。"它冷汗直冒地扭过头，假装什么事也没发生过。

白溯只是扫了它一眼，便扬长离去，只留下黑鸦和一脸茫然的小白猫。

黑鸦终是松了一口气。它扭过头，再次看向那只看起来可爱无害的小白猫，却是一肚子的火气："小不点儿，你给我听着，在这里我才是老大，你要听我的话，知道吗？不然……"只是，黑鸦的话还没来得及说完。

小白猫一改刚刚可爱无邪的模样，一龇牙，两只尖尖的虎牙露了出来，瞬间，刚刚还趾高气扬的黑鸦被冻成了冰块。

"喵呜！"小白猫得意地抬起爪子轻轻一碰，那冰冻乌鸦便轻而易举地被推倒在地。被冻结在冰块里的黑鸦口不能言，只能在心里默默地流下两行泪。一群坏人，都只会欺负鸦啦，还有没有天理？

离开青鸾峰后，云悠本打算直接回到碧落峰，闭关到秘境试炼前夕。

不过她在空中转了一圈，觉得既然出来了，直接回去实在太可惜了，于是不知不觉转到了附近的坊市。

仙界的坊市有着明文规定：不许修士在空中飞行。

所以刚到入口处云悠便收起了飞剑，步行进去。

路边摆满了修士的小摊，通常不过是一块小布，上面摆放着要出售的丹药、符篆和法器，还有其他不知名的稀奇古怪的东西。大都是修士们自己炼制的，偶尔也

有从秘境中或是废弃洞府中淘来的好东西。

云悠在坊市中看到不少同门弟子的身影,大概是在为接下来的试剑大会做准备。

而她一路走过,左看右望,却感到兴味索然。

法器,她已经有了;丹药,虽然算不上最好的,但对于秘境试炼来说,也已经绰绰有余;法诀,师父给了不少;灵宠……因为师父不让养,还是不予考虑了。

唯一缺少的就是符箓……所以她要不要买一些回去?

只是没想到,刚走出几步,她就撞上了一个人。

"对不起,对不起……"不等云悠开口,对方便连连道歉。

这个声音听起来实在熟悉。

她下意识地抬起头,却在看到对方的打扮时愣了好一阵,良久才反应过来:"黄大壮,你怎么变成这副样子了?"

眼前的人用绷带将自己严严实实地包裹起来,就像是一个木乃伊,只露出一双眼睛、一个鼻子和一个嘴巴,要不是云悠听出了对方的声音,根本看不出他是谁。

"还不是因为白溯……"看到云悠的那一刻,黄大壮的眼中有那么一刹那的慌乱,但他的神色很快恢复如常,叹了一口气道,"没想到白溯的爱慕者那么疯狂。"

"这跟白溯有什么关系?"云悠感到莫名其妙。

"大概是因为他的身世吧,女人们总是对有凄惨背景的人抱有莫名的同情心。"

"身世?"

"没错。"黄大壮说着,清了清嗓子,又开始对云悠胡编乱造。

大意是白溯的身世很可怜,自幼全家就被仇家灭掉了,可是这些内容都是一笔带过,他的重点是描述白溯的性格有多残暴,他的行事作风跟他那丑陋的容貌完全成正比,然后劝告云悠最好离他远点儿。

"好……好可怜。"云悠却好似没有听见后面的内容,吸了吸鼻子,满脸同情地说道。咦?怎么跟他想象中的反应不一样?黄大壮愣住了。

"我以后再也不以貌取人了!"哎,不好!好像弄巧成拙了!黄大壮张了张嘴,正要说些什么"补救"的时候,却听见一个愤怒的呵斥声从不远处传来——

"真是欺人太甚,云悠!这就是你们碧落峰亲传弟子的作风吗?"

云悠?有人在叫她吗?云悠的注意力立刻被吸引了过去,她循声望去。

"碧落峰怎样,还轮不到你们这几个废物来质疑!"

回应刚刚那句话的人,却是一个一身红色的斜襟长袍的女子。她身上那件长袍的袍面绣着淡雅的云纹,腰系缀珍珠绸带,乌发绾在脑后,戴着银簪,耳坠银丝。眉目淡然,面容姣好却一脸淡漠,似是一切不关己事。

"你……"跟她发生矛盾的,是玄天剑宗几个普通的杂役弟子——这从服饰上

第二章 吸星之术

就可以分辨出来。

无视那几个弟子愤怒的眼神，红衣女子冷漠地扫了他们一眼，便转身消失在人群中。咦？她没听错的话，刚刚那几个外门弟子，是喊那个红衣女子……云悠？

"可恶！竟然敢冒充我！"站在原地呆愣了好一阵，云悠才反应过来发生了什么事，"冒充我也不把衣服和样子换换！"

她赶紧追了上去，可是已经找不到刚刚那个红衣女子的踪影了。

身后传来黄大壮若有所思的声音："嗯，那个女的不是……"

"你认识她？"云悠立刻转过头去，皱眉问道。

"不不不，我才不认识……"黄大壮连连摆手摇头。

"不认识你这么激动干什么？"

"只是突然想起有事……哈哈，云师姐，我先走一步了，这个副本刷怪攻略……不，秘境试炼攻略送你，我们以后再聊。"

黄大壮将一个小本子塞到云悠手中，便一溜烟地跑掉了。

"喂……"

返回玄天剑宗的一路上，云悠明显有些心绪不宁。

就连黄大壮送的攻略，她看也没看就塞进了乾坤袋中。她始终想不明白，她不过是一个小小的筑基期弟子，为什么会有人冒充她？那有什么好处呢？

而且……被人冒充这件事，要不要向师父汇报？

"小萌，你去哪里了？"胡思乱想间，云悠忽然看见师姐祁莲十万火急地乘着飞剑迎着她而来。

云悠稍微收起思绪，疑惑地看向祁莲："师姐，你这么急，是有什么事吗？"

"出事了，快看语坛！"

"咦？"

漫漫的石级蜿蜒而上，两旁苍松林立，云雾缭绕的尽头，便是玄天剑宗的山门。

在门前的大石上，刻着"玄天剑宗"四个苍劲有力的大字。在氤氲之气中，极有气派。山门前，叫作"语坛"的大石板，供本门弟子发布私人信息。

语坛由两个大法阵组成，跟玄天剑宗每个弟子手中的通信灵牌相连，只要输入灵力，便可查询语坛上的内容或在上面发布的信息。

如往常一般，语坛上几乎都是求购和出售物品的信息。

君子峰·张毕空：低价出售自己炼制的上品回春丹，有兴趣的联系本人。

暮霭峰·陈曦：求购风系灵器，可用洗髓丹交换。

丹霞峰·夏紫烟：需要大量鼠儿果，十块下品灵石收购一颗。

只是，语坛中突然冒出的一段话，让整个语坛都为之震动——

落霞峰·颜无双：一个月后的试剑大会，你我来一场生死约战，生死由天！云悠，你可敢接受？

像是约好了似的，语坛上那些求购、收购物品的信息一下子消失得无影无踪，也没有后继的留言或信息出现。颜无双发布的那一条约战久久停留在首页。

所有人似乎都在等待着云悠的答复。

颜无双这个名字，对于玄天剑宗大部分的弟子来说都很陌生。

但是提到云悠，很多人都不约而同地想起前不久已经沉寂下去的那条小道消息……弟子们的好奇心再次被勾了起来。

一个五灵根杂役弟子竟然向身为亲传弟子的云悠发出生死挑战？这下有好戏看了！殊不知，颜无双的话一下子戳中了云悠的痛处。不能参加试剑大会是她迄今为止最大的遗憾。

她有些恼火地拿出通信灵牌，将灵力输入。

在一众弟子屏气凝息的紧张期待下，他们终于刷出了云悠的回复——

碧落峰·云小萌：不接。

第三章

语坛风波

鸦雀无声，以语坛为中心的方圆十里一片寂静。

咦？这个发展不对啊……接下来不应该是大战三百回合、不战不休吗？

只是，这阵沉寂过后，语坛上却反常地冒出了一大片约战式对话！

岳华峰·元俊悟：嵇烨霖，来大战三百回合！

岳华峰·嵇烨霖：不战！给我滚远点儿！

归元峰·辛乐游：郜新荣，你可敢应战？

苍焰峰·郜新荣：呵呵，不敢。

天海峰·景建章：百丈峰的尉迟浩渺，我们俩来一场光明正大的决斗，若是你输了，就主动放弃绫罗师妹，你可敢接受？

百丈峰·尉迟浩渺：不接！

幻海峰·柳鹏天：蔡师弟，来打一场！

幻海峰·蔡丰茂：没空！

风雨峰·江浩：哇！王师兄，这里发生了什么事？那么多人约战，我们也来比试下吧？

风雨峰·王正志：去去，别烦我，正忙着呢，自己玩去。

宛如雨后春笋般，语坛瞬间被淹没在一堆的约战帖中。众弟子模仿着颜无双和云悠的对话，你一言我一语，不亦乐乎。

更有甚者——

云翎峰·林郁平：白溯，素素师姐只能是我的！跟我来一场生死决斗！

负责管理语坛的是一个叫管三的人，是个古板奇怪的老头，人称管三叔。他曾在一次与魔族的对战中遭遇偷袭，受了很严重的内伤，修为自此停滞不前。当时的掌门念他可怜，便给了他这个闲职。

语坛管事·管三：不许刷屏！

向来严肃古板的管三看到如此混乱的一幕，立刻跳了出来警告道，并毫不留情地将刚刚刷屏的弟子全部禁言了。那些约战的对话很快消失不见，语坛又恢复了颜无双刚出现时的冷清。

可是，对于颜无双来说，刚刚发生的事情无异于是无声的嘲笑。而此时此刻，还在回途中的云悠还不知道语坛前那场因她而起的短暂混乱。她收起通信灵牌，又抬头看向祁莲："师姐，那个叫颜无双的弟子现在在什么地方？"

"就在山门前……小萌，你打算怎么做？"就在祁莲愣神的片刻，云悠已经调整了飞剑的方向，朝着山门的位置飞速而去。

"哎！等等我！"祁莲拍了一下脑门，赶紧踩上飞剑紧追云悠的身影而去。

片刻之后，两个人一前一后降落在玄天剑宗的山门前。

"快看！是云师姐！"人群中，不知道是谁喊了一声，众人的目光齐刷刷地落到了云悠的身上。

脸色铁青立于语坛前的颜无双也回过头去，看向那个穿着亲传弟子服饰的蓝衣少女，脸色黑沉如水，眼底流露出讽刺的神情，说道："云悠，既然你不肯接受我的挑战，又为何处处刁难我们这些杂役弟子？"

云悠的视线在周围扫了一圈，没有找到她认为的目标人物，视线最后落到了开口说话的那人身上。她的眼中闪过一丝困惑，语气略有迟疑："这位师妹，你……是谁？"

随着云悠的话音落下，周围的气氛起了微妙的变化，将原先紧张的氛围推向了另一个更为尴尬的方向……然后，冷场了。

这位师妹？颜无双一口气险些没提上来："你……"

随后到达的祁莲赶紧上前，附在她耳边小声提醒道："小萌，她就是颜无双。"

云悠性格直率，向来直言不讳。听到祁莲的提醒，她也落落大方地承认了自己并不认识对方的事实："咦？原来你就是颜无双？刚刚那条信息是你发布的吗？"

可惜这样的语气，落入颜无双的耳中却变味了，她怒极反笑："云悠，你好样的！你是怕输给一个外门杂役弟子颜面全无吗？真没想到，原来堂堂碧落峰亲传弟子，也不过是个欺软怕硬、胆小懦弱的人！"

"激将法也没有用，我是不会接受你的挑战的。"敛起脸上的神色，云悠挑了挑眉，一脸郑重地说道，"我不接受你的挑战，就是胆怯懦弱了吗？你这顶帽子也扣得太大了吧？师父不许我参加这次试剑大会，若是我答应了，就是有违师命。凭什么要我违背师命去成全你的一己私欲？"

第三章 / 语坛风波

"而且,难道你的意愿就是理所当然,我拒绝了就是胆小懦弱,你这样强人所难,跟强盗有什么区别?"被一针见血地指出了想法,颜无双脸色一白,双手紧握成拳。

"还有,既然要挑战,为什么要等到试剑大会?"云悠眼神清明,目光如炬,宛如银铃的声音清晰地传入在场每一个人的耳中,"有本事就现在光明正大地跟我比一场!"不等颜无双做出回应,只见云悠右手轻轻一晃,紫霄剑便出现在她的手中。

她将灵力注入紫霄剑中,雷电之力瞬间充盈了剑身。顿时,寒芒大盛,剑身上萦绕着丝丝雷电之力,来回游走,"吱吱"作响,煞是吓人。

逼人的剑气四溢,震得周围的树叶都"沙沙"掉落。

眼中映着那吓人的紫色雷光,颜无双的脸又白了几分,藏在衣袖底下紧握的手也微微发颤。

与此同时,在山门前。

一个相貌平凡、身着杂役弟子服装的青衣少年站在石级上,抬头看向高大巍峨的宗门,嘴角勾起一抹意味不明的笑容。

玄天剑宗,我回来了!你们……都准备好了吗?

"乔三,你还愣着干什么,还不快点儿跟上?"前方带队的师兄察觉到有人掉队了,下意识转过头,朝青衣少年呵斥道。

乔三回过神,连忙朝对方露出一个讨好的笑容:"是是,师兄,我马上来。"他说着垂下了头,快步跟上队伍。只是在他低头的瞬间,眼底有戾气一闪而过。

一行人穿过山门,看到了语坛前热闹非凡的一幕,不由得都停下了脚步。

"咦?那不是云悠师姐吗?"很快,当中有人认出了云悠。

"师姐好霸气!"几个杂役弟子交头接耳,小声地议论起来。

"不愧是凌殊真君的亲传弟子……"其中一人看着云悠的眼中充满羡慕之色,"如果我也能那样就好了。"

领队的师兄趁机教训起这些后辈:"只要你们好好修炼,就算是杂役弟子,有朝一日也会达到那个境界的。"

跟一众杂役弟子的激动和向往不同,乔三眼中的神色分明是诧异。他颇为玩味地看着颜无双和云悠,嘴角流露出一丝意味深长的笑容。

"好了,我们快走吧。"

领队的师兄又催促道,带着几人离开。乔三垂下眼睑,趁没人注意,不动声色地脱离了队伍。

见颜无双久久站在原地,没有任何回应,云悠也懒得再跟她耗下去,将紫霄剑收回,干脆利落地转身离开。

一众弟子用崇拜的眼神看着云悠扬长而去的背影,又向颜无双投去鄙夷的目光

和不屑的眼神。两厢态度对比之下，真相自然明了。

他们原先的确怀疑云悠是不是真的欺负外门弟子了，但现在看来，更像是颜无双故意挑事多一些。众弟子脸上不显，心里对颜无双也有些意见了。

主角已经离去，热闹也散场了。在山门前围观的弟子们也很快散去，只留下无人问津的颜无双孤零零地站在语坛前。

之前受的伤还没有痊愈，再加上刚刚被云悠的剑意所压制，颜无双只觉得身体里的灵力又开始胡乱翻腾。她此刻的脸色苍白如纸，身体摇摇欲坠，几乎站立不稳，就在她即将倒下的那一刻，被一双有力的手扶住了。

"师姐，你没事吧？"一个宛如冬日暖阳般的声音传入了耳中。

不习惯别人触碰的颜无双先是一愣，反应过来后，赶紧从对方的手中挣脱出来。她转头看向那个青衣少年，心中有些微愠，但很快，眼中的恼怒之色变成了疑惑，她皱眉问道："我是不是在哪里见过你？"

她莫名地觉得眼前的人很是眼熟，似乎在哪里见过。

"这位师姐，你认错人了吧？我们怎么可能见过？"青衣少年有些困惑地挠了挠头，然后朝她露出一个纯真的笑容，"我才入门不久，我叫乔三。"

乔三？很普通的名字，正如这个少年的相貌一样。

难道真是自己多虑了？

敛起眼中疑惑的神色，颜无双顶着苍白的脸转身离开了。

驳斥了颜无双的无理要求后，云悠神清气爽地回到碧落峰。

这一夜，她睡得格外香甜。

只是，第二天旭日才刚刚升起，祁莲便急吼吼地来到碧落峰中，将她从被窝里拽了起来："小萌，别睡了，快起来。"

云悠揉着眼睛坐了起来，迷迷糊糊地看向祁莲，问道："师姐？这么早……是师父让你来叫我的吗？"

"不是，我来找你，是有一件紧急的事情要告诉你。"祁莲的语气万分着急。

"什么事？"

"早上我去给师父采集灵露的时候，听到门中的弟子都在议论，说你惨遭白溯拒绝，所以暴打了颜无双一顿，以此泄愤！"

云悠揉眼睛的动作停了下来，呆了一下，才抬眸看向祁莲，疑惑地问："师姐，你刚刚说什么？"

祁莲看着看似精明通透但实质迷糊的小师妹，有些无奈地将之前的话复述了一遍："门中的弟子都在议论，说你惨遭白溯的拒绝。"

第三章 / 语坛风波

"不是,是最后的那句。"

"说你暴打了颜无双一顿,以此泄愤。"

这是怎么回事啊?造谣也不带这样的啊!云悠顿时睡意全无。

"不对啊……"她低下头,很认真地沉思了一番,颇为不解,"虽然我很想下手,但最后不是连碰也没碰到她吗?怎么说我暴打了她一顿?"

祁莲差点儿背过气去:"重点不应该是你被白溯拒绝吗?你跟白溯到底怎么回事?你上次不是说不认识他吗,所以你真跟他表白了?"

云悠困惑地朝她眨了眨眼睛:"师姐,你不是喜欢大师兄吗?为什么突然那么关心白溯呀?难道师姐对荒原巨熊很感兴趣?"

"谁……谁喜欢他了?"祁莲只觉脸上一热,两颊漫上一抹红晕。她有些羞恼地屈起手指敲了一下云悠的脑袋,磨着牙说道:"还有,傻丫头,我担心的是你!"

"痛!"云悠揉了揉被敲痛的脑门,皱着小脸为自己辩解,"可是师姐,我连白溯一面都没见过,又怎么可能跟他表白?等一下……"

她猛然间想起昨天在坊市遇到的那个冒充自己的红衣女子。因为颜无双的事情,她一时间就把这件重要的事情给忘了……

云悠越想越觉得不对劲儿,于是一把掀开了被子,从软榻上跳了下来:"不行,我要去找师父。"有困难,找师父总归没错的。

"不必了。"祁莲出声阻止了她,没好气地说道,"我来的时候,刚好看见凌殊师伯外出了。他让我转告你,他有事要离开一段时间,让你乖乖待在峰里,不要到处闯祸。"

"是吗?"云悠有些失望,不过很快脸上又绽开了愉悦的笑容,"没关系,既然这样……算了,我先去找小白打一场好了。"

"喂,小萌!"等祁莲回过神来,才看见云悠已经踩着飞剑飞远了。

看着那抹灵动的身影,祁莲有些无奈地捂着脑门。她是拿这个小师妹没辙了。上至老爹,中间有顾楚痕,下至小师妹,一个个都是让她不省心的家伙。

只是,斟酌着云悠离开前说的那番话,祁莲突然皱起了眉,心里没来由地涌起一股不祥的预感,云悠所说的……小白是谁?

云悠显然低估了有关自己的传言在玄天剑宗内的影响力。

稀有的变异雷灵根,资质上乘,容貌出众,又是凌殊真君的首席爱徒,是多少同辈男弟子梦寐以求的道侣。

祁莲清晨带来的消息宛如一阵风般传遍了门派上下,当得知云悠惨遭白溯"拒绝"的消息后,不少男弟子都蠢蠢欲动。

正如现在，云悠在半路上被一名男子拦住了去路。

对方身穿一件天蓝色素锦袍，腰间绑着一根玄色革带，一头墨黑色的头发，有着一双桃花眼，身材高挑秀雅，当真是斯文优雅。

"我是玄天峰的展万解。"对方一开口，就开门见山地进行自我介绍以及说明自己的来意，但他的语气无比傲慢，让人听着很不舒服，"我们结为道侣后，你要负责我的饮食起居，还有修炼的灵石和物资你也要随时给我准备好，至于洞府，你也要提供……"

云悠越听越觉得不对劲儿，不由得皱眉打断了对方，同时用一种看天外来者的眼神打量对方："等等，你是脑子不太正常吗？凭什么要我负责你的饮食起居？"如果不是脑子有问题的话，怎么一上来就说些莫名其妙的话？

展万解却在下一刻暴躁地跳了起来，满脸通红地指着她怒道："什么？像你这种残花败柳，我没嫌弃你就不错了，你还敢跟我讨价还价？"

云悠顿时被他气乐了，她攥紧了拳头："知道什么是残花败柳吗？既然你这么喜欢残花败柳，那么不把你揍成残花败柳我就不叫云悠！"

不叫云悠还可以叫云小萌。

怀着这样的想法，云悠直接把展万解打得满地找牙。她丝毫不给对方求饶的机会，直到他的脸肿得连原来的样子都看不出，她才满意地收手，嘟囔着踏上飞剑重新启程。"真是莫名其妙的人……"原以为今天遇上的怪人只是一个意外，没想到……

还没飞出多远，云悠再次被一个灰衣男子拦住了去路。

"上次秘境试炼的时候，你总是盯着我看，不会是对我有意思吧？"

眼前的这个人长得贼眉鼠眼的，云悠倒是有些印象。他是烽火峰的王言山，为人极为胆小，在秘境试炼的时候，总是缩在队伍的末端浑水摸鱼，很为云悠所不齿。

丝毫没有理会云悠的反应，王言山自顾自地说了下去："既然白溯不要你了，那我就勉为其难给你一个机会吧！啊……"

"你做什么？"被一道雷电劈倒在地上，王言山捂着自己烧焦的头发，终于后知后觉地反应过来发生了什么事。

"再敢胡言乱语，我不介意给你一个五雷轰顶。"云悠居高临下地看着地上的人，笑眯眯地说道，又随手捏起一道雷系法诀。

"你……你等着！别到时候没人要又回头来找我！"王言山狠狠地瞪了她一眼，威胁似的扔下一句，连滚带爬地跑掉了。

然而，类似的遭遇并没有因此停歇，在碧池旁——

"你貌美如花，我风流倜傥，是天造地设的一对……"一个不知道从哪里冒出的碧衣公子对着云悠猛抛媚眼。

第三章 / 语坛风波

只可惜他话未说完，就被云悠毫不留情地打断了："不行，我拒绝！"

碧衣公子猛怔了一下，随即捂着胸口退了一大步，瞪大眼睛难以置信地说道："什么？你竟然敢拒绝我？你为什么要拒绝我？"

"我到底是哪点配不上你？哼！说起来是你配不上我吧，向你表白是给你面子！"

云悠也懒得跟对方废话，直接抬脚将他踹进旁边的碧池里。

只听"扑通"一声，于是，世界清静了。

藏经阁附近——

"云悠，等……"

这回云悠连话都懒得说了，头也没回，直接对准声音的来源一脚踹飞。

"啊，你做什么？我只是要说那个传言不是我放出去的……"

黄大壮只觉得双脚一轻，整个人向天上飞了起来，身影很快化作一个光点，消失在遥远的苍穹。而他的惨叫声经久不绝地回响在天空："为什么每次倒霉的都是我啊？"

咦？刚刚那个声音……好像有些熟悉。罢了，大概只是自己的错觉吧。云悠有些烦躁地摇了摇头，只觉得自己快要被今天遇到的人和事给逼疯了。

真是奇怪，为什么今天突然冒出了那么多的歪瓜裂枣，而且都是跟她说那些有的没的？而且，仔细回想了一下，云悠发现这些人在言语之中都不约而同地提到了一个人——白溯。为什么又跟白溯扯上关系？不会是因为那个传言吧？

正在云悠苦恼之时，又一个人出现在她的面前。

"你……"云悠下意识后退了一步，抬头警惕地看向眼前的人。

这个人是一个极为腼腆但皮肤黝黑、身材粗壮的男子。

"云师妹，俺是云海峰的张大牛。"他摸着脑袋，十分羞涩地开口道，"俺听说了你和白师兄的事情……实不相瞒，云师妹，俺除了你之外没喜欢过其他人。如果你不嫌弃俺是个粗人，俺……"

张大牛的语气极为客气，还带着卑微般的爱慕，倒让云悠一时无措。态度不同，自然不能像对付前几个人那样直接动用武力，她也不知道应该做出怎样的回应。

只是，不等云悠有所反应，她的眼前突然闪过一道白影。长袖一卷，将她拉到身边，直接带走。当她回过神来，抬头一看……

咦？小白？白溯黑眸幽暗，神色冷冽，御剑飞行的过程中一言未发，转眼间已经带着云悠落在青鸾峰的峰顶上。

"小白，谢谢你帮我解围。"双脚落地，云悠朝白溯露出一个感激的微笑，又坐到一旁的石头上，闷闷不乐地支着下巴，嘀咕起来，"不过今天到底是怎么了？

为什么一个两个都跑过来跟我说一些莫名其妙的话……"

"喵呜。"正躺在阳光下舔着爪子的小白猫看到云悠到来,立刻兴奋地迈着小短腿跑了过来,可惜身体被养得白白胖胖的,没走几步就"扑通"一下倒在地上,起不来了。

"我……"云悠自言自语着,突然扭头看向不动声色的白溯。

"等等,小白,你不会……也是来跟我说那些莫名其妙的话的吧?"她怀疑地问道,语气中透出了一丝威胁,"你要是也这样做,我就跟你绝交!"

白溯只好将话咽了回去,生硬地改口道:"当然不是。"

"那就好。"听到他的回答,云悠松了一口气,嘴角微微上扬,"我就知道你和那群乌合之众不一样!"

白溯无语了。

"哑哑……"脚下的黑鸦幸灾乐祸地绕着他转圈,被他极不耐烦地踹到了一旁。被踹了一脚的黑鸦立刻摊开一双翅膀趴在地上,头歪向一边装死,不动了。

"但我想不明白的是,为什么他们总是将我跟白溯放在一起说。"云悠转回头,重新支起下巴,看着倒映在紫霄剑的剑身上的那张脸,闷闷不乐地说道,"难道我长得很像母巨熊吗?"

白溯凝视着她,黑眸幽深,片刻后他收回了视线,紧握拳头,淡淡开口:"在你眼里,你认为……白溯该是什么样子的?"

"为什么突然问起这样的问题?"云悠歪着脑袋看向白溯,有些疑惑地问道,"小白,你等等。"

不等他接话,她便握起紫霄剑站了起来,一个漂亮的挽花,干脆利落的几剑,一幅简笔画很快在地上成形。

虽然并不是太明显,但还是依稀看清楚那是一只巨熊的模样,粗壮的躯干,毛茸茸的外表,头顶还有两撮呆毛。它的脚下踩着一柄巨大的飞剑,周围还有几片云朵衬托。

收起紫霄剑,云悠看着地上的那幅画作,不觉有些尴尬:"我没见过他本人,所以画得可能有点儿不太像……"

"但是,"话锋一转,她又转过身,一脸认真地看向白溯,义正词严地说道,"无论白溯长什么样子,他都是很厉害的一个人,所以我们不能以貌取人。"

"嗯。"对上云悠的视线,白溯缓慢地点了点头,脸上的神色并没有什么明显的变化,一如既往地冷若寒冰。

躺在地上的黑鸦半睁开眼睛,偷偷看向白溯时,却分明看见他衣袖底下那紧握起来的手。它很想幸灾乐祸地对他说一句"活该",但被它硬生生忍住了。

第三章 语坛风波

隐约察觉到气氛的不对劲儿,黑鸦继续闭眼,歪头装死。

"对了,最近一段时间师父不在。"并没有注意到白溯的异样,正在左顾右盼的云悠似是想起什么一般,露出了愉悦的笑容,"那小小白我先带回去了。"

"喵呜!"小白猫闻言,立刻从地上爬了起来,兴奋地朝云悠扑了过来。云悠一把捞起它抱到怀里,亲昵地揉搓着它的绒毛。

小白猫乖乖地躺在云悠怀里,享受地眯起眼睛,任由她抚摸。

"小小白,几天没见,你胖了好多。"云悠戳了戳它的小肚子,说道。

"喵呜!"才没有呢!小白猫睁着黑溜溜的眼睛看着云悠,向她伸出两只爪子,以示清白。直到云悠的身影从视线范围内消失,白溯才沉默地转身离去。

只是,伴随着他的转身,他身后的参天大树和山崖轰然坍塌!

刚爬起来的黑鸦被那一声轰然巨响吓得又扑倒在地上,它抬头看了一眼那瞬间化为废墟的一片青山绿水,又赶紧用一双翅膀捂住自己的脑袋,挡着那哗啦啦落到它头上的碎石,瑟瑟发抖。

救……救命,一定是它看到了不得了的事情,要被主人杀鸦灭口啦!

云悠抱着小白猫回到了碧落峰中,却得知了大师兄受伤的消息。

顾楚痕坐在床上靠着枕头,正值养伤期的他脸色有些发白,挂着少许倦怠,但眉头依然紧锁,英俊的面容上有些无奈,一双深沉的黑眸苦恼地看着床边那个兴致勃勃的少年。

少年琥珀色的眼睛里闪着好奇的光芒,好看的嘴角勾着带点儿揶揄的笑容,他看着顾楚痕纠结的表情,嘴角的弧度弯得更大了,露齿笑道:"主人你就老实跟我说嘛,那个青衣姐姐和你是什么关系?"

顾楚痕咬牙切齿道:"我已经回答你多少次了,我和她什么关系也没有,只是普通的师兄妹!"

刚踏进屋中,云悠就看到了这样奇怪的一幕,不由得用疑惑的目光看向一旁的祁莲:"师姐,大师兄他怎么受伤了?还有那个孩子是谁?"

"你师兄外出做任务的时候,无意中契约了一只人形灵兽,结果遭到了反噬,受了严重的内伤。"祁莲摆弄着面前的灵植,没好气地说道。

"人形灵兽?咦?难道是……那个孩子?"云悠忍不住惊讶出声。活了这么多年,她还是第一次见到人形灵兽。

祁莲叹了一口气,语气里是深深的无奈:"你先去看看化的情况,我去看看丹药炼好了没有。"说着,她站起身,带着刚刚挑选好的灵草走了出去。

从祁莲身上收回了视线,云悠的目光又落到了不远处的两个人身上。

"真的吗？"这时少年的语气变得有些幽怨，然后他忽然扑到顾楚痕面前，像宠物般拉着顾楚痕的衣襟蹭脸，"主人你肯定在欺骗我！你怎么可以这样对我？"

主人……这嗲声嗲气的声音在挑战着顾楚痕的忍耐极限！如果身体允许，他一定会毫不留情地将他甩出去，越远越好！

顾楚痕吼道："你在干什么？压到我的伤口了！"

"那么凶啊……"一副被欺负的模样，少年无辜地眨着好看的眼睛，声音弱下来，"主人原来是喜新厌旧的啊……还记得那一天我们相遇，那个落叶四处飘的秋季，你站在树下，我抬眸撞上你迷茫的视线……"

"够了！你以为我想跟你订立契约吗？"忍着伤口的疼痛，顾楚痕将少年推开，"还有你是狗妖吗？好歹也是人形，怎么一扑上来就咬人？"

最初发现这个少年的时候，顾楚痕还以为他只是一个走失的孩子。没想到刚走上前，这个看似单纯无害的少年便如饿狼一般扑了上来，咬上了他的手。

来不及阻止和反抗，天地法则已成，两个人已经订立了生死契约。除非有一方死亡，否则契约永远不会消失。

被顾楚痕狠狠推开的少年见装无辜一如既往地没有效果，就恢复了嘻嘻哈哈的模样，他冲顾楚痕挑了挑眉，道："主人，不要将我跟狗妖那种低等的灵兽相提并论，我可是……对了，那个青衣姐姐叫祁莲对吧，那我就叫莲姐姐好了。"

"你服用的丹药都是莲姐姐亲手炼的哟！"少年就不信套不出话。

"这样她方便下毒。"

"可你没有事啊，这不活得好好的吗？"

"慢性毒药，你要试试吗？"

"啊？"少年一愣，"什么啊？"

"别烦我，不然就把你毒哑。"顾楚痕连眼都懒得抬。

接着耳边传来少年洒泪离去的声音，那带着哭腔的"主人你好坏"和少年的脚步声渐渐远离顾楚痕的耳朵。

终于清静了……顾楚痕靠在枕头上，揉了揉太阳穴，闭目养神。

云悠正要上前询问他的情况，却听"砰"的一声，门猛地被人用力踹开了。

"什么慢性毒药？"顾楚痕睁开眼，只见祁莲不知何时站在了那里，脸色暗沉，她的周身更萦绕着可怕的低气压。

"原来你觉得我是要给你下毒吗？"

"小莲你听我说，我刚刚的话……"顾楚痕顿时慌了神，急忙语无伦次地解释起来。

"主人，我就说你跟莲姐姐肯定……"刚刚准备离开的少年从祁莲背后探出头，

第三章 / 语坛风波

朝他做了一个鬼脸。

"你闭嘴！"顾楚痕狠狠地瞪了他一眼，又紧张地对祁莲解释，"小莲，你听我解释，我的意思不是你想的那样……"

祁莲完全没有理会神色慌乱的顾楚痕，而是沉着气看向云悠，语气平静地开口道："小萌，我这里的止血草不够用了，帮我到灵植园采一些止血草回来。"

"好。"云悠点了点头，赶紧溜之大吉。

师兄师姐的事情，她还是少掺和为妙。

只是没有想到，一向爱在自己面前耀武扬威的大师兄也有今天！

云悠在心里感叹着，忍不住嘴角上扬。

灵植园位于玄天剑宗的后山，与碧池的南端相接，里面种植着上千种灵药草，以供门内弟子修炼所用。

从空中遥遥望去，能看到一大片翠绿的灵药田，色彩斑斓的灵蝶在其中飞舞穿梭，浓郁的灵气萦绕其中，令人神清气爽。

这里以前是一片密林，因为灵气充裕，门派便专门在密林前端开辟了一片土地来种植灵药草。

灵植园后连接的是密林中心区域，时常有不知名的凶兽出没，所以只允许筑基期以上的弟子进入；再往深处，是密林未被探索的区域，危险重重，因此被设下了禁制，禁止任何人进入。

灵植园历代都是由落丹峰的弟子进行打理，入里采集灵药草需要进行登记，以确认身份和记录采集的灵药草的用途。

身为师姐的"小杂役"，云悠时常会帮祁莲采集灵药草，对进入灵植园的流程自然轻车熟路。

从飞剑上跳下，她随手将代表着身份的通信灵牌递给今天轮值的落丹峰弟子。

只是，那名弟子刚接过云悠的通信灵牌，脸色却突然一变，再抬头看向她时，双目中满是警惕之色："什么人？竟然敢冒充云悠师姐？"

进入过灵植园多次，云悠还是第一次遇到这样奇怪的状况，一时反应不及："你说什么？"

因为祁莲的关系，落丹峰的师兄师姐她都很熟悉，眼前的这名弟子大概是新来的，倒是眼生得很。

"发生了什么事？"这边闹出的动静很大，旁边的一名灰衣弟子循声而来。

看到云悠，他很热情地向她打招呼道："小萌师妹，又来帮祁师姐采药材吗？"说着，又板起了脸，转头教训起那名弟子来，"你闹什么？你面前这个不就是小萌

师妹吗?"

那名弟子愣了一下,脸上的戒备之色散去,取而代之的是一脸的困惑不解:"可是,云悠师姐不是刚刚才来过吗?"

"什么叫作'刚刚才来过'?"云悠从他的话中听出了一丝端倪。

那名弟子抓了抓头发,看看自己的师兄,又看看云悠,犹豫着开口道:"这……刚才有一个穿着红衣的女弟子,她手中拿着的也是云悠师姐的通信灵牌……"

"什么?"灰衣师兄也震惊了。

虽然这名弟子的描述里满是漏洞,不过得知这一信息,已经足够了。

云悠追问道:"那个红衣女子现在在什么地方?"

"还在里面……"

弟子话未说完,只觉得面前一阵轻风掠过,眼前的人已经不见了。

碧池湖畔边,种植着止血草的药田前。

一个穿着妖娆的红衣女子与几个杂役起了争执,正吵得激烈。

"云悠,你不要太过分了!"其中一名杂役女弟子瞪着面前的人,红着眼眶道,"灵植园里的灵药草并不是归你一个人所有……"

"就算我把这里的灵药草采光了又如何?"红衣女子冷笑出声,漂亮的眉眼中满是轻蔑,"你们不过是没有人会注意的杂役弟子而已,谁会管你们的死活?"

红衣女子的这些话,就宛如火上浇油一般,将余下的人都激怒了。

"你……"

突然,一把闪烁着雷光的飞剑笔直地、准确无误地插到红衣女子面前的地上!如此惊恐的一幕让红衣女子顿时花容失色,只是她来不及尖叫出声,所有的惊恐因为接下来的一幕全部卡在了喉咙里。

"逮到你了!"云悠身影轻盈地落到了两派人之间,正好隔断了红衣女子和刚刚与之争吵的女弟子的视线。

"你……"

不等众人回过神来,云悠已经将地上的紫霄剑拔回,对上红衣女子的视线,挑眉问道:"冒充我在门派里到处招摇撞骗的人就是你?"

"你……你胡说什么?我才是云悠!"红衣女子惊魂未定地看着云悠,忽地瞳孔一缩,神色慌乱地后退了一步。

云悠侧着脑袋,露出适时的疑惑不解的神色:"咦?我有说我是云悠吗?"

到底是怎么回事?听到这里,刚刚那几名跟红衣女子发生争执而义愤填膺的杂役弟子也不由得面面相觑。

/ 第三章 / 语坛风波

"啊……"

"扑通!"

等几人回过神来,只听一声凄厉的惨叫,刚刚那个嚣张跋扈的红衣女子已经被云悠毫不留情地踹入碧池中。

"冒充就冒充啊,抢不过还吵什么架,直接凑一顿再说。"完全不理会碧池中翻腾起的浪花,云悠拍了拍手,小声念叨,"真是丢尽我的脸……"

众杂役弟子刚想要上前道谢的脚步硬生生止住了,心中不约而同地冒出一个想法:这个师姐好凶哦!

解决了红衣女子,云悠又回过头,看向身后那几个明显还在发愣的杂役弟子,眨了眨眼问道:"这里的止血草你们还要采吗?"众弟子齐齐后退一步,纷纷摇头。

得到了确切的答案,云悠不再客气,弯腰开始采集止血草。由左往右一直扫荡过去,一棵药草旁一个晶莹发亮的东西突然吸引了她的注意力。

"咦?这是……"云悠捡起那个东西,放在手中打量——似乎是刚刚红衣女子被踹飞时,从她身上掉下来的通信灵牌。

云悠放出神识仔细检查了一遍,发现这个通信灵牌上果然被人施了伪化之术。

抹掉表层上伪装,她又将灵力输入对方的通信灵牌。

与此同时,山门前的语坛上悄然无息地冒出了这样一句话——

玄天殿·沈心柔:我是一个大笨蛋。

"原来是玄天殿的弟子,怪不得能冒充我。"云悠随手将通信灵牌扔到地上,自言自语道,"不过没听过这个名字啊……姓沈,是跟掌门有什么关系吗?"

再随意一脚将对方的通信灵牌踢入碧池中,云悠采集完所需的止血草后便扬长而去,只留下一众早已惊呆的杂役弟子。

第四章

一只小黄鸭

"真是的,最近的本子怎么都卖不出去啊……"

参天大树的树荫下,一个黄衣少年正咬着一支毛笔在抓耳挠腮,他的腿上摊放着一本蓝色封皮的本子,上面歪歪斜斜地画着一堆鬼画符般的文字。

这个黄衣少年,就是黄大壮,就在他暗自忧伤的时候,突然,眼角的余光瞄到了一角白衣……

"白……白溯!"黄大壮大惊失色,转身要逃,却不想激动过度,一头撞到了树上。"你在做什么?"白溯清冷的声音传入黄大壮的耳中,重叠在一起,营造出一种意外的可怕气氛。

"没……没什么啊,我只是想试试我的脑袋硬还是这棵树的树干硬,呵呵。"黄大壮回过头,干巴巴地朝白溯笑了几声,为了表示他说的话的真实性,还真的用脑袋"咚咚咚"朝树上磕了几下。

白溯神色冷淡地看了他一眼,冷冷地开口:"拿出来。"

"啊?什么?"黄大壮顿时惊出了一身冷汗。莫非对方发现自己在写他的故事?

"一只小黄鸭的孤本。"

咦?不过转眼间,黄大壮的心情便经历了跌宕起伏。他震惊了,看着白溯的眼神起了微妙的变化,但随即,他猛地反应过来——不对啊,他还没死呢,怎么能说"孤本"?黄大壮恼火地想,甚至有种将对方暴打一顿让他改正说法的冲动。

但是,理想和现实往往是相反的……

黄大壮迅速从他随身携带的布袋中翻出了一摞各种颜色封皮的本子,递向白溯,又朝他露出一个谄媚的笑容:"白师兄,你拿好,这是一只小黄鸭目前所有的作品,一共是……啊,不不不,即使你免费全拿走,也是可以的。"

话音刚落,他又不由自主地露出了一个心痛的表情。这一摞话本和趣闻逸事,可以卖多少灵石啊!

白溯明显有些嫌弃地扫了黄大壮一眼,那摞堆得高高的本子转眼间从他的手中消失,接着,他又随手扔给黄大壮一个袋子。

黄大壮还沉浸在灵石都飞走了的悲伤中,突然觉得手中一沉,差点儿被手中沉

第四章 一只小黄鸭

甸甸的袋子压倒在地。他愣愣地打开一看，顿时倒吸了一口凉气："上品灵石？"这一袋子都是上品灵石！

"你知道我是谁？"白溯微微蹙眉，漆黑如墨的眼眸中是说不清的情绪。

黄大壮连连点头，努力挤出一个讨好的笑容："当然，在玄天剑宗里，有谁不知道白师兄的威名。"

"那么，不准对她透露。"语气极冷地扔下这么一句话，白溯转身离去。

黄大壮站在原地愣了好一会儿，才恍然大悟，终于反应过来白溯口中的那个"她"是谁。他的眼珠转了转，忽而嘿嘿一笑。

他好像知道白溯的死穴了……收起脸上那阴恻恻的笑容，黄大壮掏出一块小手绢挥舞着向白溯告别。

"白师兄，欢迎再来找我买书，下次给你打八折……"

接收到白溯回眸冰冷的一瞥，黄大壮连忙住口，赶紧低头假装什么都不知道，同时有些心疼地想：顶多打七折！这种原则性问题，我是不会妥协的！

因为，节操诚可贵，生命价更高。若为金钱故，两者皆可抛！黄大壮愉快地哼着自己编的小曲，回头清点布袋里的话本，却猛地一愣。

糟了！他不小心把几本"重要的"本子塞到了刚刚卖给白溯的那堆话本里了！

"小小白，我回来了，我给你带了小鱼干……咦？小小白不在吗？去哪儿了？"

将止血草送到祁莲的手中，云悠心情愉悦地返回自己的屋中。推开门，她却没有在房间里寻找到小白猫的踪影。

与此同时，正在被云悠四处寻找的小白猫正躺在碧落峰的某一处，肚子朝天，眯着眼睛，懒洋洋地享受着阳光浴。

而它的身旁，那个已经跟顾楚痕订立契约、人形灵兽化身的少年正含着一根草，蹲在小白猫旁边，跟它念叨些什么。

"小少主，你挑选的主人怎么看起来跟你一样，都是呆呆的？"少年一手撑着下巴，一手戳着小白猫的肚皮，"作为一个姑娘家，总把肚子翻给别人看，也不害臊。"小白猫爪子微抬，毫不客气地拍掉少年的手指。

"算了，只希望我认的那个主人靠谱一些……"少年也不在意小白猫的态度，他收回手，眯起眼睛，若有所思地说道，"不过好像蛮有趣的……"

碧落峰的顾楚痕与人形灵兽订立契约一事不过半天的时间，已经传遍了门派上下。玄天剑宗内众人反应各异，祝福、羡慕和妒忌者皆有之。

夜色爬上天幕，几点黯淡的星光如稀疏的雨点般打在碧落峰的走廊楼阁间。

云悠在自己的屋里翻来覆去找了一遍，也没有找到小白猫的踪影。

"奇怪，小小白哪里去了？明明走之前我是将它放在……糟了！"

想起什么，云悠一拍脑门，赶紧跑到顾楚痕的房间："师兄，师兄！你有没有看见小小白？"

正探身偷偷把碗里的汤药倒到花盆里的顾楚痕被云悠的呼唤声吓了一跳，直接将碗打翻了，还差点儿从床上摔了下来。

他定了定神，赶紧将碗摆好，又赶在门被推开之前用衣袖将洒在床榻边上的药汁擦掉，掩饰般咳了几声："什么小小白？"

"没看见吗？那我去别处找。"听到顾楚痕的回答，云悠反倒松了一口气，"还好还好，幸好不是被师兄烤着吃了。"

刚将药汁的痕迹毁尸灭迹的顾楚痕动作一僵，意识到不对，他立刻出声喊住了那个蓝色的小身影："喂！云小萌，你回来！什么是'幸好不是被师兄烤着吃了'，我像是那样的人吗？"

"对了，"前脚还没踏进屋便要转身回去的云悠又折返回来，几步跑到顾楚痕的身边，眼睛亮晶晶的，"既然师兄受伤了，那我可以代替你去参加试剑大会了吧？"

这丫头，根本就没听他说话。

"这是谁说的？"顾楚痕在心中冷哼一声，挑眉反问道。

云悠上下打量着用绷带包裹着手脚的顾楚痕，理直气壮地说道："师兄你都受伤了，还能参加试剑大会吗？就是带伤上阵，打起来也不过瘾。还是让我来吧！"

看着一脸兴奋、跃跃欲试的云悠，顾楚痕毫不留情地打击她道："谁说我受伤了就不行的？我现在好得很，还能单挑十头荒原巨熊……啊，云小萌你做什么？你碰到我的伤口了！"他拍开云悠的手指，吼出声。

云悠指着刚才她戳的地方，皱起小脸不高兴地说道："师兄骗人，明明都痛得要死了，还说能单挑十个白溯。"

"哼，云小萌，你就死心吧，反正为兄是不会把名额让给你的。"顾楚痕微微一怔，有些疑惑地追问道，"等等，你说什么，白溯？"

"嗯，白溯……不就是长得像荒原巨熊那样的吗？"

不知道从什么时候起，在云悠的意识里，"白溯"和"荒原巨熊"这两个词，已经可以自由转换了。

顾楚痕愣了一下，终于忍不住捧腹大笑起来："云小萌，是谁告诉你白溯长得像荒原巨熊的？哈哈，我不行了……"

看着毫无形象地捶床大笑的顾楚痕，云悠不由得纳闷，这有什么好笑的？

"师兄，你认识白溯吗？"她疑惑地问道。

"当然认……咳，当然不认识。"眼角的余光瞄到了什么，顾楚痕迅速端坐好，

第四章 一只小黄鸭

一改刚刚的表情,恢复风度翩翩的君子形象,又努力朝门外的人挤出一个讨好的笑容,"小莲,我都把药喝光了,你看,碗都是空的。"

这一刻,云悠分明看见顾楚痕的脸上写着"做贼心虚"四个字。

她眨了眨眼,转头看向门口。只见祁莲不知何时站在了那里,宛如一株清净无瑕的莲花,亭亭玉立,纤尘不染。

"师姐。"云悠赶紧站好,做乖巧状。

"是吗?"将手中的托盘放下,祁莲径直走到顾楚痕身边,扯过他的衣袖嗅了嗅,又直直地看向他,语气淡淡地开口道,"顾楚痕,那你告诉我,你衣袖上的是什么东西?"

常年沉浸在对炼丹术的钻研之中,祁莲对灵药草的气味自然比其他人更敏感。

"这个嘛……这是……哈哈……"顾楚痕转了转眼珠,却莫名地感觉有些紧张,藏在薄被下的手紧紧握着,手心没多久就渗出了汗。

祁莲深呼吸一口气,瞪他一眼:"顾楚痕,你都多大了,怎么还像个小孩子似的,连喝个药都不安分?"

顾楚痕赶紧露出一脸无辜的表情:"小莲,我真的把那些汤药喝光了。只是喝的时候,不小心洒了一点儿出来……"

"那好。"祁莲沉着气,直接将一瓶丹药扔到他面前,"这是我刚炼好的回灵丹,你把它全吃掉吧。"

顾楚痕的脸立刻垮了下来,愁眉苦脸地看着手中那瓶丹药:"不是吧,小莲?能不能不要吃了,今天已经喝了几大碗的药汤……"

"那你还敢把药汤倒掉?"祁莲提高了声音,隐忍已久的怒火忍不住彻底爆发,"就算要倒掉,也要把善后工作做好,别让我发现好吗?你这次伤的又不是脑子,难道连一些简单的法术都忘记了吗?"

云悠极为赞同地点了点头,在一旁煽风点火道:"没错,师兄,你不能每次都把师姐辛辛苦苦熬的汤药和炼的丹药给倒掉。"

只是没想到,祸从口出。她的话音刚落,祁莲立刻转过身,将矛头对准了她:"还有你,云小萌!"

"哎?"云悠瞪大了眼睛,倒映着祁莲的眼中满是不解。咦咦咦?师兄不肯吃药跟她有什么关系?怎么突然扯上她了?

"装糊涂也没有用!"祁莲用食指戳了戳她的额头,"一个女孩子怎么整天想着打架?试剑大会有什么好参加的,不过是打打杀杀,轻则轻伤,重则断条胳膊少条腿。凌殊师伯因为担心你的安危才不让你参加试剑大会,你就不能安安分分地待在屋子里修炼……"不好了,师姐的说教模式又开启了。

见情况不妙，云悠赶紧转移话题："师姐，我先去找小小白了，有什么事情明天再说吧。还有师兄，不吃药是不行的，你千万不要放弃治疗！"

说着，她又朝顾楚痕做了一个鬼脸，然后转身跑掉了。

顾楚痕来气了："云小萌，这个丫头，你给我回来！看我不……"

"顾楚痕！你又欺负小萌！"

"啊啊啊，小莲，我错了。我下次不敢了，不要拧耳朵，痛痛痛……"

听着屋内的打闹和求饶声，云悠勾了勾嘴角，继续去屋外寻找她的小白猫。

夜色清凉如水。天空是被墨色沉淀的布幕，点着少许冰晶般的星，露出与白天的浮躁截然不同的安静。

一番搜罗后，云悠终于在后山的一棵参天大树下发现了小白猫的踪影。

只是，小白猫的旁边还有一个人——那个已经跟顾楚痕订立契约、化形为少年模样的人形灵兽。这个面若桃花的少年，手中正拿着一枝芦花，似是将它当成了逗猫棒，不停逗弄着面前的小白猫，嘴里还不时发出逗弄的嘿嘿声。

"喵呜！"小白猫上蹿下跳，想用爪子去够那枝芦花，却始终够不着。

"放开小小白！"云悠第一个反应便是大步蹿到小白猫的身边，将它和少年隔了开来。少年因为她的一声大喝，手下意识地松开，手中的芦花掉到了地上。

"你想对小小白做什么？"云悠将小白猫捞起来抱进了怀中，用脚尖将那枝芦花拨开，又抬头满目怒气地看向少年，"就算你是师兄的契约灵兽也不可以！"

"等……等一下，你是不是误会什么了？"少年一愣。

"哼，再让我看到你欺负小小白，我就打断你的腿。"云悠冷哼一声，抱着小白猫离开了，只留下少年在原地风中凌乱。而舒服地躺在云悠怀里的小白猫探出了头，朝身后的少年龇了龇牙，表示幸灾乐祸。

一夜酣梦，还处于半梦半醒状态的云悠接到了来自凌殊真君的传信。

大意是他今天会回到玄天剑宗。只是，凌殊真君的言语间充满了抱怨。他甚至毫不客气地命令云悠转告顾楚痕，让他立刻带着那头带毛的灵兽滚出碧落峰。

奇怪，师父还没有回来，怎么知道师兄养的那头灵兽是带毛的？云悠睡眼惺忪地揉着眼睛，满是不解地想。带毛的东西……

"糟了！"

目光触及正蜷缩在她的被窝里睡得香甜的小白猫，云悠顿时一个激灵清醒过来。她一骨碌从床榻上跳了起来，随手将衣服披上，便抱起还在昏睡状态的小白猫，踩上飞剑，向青鸾峰疾速而去。

"小白，师父就要回来了，小小白就继续拜托你了。"将小白猫放入白溯的手

第四章 一只小黄鸭

中时，云悠终于彻底松了一口气。总算赶在师父回来之前将小白安置好了。

"嗯。"白溯低头看了手中那团毛茸茸的东西一眼，面无表情地应了一声。

"喵呜。"

似是感受到白溯的注视，小白猫有些迷惑地睁开眼睛，抬起头迎上白溯的目光。

将小白猫交给白溯后，云悠用手压了压头顶那根不断竖起来的呆毛。她有些在意自己现在的形象，早上出来得太急了，就连衣服也是随便披上的，现在的自己一定是一副衣衫凌乱、头发乱糟糟的模样吧？不知道小白会不会介意。

云悠的脸上出现了一种极其纠结的表情，就在这时，白溯突然将一个大包袱塞到了她的手中。

"这个给你。"

"咦？这是什么？"云悠眨了眨眼，掂量着那个沉重的包袱，又疑惑地看向白溯，"都是给我的吗？"白溯缓缓地点了一下头。

带着一丝好奇，云悠打开了包袱，饶有兴趣地翻看里面的东西。她惊讶地发现包袱里面装着的都是一只小黄鸭前辈的最新著作，诸如《修仙记事录》《仙魔界手札》《兰翔仙院的传说》《渡劫仙丹茶叶蛋》《失落已久的神丹：辣条》《修仙专业哪家强》这样一些话本和攻略秘籍。

等等，底下的几本是什么？

目光飞快地从那几本书的书名上掠过，云悠觉得自己整个人都不好了。

《玄天剑宗不为人知的八卦》《掌门哪里逃》《江湖八卦》《恋爱指南》……

云悠看着底下的那几本书呆愣了好一阵，才抬头看向白溯，只是她的目光产生了一丝微妙的变化："小白，原来……你还爱看这类型的书啊？"

真是人不可貌相，没想到如冰山般孤清冷傲的小白，也会看这种不正经的闲书，实在令人难以置信。

"我……"白溯脸色微微发僵，手不自觉地松开，怀里的小白猫就这样掉到了地上。

"喵呜！"双脚落地，小白猫终于彻底清醒过来。它抬头朝着白溯发出一声不满的抗议，然后迈着小短腿跑到云悠跟前，亲昵地蹭了蹭她的脚。只是，它的撒娇并没有得到任何回应。

小白猫有些失望地耷拉下脑袋，灰溜溜地走到一旁，无精打采地盯着地面发起呆来。

白溯对上云悠那"没想到你是这样的人""小白，我真是看错你了""原来这才是真正的你"的眼神，所有解释的话全部堵在了喉咙里，却怎么也说不出口。在这种僵持不下的状态中，他的脸上漫上了一抹可疑的红晕。

似是意识到自己过火了，云悠赶紧收回视线，将那几本书塞回到白溯的手中，又一脸认真地向他保证道："放心吧，每个人都有属于自己的秘密，爱看这种闲书也不是什么大不了的事情……更何况人无完人，有一两个缺点也是正常的，就像白溯，虽然是我们这一辈中最厉害的人，但是长得像荒原巨熊。所以，这件事我会保密的，绝对不会告诉任何人的。"

毫无存在感的黑鸦看看云悠，又看看自家主人，转了转小眼珠，猛地意识到情况不对劲儿，赶紧跳到了一旁的树丛中，捡起两片大叶子遮住自己的眼睛。

小白猫走上前，看着黑鸦用叶子遮着眼睛的奇怪举动，歪了歪脑袋，似乎对它的所为很不解。它将脑袋凑上前嗅了嗅，顿时感觉到黑鸦浑身都变得僵硬起来，于是它一爪子拍了上去。

黑鸦狠狠地跌倒在地上，它赶紧回头用翅膀捂住自己的屁股，却被小白猫用爪子抓下了一地的羽毛。

"哑哑哑……"黑鸦赶紧着急地叫了起来。喂喂，你这笨猫！赶紧给我住手！住手！

云悠安慰的话非但没有令白溯心情好转，反而是火上浇油。

白溯黑眸暗沉，手握着的那几本书的封皮也开始变形。

"小白？"云悠疑惑地侧着脑袋，试探地唤了他一声。

向来属于行动派的白溯并不擅长言语的解释，因此他直接伸手拉上还未反应过来的云悠，一言不发地踏上了飞剑。

"哎？小白，你要带我去哪里？"

等云悠回过神来，她才发现自己已经在飞剑上了。

"去找一个人。"白溯平静地回答道。

"咦？"

落霞峰，玄天剑宗杂役弟子的居住地。

所谓的居住地，不过是几间简陋的小竹屋。因为资质不足，杂役弟子的待遇相对于其他弟子来说自然差了一大截。除了门派提供的物资外，他们每天的大部分时间都要花在干活上，只有到了夜深人静的时候，才能挤出一点儿修炼的时间。

而此时此刻，在这座简陋的山峰上，正有三三两两的杂役弟子在附近打扫着落叶。

靠近竹屋这一端，一名杂役弟子将树叶扫成一堆后，便停了下来。他伸手抹掉额上的汗珠，正要继续工作，只是很快，他的注意力便被落在不远处的两个人吸引了。

那是一对长相极为出色的男女，当这名杂役弟子的视线落到他们的衣服上时，

第四章　一只小黄鸭

不由得一愣。绣着银纹的衣带，分明是亲传弟子的标记。

"这位师兄和师姐，请问你们要找谁？"见状，这名弟子立刻热切地迎了上来，满脸堆笑地问道。

白溯的目光在周围环视了一圈，直接开门见山道："黄大壮在哪里？"

"咦？两位要找大壮哥吗？"弟子挠了挠脑袋，有些为难道，"这位师兄，大壮哥早上告诉我，要是有人来找他的话，就让我告诉来找他的人，说他不在。"

许是说话习惯的原因，这名弟子的声音十分洪亮，因此无比清晰地传入了竹屋中。

"喀喀喀……"正蹲在床角啃着一只香蕉的黄大壮很不幸被呛到了，猛地一阵咳嗽，"陈小二那个笨蛋！"

自从把那几本书卖出去后，接连几天，黄大壮都处于一种担惊受怕的状态。昨天晚上，他甚至从被白溯砍成十八段的噩梦中惊醒。

于是，他索性装起病来，以此躲避白溯。没有想到，昨夜绞尽脑汁想出的无数种脱身的方法，一种都没来得及用上，他就被笨队友给卖掉了。

明显感觉到房间里的气压变低，黄大壮深知自己躲不过去了，只好站起身，深呼一口气，然后推开门。

站在竹屋的台阶上，黄大壮刻意避开了白溯那冰冷目光，装模作样地左顾右盼："啊哈哈，大家好啊！今天天气真不错，白……"

"白什么？"云悠敏锐地捕捉到黄大壮话中的关键词。

黄大壮立刻意识到自己说漏嘴了，连忙一个急刹跳过话题："啊，没什么，我只是在感叹白云，今天的云朵好白啊……"

云悠皱了一下眉，疑惑地转头看向白溯："小白，你为什么带我来找黄大壮？"

"解释。"白溯冷冰冰地扔给黄大壮两个字。

"解释什么？"黄大壮一愣，下意识地看向白溯，果然收到一道极为冰冷的目光。

"啊！"他猛地一惊，赶紧说道，"我想起来了，想起来了……"

他停顿一下，又支支吾吾地说道："其实……其实昨天卖给你的几本书，其中有几本是打算留着自己看的，可是不小心塞进卖给你的书里了。"

"什么意思？"云悠听得云里雾里，完全不明白是怎么一回事。

白溯握上了自己的剑，微微动身，黄大壮心里一惊，暗叫不好，赶紧使用转移话题大法。

"等等！我还有话要说！"他惊叫出声，"那个啥……昨天师兄买了我这么多书，我决定送你一份赠品。"

他说着，手忙脚乱地从怀里掏出一个精致的小盒子，递了过去："这是我昨天

在坊市上买到的灵果，反正对于我这种杂灵根的人也没什么用，就当是给师兄的赔礼吧。"

这颗九霄雷果，是他昨天逛坊市的时候，从一位古怪的老头手中花大价钱买来的，刚好花光了白溯给他的全部上品灵石。

原本黄大壮打算把九霄雷果留在试剑大会前夕服用，哪知道……想到那袋飞走的上品灵石，他就忍不住心如刀割。

外挂可以不要，灵石可以还他吗？

白溯打开盒子看了一眼，便将它扔给云悠："收着。"

当云悠看到盒子里的东西时，忍不住惊讶出声："咦咦咦？小白，真的给我吗？"

不远处，一个冷冷的目光注视着他们的身影。

"两位，我突然想起我还有些事情要办，先走一步了，有空再聊。"

三十六计，走为上计。趁着云悠和白溯谈话的空当，黄大壮匆匆扔下一句话，便转身一溜烟地跑掉了。

"喂！大壮哥，你要去哪里呀？除了要把周围的树叶打扫完，你今天还得去打扫茅厕啊，今天不把活儿干完，估计管事又要骂你了！"倒是一旁一直陪同着三人的陈小二有些着急了，双手做喇叭状放到嘴边，对着他的背影喊了起来。

前方身影一个踉跄，可他非但没有停下来，反而加快了脚步。脚下生风一般，黄大壮转眼间已经不见了踪影。

"这个黄大壮在做什么？他到底要跟我解释什么，怎么没把话说清楚就跑掉了？"看着黄大壮逃得飞快的身影，云悠一脸不解。

她还是没有明白白溯带她来落霞峰的目的，不过……

低头看向手中的盒子，云悠微微扬起了嘴角。

有了九霄雷果，就可以跨越之前的修炼瓶颈了。只是还差了一味药——用以温和九霄雷果烈性的碧藕草，不过这种草很常见，在玄天剑宗附近的坊市中就可以买到。

想到这里，云悠下意识转过身，朝白溯扬起一个大大的笑容："小白，我还要去坊市一趟。你先回去吧，不必等我了。"

从黄大壮跑掉的方向收回了宛若寒冰的目光，白溯毫不犹豫地开口道："我跟你一起去。"

"咦？小白，你也有东西要买吗？"云悠疑惑地看向他。

"嗯。"白溯微微点了一下头，给出了一个并不确切的答案，随即移开了视线。

蹲在白溯肩上的黑鸦默默地扭过头，将脑袋埋到了翅膀底下，忍不住在心里喊道：主人这个大笨蛋！连说谎也不会！

第四章 一只小黄鸭

"那正好,我们一起去吧。"云悠点头欣然同意道,突然想到了什么,又好奇地问道,"不过小白,你怎么知道我需要九霄雷果的?"

"不久之前,我在语坛上见过你发布的信息。"

云悠不由得感到意外:"原来是这样,那我们……"

玄天剑宗中,拥有纯正雷灵根的人并不多,除了云悠以及师兄顾楚痕外,也不过寥寥的两三人,而真正需要用到九霄雷果的弟子更是少之又少。

虽然云悠在语坛上发布过相关的交易信息,但很快便淹没在其他的信息中,她从未想过会被人注意到。

"先等等。"白溯突然开口道。

"小白?"云悠愣了一下,有些不解地看着白溯,视线一直跟随着他走到不远处的树下,看着他从乾坤袋里拿出了几本书,毫不犹豫地将它们全部扔在那里。

"走吧。"

云悠有些疑惑地回头看了那堆书一眼,还是将心中的疑问压了下去,跟上了白溯的脚步。

竹屋另外一端,挑着两担水经过的乔三看见眼前的一幕。不自觉地放下手中的扁担,他的目光越过白溯,直直看向云悠,似是看呆了。

"那个就是凌殊真君的亲传弟子、玄天剑宗一直盛传的拥有变异雷灵根的天之骄女云悠吗?"乔三眯了眯眼,自言自语道,"不愧是出自修仙大家族的女子,果真是绝色。"

直到两个人的身影从视线范围内消失,乔三才迅速走上前,捡起刚刚被白溯扔掉的几本书。

目光从书籍的封皮上扫过,当看到那几本书的书名时,乔三不由得冷笑出声,在心中讥讽道:没想到看似相貌堂堂的白溯也会看这种闲书。

他握着几本书想了想,便将它们收了起来。

就在这个时候,一张泛黄带着字迹的纸张从一本书的夹层中飘出,飞落至乔三的脚下。他微微一怔,弯下腰捡起纸张,眯起眼睛,不觉屏气凝息起来。

这张纸似乎是一本书的内页,泛黄的纸张,在诉说着它的古老,似是什么古籍的书页。只是看了一眼,乔三便着迷了,立刻被其中的内容深深地吸引了。

"一只小黄鸭孤本的残页,这白溯还真是暴殄天物……"乔三喃喃自语道,当翻到背面时,不由得倒吸了一口凉气,"辣条?茶叶蛋?天地初开之时由混沌之力孕育的绝世神物,只要吃了就……为何我以前从不知道,世上竟有如此神奇之物?"

"总算逃过一劫……"半个时辰后,用衣服将自己裹得严严实实的黄大壮一路

鬼鬼祟祟摸索回到自己的住处。

他左顾右盼一番，确认白溯和云悠已经离去了，这才松了一口气，放心地推开门走入房间。

只是没有想到房间里竟然有人！一个青衣的身影正背对着他，在竹床前捣鼓着什么。

有小偷？黄大壮被自己的想法吓了一跳，立刻冲上前，厉声质问道："你是谁？你在做什么？怎么会在我的房间里？"

青衣的身影转过身来，借着从外面照进来的光线，黄大壮看清了对方的相貌，是一个长相清秀的少年。

"黄师兄，我叫乔三，是新进门的弟子。"青衣少年看到来势汹汹的黄大壮时，明显愣了一下，然后才解释道，"刚刚管事对我们的住处做了调整，我被分到了这里，刚刚搬过来的。以后我们就是共居一室的舍友了，希望黄师兄多多指教。"

"哦，是这样吗？"黄大壮半信半疑道，视线有意无意瞄向青年少年的脚边，果然竹床边多出了两个大包袱，应该是属于这个叫"乔三"的人的……

可想到这里，黄大壮突然被吓出了一身冷汗。等等，少年自称"乔三"……

乔三？那他不是……

乔三并没有发现黄大壮那一瞬间的异样，而是朝他露出一个十分憨厚的笑容，恭谦地问道："黄师兄，听说你被称为玄天剑宗里的'百事通'，上知天文，下知地理，既然如此，我能否请教你一个问题？"

"什么问题？"黄大壮还处在惊魂未定的状态中，根本没有意识到对方问了什么问题，只是随口应了一声。

乔三敛起眼中的迫切之色，只是颤抖的声线暴露了他的激动："不知道黄师兄是否知道，天地初开之时由混沌之力所孕育的辣条和茶叶蛋？"

玄天剑宗附近的坊市还是一如既往地热闹非凡。

随着试剑大会的到来，除了玄天剑宗的弟子，坊市中还随处可见一些外来的身影，来自各大修仙门派，亦有各地的散修，都是慕名来观战的人。

"走，小白，我们去那边看看。"

看到眼前车水马龙、人来人往的景象，云悠很快忘记了来坊市的目的。忽略不时从周围投来的一些异样的目光，她兴致勃勃地拉着白溯走向了路边的摊档。白溯的视线落到了云悠拉着自己衣袖的手上，嘴角不由自主地勾了起来。

"两位道友，随便看看有什么合适的。"一个留着长长白胡子的老头，戴着一顶斗笠，额宽面长，皮肤有些发暗，长相普通。当看到白溯和云悠走近时忙吆喝起

第四章　一只小黄鸭

来，但声音不大，估计是初次摆摊。

云悠先是看了摊上摆放的物品，与先前所看到的没有什么不同。摊上的物品并不多，都是一些普通的丹药、符箓和阵盘等物，还有几件有些发旧的法器，并无什么特点。但随即她的目光被放在摊上的一件物品所吸引。

"咦，这是……"

"这位仙子真有眼光。"老头顺着云悠的视线看了过去，立刻出声夸赞道，"这是几年前，我从一个上古仙府那里无意中得到的。这吊坠带了一个防御法阵，有极好的防御作用，水火不侵，刀枪不入。因为这件防御法器过于女气，所以我打算把它卖了。"

云悠端详着手中的物品，有些迟疑。这是一个精致的莲花形状的小吊坠，似乎是用冰晶制成的，晶莹剔透，在掌心里也显得小巧玲珑，精致的花瓣雕刻得惟妙惟肖，在日光之下流淌着别样的光彩。

老头见她犹豫，又赶紧补充道："仙子可中意这个吊坠？价格并不贵，只要十个中品灵石即可。"

从上古仙府中得来的物品，只需要十个中品灵石，的确不贵。

身为玄天剑宗的亲传弟子，云悠向来不缺灵石等物。对灵石没有什么概念的她稍微掂量了一下，很快便决定买下这个吊坠。

但是一摸腰间，她便怔住了：哎呀，不好！出门的时候太急，忘记带灵石了！

就在这时，一个清亮的女声传入耳中："这位师妹，既然你没有带灵石，可否将这个东西让给我？"

第五章

夜探碧海峰

　　云悠转过身去，身后不知何时多了一个人。

　　眼前的女子身着一袭淡紫莲纹长裙，腰束银白缎带，乌黑长发绾起，以一支玉白花簇的簪子束着，明眸皓齿，容貌娇艳，一双凤目温和淡然，却如深海般难测。

　　从衣饰上看，她同样是玄天剑宗的亲传弟子。

　　云悠却十分好奇："你是怎么知道我是师妹的？"

　　女子似乎没有想到云悠会问出这样的问题，愣了一下，才反应过来："师妹看起来比我更年轻一些，又穿着亲传弟子的服饰，所以我便猜测……"

　　"可是，辈分称谓不是按入门的资历分的吗？"

　　云悠眨了眨眼睛，有些不解地问道。

　　"这……不要纠结这个问题了，不知道师妹可否将你手中的吊坠让给我？"紫衣女子有些尴尬地跳过这个话题，又十分诚恳地解释道，"试剑大会快要开始了，因为我是初次参加这样的盛会，资历不足，担心会遇到强劲的对手，所以想要买一件上好的防御法器……"

　　"灵石我有。"不等云悠答话，白溯清冷的声音突然插了进来。云悠和紫衣女子一同看向了白溯，女子顿时脸色僵住了。

　　白溯没有理会她，而是转身对摊主道："我跟她是一起的，我替她付。"

　　话中的"她"，自然是指云悠。

　　紫衣女子有些勉强地笑了笑："既然如此，我就不夺师妹所好了……"

　　云悠有些着急地开口阻止道："小白，不用了吧，你已经把九霄雷果给了我，怎么能再花你的灵石。我刚刚也只是觉得这个吊坠好看而已，其实买不买都无所谓……"九霄雷果？紫衣女子垂下眼睑，眼中闪过一抹极为复杂的神色。

　　"既然这位师姐需要防御的法器，那我们就让给她吧。"云悠说着，将白溯伸入乾坤袋中取灵石的手按了回去，"反正我也用不着……"

　　白溯的目光落在云悠按在自己手上的小手上，感受着她手上的温度，动作下意识一僵，一时忘记了反应。

　　紫衣女子在心底冷哼一声，再抬头的时候，脸上已经换上了一副感激的表情：

第五章　夜探碧海峰

"那我先谢过师妹……"说着便伸手去取灵石。

"等等，我不卖了！"摊主见状，却出乎意料地将吊坠收了回去。

"老板，你这是什么意思？"紫衣女子脸上的笑容终于挂不住了，语气也变得尖锐，她十分不悦地指责道，"这位师妹都愿意将这个吊坠让给我了，你为何又要反悔？"摊主并没有被女子的气势影响，丝毫不为所动。

"我的意思是，我不收灵石了。"摊主慢悠悠地开口道，又一脸期待地看向白溯肩上的黑鸦，指着它道，"我只要这只乌鸦，如果这位仙子肯用乌鸦跟我交换，我就把这个吊坠送给你了。"

"咦？"云悠看看摊主，又看看白溯肩上的黑鸦，一脸惊奇。

"可刚刚你不是说只要十个中品灵石就可以了吗？"紫衣女子压抑着怒气问道。

摊主一脸理所当然的表情："没错，可现在我改变主意了。"

紫衣女子气得脸都绿了。

之前还垂头丧气的乌鸦瞬间骄傲起来，它昂首挺胸，朝白溯抛去一个鄙视的眼神，似乎在说：看吧，看吧，你长得还没有我有魅力。

白溯无语了。

就在他要伸手将那只欠扁的黑鸦拍落在地的时候，云悠却伸手拉过了他，毫不犹豫地说道："小白，我们走吧。"摊主有些急了，连忙出声道："仙子不考虑一下吗？有些机缘一旦错过了，就没有了。"

"不必了，这个机缘或许本就不属于我。对于小白来说，小黑就是无价的。"云悠停下脚步，回头看向他，语气淡然，"我怎么能用价格低廉的物品来衡量无价的东西？这场交易根本就不公平！"

"小白，我们走吧，到那边的灵药铺买灵药草去。"说完，便拉着白溯往另一边的店铺走去。

看着云悠和白溯走远的身影，摊主有些失望地叹了一口气，又看了紫衣女子一眼，语气也变得不耐烦："算了算了，既然这位仙子想要，就以十块上品灵石的价格卖给你吧。"

他索性坐地起价，一副"爱买不买"的表情。

这嫌弃的语气，就像是很不情愿地把别人挑剩的东西让给她。

紫衣女子眼底掠过一抹不悦，她咬了咬唇，还是一言不发地付了十块上品灵石，接过那个莲花吊坠，转身离去。

直到走到一个无人的地方，以为自己表现得天衣无缝的紫衣女子终于长舒了一口气。

虽然这一次感到十分委屈，但无论如何……她看着手中的莲花吊坠满意一笑。

这个吊坠，总算是到手了！

从出售灵药草的店铺出来，已是傍晚时分。

这一天收获良多，云悠露出一个心满意足的笑容，然后转头看向白溯，愉悦地开口道："小白，今天谢谢你啦，灵石我下次再还你。"

"嗯……好。"白溯微微点头。

她歪着脑袋想了想，又有些郁闷地说道："不过刚刚那个师姐笑得好假，我不喜欢她。明明想要那个吊坠，为什么还要装出一副谦让的模样？"

"我也不喜欢。"白溯伸手揉了揉她的脑袋，"我们回去吧。"

"嗯。"

云悠应了一声，忽然感到腰侧一阵烫热的感觉传来。她怔了一下，才发现是她的通信灵牌在作怪。

她赶紧拿出一看，才发现上面已经积累了好几条还未阅读的传信。

"糟了，是师父的传信！"不过半天时间，凌殊真君接连给云悠发了好几次传信，但是一整天她都没有发现，"不好，师父要发火了。"

"抱歉了，小白，我得回去了。"她赶紧将通信灵牌放回腰带里面，边向白溯告别边手忙脚乱地放出飞剑，踩了上去，"我先走一步，下回见。"

白溯点了点头，目送着她离去。

云悠以最快的速度赶回碧落峰，急匆匆地跳下飞剑，向着凌殊真君的屋子跑去。只是才刚走近，她就明显感受到一股低气压从屋内传出。

她下意识停下了脚步，扒在门边，探出半个脑袋，眨眨眼睛向门内窥视。

然而在她探出头的那一刻，凌殊真君隐含着怒气的声音便传入了耳中……

"云小萌，愣在那里干什么？还不快进来！"

云悠试探地迈出了一步。不过，一想到凌殊真君那阴沉得似乎能够毁天灭地的脸色，她刚迈出的步子又缩了回来。

"云小萌！还不快点儿进来！"掺杂着怒气的声音再次响起。

"来了来了！"云悠赶紧从门后跑了出来。可是她跑得太急了，中途不知道被什么绊了一下，一个趔趄，整个人直直扑倒在凌殊真君面前。

"呀……"她低呼出声。虽然身体有灵力护着，并没感到疼痛，但这样一下摔倒在地上，还是有些狼狈。

"噗……真是够笨的。"上方突然传来一个嘲笑的声音，云悠下意识抬起头，才发现除了师父凌殊真君外，师兄顾楚痕也在。

"坏师兄，你才笨！"云悠从地上爬了起来，朝顾楚痕做了一个鬼脸，表示她的不满。顾楚痕挑眉反问道："走个路都能摔倒，难道还不笨吗？"

第五章 夜探碧海峰

"我……"

一直黑着脸的凌殊真君出声打断了两个人:"好了好了,你们两个,都给我安分些!"

"是,师父!"云悠赶紧站好,换上一副乖巧的表情,眨巴着眼睛看向自家师父。

顾楚痕也将头转向另一边,不说话了。

凌殊真君这才将目光转向云悠,冷着脸问道:"云小萌,老实交代,为师不在的这段时间,你都干了什么好事?"

云悠愣了一下,很认真地低头思考了一番,然后抬头说道:"师父,这些天我都有好好修炼的,绝对没有偷懒!"

看着小姑娘一脸"求夸奖"的表情,凌殊真君就忍不住来气:"我不是说这件事!听说你把掌门的女儿给打了?"

"掌门的女儿?是沈欣茹师姐吗?"云悠仰着头看向凌殊真君,清澈的黑眸里写满了问号,"可我从来没跟她打过架啊。"她也只是听说过对方的事迹,就连真正见面也没有几次。

一旁的顾楚痕扫了她一眼,忍不住开口道:"不是啦,云小萌,师父说的是另外一个,好像叫什么沈心柔的。"

"咦?掌门还有另外一个女儿?沈欣茹师姐不是掌门的独女吗?"云悠惊奇地问道。

"那个沈心柔,似乎是掌门与凡人女子所生的,最近一年才被接回玄天剑宗,还没多少人知道。"说到这里,顾楚痕语气淡淡,但还是能听出其中的幸灾乐祸,"就是不久前,被你一脚踢下碧池的那个女的。"

"原来是她啊……"被顾楚痕这么一提醒,云悠倒是想起来了。掌门的女儿,就是指不久前在门派中冒充她到处行骗的红衣女子吗?想到这里,云悠若有所思地点了点头:"没想到掌门相貌堂堂,却做这种事啊……"

玄天剑宗现任掌门沈问天的道侣赤婵元君乃上任掌门之女,而他是上任掌门的爱徒,两个人相处多年,感情日渐加深,后来便结为道侣,生下一女名为沈欣茹。两个人在外人看来十分恩爱,可谓玄天剑宗里的模范道侣。可惜在三年前,赤婵元君遭遇魔修暗算,意外陨落,沈问天还为此伤感了好长一段时间。可没有想到,沈问天竟然还有一个与长女年纪不相上下的女儿?

凌殊真君不耐烦地说道:"好了,别人的家事轮不到我们置喙,你只需要告诉为师是或不是就可以了。"

"当然!谁让她冒充我,还四处败坏我的名声。"云悠轻哼了一声,丝毫不以为耻反以为荣,"如果是我,都是直接揍对方一顿再说,还吵什么架,实在太丢我

的颜面了。"

凌殊真君眉头紧蹙："云小萌，为师不是告诉过你，凡事不能都用武力来解决，要伺机行事……"

云悠立刻将头点得像小鸡啄米似的："我明白，师父的意思是，不要起正面冲突，找合适的机会，用麻袋把对方的头套起来，狠狠揍一顿，最后还要让对方对你感恩戴德！"

"胡说八道，为师什么时候这样教你了？"凌殊真君忍不住用力敲了一下云悠的脑袋。

"啊……师父，痛！"云悠捂着被敲痛的脑门，又抬头不解地看向凌殊真君，"难道不是吗？凌华师叔都是这样说的，他说师父你最喜欢在背后整人了……"

"好，先不说这件事。"凌殊真君掩饰般轻咳了一声，迅速转移话题，"还有另外一件事，你跟顾楚痕两个到底是怎么回事？为师不是说过，不许将带毛的东西带回碧落峰中吗？你们为什么还要忤逆为师？"

"咦？我哪有？"云悠眨了眨眼，露出一脸无辜的表情，"那只人形灵兽不是师兄的……"

"喵呜。"旁边响起一声软软糯糯的猫咪叫声，好像在赞同云悠所说的话。

云悠不由得一愣，下意识低下头。

然后，她才发现，这个时候应该待在白溯那里的小白猫不知道什么时候出现在这里。它双腿并拢，一本正经地蹲在她的旁边。

"咦？小小白？"云悠十分惊讶地抱起它，仔细端详着，"你不是在小白那里吗？怎么回来了？"

"喵呜。"小白猫懒洋洋地眯起了眼睛，叫唤了一声回应她的问题。

"所以我不在的这些天，你们做了什么？"

凌殊真君的一声怒喝将云悠的思绪拉了回来，她心里暗叫一声"糟糕"，赶紧将小白猫藏到了背后："师父，你听我解释……"

凌殊真君终于忍无可忍，直接对着两个人暴喝道："顾楚痕！云小萌！你们两个，带着这两只有毛的东西给我出去！不把它们处理好，就不要回来了！"

就这样，云悠和顾楚痕被赶出了碧落峰。被师父扫地出门，实在有失颜面。

"我说，你们也被赶出来了吗？"碧落峰外，正倚在一棵参天大树上的青衣少年看到他们狼狈的模样，不由得挑起了眉，嘴里咬着的一根草上下晃动了几下。

云悠没有答话，她看着旁边的小白猫，发起愁来。两人一猫蹲在碧落峰的结界外，面面相觑，气氛变得十分安静。

"说起来，大色兽，我还不知道你叫什么呢！"云悠蹲在地上，撑着下巴盯着

第五章 夜探碧海峰

少年看了半响，最先开口打破寂静。

"大色兽？"这个称呼成功吸引了顾楚痕的注意力，他看看云悠，又看看少年，不由得笑出了声，"云小萌，你果然就只有爱给别人起外号这个优点值得表扬了。"

"不要给别人乱改名字，我才不叫什么大色兽！"少年涨红了脸，生气地反驳道。

云悠歪着脑袋看向他："那你叫什么呀？"

"我……为什么要告诉你们？"少年突然收住了话，他冷哼一声，扭过头去，一脸傲娇的样子。"为什么不肯告诉我们？名字不是让别人叫的吗？难道是因为太难听了？"云悠说着，跟顾楚痕交换了一个疑惑的眼神。

少年脸上的红晕不断加深，依然嘴硬道："才……才不是！"

就在此时，由始至终很安静地待在一旁的小白猫突然伸出爪子，在一旁的地上画出了歪歪扭扭的三个字——"二狗子"。

"咦？"云悠和顾楚痕好奇地凑过头去。

"等等……"少年脸色一僵，连忙上前阻止。

但已经来不及了，不等众人反应过来，小白猫又在那三个字旁边画了一个箭头，指向少年。

"原来……大色兽你叫二狗子啊。"云悠看向少年的眼神顿时变得怪异，"怪不得你不肯告诉我们。"

"看不出来……"顾楚痕饶有兴趣地摸了摸下巴，上下打量着少年，"莫非你的真身真是一只狗？"

"胡说，我可是神兽！神兽！不要将我跟那些低等的狗妖相提并论。"听到顾楚痕的问话，扶着树干的少年马上炸毛了，反复强调，"我们羊驼一族可是……"突然意识到自己说漏了嘴，少年的声音戛然而止，同时脸色一变。

"羊……什么羊？"顾楚痕转头看向云悠，"哎，云小萌，你听说过这种灵兽吗？"少年冷哼一声，傲娇地抬起下巴，脸上满是"无知的人类""愚蠢的人类"的表情，与此同时又暗暗松了一口气。

哪知道……

"羊驼？等等！我好像知道！"云悠并没有露出他想象中的迷茫之色，反而眼前一亮，立刻从乾坤袋里翻出一本书——是一只小黄鸭所著的《上古神兽大全》。

她飞快地翻到某一页，朗读起来。

"羊驼，神兽的一种，生长于传说之境地无境戈壁上。戈壁寸草不生、缺少食物，条件十分艰苦，但羊驼依然克服了艰苦的环境，并顽强地生活了下来。羊驼近人，平时温和无攻击性，但被激怒时会变得凶狠，叫声极具破坏力……"

念完这一大段话后，她又抬头用惊奇的目光打量着少年："我还以为羊驼这种

生物只存在于传说中,没想到真的存在啊。"

顾楚痕愣怔了好一阵,才反应过来,扑哧一下笑出声:"哈哈哈……我听说过的神兽有青龙、白虎和玄武之类的,偏门的一些有梼杌、獬豸、犼、重明鸟、毕方、饕餮、肭肭、诸犍……可从来没听说过羊驼呀,所以二狗子,你们一族到底是什么神兽?"

少年已经没有搭理这对师兄妹的心思了,他蹲在一旁的树荫下画着圈圈,瞪了旁边优哉游哉的小白猫一眼,又碎碎念道:"小少主……你真是好样的……"语气里有几分咬牙切齿的味道。

"喵喵喵!"小白猫欢快地叫着,迈着小短腿躲到了云悠身后。然后探出半个脑袋,似是十分无辜。

云悠揉了揉小白猫的脑袋,又转头看向顾楚痕:"对了,师兄,你的伤怎么样了?真的能参加试剑大会吗?"

"当然。"顾楚痕斜睨了她一眼,轻哼道,"怎么?又打我那个名额的主意吗?云小萌,你就死心吧。我就是带伤上阵也不会把名额让给你。"

师兄妹俩就这样旁若无人地议论起来。若是让凌殊真君知道他们没有认真商量该如何处置那两只带毛的灵兽,反而有一搭没一搭地讨论起无关紧要的事情,估计得气死。

云悠也懒得跟他拌嘴,直接跳过了这个话题:"那试剑大会的时候,你要带二狗子一起去吗?"

"我说,不要再喊那个名字了!不要叫了!"少年抱着脑袋恼怒地喊道。可惜没有人理会他。于是,他不画圈圈了,改用指甲挠树,发出"吱吱"的尖锐的响声。

"当然,试剑大会是对报名者综合实力的测量,灵兽也是其中的一种。"顾楚痕不假思索地答道。

云悠眨了眨眼:"可是,你要是在台上喊出'出来吧,二狗子!'这种台词,不觉得很丢人吗?"

顾楚痕先是一愣,随即有些激动地道:"云小萌你这个笨蛋,谁要喊这种白痴的台词了?"

"不过,要是二狗子的名字再炫酷一点儿,不是不能考虑的……"只是不等云悠接话,他又摩挲着下巴,自顾自地说了下去,"可惜……"云悠忍不住捂脸。

无论哪个名字,喊出这句话来都很奇怪啊!难道是顾楚痕之前的伤还没好,还是伤到了脑子?果然,还是要乖乖吃药啊,师兄!

不过这些话在心里想想也罢,说出来顾楚痕说不定会大发雷霆。

只是,一想到在试剑大会的擂台上大声喊出"出来吧,二狗子"的顾楚痕,她

第五章 夜探碧海峰

就有些接受不了。就在这个时候,云悠远远地看见祁莲黑着脸向两个人走来。

"啊,师姐!"她赶紧举起手朝祁莲挥了挥。

一听到祁莲的名字,顾楚痕立刻转过身,身上慵懒的气息瞬间全无。

"小莲小莲,我被师父赶出来了。"他朝祁莲喊道,一脸楚楚可怜的表情。

在这一瞬间,云悠似乎看到顾楚痕身后有一条尾巴在摇啊摇。

"那你就跟你的人形灵兽好好在外面待一个晚上吧,小悠,我们走。"祁莲看也没看他一眼,直接上前将云悠拉走。

"师姐,等等。"云悠立刻明白祁莲是来接自己的,赶紧叫住了她,几步跑了回去将落下的小白猫抱了起来,"我们可以走了。"

"小莲……"

祁莲冷冷地瞥了顾楚痕一眼,然后头也不回地走了。

一阵冷风吹过,一下子将顾楚痕冻成了冰碴儿。他只能眼睁睁地看着祁莲带着云悠越走越远。

"看什么看,二狗子,我现在这样,都是你害的。"顾楚痕有些恼怒地瞪了一脸好奇的少年一眼,蹲在一旁生起闷气来。

"都说几遍了,不要叫我二狗子!"

片刻的愣怔后,少年抓狂的声音在林间回响。树叶扑簌簌地落下,几只在树上栖息的仙鹤也被惊飞了。

"祁师姐。"

"祁师叔。"

"祁师妹。"

"云师姐。"

"小萌师妹。"

云悠乖乖地跟在祁莲的身后。一路走过,有不少弟子跟她们打招呼。祁莲面无表情地朝他们点了点头,便拉着云悠径直往父亲凌华真君所住的碧海峰走去。

只是刚进入殿内,入目的却是一片凌乱不堪的景象。书籍、竹简撒满一地,屋内的东西也是乱糟糟的一片。云悠下意识低头扫了躺在地上的那些书一眼。

《恋爱指南》《江湖八卦》《仙界绯闻逸事》《魔界之旅》……

她不由得一怔。这些书的书名好熟悉啊!对了,这不是小白给她的那堆书里的几本吗?怎么凌华师叔这里也有……

而此时此刻,碧海峰的主人凌华真君正躺在榻上,半撑着脑袋,一边喝酒一边捧着一本书在翻阅,脸色微醺,看起来好不风流快活。看着乱七八糟的屋子,祁莲

顿时来气了，几步上前一把将凌华真君手上的书抽走。

"谁……哇！莲莲，你什么时候回来的？"凌华真君正要发怒，可当他看清眼前的人是谁时，脸上不由得出现一瞬间的慌乱。他赶紧将手中的酒壶往背后藏，可惜身上散发的浓烈酒气早就出卖了他。

"不用藏了，我都看到了。"祁莲没好气地说道，又狠狠瞪他一眼，"爹，又在看这种乱七八糟的书！"这个老顽童，什么时候能让她省心一点儿？

"我没……莲莲你误会了，这些书是……"凌华真君急急向祁莲解释道，可是他的言辞是如此苍白无力。

祁莲直接忽略他的争辩，语气严厉地问道："娘亲现在在闭关，所以你就无法无天了，是不是？"

"莲莲，你千万别告诉你娘，不然爹就死定了。"似是受到了严重的惊吓，凌华真君赶紧拉着祁莲的衣袖可怜巴巴道，"你就可怜可怜爹……"

"装可怜也没有用，这些都没收了！"祁莲指着地上的书籍，不容反驳道。

凌华真君与祁莲的母亲檀乐元君既是道侣，又是同门。凌华真君自幼顽劣，就连他的师父也为此头痛不已，也不知道檀乐元君用什么办法将他训得服服帖帖。现在的凌华真君，虽然表面上看起来放荡不羁，实际上却是一个标准的妻奴和女儿控。

凌华真君像是霜打的茄子，蔫了下去。

祁莲毫不客气地将地上的书籍都收走了，紧接着将云悠领到峰后的一个空房间中。

"小萌，你最近几天就睡在这里吧，有什么需要就跟师姐说，不用客气。"面对云悠时，祁莲的语气总算有所缓和。她边给云悠收拾床铺边叮嘱道。

只是此刻的云悠，却有几分心不在焉。她也没有听到祁莲在说什么，只是漫不经心地点了点头。

想到刚刚看到的那几本书和小白之前的一些奇怪的举动，她有些闷闷不乐。

"怎么了，小萌？在担心凌殊师伯生气的事情吗？"这副表情落到祁莲的眼中，却被她误会了，她安慰云悠道，"没关系的，师伯只是一时之怒。等他气消了，自然会让你回去的。"

"师姐，我能问你一个问题吗？"云悠有些纳闷地开口道，连头顶上的呆毛也耷拉下来。

祁莲一怔："什么？"

"我只是有些想不通……为什么就连凌华师叔也爱看那种乱七八糟的书？"云悠问。

"这个嘛，虽然老头子那个人是有些不正经……"祁莲稍稍思索了一下，似是

第五章 夜探碧海峰

想到什么，她的嘴角勾起一抹笑容，语气也颇为自豪，"不过还好，老头子除了一些劣习，人还是不错的，至少对我娘很专一。所以我觉得，爱看那种乱七八糟的书也没什么。不像掌门一样，看起来是个翩翩君子，但事实上却……"

"咦？掌门？掌门他怎么了？"一下子捕捉到祁莲话中关键的云悠好奇地追问道。意识到自己说漏了嘴，祁莲轻咳一声，轻描淡写地转移话题："没什么，是小萌你听错了。"

"可师姐你刚刚的确提到了掌门啊。"云悠露出一脸不相信的表情，"师姐你自小在玄天剑宗长大，应该能知道很多别人不知道的事情吧？我之前听师兄说，掌门原来还有一个跟凡人女子所生的女儿。但是，掌门不是很爱他的道侣吗？为什么会跟别的女人生孩子？"

"你这个小丫头，年纪轻轻，就不要问这么多了，这些事情你以后会知道的。"祁莲尴尬地出声打断了她，又伸手捏了捏她的小脸蛋，说道，"现在快休息或者修炼去。有什么事再喊师姐，我就在你的隔壁。"

"师姐……"云悠眨了眨眼睛，目送着祁莲出了房间。

奇怪，师姐为什么不肯提关于掌门的事情？莫非有什么禁忌？

她歪着脑袋不解地想。

不过，云悠向来并非多事之人，很快便将掌门的事情抛到了脑后。

祁莲离开后，她从乾坤袋翻出一个盒子，盒子里装的是九霄雷果，那是在小白的陪同下，从黄大壮手中得到的"赔礼"。

"嗯……只要不做得太过分，偶尔看看也没关系吗？"云悠回想起刚刚跟祁莲的对话，若有所思地点了点头。

却在这时，一阵轻微的碰撞声突然闯入云悠的耳中，她一下子警惕起来。

"谁？"刚转头，她便瞥见一道黑色的影子从窗口处闪入，直接扑到了自己身上。

云悠一惊，迅速将刚刚拿出的东西扔回乾坤袋中，然后一脚踹了上去！

"啊……"一声惨叫后，那道黑色的身影狼狈地跌倒在一旁的地上。云悠这才看清楚，这道黑影竟然是一个人！

眼前这个黑衣人浑身上下都用黑布包得严实，只露出一双眼睛，根本看不出他长什么模样。倒在地上的人紧捂着右臂，眼中有隐忍着的痛苦之色，似乎受了很重的伤。

"你是谁？"不过瞬间，缠绕满雷电的紫霄剑已出现在云悠的手中。她紧盯着地上的黑衣人，戒备地问道。

黑衣人瞪了她一眼。瞬间，云悠只觉一股风刮过，刚刚紧闭的房门便打开了，黑影飞快冲出。

云悠立刻紧追出门,却看见了同样闻声出现的祁莲。

"师姐!"

祁莲朝她点了点头,两个人默契地不再言语,一同追赶出去。

云悠和祁莲追随着黑影而去,两个人的身影先后轻巧如燕地落在了碧海峰的西北角。一座精致的长脚楼阁出现在眼前,轻薄的纱幔繁密地挂在走廊窗边,微弱的烛光摇曳在纱幔之下。

黑衣人的身影宛如鬼魅般在纱幔间穿梭,不知道什么时候,他的手上多了一个布包。

这个黑衣人是窃贼?可是每到夜晚,各个峰中的防御阵便会自动开启,他又是怎么潜进来的?只是来不及思考,祁莲手中的长剑已经出鞘。

以她为中心,空中向外荡起白光涟漪,顿时,风沙四起,那个黑影再现,高高跃起,躲避着白光。

祁莲身影如电,眨眼间便到蒙面男子跟前,拦住了他的去路。

就在这时,云悠和祁莲的剑双双刺出,剑华四射,照亮了整片土地。

似是闪电,似是日光,夺目耀眼,闪亮洁白;似峡谷间的那一泻瀑布,如天空之上的银河,若飞扬的流苏。

——就是开天辟地之时的那么一种正义之气。

云悠和祁莲默契地配合,双剑笔直地刺向蒙面男子。

就在双剑即将刺向蒙面男子之时,对方突然扔出一张黑色的符箓。符箓扔出的同时,以蒙面男子为中心,突然升起了一个半透明的黑色防御罩。

这一瞬间,祁莲只觉得手中的剑被一阵吸力定住,身体的灵力开始源源不断地抽出,直直涌向了蒙面男子!

"不好!小萌,快将灵力收回!"祁莲心里暗叫不好,赶紧朝云悠大喝一声。

不过话音刚落,缠绕着紫霄雷电的剑尖已经没入了防御罩中。

"小萌!"祁莲心中大急,顾不得不断被抽走的灵力,赶紧弃剑转身去救云悠。

然而,雷电却是这个防御罩的克星,云悠凌厉的剑意瞬间攻破了防御罩。

宛如落地的瓷杯,防御罩瞬间裂开成片,最终消失无影。

在昏暗的光线下,云悠似乎看见有什么东西掉到了地上,只是不容她思考,危险再次发生!

蒙面男子趁着防御罩消失的那一刻,接下了祁莲的剑,笔直地刺向了它的主人!

从云悠这个角度,恰好看到了那惊险的一幕,她立刻脱口而出:"师姐,小心!"

可是,去阻止已经来不及了!

眼看着祁莲要被刺中,霎时,一道透明的屏障出现在她和云悠面前。

第五章 夜探碧海峰

与此同时,一股威压展开,蒙面男子被冲击得连连后退。

"碧海峰,还轮不得你来放肆!"

凌华真君颀长的身影挡在了两个人面前。此刻的他双眸深邃,虽然面无表情,却给人一种压迫感,是一种气势上的震慑。

"爹!"

"师叔!"

惊喜和惊讶混杂的声音响起。

云悠没有想到,一向懒散的凌华师叔也会有威风凛凛的时候。

见有帮手到来,蒙面男子犹豫了一阵,立刻以迅雷不及掩耳之势捡起地上落下的布包,然后化作一道蓝色的身影,飞快地撤走了。

"站住!"祁莲见状,迈步就要朝黑影追去。

"算了,不要追了。"凌华真君的声音在背后响起,云悠回头看向他。

祁莲也停下脚步,她皱眉凝视着蒙面男子逃跑的方向好一阵,才收回了视线,回头看向自己的父亲。不过,她的目光很快被地上一个包袱吸引了。

"这是……"她下意识走上前,捡起那个包袱,将它拆了开来。

八角、茶叶、桂皮、香叶、大豆、辣椒、大蒜……

这些不都是普通的食材吗?那人大费周章闯入碧海峰就是为了这些东西?祁莲清点布包里的东西,感到大为不解。

不对,她刚刚分明看到蒙面男子捡走了一个包袱……

那刚刚被带走的东西,又是什么?

"喵呜。"

这个时候,跟随着云悠一同而来的小白猫叼着黑乎乎的东西,慢悠悠地走到三人面前,将那黑乎乎的东西放到了他们的脚边。

凌华真君一愣,弯腰捡起地上那张黑色的符箓,蹙眉打量着,却猛地脸色一变。

"爹,这到底是怎么回事?"祁莲给包袱打上结,表情凝重地看向凌华真君,"为什么会有窃贼潜入碧海峰?"

"此事你们不必理会,我现在就去找师兄商量此事。"凌华真君的目光从两个人身上扫过,严肃道,"你们两个,赶紧回去休息。"

不等云悠和祁莲反应过来,一阵光影闪过,凌华真君已经不见了踪影。

夜深人静之时,落霞峰某个房间的门,却被人猛地撞开。

正在奋笔疾书的黄大壮被吓了一跳,差点儿从床上弹跳起来。然而当他看清来人的时候,却不由得一愣。

"哇！小三弟，你去哪里了？怎么把自己弄成这个样子？"他看着脸色苍白拖着受伤的手臂挪向床边的乔三，惊讶地问道，"你这副打扮……不会是去做贼了吧？"

痛得无法说话的乔三一下子倒在自己的床上，直冒冷汗。他为了制作茶叶蛋和辣条的万年灵药草，一路尾随着祁莲，尝试潜入落丹峰中，却没想到阴差阳错进入了碧海峰。

虽然跟预计中有所差距，但他还是顺利找到了制作所需的材料。

但不幸的是，他在行窃的过程中被凌华真君发现，手臂也被他所伤。慌乱之下，他躲入了云悠暂住的房间中。

原以为，云悠会大发慈心，让他留在房中，帮助他渡过难关。可没想到，云悠那个小姑娘，看似娇小可爱，但下手一点儿也不可爱，处处直奔他的要害。

想到这里，乔三不由得咬牙切齿，眼底掠过一抹狠戾之色。

"对了，你带了什么回来？"黄大壮好奇的声音在乔三耳边响起，终于将他的思绪拉回了现实。

"等……"乔三一惊，立刻出声阻止。但显然已经迟了，黄大壮已经解开了他带回来的那个包袱。随着包袱被解开，一堆书籍从里面掉了出来。

《恋爱指南》《仙界绯闻逸事》《江湖八卦》……

不仅乔三，连黄大壮都愣住了。

愣怔地盯着那些书，乔三只觉得一阵血气上涌，当即"噗"地吐出了一口血。黄大壮转过身，看向乔三的眼神十分惊讶："小三弟，你想看的话问我买啊，我这里还有一大堆呢，何必冒着生命危险去偷呢？"

不等乔三接话，又听他说道："看在你受伤的份儿上，我就给你打个九五折好了，不用太感谢我。"他一边从床底拖出一箱类似的书籍，一边拍了拍胸脯，很义气地说道，"这些存货都给你了，不够再跟哥说，不用客气！"

说完，便顺手捞走了乔三放在床头装灵石的袋子。

乔三只觉得两眼发黑，他再次吐出一大口血，昏死过去。

第六章

试剑大会

看着双眼一闭就这样卧倒在床上的乔三，黄大壮瞪圆了眼睛，惊讶出声："哇，怎么晕过去了？"

他抬起了乔三的手脚，将他的身体翻转过来，但并没有在他的衣服上找到被打伤的痕迹。他随手将乔三的手脚扔回床上，又拿起放在一旁的纸笔，爬回到自己的床上，继续刚刚未完成的创作，没有再理会昏迷不醒的乔三。

就这样，一夜过去了。

第二天，乔三悠悠醒来，只觉得头痛欲裂，而跟他同住一室的黄大壮却不见踪影。到底发生了什么事？乔三好不容易调整好姿势，从床上爬了起来。揉了揉太阳穴，努力回想昨夜发生的事情。

云悠、祁莲、凌华真君……昨夜他潜入了碧海峰中，却没想到被这三人打伤。

很好，这一次他记住了。等着吧，总有一天他会将凌华真君打败，而云悠和祁莲，也迟早要拜倒在他的脚下。

乔三眯起了眼睛，冷笑出声。

就是不知道现在情况如何了……想到这里，乔三忍着痛楚，缓缓站起身。

就在此时，他隐约听到门外有人提到他的名字。

"黄大壮，跟你住在一起的乔三呢？怎么不见他出来？"这个略带着刻薄的男声，分明是落霞峰管事。

"唉，管事和几位师兄有所不知。"接话的人正是黄大壮，只听他叹了一口气，语气沉重道，"乔三鼓起勇气去向他爱慕多年的心上人表白，没想到不但遭到心上人的拒绝，还被心上人的其他爱慕者揍了一顿。昨夜他是喝得酩酊大醉回来的……不信你们看，这是他昨天醉酒后写的自白书，真是字字句句悲凄动人……"

乔三没有想到，他刚醒来，就听到黄大壮在肆意抹黑自己！真是信口开河，向来潇洒的他，哪有如此窝囊的时候！

激动之下，他只觉得喉咙一阵腥甜，随后又剧烈地咳嗽起来。

"原来如此！唉，这师弟还真是可怜。两岁吃辣条差点儿被辣死；三岁吃茶叶蛋差点儿被噎死；五岁偷吃切糕被抓住，还差点儿被西域人砍死；八岁时又差点儿

被……现在又被心上人如此对待……"门外有人同情地说道，"黄师弟，你让乔师弟好好疗伤，我们去下一个房间搜查吧。"那几人的脚步声渐渐远去。

片刻后，只听"吱呀"一声，门被推开了。

黄大壮刚推开门，就见乔三宛如一尊雕像站在房间中央，脸色发僵。

黄大壮眼中闪过一抹心虚之色，立刻轻咳了一声，定了定神，露出一个惊讶的表情："啊，小三弟，原来你醒了？你没事吧？"

"我没事……"乔三收回了思绪，咬着牙挤出了三个字。

"没事就好，那我就放心了。那你身上的小伤就自己处理吧，对了……"

黄大壮顿了一下，继续一本正经地胡说八道："刚刚有几个师兄来搜查，说要找什么窃贼，似乎昨夜门派内有什么重要的东西失窃了。不过不用担心，我帮你应付过去了，他们应该不会怀疑到你头上的。"

乔三磨了磨牙，艰难地挤出一个笑容："那还真是多谢大壮哥了。"

似是没有听见他话中咬牙切齿的意味，黄大壮摆了摆手，一脸豪迈地说道："没关系，举手之劳而已，更何况你帮衬了我的生意这么多次。"

"噗"！

"哎呀！小三弟，你怎么样了？"

颜无双站在自己的房间门前，倚着门框，久久回不过神来。

刚刚黄大壮的陈述，自然一字不落地传入她的耳中。听到其余几人的感叹声，她突然对乔三产生了一种同病相怜的感觉。

原来他也……但是颜无双很快敛起眼中异样的神色，转身回到自己的房中。

可惜，这一切都跟她无关。乔三不过是无关紧要的人而已，并不值得她关注。

眼下要紧的事情，是需要在试剑大会上，一雪前耻！

小白：

近来要闭关修炼，小小白也在我这里，勿念。

等出关的时候再来找你比试。

师姐说，偶然看看那些闲书也没有关系的，只要别按书上所说的做就好。

云悠

云悠将写着传信的纸折成了仙鹤的形状，输入灵力。仙鹤立刻像是活了一般，展开了翅膀，扑棱着飞出了窗户。

收到云悠的传信，白溯微微勾起了唇。在阅读完之后，他脸上的神色并没有什么变化，只是手中的纸张早已被绷紧的有些僵硬的手捏得发皱。

片刻后，白溯还是不动声色将那张纸折好，收入了衣袖中，又将偷看了传信上的内容、正在幸灾乐祸的黑鸦狠狠地踹到了一旁。

第六章 试剑大会

被嵌入一旁的岩壁中的黑鸦发出了气若游丝的声音:"哑哑……坏主人!"

试剑大会的诏令发出后,到截止期,共有三百一十二名弟子报名参加。

比试的场地设在了玄天大殿后方的玄天峰。与各峰不同,玄天峰是一座孤立的山峰,并且没有直接通往山峰的索道,因为周围设置了阵法,也不能直接御剑飞行到达,只能通过各峰的传送阵进入。

这样的安排,一方面,是对这次盛事的重视;另一方面,前来观看试剑大会的不仅是玄天剑宗的人,还有来自其他地方的修士,可以有效地防止有人在试剑大会上生事。

玄天峰共设了五个比试台。为达到公平的效果,比试以抽签的形式进行,参赛者以胜负次数进行最后的排名。前十名可获得丰厚的奖励以及进入上古秘境试炼的名额。

通往玄天峰的传送阵已经打开了,云悠走出传送阵的时候,试剑大会正进行得如火如荼。往日冷清的玄天峰此刻热闹非凡,人声鼎沸,五个比试台四周都围满了前来观战的人。

伴随着一个熟悉的声音传入耳中,一只手拍了一下她的脑袋:"云小萌,你出关了?我还以为你会把自己关到试剑大会后才出来呢。"

云悠转过身去,不出意外看见了正站在她身后的师兄顾楚痕。

"咦?师兄,你不用比赛吗?怎么还站在这里?"云悠疑惑地看了他一眼,然后弯腰将怀里的小白猫放下,让它自己玩去了,"难道已经输了?"

"喵呜。"看着小白猫迈着小短腿跑远,云悠刚站起身,额头就被顾楚痕用手指用力弹了一下。她赶紧伸手捂住,皱起小脸不满地问道:"痛!师兄你干吗弹我?"

"胡说什么呢?我已经比完一场了,现在还没轮到我上场。"顾楚痕的语气里满是轻松和得意,说着又瞥了她一眼道,"已经筑基后期了,不错嘛,差点儿就大圆满了。"

云悠揉了揉额头,也懒得跟顾楚痕打口水仗,她将目光移向了不远处正在用指甲挠柱子的人形神兽二狗子,不由得有些好奇道:"二狗子怎么了?为什么一脸悲愤欲死的表情?"

"二狗子吗?没什么,他犯病了。"回答这个问题的时候,顾楚痕依旧是一脸风轻云淡的表情。"什么病?"云悠讶然地问。

这时,有人走了过来,熟络地拍了拍顾楚痕的肩膀,夸赞道:"顾师弟,你的新宠物不错啊!二狗子这名字还真是有个性!这次是师兄输了,接下来的比试继续加油,哈哈。"

云悠认出了此人的身份。这人是掌剑峰的林瀚师兄,也跟她交过手,是一个值得赏识的光明磊落的对手。

听了林瀚一番话,云悠沉默。她好像明白二狗子那副表情的原因了,估计现在玄天剑宗上下都知道他这个"威风凛凛"的大名了。

于是,等林瀚走后,她果断转移话题:"对了,师兄,试剑大会进行得怎样了?现在到哪个环节了?"

顾楚痕挑了挑眉:"说起来,你来得正是时候,那些不能看的角色都被淘汰得差不多了,现在才是重头戏。"云悠下意识将目光转向离她最近的一个比试台。

"咦?那个师弟是哪个峰的?怎么以前从来没有见过?"打量着比试台上的参赛者,她有些好奇地问道。

比试台上,那个看起来弱不禁风的清秀少年向着跟他对立而站的高壮男子行了一礼,道:"落霞峰的乔三,请师兄赐教!"

这个清秀的少年,正是一路过关斩将的乔三。

"哼!一个杂役弟子也敢来参加试剑大会,"高壮男子却是眼高于顶,似是很瞧不起他的对手,语气明显不善,"像你这种角色,还是赶紧回去扫地吧!别在这里丢人现眼了。"周围的观众一阵哄笑。

乔三微垂着头,表面看来是一副低眉顺眼的模样,但被睫毛遮盖的眼底下却满是阴鸷之色。

不动声色地守台的弟子施了一礼后,乔三率先动手,朝对方扔出了三枚火球。火球近身,瞬间炸开,迸出耀眼的光芒,令人措手不及。片刻后,云悠收回视线,转头对顾楚痕说道:"居然有杂役弟子能挨到这个时候,还是挺不错的嘛。"

顾楚痕认同地点了一下头:"嗯,今年的试剑大会有几个杂役弟子的确出人意料,大概是得了什么机缘吧。"

就在云悠和顾楚痕闲聊之时,那边的比试已经结束了。

"师兄,承让了。"乔三看着对面浑身焦黑、已经失去知觉的男子,依旧恭顺地说道,但语气里却带了一丝骄傲。

而台下的观众完全无法相信眼前的一幕。一个筑基期大圆满的弟子,竟然就这样被一个杂役弟子轻易解决了,实在令人难以置信。

大家似乎还未能从刚才精彩的对决中回过神来。

乔三很享受众人这般惊讶地注视着他的目光,他潇洒地转过身,环视全场,最后正对上云悠的视线。他先是一怔,随即一种得意之情漫上心头。

这么快就被我的魅力折服了吗?如此一想,乔三对着云悠露齿一笑,扬起一个自认为帅气的笑容,却没有注意到云悠看他的眼神变得更加怪异。

第六章 / 试剑大会

他走下比试台，向着云悠和顾楚痕的方向走了过去。

"云师姐，你也是来看比赛的吗？"他微微一笑，对云悠打招呼道，显得风度翩翩。云悠眨巴了一下眼睛，依然紧盯着他的脸。

正在乔三犹自得意的时候，却听云悠犹豫地开口道："你……你门牙的牙缝里，有根黄色的菜……"

乔三还在比试台上之时，云悠便已经注意到他那一排亮白的牙齿中那根多余的东西。这是向来有洁癖的云悠实在无法容忍的事情，所以下意识就多看了对方几眼。

却没想到造成了乔三的误会。

云悠的话音刚落，乔三春风得意的笑容一下子僵在了嘴角。

看着对方发绿的脸色，云悠露出一个适时的惊讶表情："难道这位师弟一直没有发现？可是被那么多人看过，不会觉得尴尬吗？"

一旁的顾楚痕忍不住扑哧笑出了声，最后终于忍不住，跑到一边扶着柱子哈哈大笑起来。被他挤到一旁的二狗子愣愣地看着自家主人，有些不明所以。

云悠的话，就像是一把刀子戳在了乔三的心上，插得他千疮百孔。

今天晨起之时，乔三瞒着还在呼呼大睡的黄大壮吃了很多自制的辣条和茶叶蛋。

不知道是心理作用，还是那些辣条和茶叶蛋真的起了作用，他感到自己的身体充满了力量。

今天的几场比试，他战无不胜，攻无不克，过五关斩六将，一直通关到现在。

一路顺利走来的他，还沉醉在旗开得胜的喜悦中，自然没有注意到有一根辣条卡在了牙缝里。

于是，耍了半天的帅，乔三才发现是他自作多情了，而且这自作多情还让他难堪得恨不得马上落荒而逃。

等着瞧！云悠，总有一天我会让你刮目相看！那时候，我必定让你求生不得，求死不能！受到侮辱的乔三暗暗握紧了衣袖底下的拳头，恨恨地想。

不过这个念头转瞬即逝，他依旧维持着一副温和的模样。他心中极恼，却依然强颜欢笑道："那真是谢谢云师姐的提醒……"

而另一侧，一个背对着云悠的比试台上，看着正对着云悠笑得一脸如沐春风的乔三，白溯莫名觉得内心一阵烦躁，攻势也变得越发狠戾。

他的对面，还在故作镇定的黄大壮现在只觉得双腿瑟瑟发抖，站都站不稳。

心痛地花费了许多银两，黄大壮通过层层关系得到了试剑大会前半场的对决名额。幸好都是玄天剑宗里一些不出名的小人物，黄大壮便想了个法子，提前用"一只小黄鸭"的限量发售攻略收买了那些人，让他们在比试中故意输给自己。

靠着这样的"作弊"，黄大壮总算有惊无险地挤入了前十名。

秘境试炼的名额顺利落入口袋，他自然也松了一口气。只是没想到前一刻还春风得意，下一刻他便觉得整个人犹如掉进了冰窖中。为什么会那么巧，这一场会遇到白溯这个煞神呢？

难道是因为自己一路绿灯通过的战绩？早知道会这样，他就故意输掉一两场了！黄大壮心里暗道自己失策，只是他还没想好应该怎样应对，白溯便已经出手。

"啊！等等！"黄大壮猛地回过神，一边狼狈地躲闪过凌厉的剑意，一边连滚带爬地大喊出声，"等等！白师兄，我……"

但躲也没有用，不过须臾之间，黄大壮便被剑气刮得浑身是伤，身上的衣服也划开了一条条破烂的口子。

白溯丝毫不理会他的叫喊，他的脸上仿若蒙上一层寒霜，那双幽深的黑眸更是宛如冰封。黄大壮刚从地上爬起，却发现自己的双脚已经离地……他被白溯打飞了。

"不要啊，我都说我要认输了，为什么还要打飞我？这样不帅气啦！"空气中只传来黄大壮抓狂的呐喊，他宛如离弦的箭一般向着乔三的方向飞去。

与此同时，云悠正跟乔三说着"不必道谢"之类的话。

"不客气，不过是……"

"云师姐，小心！"最先发现"险情"的乔三眼睛一亮，顿时觉得挽救自己在云悠心目中的形象的机会来了。

乔三立刻做出一个威风凛凛的姿势，就要上前护住云悠。

哪知道，云悠早已察觉到这一变故，身影灵活地往旁边一闪，轻而易举避开了危险。

收不住脚的乔三扑了个空，然后很不幸地被迎面飞来的黄大壮撞倒在地，那巨大的冲击力让他的腰骨差点儿被压断。

"黄大壮，你到底干什么？"这是乔三从未有过的狼狈，所有的屈辱叠加在一起，顾不上保持形象，乔三终于忍不住怒吼出声。

"哇！不关我的事，是白师兄……"黄大壮安全"着陆"，手忙脚乱地从地上爬起，哪知道太急了又一屁股坐了下去，只听身下又一声痛苦的号叫。

"抱歉，抱歉，我不是故意的。我马上就起来，小三弟你别急啊。"黄大壮连连道歉。可身下已经没有了声息。

成功从地上起来后，黄大壮赶紧转身去查看乔三的情况："小三弟，你没事吧？是不是早上吃的辣条太多，上火了？"

一旁，抱着双臂的顾楚痕将这一幕尽收眼底，不由得冷哼一声。真是活该！这个杂役弟子一看就不怀好意，别以为他没看出乔三对自己师妹那种小心思。

尽管顾楚痕平时挺爱欺负云悠的，但从某种程度上来说，他还是挺护短的。"啊，

第六章 试剑大会

小白！"与此同时，云悠也发现了比试台上的白溯，立刻兴奋地向他挥了挥手。

"师兄，我去找小白了。"她回过头向顾楚痕打了一声招呼，便扔下一众人等，向着白溯跑了过去。

"去吧去吧。"顾楚痕无所谓地应了一声，等云悠跑远，又冲着她的背影小声地补充了一句，"别被你师姐看到就好。"

原来白溯就是云悠口中一直说的"小白"吗？想起自家小师妹对白溯"荒原巨熊"的评价，顾楚痕不觉勾起一抹意味深长的笑容。

真没想到一向以冷清孤傲形象对外示人的白溯，会陪他的小师妹玩如此幼稚的游戏。不知道这傻丫头什么时候才能发现真相呢？到时候……一定很有趣吧？

"第九十九号，第一百五十三号！"

"是。"收回思绪，沈欣茹低头看了手上的签号一眼，应答道，脸上露出一抹极为自信的笑容，快步朝比试台走去。

沈欣茹认为自己表现得天衣无缝，但这一幕，还是落入了一些人的眼中。

玄天大殿内，一湖池水中，宛如一颗小石子击入池中，平静的镜面被打破，掀起一圈圈涟漪，重新归于平静之时，显出了一幅画面——

宛如镜面的池水，倒映出沈欣茹走向比试台的身影。而她的一举一动，被坐在大殿之上的几人看得一清二楚。

这时，有人开口叹息道："此女悟性不错，只可惜心性不佳……"

说话之人，玉带蓝袍，表情冷峻肃穆。他的外表看上去不过三十岁出头，却有一头雪白的长发。

此刻聚集在玄天大殿内的一干人等，是玄天剑宗中元婴期以上的各峰峰主。

玄天剑宗一众元婴期长老聚集于此，是为了筛选合适的弟子进入内门。若是遇到才华出众的，或许还会破例将其收为亲传弟子。

一行人并没有在外观看比赛，是为了防止影响比赛的质量。在室内进行观看，也能看出所有弟子的真正品质，他们的一切表现都一目了然。

听了白发男子的话，掌门沈问天脸上浮现一抹尴尬之色："紫阳师兄，你的话是何意？"语气虽带着一丝不满，沈问天还是不敢直接反驳对方的话。

这蓝袍的白发男子，便是有仙界第一人之称的紫阳真君。

玄天剑宗的掌门之位，本轮不到沈问天。最有可能继承的人是紫阳真君，只是他一心问道，拒绝了接任掌门之位的请求，掌门一职因此便落到了沈问天身上。

近些年，紫阳真君的行踪更为神秘，鲜少在门派中出现，至今所收的弟子也只有白溯。

"修仙之道，容不得有一丝的杂念和贪念，否则那一丝杂念将会成为修仙者的心魔，困于杂念中逃脱不出，对修仙之人极为有害。"紫阳真君语气淡然，"沈师弟，我也只是提醒你而已，真正决定怎样做的人，是你。"

似是想到什么，沈问天微微一怔，随即叹出一口气，愧疚道："大概是我的事影响了茹儿，我原以为她不在意，但没想到……"

紫阳真君却似笑非笑地摇了摇头，转头看向一旁的凌殊真君，微微一笑道："倒是凌殊的小徒弟，不错嘛。"

"哼，那个鬼丫头，不闯祸就算不错了。"首先接话的人却是凌华真君。刚到这里，他便毫不客气地鸠占鹊巢，躺在了掌门的座上，优哉游哉地喝着酒。

"紫阳师兄谬赞了。"凌殊真君谦虚道，但语气里明显带上了一分笑意，"不过是一个小丫头而已。"众人议论着，又回头继续观看池面所映出的情况。

云悠眨了眨眼，看着白溯走下比试台，面若寒霜地向着她的方向走来。

向来敏锐的云悠一下子察觉出他的心情不佳。

"小白，你不高兴吗？"她快步迎上前，"难道是刚刚的比试赢得不痛快？"

她猜测道，又若有所思地点了点头："也是，对手是黄大壮，换作我也觉得打得不痛快……"

"我没事。"白溯移开了目光，努力掩饰自己的情绪。

沉默片刻，他还是开口问出了那个让他很在意的问题："刚刚跟你说话的那个人……是谁？"

"咦？"云悠怔了一下，有些惊讶道，"你是问那个杂役弟子吗？其实我也不认识。"她说着，又摇了摇头道："刚刚我正在跟师兄说话，他突然走过来跟我搭话。可是没想到他表面看起来那样俊秀斯文，内里却是如此邋遢。"

从某种程度上，云悠是说对了。的确，在真正接触之前，云悠对乔三在台上的表现印象不错。

但是在看到他牙缝里残留的辣条后，她对他唯一的好印象，就这样幻灭了。

再加上后来发生的事情，云悠意识到那乔三跟黄大壮似乎是认识的。于是云悠便先入为主：跟黄大壮混在一起的人，果然都不是什么好东西。

听了云悠的解释，白溯的脸色总算有所缓和，藏在衣袖下攥紧的手也渐渐松开了。就在这个时候，比试台上传来一阵激烈的争吵。

"柔妹妹，没想到你竟然瞒着爹报名参加了试剑大会。"沈欣茹看着比试台另一侧的沈心柔，讶然出声，"爹不是为你争得了一个秘境试炼的名额吗？你为何还要冒险参加这次试剑大会？"

第六章 试剑大会

"既然你能参加,为何我不能参加?"沈心柔倨傲地抬起下巴,直直迎上沈欣茹诧异的视线,冷笑出声,"沈欣茹,少在这里假惺惺的了,我不需要你的同情!"

可惜云悠的关注点向来都跟别人不一样。她并没有关注台上两姐妹的恩怨情仇,而是有些目瞪口呆地看向白溯:"小白,原来试剑大会还可以偷偷报名,没有名额限定?"白溯看向她,微微点了点头。

得到肯定的答案,云悠立刻鼓起包子脸不满道:"可恶!我被师父和师兄骗了,那两个大骗子!"

郁闷了好一阵,云悠的心情才平复下来。她总觉得白溯的身边好像少了什么,仔细回想了一下,才发现是什么:"对了,小白,今天怎么不见小黑?你没带着它吗?"

"碍事,让它自己玩去了。"白溯的回答十分简洁。

"原来是这样。"云悠微微偏头,注意力重新回到比试台上。

"啊,台上那个穿紫衣服的师姐不是上次在坊市中遇到那个吗?"沈欣茹的身影突然与云悠记忆中的一个身影重叠在一起,她不由得惊讶出声,"原来她就是掌门的女儿沈欣茹?"

不知道为什么,云悠每次看见沈欣茹,都莫名感到一丝违和,就像是沈欣茹戴着一层虚伪的假面,这种违和的感觉让她对沈欣茹始终喜欢不起来。

而此时此刻,沈欣茹正一脸痛惜地看着沈心柔,劝说道:"心柔,听姐姐一句,你现在认输还来得及。"

沈心柔却置若罔闻,不屑地冷哼出声:"废话少说,出招吧!沈欣茹,我是绝对不会输给你的!"

虽然是凡人女子所生,但沈心柔是万里挑一的变异冰灵根。不等沈欣茹有所反应,她已经催动灵力,比试台刹那间似被冰雪封住一般,冻结起来。

面对这一幕,沈欣茹脸上不见丝毫的慌张,她双指抵着剑。在她念咒语的瞬间,比试台四周的冰雪奇异地忽然融化消失,一个阵法从地上显出,呈六芒星状。

她直接布下阵法,将沈心柔困于阵中,而她布下的并不是迷阵或杀阵,而是幻阵!陷入幻境之中的沈心柔,脸上的战意瞬间消失了,她似是陷入了疯魔中,抱着自己的脑袋歇斯底里起来:"闭嘴!我才是……不,他是我的,你算什么东西!"

只是眨眼间,沈欣茹又放出了三支风箭,向着沈心柔横扫过去!

那三支箭带着寒风的呼啸,迅速得根本不容沈心柔闪躲!

沈心柔被击中,踉跄地跌倒在地,五脏六腑火辣辣地疼。

跌倒在地上的沈心柔从幻境中觉醒,这才意识到自己此刻的处境。她没有立刻从地上站起来,而是强压下身体的痛楚,嘴念咒语。

瞬间，一条冰龙在半空成形，带着能瞬间冻结成冰的寒冰之力咆哮着向着沈欣茹而去。

沈欣茹大吃一惊，赶紧扔出十张火系符箓，挡住来势汹汹的冰龙。

火焰在空中汇聚成一排浪，向巨龙冲去。

顿时火焰将冰龙包裹，一阵"噼里啪啦"的燃烧声传来。

沈心柔什么时候学会了如此暴烈的冰系法术？

沈欣茹眉间一片凝重。

不等她思索，沈心柔又发起攻击，她张开手，密密麻麻的冰针从袖中喷射而出，针针尖锐无比。

她似是抱着鱼死网破的心态，向沈欣茹发出进攻。

沈心柔来势汹汹，沈欣茹迅速念起咒语，顿时沈心柔的四周被一道风墙笼住。

但沈心柔所射出的冰箭还是毫发无损地穿过了风墙，锐利的箭矢从沈欣茹的手臂擦过，带出几道刺目的伤痕。

被冰箭所伤，沈欣茹飞快地往手臂上的伤口施了一个回春术，又迅速用手指在虚空中画了一圈。

顿时，比试台上狂风四起，风形成一把把小剑，如细雨般笔直地向沈心柔的身影刺去。

沈心柔赶忙躲过，但仍让利刃般的风刺透了身体。五脏六腑受到了剧烈的伤害，痛感瞬间席卷了全身。

忍着痛楚，她缓缓站起，手抬起之时，一把冰刃自掌心出现。她举起冰刃，自空中劈下！

往她这个方向吹来的风都被横空劈断，被活活阻去道路的后一截飓风猛然向反方向冲去，与后来的风撞击在一块儿。沈欣茹随风扬起的长发断了数根！

两个人的实力不相上下，但谁也不肯退让。一番打斗下来，可谓两败俱伤。

这场对战，就是看谁能坚持到最后的持久战。

终于，沈心柔体力不支，灵力也开始见底，应付起来有些力不从心。沈欣茹抓住了这个机会，用风化成的长链封锁住沈心柔的行动，并用力将她甩出比试台！

"啊！"沈心柔尖叫一声，整个人狼狈地跌落在比试台外的地上。

参赛者一旦离开了比试台的范围，就等同于失去资格。

"这位师妹，你没事吧？"守台的男弟子看见沈心柔浑身是伤，大吃一惊，连忙上前检查她的情况。

比试进行了那么多场，还是第一次出现如此激烈的战况。这两姐妹，似乎抱着不死不休的心态。

第六章 / 试剑大会

"你别碰我！"沈心柔却毫不领情地甩开对方的手，厌恶地说道。

男弟子皱了一下眉，但看着她身上的伤口，还是有些不忍地提醒道："师妹，你最好先处理身上的伤……"

"走开！不用你管！"她尖声打断了对方的话，又回头狠狠瞪了沈欣茹一眼，咬着牙从地上爬了起来，一瘸一拐地走了。

男弟子只好摇了摇头，回到比试台上宣布这场比斗是沈欣茹获得胜利。

沈欣茹处理了手臂上的伤口，又回头歉然地朝这位男弟子微微颔首道："抱歉，家妹顽劣，给师弟添麻烦了。"

她那友善的一笑，让男弟子没来由地脸一红，他连连摆手道："没关系的，沈师姐。"两个人态度的对比，让观战的人对沈欣茹的好感增加了不少。而提起沈心柔，则是连连皱眉。

走下比试台的时候，沈欣茹下意识瞥向云悠和白溯站立的地方。没想到，这一次云悠却是若有所觉，转过头去，正好撞上了沈欣茹那复杂的眼神。

沈欣茹赶紧收回视线，若无其事地转身离开。

"小白，那个沈师姐为什么总爱盯着我看？那样的眼神……就好像我有什么地方得罪过她似的。"云悠有些奇怪，回过头悄悄拉了拉白溯的衣袖，疑惑地问道，"而且，我觉得沈师姐好像一点儿也不喜欢她的妹妹啊。既然不喜欢对方，为什么还要装出一副姐妹情深的样子？这样太假了。"

"不懂就算了。"白溯的目光定格在云悠抓着自己衣袖的小手上，他似乎对沈欣茹的话题兴致索然，淡淡一句便将话题带过，"无关紧要的人和事情，不必理会。"

"也是。"云悠并没有理解白溯那句话潜在的意思，只是歪着脑袋想了一下，又问道，"对了，小白，你接下来还有比赛吗？"

白溯对上她带着期待之色的清亮黑眸，微微点了点头："接下来还有两场。"

云悠眼睛一亮，有些兴奋道："那就好，总算没错过……那之前的比赛，你都赢了吗？"

"这是跟你的约定。"白溯看她一眼，然后有些不自在地别开了脸。

云悠一怔，瞬间懂了他的意思，一抹清浅的笑容在脸上绽放。

就在两个人交谈之时，下场的比斗已经开始了。先上台的是一个叫吴棋馨的内门女弟子，火木土三灵根，在一众年轻弟子中表现平凡，实力算是普普通通的那一类，向来并不起眼。

她的出现并未引起太大的关注。只是，当台下的观众看到她的对手是谁时，不由得大吃一惊。"快看，那个人……不是颜无双吗？"

"颜无双不是落霞峰那个废物吗？据说她入门七年，至今停留在练气初期的水

平。就这样的实力,她也胆敢来参加试剑大会?"前方顿时出现一阵骚乱。

"颜无双……不对,我怎么觉得她跟以前不一样了?"突然有人察觉了什么,下意识脱口而出,"难道是太久不见的缘故?"

众人顺着他的视线看去,不约而同地发现,多日不见,颜无双脸上那抹丑陋的胎记居然消失了!没有了胎记,原先只算是清秀的相貌显得倾国倾城。

比试台上,少女一袭张扬的红衣,眉似远山,眸若秋水,琼鼻樱唇,香培玉琢,铅颜素靥中却是难掩的倾城姿色。

不过空有容貌有什么用,不过是一个无能的废物。仙界并不缺容貌绝色的修士,一切都是以实力来说话。

所以不少人看向颜无双的目光虽有一丝的惊艳,但很快转为不屑。

"不知死活。"

"我记得之前,颜无双还不自量力地去挑衅碧落峰的云悠师姐……"

"这种又笨又蠢的人,竟然还敢染指白溯师兄!"

"要我说,虽然白溯师兄拒绝了云悠师姐,但像云悠师姐那样的天之骄女,才足以跟白溯师兄相配……"

"没错,像颜无双这种废物算什么东西?"

台下众人哈哈大笑起来,那些难堪的话一字不落地落入了颜无双的耳中。颜无双的内心早已涌起了巨浪洪涛,但她的表面依旧平静,如点漆的双眸冷若冰霜,她冷着一张脸不为所动。

而与她对面而立的吴棋馨一早便放下了刚上台时的紧张和戒备,讥讽地看着对手,语气里尽是不屑:"你就是落霞峰那个著名的废物颜无双?你那点儿实力可是人尽皆知了,还妄想参加试剑大会,我劝你现在认输还来得及。"

"咦?小白,你有没有觉得这句话好耳熟?"台下,被战况吸引过去的云悠出声道。

这句话,不是刚刚沈欣茹师姐对她那同父异母的妹妹沈心柔说的吗?怎么大家都爱用这种无聊的开场白啊?打架不是应该痛痛快快地打才对吗?云悠有些纳闷地想。白溯则伸手摸了摸她的头,给她无声的安慰。

台上,颜无双不动声色地打量着对方,嘴角突然挑起一抹意味不明的笑容:"师姐,请。"

"入门多年,依然停留在练气初期的你有什么资格做我的对手?"似是被颜无双的态度激怒,吴棋馨笑容一沉,指着她轻蔑出声,同时属于筑基期修士的灵力从身上爆发出来,"颜无双,你可不要后悔!"

筑基六层!这个水平并不出众,但对付颜无双这种废物已经足够了!

第六章　试剑大会

试问，一个仅有练气初期水平的人，如何跟一个筑基六层的对手对抗？这其中的差距实在太大了。台下的观众纷纷惋惜般摇头，仿佛已经预见了比赛的结果。

吴棋馨轻喝一声，催动灵气，手中的长剑已经向着颜无双刺来。颜无双挑了挑眉，连法器也没有亮出，便径直迎上了对方的剑尖。

这颜无双不要命了吗？在场之人无不大吃一惊，正要闭眼不去看这场惨剧时，突然被什么吸引住了。等等，颜无双身上所散发出来的气息……

不过短短一个月，居然已经从练气初期到顺利筑基，并且到达了筑基七层的水平？随后反应过来的观众们目瞪口呆。

"我就让你看看，什么才是真正的废物！"颜无双冷笑出声。

这句话不仅是对着吴棋馨说的，还是对着刚刚嘲笑她的所有人说的！

比试台上，少女一袭红衣随风飞扬，绝美的脸上笑容自信，整个人散发出一种耀眼的光辉。她带着一种睥睨天下的气势向着吴棋馨横扫而去。

不过眨眼之间，吴棋馨已经被颜无双踢出擂台，倒在地上，昏死过去。

秒杀！刹那间，以颜无双为中心的方圆十里，一片寂静。

最后，打破这阵沉默的人是颜无双。她转头看向正瞪目结舌盯着台下的守台弟子，语气平静道："可以宣布结果了吗？"

守台的弟子这才反应过来，连忙宣布道："这场比试的获胜者为，落霞峰的颜无双。"得到了满意的结果，颜无双转身离去。

却在这时，人群中不知道是谁喊了一声："快看，那不是白师兄和云师姐吗？"

几乎立刻，众人的视线齐刷刷地落到了云悠和白溯身上。

"真的呀！"

"他们怎么站在一起了？"

听到有人提起她的名字，云悠先是一愣，随即反应过来。

"什么？白溯？白溯也来了吗？"她有些好奇地向四周张望，寻找附近拥有荒原巨熊长相的人物，可惜什么都没发现，"没看见啊。"

一丝紧张从白溯眼底一闪而过，他下意识伸手拉住了云悠："我们还是……"

"怎么了，小白？"

颜无双也闻声转过头去。

看着不远处那两个人的举动，她的心像被狠狠扎了一刀。虽已知道白溯并非自己的良配，但是面对他的时候，心里还是因为这具身体产生酸涩的感觉。

即使小无双的灵魂已经消逝，可她对白溯的爱意依旧残留在这副身躯里吗？

可是，她再也不能被这种情绪影响了。

定下了神，颜无双缓步走上前，面无表情地说出了令所有人震惊的一句话。

"白溯,你尽可放心,从今天起,我再也不会纠缠你。"她注视着白溯,声音冰冷地道。

这一番话让在场的人都愣住了。

什么?颜无双到底是受了什么刺激?

她痴迷白溯已久可是尽人皆知的事情,对他死缠烂打,甚至还为他死去活来的,现在竟然主动说不会再纠缠对方?

"等等,她刚刚……喊谁白溯?"云悠眨了眨眼,先是不解,紧接着一脸惊讶,"小白,难道你……"

云悠瞪大了眼睛,似是明白了什么,后退一步,眼神渐渐转为震惊和复杂。

白溯着急地上前一步:"我……"

不过立刻,两个人的注意力马上就被颜无双的另外一番话拉了回去。

"你们不要误会了,我方才话里的意思是……"

将众人脸上的诧异尽收眼底,颜无双冷傲地打断了众人的议论,环视四周,紧接着用纤纤玉指指向白溯。

她下巴微抬,傲然道:"不是你抛弃我,而是我看不上你!从此以后我们再也没有半点儿瓜葛!"

这般冷漠的男人,她颜无双,不稀罕!

第七章

真相大白

"听我说,我……"

白溯根本就没有理会自说自话的颜无双,依旧看着云悠,黑眸中的焦急之色加深。云悠怔怔地看着面前的人,片刻之后,她渐渐回过神来,似是不敢相信地伸出手,小心翼翼地触向白溯的面颊。

小手触碰到他的脸上,带来一阵冰凉之意。白溯并没有料到云悠会有这样的举动,一时僵在原地,反应不过来。

云悠在白溯脸上揉了揉,捏了几下,又伸手扯了扯他身侧垂落的发丝,似是在检查着什么。而白溯只是呆呆地站着,任由着云悠东扯扯、西看看。

云悠看检查不出什么,便收回了手,皱着小脸后退了一步,满眼复杂地盯着白溯看。只是,她接下来的反应更加出人意料。

"坏小白!"本来云悠是要转身一走了之,但想想似乎觉得不解气,又回头往白溯脚上踩了一下,才转身跑掉了。

白溯似乎并不觉得痛,他站在原地,像是被人抛弃了一般,一脸受伤落寞的神情。

奇怪的气氛,在众人的窃窃私语中逐渐蔓延。

"那个白衣青年,就是白溯师兄吗?"

"为什么我突然觉得白师兄好可怜,就好像被云悠抛弃了一样?"

"抛弃?等等,难……难道不是白溯师兄拒绝了云悠师姐,而是……"

不知道是谁说了一句,顿时一语惊醒梦中人。现场围观的众人顿时面面相觑。

"那之前的传言……"

事情的真相,是颜无双一直以来爱慕白溯,但白溯却爱慕着云悠,这无非是一个她爱他,他爱她,而她不爱他的故事。这并非之前所传言的,云悠爱慕白溯却惨遭拒绝。

从目前的情况看来,莫非之前的传言,都是颜无双嫉妒云悠才放出去的?惨遭拒绝的人,其实是颜无双?

看样子应该没错了。众弟子脸上不约而同地呈现出恍然大悟的神色。

可联想起云悠一贯的脾气秉性,所有人看向白溯的目光不自觉地转为了同情。

这么说来，白溯师兄还真可怜，居然喜欢这么凶的小姑娘。

然而，白溯的无视和众人议论的话语，却让颜无双真正地怒了！

即使小无双的灵魂已经消逝，她也能清晰地感受到她对白溯深切的爱。现在她为小无双感觉不值，白溯可以忽视她的爱意，但是绝对不能如此羞辱小无双的付出！颜无双在心底冷笑，果然，白溯这种人只有云悠才配得上。

"不过我还是要感谢你，让我认清了所谓的人心。"努力压下内心的怒火，颜无双冷眼看着白溯，意有所指般讥讽出声，"作为过来人，我还是得劝告你一句，不要到时候后悔才好……"

"你是谁？"白溯忽地转过头去，目光冰冷地扫向颜无双。不耐烦的三个字，足以表明他的态度。奇怪的气氛被白溯冰冷的声音敲了个粉碎，似乎未曾出现过一般。

直到此刻，白溯终于肯正视颜无双，只是那深邃的眼底同时也汹涌着风暴，他冷声道："你又算是什么东西！竟然敢评论她？"

不等颜无双接话，一团亮白色的光芒聚集在她的胸口，忽然迸溅开来！

"啊！"颜无双顿时痛得跌倒在地，她浑身犹如被冰雪浸泡，冷得脸都变得青黑。她蜷缩着身子，无法再站起来。

怎么回事？

刚刚那一瞬间，她感受到了前所未有的恐惧感，窒息的感觉压顶而来……不可能，不过是一个实力稍强的人而已，为什么会给她如此可怕的感觉？

不容她思索，颜无双忽觉体内一阵严寒逼来，喉咙似火烧，随后剧烈地咳嗽起来。

"颜师姐！你没事吧？"这时，一个身影飞快地冲到颜无双身边，接住她倒下的身体，眼底闪过一丝心疼，"白师兄，你这样做是不是太过分了？"

来人正是刚刚被黄大壮压晕的乔三。很不幸，他被压断了三根肋骨，但当他醒来听说颜无双的事情后，顾不得将身上的伤处理好，便马不停蹄地赶了过来。

乔三将颜无双护在身后，用责备的眼神看向白溯，厉声质问道："枉颜师姐如此喜欢你，甚至为你做出让步，你就是这样对她的？"

"她的事，与我何干？"白溯声音冰冷，暗黑的眸子里足以容纳千年沉寂。

倒是围观的弟子们，被颜无双和乔三说话的逻辑逗乐了。

"不是吧？白师兄从头到尾都没过喜欢颜无双，他怎么能说出这种话来？"

"对啊对啊，不过是颜无双自作多情而已。"

"我从来都没有见过这么厚颜无耻的人，看起来，这两个人凑成一对也不错嘛。"

"真是可笑，你爱一个人，那个人不爱你，就一定要回应你吗？说不定还会给别人带来烦恼吧？"

第七章 真相大白

"拜托，她就不能有点儿自知之明吗？"

不知道是那些难堪的话的原因，还是所受到的伤害太重，颜无双连开口说话的力气也没有了，只能用狠戾的眼神盯着白溯。

"你……师姐，你没有事吧？"乔三也顾不上再去指责白溯，连忙去查看颜无双的情况。

在无人看见的地方，白溯的眼中闪过一丝红光，他的眼底开始涌现戾气，周身的气息也起了细微的变化，在悄然间变得危险和暴烈。

他似乎正处于一种极不对劲儿的状态！

"哑哑……"就在此时，空中传来几声鸦叫。一直没有出现的黑鸦突然从天而降，拍打着翅膀降落在白溯的肩膀上。

"喂，你现在生气也没有用。不要冲动了，之前好不容易才……万一你……"黑鸦有些着急地贴到他耳边小声道，"不要待在这里了，还是赶紧去追小姑娘吧！"

白溯浑身一僵。片刻之后，他缓缓地抬起头，深深地朝云悠离去的方向看了一眼。紧接着，他眼中的戾气渐渐隐去，眼神恢复清明，周身的气息也渐渐恢复正常。

"喵呜！"

就在白溯即将动身的时候，他身后传来一声着急的呼唤，却被什么缠住了。回头一看，只见他的小腿被两只白色的毛茸茸的爪子抱住了——是一直跟在云悠身边的那只小白猫。

"喵喵喵！"小白猫睁着黑溜溜的眼睛，紧抱着白溯不让他走。它有些着急地用雪白的爪子指了指前面，又指了指自己，示意白溯把它也带上。

白溯一言不发地抱起了小白猫，将它揣在怀里。然后，只见剑光一闪，白溯已从众人的视线中消失。

颜无双眼睛一闭，终于陷入了黑暗之中。

"颜师姐！"乔三紧张地叫了怀中的人一声，见没有回应，便抬头盯着白溯远去的身影，慢慢地眯起了眼睛。

原以为再优秀，白溯也不过是玄天剑宗的人口口相传的人物，没想到……

这个白溯到底是什么人？为何实力深厚得连他也看不清？

风从身侧呼啸而过，白溯在蓝天白云间疾速御剑飞行，白色的衣袂被风吹得猎猎作响，白溯在寻找云悠的去向。

"喵喵喵。"

这时，一直安静地躺在他怀里的小白猫伸出爪子，指向某个地方，又抬头看向他，一脸肯定的表情。

白溯怔了一下,旋即掉转方向,向着小白猫所指的地方飞去。

"你们……等等我啊!"黑鸦拼命拍打着翅膀,努力跟上白溯的脚步,累得气喘吁吁。早知道……早知道就不掺和这件事了,真是吃力不讨好……累死本鸦了!

在小白猫的指挥下,白溯终于找到了云悠目前所在的地方……

浓荫绿树,翠绿欲滴的叶子,从山顶流泻下来的清澈溪流。

而这个地方,竟是青鸾峰的峰顶,两个人初遇的地方!

远远地,一人两兽便看见云悠正坐在峰顶的一块巨石上,抱着膝盖在生闷气。眨眼间,剑光收起,白溯已经落到地面上。

他站在距离云悠十步之遥的地方,犹豫着没有上前。

"喵呜!"

见状,小白猫有些鄙视地瞪了他一眼,叫唤着从他怀里跳下,几步跑到云悠身边,用肉垫子轻轻拍了拍她的脑袋,以示安慰。

"小小白,我没事……"云悠下意识转过头,看到身侧的小白猫时,愣了一下,随即又微微一笑,伸手揉了揉小白猫的脑袋。

"喵喵。"被爱抚的小白猫满足地眯起了眼睛,躺在云悠的旁边,懒洋洋地摊开肚皮。随后赶到的黑鸦刚落到地面,便虚弱地卧倒在地上,喘着气不动了。并且它做出一个决定:接下来无论谁唤它,它也不动了!

很快,云悠的笑容从脸上消失了。她将视线转向白溯,不动声色地站起身,走到他的面前,抬头对上他的目光。

白溯一怔,然而不等他开口,云悠对着他的肚子就是一拳!

"你是谁?你为什么要冒充小白?"白溯吃痛地紧蹙起眉头。

云悠显然正处于恼怒的状态,这一拳她并没有控制力度,可是白溯却不闪躲,硬生生挨了这一拳。

在地上"躺尸"的黑鸦看到如此的一幕,也不由自主地抬起了头,张大嘴巴,惊呆了。竟……竟然有人敢如此对待白溯!更稀奇的是,白溯被揍后,也没有一点儿要还手的打算。

云悠这姑娘果然太凶了!看得鸦好怕怕……黑鸦赶紧用翅膀捂住眼睛,不去看那两个人了。

"你为什么不躲?"云悠愣怔地看了自己的手一眼,又抬眸看向白溯,眼中带着一丝不解。

"我没事。"白溯迟疑地伸出手,摸了摸云悠的头,低声问道,"气消了吗?"

云悠反应过来,躲开了他的手,哼了一声,扭过头去。

白溯动作一僵,手定在半空,那双清亮的黑眸中的神色渐渐黯淡下去。过了一

第七章 真相大白

会儿，白溯看着云悠，语气晦涩地说道："若你不解气，可以继续揍我。"

似是被他这一句话气乐了，云悠终于缓缓开口，语气幽怨道："即使你不肯告诉我你是谁也没有关系，但是为什么当我提起白溯的时候，你还要一人分饰两角？"

几乎所有人都知道面前的这个人是谁，就她一个人傻乎乎地被蒙在鼓里。把她当成猴子一样耍，很好玩吗？

"我……"只是不等白溯开口解释，云悠又接着问道："而且，你从一开始就知道我是谁了？"白溯犹豫了一阵，点了点头。

云悠沉默下来。

白溯垂下眼睑，掩住了眼中的失落："若是你不想再看见我，我这就离开……"

"等等！"云悠见状，却伸手赶紧拉住了他的衣袖，见白溯转过头来，她的脸颊上有了红色，紧接着别扭道，"哼！我才没有原谅你，我只是看在小黑和小小白的分儿上才……"白溯一怔。

似是察觉到自己的语无伦次，云悠旋即移开了视线，转移话题道："原谅你可以，不过你要答应我一个条件。"

她说着，抬眸看了白溯一眼，见他没有任何反应，这才接着说道："小白这个名字，除了我以外不准别人这么叫你。"

"好。"白溯点了点头，毫不犹豫地答应了。

想了一下，好像漏了点儿什么，云悠赶紧补充道："以后无论是什么事情，都不准再欺骗我。"

"好。"仍然是不假思索的回答。

咦？已经不止一个要求了，为什么他依然没有丝毫的异议？

云悠得寸进尺："还有还有，以后找你比试，不准拒绝。"

白溯毫不迟疑地点头，应承下来："好。"

原先郁闷不快的心情一扫而空，云悠露出一个愉悦满足的笑容："好，那我就原谅你了。"

"对了对了，有机会的话，小白你把原来的样子展示给我看吧？"不等白溯接话，云悠已经像往常一样蹭上前，绕在他的身边一脸兴奋地问道，"你是怎样易容成这样的？我一点儿也没发现呢。"

"不过你放心吧，我不会以貌取人，也不会嫌弃你的。"云悠说着，又抬头看着白溯，一脸真诚。

这就是我原来的样子。看着小姑娘明亮清澈的眼睛，白溯这句话怎样也说不出口，只好默默地咽了回去，缓缓地点了点头。

"对不起，小白，刚才我不是故意打你的。"云悠拽着白溯的衣服好奇地打量

着，视线在不知不觉间落到他刚刚被打中的地方，片刻的愣怔后，她的眼中闪过一丝内疚，"痛不痛？"

"我没事。"看着小姑娘愧疚地低下了头，白溯赶紧安慰她道，又飞快转移话题，"要打一场吗？"

"可以吗？"云悠眼睛一亮，果然被转移了注意力，似是想起了什么，她又有些犹豫道，"可是……你接下来不是还有两场比赛？"

"没关系，就当是弃权吧，那不重要了。"白溯淡然道，语气显得毫不在乎。

更何况，秘境之行，他早已在预定的名单中。参加试剑大会不过是为了履行与云悠的约定，排名什么的，他根本就不在意。

"弃权吗？那不是很可惜，你赢了这么多……"听到白溯提到弃权，云悠这才想到什么重要的事情，不由得狐疑地看向白溯，问道，"对了，小白。那之前我跟你的那些传言，莫非都是你放出去的？"白溯怔了一下："不是我。"

"那你知道是谁把消息放出去的吗？"云悠皱眉追问道。白溯摇了摇头。

云悠握了握拳头，语气坚决道："不知道也没关系。不管怎样，等我找到那个造谣的人，我一定要狠狠揍他一顿！"

思绪流转间，白溯心中已有了一个人选，他沉声接话道："我帮你揍。"

云悠闻言，朝他露出一个大大的笑容："好，就这么说定了！"

"阿嚏！"

而同一时刻，在玄天峰试剑大会的比试台上，黄大壮再次重重地打出一个喷嚏。

"奇怪……今天怎么那么多人惦记着我？"他喃喃自语道，揉着鼻头不解地想。又赶紧摇了摇头，让自己从神游天外的状态中清醒过来。

现在可不是走神的时候啊！看向比试台对面宛如一株清兰纤尘不染、傲然而立的沈欣茹，黄大壮的双腿又无法抑制地发起抖来，握着长剑的手早已被冷汗浸湿。

他不过是想挤入试剑大会的前十名，好取得秘境试炼的名额而已，可没想到居然误打误撞打进了总决赛！

黄大壮当机立断，选择了弃权。神器什么的，哪比得上小命重要？

"我……"然而，就在黄大壮要说出弃权的话之时，站立在对面的沈欣茹却抢在他之前开口了。

宛如黄莺般清脆动听的声音传入在场每一个人的耳中："我弃权！"

"咦？"不等惊怔的众人和黄大壮反应过来，沈欣茹已潇洒地转身离开了，紫色的衣角划过一抹优雅的弧度。

什么情况？白溯把颜无双打伤后莫名缺席；乔三被他压断了三根肋骨，也负伤出局；而现在，沈欣茹又临时选择弃权。

第七章 真相大白

虽然这些人都进入了试剑大会的前十名，但是现在又是怎么回事？宛如做梦一般，黄大壮真是丈二和尚摸不着头脑。

片刻过后，台下在一瞬间炸开了锅，议论声拉回了黄大壮的思绪。

这时，守台的弟子走了过来，满脸堆笑地向他道贺："恭喜黄师弟，获得这次试剑大会的冠军。"黄大壮有些难以置信地张大了嘴巴。

所以，他就这样"打败"了所有人，成为试剑大会的冠军？

站在巅峰的……作者吗？

感受着从四面八方投来的崇拜眼神，黄大壮不觉有些飘飘然。

"顾楚痕，小萌呢？"

一个婉约动听的声音打断了黄大壮的思绪，他下意识回过头看向台下。

祁女神！

看着那抹娇柔动人的倩影，黄大壮立刻眼睛一亮，可是对方根本没有注意到他。

祁莲风风火火地走到顾楚痕的身边，脸上急切之色显而易见："之前小萌传信告诉我，说她已经出关了，可是我没有找到她。"

"她啊……跟别人跑了。"见祁莲的态度截然相反，顾楚痕倚着柱子，漫不经心地说道。

"什么？"祁莲一下子跳了起来，扯过顾楚痕的耳朵，蹙眉道，"顾楚痕，你跟我说清楚，什么叫跟别人跑了？"

顾楚痕连忙求饶道："哎哎哎，小莲等等，别揪耳朵，痛痛痛……大家都看着呢。"可是在场的弟子们，似乎对祁莲和顾楚痕的"打情骂俏"司空见惯，只是看了一眼，便很快别过头去，聊起其他事情。对于顾楚痕的求饶，大家都视若不见。

看着这令人"虐心"的一幕，黄大壮的心却是猛地一跳，他赶紧收回视线，回忆起自己设定的情节来。

按理说，顾楚痕现在应该牺牲了才对，而获得试剑大会第一名的也不应该是"黄大壮"，但现在……

他总觉得，以前自己在文中所写的那些不合理的设定，正在被一种无形的力量一点点地修复，扳回到正轨上，以后的情节，竟连他这个作者也无法预知了！

"黄大壮！"一个威严的声音，将心不在焉的黄大壮的思绪拉回了现实。

抬头一看，玄天剑宗的掌门沈问天以及各峰的长老不知何时出现在自己眼前。

"拜见掌门和各位长……啊啊啊……"

黄大壮一个激灵清醒过来，赶紧上前行礼，却一不小心，脚绊了一下，整个人狼狈地从台阶上滚下，脸朝下着地，摔了个狗啃泥。

"这就是这次试剑大会获胜的弟子？"凌华真君的神识从还处于虚幻状态的黄

大壮身上扫过,皱起了眉,一脸不敢相信道,"师兄,我怎么看着这小子是个傻子?"

"傻的也比心机重的好。"凌殊真君看了地上的黄大壮一眼,别有深意地说道。

凌华真君自然听出了凌殊真君话中的深意,但还是忍不住挑眉打趣道:"师兄,莫非这个弟子合了师兄你的眼缘,你要收他为亲传弟子?"

"不了,本座觉得,这位弟子的性子还是跟你比较合得来。"凌殊真君收回了视线,语气淡然地说道。

"算了算了,我一向对收徒没什么兴趣,还是我的宝贝女儿好,不像你那两个让人不省心的徒弟……"

互相挖苦对方,是这对师兄弟向来的乐趣,可在如此正式的场合,这样的对话显然并不合适。掌门沈问天有些尴尬地轻咳了一声,以此提醒两个人注意场合。

听了凌华真君对自己的评价,黄大壮此刻的内心活动可是精彩得很。

什么叫傻?他这明明叫真性情才对!

他刚在心里暗骂了一声,就被再次传入耳中的那个威严的声音吓了一跳。

"黄大壮!"

"啊!是是是,弟子在!"黄大壮赶紧手忙脚乱地从地上爬了起来,急急应道。

"你刚才在自言自语些什么?"开口说话的人,正是一干人中最为威严的紫阳真君。

"没有没有,弟子只是为掌门和各位长老的英姿所震慑,所以一时看呆了……呵呵……"黄大壮连忙低下头,赔笑着说道。紫阳真君淡淡地看他一眼,没有说话。

这时,沈问天环视四周,皱眉开口道:"既然人齐了,那就开始说正事吧。"

话虽如此,但这次试剑大会的前十名弟子便缺席了好几人。乔三和颜无双因为受伤被带去处理伤势了,而白溯和顾楚痕则临时弃权而不知所终,在场只有余下的几人,以及一堆充当观众的弟子。

"获得试剑大会前十名的弟子,会获得上古秘境试炼的名额。除了试剑大会胜出的人选外,各峰峰主亦有一个挑选合适人选进入秘境的名额。而这次的秘境之行,将在十天后启程,到时候请具备资格的弟子在山门前集合。"他仔细地向弟子们交代需要注意的事项。

"另外,经过本座与各位长老的讨论,决定对试剑大会第一名的获胜者颁发额外的奖励。"沈问天说着,看向了黄大壮,声音威严道,"黄大壮,你上前来。"

"是。"黄大壮立刻迎上前去。

沈问天看着他皱了一下眉,但还是一言不发地将一个盒子递到他的手中。

"弟子感谢掌门和各位长老。"客套的话说完,黄大壮便当着所有人的面,迫不及待地打开了手中的盒子。

第七章 / 真相大白

盒子开启的那一刻，一道耀眼的金光立刻从盒子里溢出来，刺得人睁不开眼睛。只是……金光渐渐消散，余光勾勒出一个东西的轮廓，盒子里所盛装的东西呈现在眼前。这短柄厚刃的"神器"，分明是……菜刀！

黄大壮还没来得及露出的笑容立刻僵在了嘴角，激动的心情瞬间灰飞烟灭，只觉得自己在风中凌乱，这就是所谓的神器？

黄大壮颤抖着将菜刀从盒子里拿出，用手指弹了弹刀背，终于忍不住抬起头对上沈问天的视线，开口问道："掌门，这刀……"确定没有拿错东西吗？

这把破破烂烂的菜刀，怎么看也不像是神器呀！

似是接收到他疑问的眼神，沈问天解释道："这把刀，便是千年前庖丁解牛所用的刀，是凌华师弟在一处废弃洞府中发现的。现在宗门将这把刀作为试剑大会的奖励赠予你，希望你好好修炼，不要辜负宗门对你的期望。"

黄大壮呆呆地看向凌华真君，对方却早已转移了视线，一脸专注地盯着天上的飞鸟。

又听沈问天接着说道："还有，黄大壮，既然跟你同住一室的乔三不在，那就劳烦你将今天之事转告给他。但现在乔三受了伤，恐怕会影响秘境试炼之行，你在这方面得好好照料他。若是他有什么异样，你必须第一时间向宗门汇报，否则出了什么意外，你得负起全责来，明白了吗？"

虽然话语里充满了对门内弟子的亲切关怀，但黄大壮还是听出了内里的意思……这分明是威胁他，让他监视乔三！

若他不是这本小说的作者，能根据人物的设定看出对方真正的心思，恐怕也会被沈问天所骗。

这群老油条！

"是的，掌门，弟子一定不负所望。"黄大壮恭敬地应道，却在暗地里磨了磨牙。

"好了，你可以回去了。"将事情交代完毕，沈问天朝他挥了挥手，示意他可以离开。黄大壮总算松了一口气，就在他要转身的那一刻，却猛地意识到有什么不对劲儿的地方。等等，试剑大会第一名的颁奖典礼，就这么结束了？

已是夕阳西下，昏黄的光携着红色的倦意扑面而来。

祁莲御剑在山峰间疾速飞行，当一抹熟悉的白色身影映入眼帘时，她眼神倏地一厉，一个急刹，停了下来。

"白溯，你给我站住！"她旋即拔剑，冷冽的声音随凌厉的剑风来势汹汹，剑气破风直向着白溯而去。

"竟然敢欺负小萌，你这个卑鄙小人！"似是听到祁莲的声音，白溯缓缓转过

头,不慌不忙地后退一步,顿时,一股与火焰相同力量的水墙腾空冒出,与那火焰相撞!一直停留在白溯肩上的黑鸦立刻扑扇着翅膀凌空而去。

"咔嚓……"经不起水火相斗的树木发出筋断骨折的声音,轰然崩塌。

火焰被水扑灭,冒出了一股黑色的浓烟,袅袅升空。

白溯护着怀中的小白猫腾空一跃,身姿轻盈地立在了一棵不远处的大树上。

隔着浓烟,祁莲用剑指着他,怒道:"白溯!你为什么不出剑?是瞧不起我吗?"

白溯扫了一眼四周的狼藉,又抬眸看向祁莲,一双黑眸仍旧是平淡无波。跟祁莲对视了好一阵,他才语气淡然地开口道:"你是她的师姐,我对你拔剑相向,她会伤心的。"

祁莲一愣,只觉得难以置信。眼前这人……真的是传言中那个冷清孤傲的白溯?他居然会说出……这般话来。

如果不是实力悬殊,她都要怀疑眼前这个白溯是不是什么人冒充的了。

"你……白溯,日后你若是敢欺负小萌,我一定不会放过你的!"

跟白溯对峙半晌,祁莲最终冷哼一声,御剑而去……

白溯目送着祁莲离去的背影,良久不语。

"喵呜。"就在这时,怀中的小白猫叫唤一声,探出身子,用两只爪子从白溯的腰间扒拉出通信灵牌,给他递了上去。

通信灵牌清光闪烁,拿在手中时温度稍有升高,这是收到了传信的提示。

"小白小白,我回到碧落峰了,出发前往秘境的时候再见啦。"白溯接通了联络,云悠的声音立刻从里面传出,"小小白就拜托你了……啊,不说了,师父回来了。"

说完最后一句话,云悠便匆匆掐断了联络。

白溯微微弯唇,盛满冷漠的黑色眸子,瞬间柔和下来,常年被冰雪覆盖的眼底亦有笑意流淌出来。

犹如春阳将冰雪融化,留下滋润的嫩草。这点儿笑意,刹那间将他冷若冰霜的面容抹上暖意。

"小姑娘的那个师姐……好凶啊。"等祁莲离开后,在天空中盘旋的黑鸦扑扇着翅膀,重新落回到白溯的肩上。看着周围因为刚才那场恶斗而被烧得焦黑的树木,它有些后怕地嘀咕道:"说起来,女人都是这样子的吗?还是上了年纪的女人都是这样凶?小姑娘以后会不会也变成这个样子啊?"

它话音刚落,就被小白猫生气地一爪子拍到了地上。

黑鸦被拍了个措手不及,以两脚朝地的姿势狼狈地扑倒在地上。

"喵呜!"小白猫又探出头看着它,挥着爪子冲它龇了龇牙。

"哎哟!痛死本鸦了!"黑鸦用翅膀的尖尖揉了揉脑袋,抬头不满地瞪了那

第七章 真相大白

只看起来可爱无害的小白猫一眼，愤怒地说道，"臭猫你做什么？别以为我打不过你……哎呀！"话未说完，就被白溯一脚踢进了树干里。

白溯瞥了它一眼，冷冷道："不许说她坏话。"

粗大的树干上立刻多出了一个乌鸦形状的洞，只有尖尖的嘴巴露在外面，一张一合，模糊不清的声音传了出来。

"哑哑……我才……"狠狠撞到树上的黑鸦只觉得头晕目眩，小星星绕着他的脑袋不断地转，根本分不清方向。

坏主人！又是这样！老偏帮着外人……不，是外宠！典型的重色轻宠呀！

天边织锦般的晚霞泛着夜晚的微光。云悠御剑降落到碧落峰的时候，已是傍晚时分。给白溯传了报平安的简讯后，她收起飞剑，边走边努力思考着一会儿见到师父后该说些什么。也不知道师父的气消了没有……

云悠胡思乱想着，内心打着小九九。就在此时，她无意间抬起头，然后看见不远处，正将双臂枕在脑后、靠在一棵参天大树的树干上的师兄顾楚痕。

"咦？师兄你也回来了？"云悠下意识加快了脚步，迎上前，同时向四周张望起来，"二狗子呢？怎么没看见他？"

"不知道呢，他没跟着我回来，估计自己吃草去了。"在她走近时，顾楚痕随口回答了一句，语气显得漫不经心，"对了，云小萌，你回来的路上有没有看到小莲？"

"师姐吗？没有看见。"云悠摇了摇头，眼中闪过一丝疑惑，"怎么了？"

"刚刚小莲说去找你了。"顾楚痕皱了一下眉，随即喃喃自语道，"奇怪，难道小莲已经回去了吗？"

云悠想了一下，猜测道："可能师姐已经回到碧海峰了吧，等会儿我再给她发个简讯吧。"

"不用了，我来发就好。"顾楚痕义正词严地拒绝了她的提议。跟心上人联络，还是让他来做就好，怎么能被小师妹抢去了机会呢？

"哦，我知道了。"云悠点了点头，她又想起什么，不解地问道，"对了，师兄，听说你在试剑大会中也中途弃权了，为什么呀？"

她有些不明白，试剑大会不是一个测试自己真正实力的好机会吗，为什么一个个都选择弃权？

也？仅是疑惑了一瞬，顾楚痕便自动将这个字忽略了，用毫不在意的语气说道："反正我已经进入前十名了，也不在乎第一名的奖励，再去争取那个冠军也没有必要了。"

听了顾楚痕这个理由,云悠不由得皱起了眉:"师兄你好敷衍,这样一个好机会居然浪费了,还不如留给我呢……"

顾楚痕下巴微抬,有些得意道:"这就是命,云小萌,你嫉妒也没有用!"

"我只是实话实说……"

"云小萌,既然回来了,还不快进来?"不等云悠把话说完,凌殊真君威严的催促声便从屋内传来,打断了两个人的对话。

"啊啊,马上来。"云悠赶紧应了一声,又朝顾楚痕做了个鬼脸,"坏师兄,我先进去了。"

"快去吧,快去吧。"面对云悠的挑衅,顾楚痕的语气头一回如此温和。看着云悠匆匆跑进内殿的身影,顾楚痕的嘴角微微勾起了一抹别有深意的笑容。

收回了视线,顾楚痕随即看见一抹青色的倩影正向他走来。

他的眼底闪过一抹亮色,快步走上前:"小莲,你回来了?"

祁莲看他一眼,出人意料地说道:"刚刚你跟小萌的对话,我都听见了。"

顾楚痕愣了一下:"小莲,你……"

"你那套骗骗小萌也就算了。"祁莲皱了皱眉,语气有些严肃,"老实跟我交代,你在试剑大会上突然弃权,到底是什么原因?"

对上祁莲询问的眼神,顾楚痕叹了一口气:"果然瞒不过你……好吧,告诉你也无妨。其实,是师父交代我这么做的。"

"凌殊师伯?"祁莲不由得怔住了,语气里带着一丝不敢置信。收回思绪后,她朝四周看了一眼,布下一个防止别人偷听的隔音阵法,这才接着问道:"到底是怎么回事?"

顾楚痕摇了摇头,道:"具体是怎么回事师父也没告诉我,他只是让我进入前十名之后就立刻弃权,似乎是要观察这次试剑大会中的可疑人物。"

"可疑人物?"祁莲深蹙双眉,沉思了一番后,她说出自己的猜测,"莫非那可疑的人,是黄大壮?"

不过是一个只会坑蒙拐骗没有真才实学的杂役弟子,突然一鸣惊人,获得了试剑大会的冠军,的确令人觉得十分可疑。

顾楚痕耸了耸肩,有些无所谓地说道:"很有可能,不过师父说,这不是我们应该管的事情,我们只需保护好自己就行。"

"既然凌殊师伯如此吩咐,我们也不好插手这件事。"祁莲思索片刻,点了点头,"不过,顾楚痕,这一次的秘境之行,你一定要保护好小萌。"

顾楚痕闻言,不觉有些吃味:"云小萌都这么大了,小莲你就不要总把她当成牙齿都没长齐的小孩子了。要是连自保的能力都没有,怎么配得上做亲传弟子?再

第七章 真相大白

说，不是还有白溯在吗？怎么轮得到我呢？"

"我就是不放心白溯那个家伙，他一看就是对小萌不怀好意的人。"祁莲冷哼了一声，想到刚刚白溯对她说的那一番话，她总觉得很窝火，她可是不允许任何人欺负云悠的，"再说，小萌在我的眼中，永远都是我的小师妹！"

颜无双醒来的时候，映入眼帘的是乔三有着硬朗线条的下巴。她的脑袋晕晕的，思绪如线团般胡乱地打结，这样捂着眼睛躺了许久，才清醒过来。

"颜师姐，你终于醒了。"惊喜的声音传入耳中，颜无双微微抬头，看到乔三一脸关怀的神情。

颜无双右手撑着床起身，只觉得满身沉重，还引发了丝丝的疼痛。

"师姐，你最好不要乱动。"乔三急切地说，"你受了很重的伤。"

颜无双想起了今天发生的一切不禁又羞又怒，只觉得自己像是受到了极大的侮辱，她对乔三喊道："你走开，不要管我！"

"可是……颜师姐，你不能乱动，你还受着伤……"

黄大壮回到落霞峰自己的住处的时候，他的房里传出一阵吵闹的声音。

但此时此刻，他所有的心思全落在那把破破烂烂的菜刀上，完全没有注意到房间中的吵闹声，只是认为乔三已经回来了。

于是，如往常一般，黄大壮大大咧咧地推开了房门，还大喊了一声："小三弟，我回来了！"这一声叫喊顿时惊到了房间中的两个人，受到惊吓的颜无双不慎用力过度，手直直压上了乔三的胸膛，只听见"咔嚓"一声——

乔三只觉得一阵剧痛自胸膛爆发开来，他整个人都僵住了。

这分明是肋骨断裂的声音……又有三根完好的肋骨断掉了。

"我……"站在门口的黄大壮惊愕地张大了嘴巴，看着屋内的情景，良久才反应过来，他眨了眨眼，一脸无辜地解释道，"我不是有意吓你们的。"

第八章

云渊秘境

乔三痛得咬紧牙关,汗如雨下,根本无法正常开口说话,只能用恶狠狠的眼神瞪向罪魁祸首黄大壮。看到乔三那煞白的脸色,黄大壮这才反应过来,连忙将手中提着的两大包书籍扔到地上,夸张地大喊一声,扑上前。

"哇!小三弟,你没事吧?"黄大壮一屁股将旁边的颜无双挤开,抓住乔三的衣领猛烈摇晃,焦急地说道,"你不要吓我,万一你有个什么好歹,你让我怎么办?"

进入上古秘境后,他还指望着乔三带着他浑水摸鱼呢,所以乔三怎么能在这个时候被干掉?

"你快松……松手……"原本被颜无双的狠劲压了一下,乔三已经痛得苦不堪言。黄大壮突然来这么一下,更是勒得他喘不过气来,险些窒息。

"啊,对不起。"听到乔三气若游丝的声音,黄大壮终于回过神,赶紧放开了他的衣领,关切地问道,"小三弟,你没事吧?"

"喀喀,当然没有……"乔三咳嗽了好一阵才缓过气来,又不好在颜无双面前发作,只好艰难地扯出一抹虚弱的笑。黄大壮还是有些不放心,凑过去问道:"那要不要我帮你处理一下身上的伤?"

"不用了!"乔三不由自主地想起不久前,他还在昏迷的时候,黄大壮为他接骨的事情,他醒来后才发现,黄大壮接的肋骨没有一条是正确的,几根肋骨的位置全接反了,他不得不忍痛再次打断自己的肋骨重新接回。想到这里,乔三打了一个寒噤,果断婉拒了黄大壮:"这点儿小伤,我可以自己处理。"

"那就好,那我就放心了。"黄大壮闻言,露出了一个放心的笑容,爽朗地拍了几下乔三的背脊,力度大得让乔三差点儿昏过去。

乔三捂着自己的胸口,强忍着将黄大壮扔出门的冲动。

这时,颜无双移开了视线,淡淡地开口道:"对不起,刚刚是我不对。不过,你真没事吧?"

说到最后一句话,她还是忍不住回头看了乔三一眼,黑眸底下闪过一丝不易察觉的担忧。乔三一听有戏,连忙道:"我……我没事的……师姐,还是你的伤……"

"我的伤你就不必理会了,你还是先处理好自己的伤吧,我回去了。"

第八章 云渊秘境

颜无双冷淡地打断了乔三，再也没有看他一眼，一瘸一拐地朝门外走去。

走到门口的时候，她又停了下来，开口说了一句话："我讨厌比我弱小的男人。"

扔下这么一句令人摸不着头脑的话，她便径直离开。乔三垂下眼睑，落下一片浓浓的阴影，在心里直骂黄大壮坏了他的好事。但片刻之后，他又抬起头，朝黄大壮露出一个笑容："对了，大壮哥，这次试剑大会你有看到最后吧？冠军是谁？"

黄大壮闻言，有些不好意思地摸了摸鼻子，又挺直了胸膛，支支吾吾道："喀，那个……不才，正是你大壮哥我。"

"你……"看着一脸骄傲的黄大壮，乔三露出不能置信的表情，过了好一阵，他挤出一个十分勉强的笑容，"那还真是恭喜大壮哥了，大壮哥是内门弟子了，以后小弟还需要你多多关照……"

黄大壮赶紧打断他道："不不不，小三弟，你误会了，除了获得了一把神器外，我并没有进入内门。跟你一样，我现在依然是杂役弟子。"

"神器？"乔三敏锐地捕捉到黄大壮话中的关键词。

"嘿，就是这把破刀。原本我觉得这把刀放在我这里也是暴殄天物，想着要转让给你的。哪知道这刀居然认主了。"为了证明自己所说的话的真实性，黄大壮边说边从腰间抽出那把菜刀，象征性地扔向了门口。

谁知道，菜刀还没落地，便朝着相反的方向飞了回来，紧贴到黄大壮的身上，仿佛他是一块天然的磁石。

"那大壮哥真是有心了。"乔三敷衍般扯了一下嘴角，再也没有搭话。

黄大壮却像是想起了什么，低头在腰间的布袋里翻找起来："对了，除了菜刀外，掌门还送了我一瓶蕴神丹，这对你的伤势应该有帮助，你要不要服几粒？"

蕴神丹，顾名思义，是具有温养作用的丹药。对一般的伤势，亦可以起到服下立刻见效的作用。即使平时服用，也对修真之人有着极大的好处。

乔三也没有拒绝黄大壮的好意，接过黄大壮倒给自己的丹药便服了下去。

可是那几颗蕴神丹才下肚不久，不仅是胸口，乔三的肚子也传来一阵难以忍受的剧痛，五脏六腑似被绞碎一般难忍。

他连忙捂住了肚子，但即使这样，也不能减轻疼痛。

"小三弟，你怎么了？肚子不舒服吗？"

看着乔三捂着肚子汗如雨下的模样，黄大壮愣了一下，不由得皱起了眉："不会是早上辣条和茶叶蛋吃多了吧？我不是告诉过你，这等神物不能吃太多吗？不然会闹肚子的。"这是怎么回事？难道真的是辣条和茶叶蛋吃多了？

乔三胡思乱想着，咬着牙抬起了头，却看见黄大壮眼睛一眨不眨地盯着手中的瓶子。过了一会儿，他又从口袋里摸出另外一只瓷瓶，然后惊呼出声。

"哎呀!"他抬起头,对上乔三的视线,愣愣地开口道,"小三弟,真的很抱歉,我不是故意的,刚刚拿给你的那个瓶子,是我用来治便秘的泻药……"

不知道是剧痛的原因还是一天之内所承受的打击过重,乔三两眼一闭晕死过去。在陷入黑暗之前,除了想掐死黄大壮这个祸害,乔三已经没有别的想法了!

四月渐近,山峰顶上虽不见冰雪消融,却也见初春的暖色,碧落峰后山栽种的群聚的樱花吐出了苞芽,小小的淡淡的粉色,那般可怜单薄,却自成一派丽景,风似乎也对其怜惜起来,温度稍高,力度微柔。

但剑锋犹利。只见一把剑以电闪雷鸣般的速度割断流动的空气,剑身泛着若有若无的蓝光,似乎缠绕着威力十足的电链。

舞动的长剑在空气中划出漂亮的紫蓝色弧线,最终,云悠轻盈地落到地面,缓缓收剑。这天晨起的练剑功课已经完成,云悠收起剑后,便迫不及待地拿出通信灵牌,接通了联络,兴奋地问道:"小白小白,在不在?"

自从知道了小白的真正身份后,两个人之间联络起来方便多了。

这几天,每逢空闲的时候,云悠便会抱着自己的通信灵牌"小白小白"地呼唤,偶尔来碧落峰串门的祁莲也看不过眼了,她终于忍不住夺过云悠手中的通信灵牌,掐断了联络,一脸严肃地说道:"好了,小萌,不要小白小白了,赶紧练剑去!你又不是不知道,这次的秘境试炼有多危险,云渊秘境是目前所有金丹期以下的秘境试炼中最为危险的一个。实力高一层,才会多一些保障。"

这次云悠等人即将前往的秘境,名为云渊秘境。

云渊秘境位于澜州极海的北边,澜州极海为玄天剑宗、碧云堂、渺音阁、须弥派和朱雀剑派五大修仙门的交界点。为了防止争夺所引起的不必要的伤亡,早在千年之前,五大门派便立下了和平条约,这云渊秘境是属于五大势力共同享有的资源。

云渊秘境是上古时期一位渡劫期的强者在飞升之前开辟的独立空间,为弟子历练所用。秘境每隔五十年开启一次,三个月后便自动关闭,而这个秘境,仅允许金丹期以下的修士进入。

云渊秘境中不仅有大量珍稀的万年灵药草,更有稀世的神兽和灵兽,不过因为秘境的限制,所有的妖兽修为都被压制在金丹期以下。

可即使这样,秘境中还是危险重重,除了凶狠的妖兽外,还有各种迷阵、幻阵、杀阵,危机四伏。

"可是师姐,我刚刚才练完。"云悠睁着一双无辜的眼睛看着祁莲,"而且,刚刚练剑的时候遇到了一些问题,想要请教小白……"

"有问题的话,等你师兄回来后,你可以去请教他。"祁莲叉着腰,教训起云

第八章 云渊秘境

悠来,"你忘了我昨天跟你说的话了吗?记得要离白溯远一点儿,知道吗?"

"我知道了。"云悠深知若是跟师姐顶嘴,必定会得到另外一番严厉的说教,于是乖乖地应承下来。不过她歪着脑袋想了一下,又忍不住开口问道:"可是师姐,我怎么觉得你这个样子像是在训女儿啊?"

"胡说什么呢!"祁莲一愣,秀脸突然一红,伸手在她额头上敲出一个包,羞恼道,"还不快练剑去!"云悠揉了揉额上的包,有些委屈地点了点头:"哦。"

十天的时间转瞬即逝,距离云渊秘境开启的日子不知不觉已经到来。获得秘境试炼资格的弟子必须在规定的时间内在山门前集合。这次参与秘境试炼的一共二十一人。除了从试剑大会选出的十人外,还有十一人均是亲传弟子。

用云悠的话来说,那便是"走后门"。虽说如此,但那包括云悠在内的十一人均是由各峰峰主挑选出来的合适的弟子,每一个都是资质上乘、实力相当。

而这次带队随行的长老,是凌霄峰的莫衡师叔,一位元婴期的修士。

他手中放着一只小小的纸船,口中念念有词。那只纸船从他的手中升至半空,渐渐变大,不一会儿,一艘巨型的飞舟便出现在山前,引来不少弟子的围观赞叹。

"好了,参与这次秘境试炼的各位,请随我登上飞舟。"莫衡师叔转过身,朝着集合于此的弟子们正色道。

而此时此刻,祁莲正拉着云悠,十分不放心地对她千叮万嘱:"小萌,你要记得保护好自己,尤其要远离那些对你心怀不轨的人,知道吗?"

"我知道的,师姐,你就放心吧。"云悠重重地点了点头,信誓旦旦地向她保证道。可是刚转过身,云悠就把刚才的保证忘得一干二净了。

"啊,小白,你来了。"

"云小萌!"祁莲看着云悠兴冲冲地朝着白溯跑过去的身影,简直恨铁不成钢。枉她这几天这么努力地给云悠灌输了那么多"男人不可靠"的观念,谁知道,云悠刚转头就抛之脑后。

祁莲不由得气结,朝白溯扔去了几个威胁的眼刀后,又一把揪住正好打着呵欠从她身边经过的顾楚痕。

顾楚痕脚步踉跄了一下,清醒过来:"啊?谁……小莲,你怎么也来了?"因为云悠和白溯的事情,祁莲念叨了他整整一个晚上,害他昨天根本没睡好。

不过对上祁莲那双含着一丝怒气的眼睛,顾楚痕下意识咽了咽口水,小心翼翼地开口问道:"小莲……怎么了?是我做错什么事了吗?"

"我是来送你们的。"祁莲松开了手,缓缓开口道,又不放心地对他叮嘱一番,"记得看好小萌,不要让那些心怀不轨的人接近她,知道吗?"

原来是因为这事。听这番话听得耳朵生茧的顾楚痕有些不耐烦地摆了摆手:"好

了好了,我知道了,这个问题你已经说过很多遍了。"

祁莲有些生气道:"你们两个笨蛋!不多说几遍,你和小萌会记得吗?"

"当初我被你家老头嫌弃的时候,也没见你这样紧张。"顾楚痕闻言,忍不住撇了撇嘴,有些不满地嘟囔道。

祁莲叉着腰,一脸不满地瞪着他:"顾楚痕,你说什么?"

"没什么,小莲,是你听错了。"顾楚痕赶紧摇头,挤出一个讨好的笑容,"莫师叔在催了,我要出发了,我会给你带些珍稀的灵药草回来的,回见!"

"喂,顾楚痕,你等等……"顾楚痕却头也不回,转身匆匆忙忙踏上了飞舟。

云悠早已跟随着白溯登上了飞舟,正站在飞舟的前方。而白溯眼神专注地看着她,静静地听她说这几天发生的事情。

顾楚痕毕竟不是祁莲,对于白溯这个人,其实他更多的是敬佩,并没有祁莲那种戒备心理。因此上了飞舟后,他也只是安静地靠到一边,饶有趣味地看着两个人的互动。

而他的人形宠物二狗子,也在他登上飞舟片刻后便跟上来。比顾楚痕更明显的是,二狗子两只眼圈都是黑色的,俨然大熊猫一般。不满地瞪了顾楚痕一眼,二狗子一脸幽怨地蹲在他身边画起了圈圈,余下的弟子也跟着登上飞舟。

一身红衣的沈欣茹眼神复杂地看了飞舟前方的云悠和白溯一眼,一言不发地转身登上连接飞舟的云梯。跟在沈欣茹身后的沈心柔却是一脸的不甘,紧咬着下唇,看着云悠的目光中满是嫉恨。

而在这次试剑大会中获得第一名的黄大壮,则选择低调为人。他并没有到处游逛张扬,宣传自己威风凛凛的事迹,反而不动声色地坐在一个角落里,一边吃着自己带的香蕉,一边感叹乔三那打不死的小强般的恢复力。

明明前几天,乔三断了六根肋骨,并且浑身是伤,肠胃也因为泻药而虚弱不堪,这才过了两三天,乔三那厮又能活蹦乱跳了。这恢复力,实在叫人惊叹不已。

看来前几天,他担心乔三会死掉的想法是多余的。无论如何,他都要抓紧这根救命稻草。黄大壮自顾自地点了点头,以肯定自己的想法。

这么想着,他又抬起头,朝着乔三的方向看去。这个时候,黄大壮想象中的"救命稻草"乔三,正在跟颜无双谈论些什么,表情凝重。

"颜师姐,经过这几天,我已经想通了。我觉得你那天跟我说的话,很有道理。所以我决定了,在没有达到你所认同的实力之前,我再也不会打搅你,再也不会给你添麻烦了。"乔三语气平静地说道,但还是能看到他眼中一闪而过的哀伤。

说完这句话,他便毫不犹豫地转身离开,没有分毫的迟疑,也没有丝毫的留恋。

"你……"不知道为什么,看着乔三决绝地转身离去的身影,颜无双莫名觉得自己

第八章　云渊秘境

的内心一阵失落。这到底是怎么了？她怎么会被乔三的一番话影响？

为什么会产生如此奇怪的情绪？颜无双揪紧了衣领，十分不解地想。

至于其他几个亲传弟子，互相打了一声招呼后，便各干各的事去了。

飞舟之上，所有人各怀心思。然而在不知不觉间，飞舟已经升空。飞舟割破气流，驶过蔚蓝的天空，云朵一点儿一点儿聚集。

虽是春天，阳光将天幕照得几近透明，云悠用手遮在额前，眺望前方，可以一直看到被云缭绕的高山。由于天气热，飞舟行进得低了一些，慢慢进入了一片草原地区。

飞舟以风驰电掣的速度，一直朝着东北方向飞去，那个地方，就是云渊秘境的所在地——澜州极海。

最后，飞舟在一座山脉上落下，降落在一片雾气弥漫的山林之中。

这座山林，便是玄天剑宗、碧云堂、渺音阁、须弥派和朱雀剑派五大修仙门的交界点，澜州极海北边的清澜峰。

飞舟降落之时，虽然未到秘境开启的时辰，但早有人在秘境入口附近扎营等候。

参与这次秘境试炼的，除了玄天剑宗的弟子外，还有碧云堂、渺音阁、须弥派和朱雀剑派的弟子。

每个门派均派出二十余人，因此这一次将会有一百多名金丹期以下的弟子进到云渊秘境中。刚下飞舟，便有其他门派负责对接的修士迎上前来。

"几位可是玄天剑宗的道友？"

莫衡师叔连忙走上前去，与几位负责领队的修士交流起来。

互相打过招呼后，玄天剑宗的人便在附近挑选了一块较为空阔的地方扎起了营地。"小白，这边这边。师兄，你把灵石放那边去，对，再往那边一点儿啊……"

云悠从乾坤袋里拿出灵石，指挥着白溯和顾楚痕在附近布下几个小阵，以防止野兽和飞虫的侵袭。

自从乔三说了那番话之后，颜无双就一直处于心不在焉的状态，一不留神，便撞上了一旁的沈心柔。

因为云悠和白溯亲密无间的举动，本来已经憋了一肚子火的沈心柔终于忍不住爆发："颜无双，你做什么？"

颜无双终于拉回了思绪，面对着对她怒目而视的沈心柔，她只是蹙了一下眉，便转身走开了，完全不理会身后沈心柔怒气冲冲的叫喊声。

"颜无双，你给我站住！你这是什么意思？"

无意中一抬头，颜无双便对上了一双丹凤眼。

媚眼如丝，眉如远黛，不远处那个一身红衣的男子的眉尖点了几滴火红的朱砂，越发衬得他肤若凝脂，红衣男子听到动静便斜斜地望了过来，把玩着垂落在身前的发丝，他性感的薄唇慢慢勾起，像是看好戏般地看着她。

一个男人，怎么能够妖艳、柔媚至此？

红衣男子的服饰上绣着一只火红的朱雀——那是朱雀剑派亲传弟子的服饰。

但是很快，这个妖冶的男子便收回了视线，径直朝着白溯的方向走去。

"白道友，别来无恙啊。"

他轻笑着开口，听起来像是在跟白溯打招呼，语气却是来者不善。分明是告诉别人，他是来找碴儿的。然而白溯只是淡淡地扫了他一眼，便转身离去。

对他的挑衅熟视无睹，红衣男子的眼中闪过一抹恼恨之色："白溯，你……"

云悠自然认出了红衣男子那朱雀剑派的服饰，只是并不理解，这个男子为什么要像女人一样穿得一身大红？

云悠疑惑不解地胡思乱想着，又悄悄拉了拉顾楚痕的衣角，低声问道："师兄，这个穿红衣服的是谁？"

"他就是目前与白溯齐名的，同样拥有天才之称的第五夜。"正在检查灵石安放位置的顾楚痕随口解释道。

"第五页？这个名字好古怪。"云悠讶然道。

顾楚痕站起身，敲了一下云悠的脑袋，没好气地说道："是夜晚的夜，不是书页的页。"

"哎，痛！师兄，为什么你和师父还有师姐老是爱敲我的脑袋啊？"云悠揉着被敲痛的地方，噘起小嘴不满地说道。

顾楚痕瞥了她一眼，自动忽略了这个问题，接着说道："第五夜，是朱雀剑派掌门的亲传弟子，天生暗灵根。传言他心狠手辣，喜怒无常。但因为曾在比试中败于白溯，所以一直心有不甘……"

心有不甘？为什么她觉得这个第五夜并不是心有不甘，而是……

从她走下飞舟开始，她就敏锐地注意到，这个长相妖冶的男子一直用一种古怪的目光紧盯着白溯。

不知怎的，云悠突然想起，一只小黄鸭前辈所著的一本书中说过，"若是喜欢一个人就要经常欺负他""喜欢一个人可以尝试用欲擒故纵的方法去吸引他的注意"。而现在，这两点，第五夜都符合了。

想到这里，云悠下意识悄悄地向前一步，挡住了第五夜看白溯的目光。

"小白，"她又凑到白溯的身边，小声地问道，"他不会是看上你了吧？"

顾楚痕忍不住扑哧笑出声。

第八章 云渊秘境

云悠的声音不大，但由于距离太近，她所说的话还是一字不漏地落入了第五夜的耳中。对方脸色一沉，隐隐有发怒的迹象。

但片刻过后，第五夜神色恢复如常，懒洋洋地靠在树干上，一脸的闲适，媚眼如丝，瞥向云悠和白溯那表情真的像是看见了一个很好玩的玩具。

"我说白溯，原来你喜欢这种小姑娘。"不屑的目光从云悠身上扫过，他悠悠地开口，似乎对云悠刚刚的话毫不在乎。

顾楚痕皱起了眉，手不自觉地握上了剑柄。作为云悠的师兄，尽管他平常也很爱欺负她，但不代表他会任由自己的师妹被毫不相识的人侮辱。

白溯微微动身，那寒凉冰透的眼中闪过一抹锐利，似是把持不住想要动手。

只是，云悠的下一句话便轻易化解了这剑拔弩张的气氛。

"小白，他现在是吃醋了吗？"云悠对第五夜的暗讽充耳不闻，反而眨了眨眼，好奇地看向白溯。为什么第五夜的反应给她的感觉，就像是在不留余力地打击情敌？

她还记得一只小黄鸭前辈在书中的相关说明："面对情敌时，若失去理智，以尖酸刻薄的言语去攻击对方，反而会遭到对方的厌恶。"

不知为何，正坐在大树下啃着香蕉的黄大壮突然莫名地被噎住了，猛地咳嗽起来："喀喀……"云悠很是无辜地摸了摸自己头顶的那撮呆毛。

所以说，第五夜这是把她当成情敌了吗？

"哈哈哈……"这一次，顾楚痕笑得直不起腰来。

跟在他身后的二狗子扫了他一眼，偷偷离顾楚痕所在的地方挪开了一点儿、一点儿、又一点儿，嘴里碎碎念道："我不认识他，我不认识他，我不认识他……这家伙才不是我的主人，这家伙才不是我的主人，这家伙才不是我的主人……"

第五夜脸上骄傲的、自信的笑容僵硬在嘴角，脸色随即阴沉下来。

"哼！玄天剑宗的弟子，真是好样的！"他愤怒地拂袖离去。

然而这时，一个红色的身影飞快上前，拦住了第五夜的去路，语速飞快地解释道："等等，第五道友，我是玄天剑宗的沈欣茹。刚刚一事，我替几位同门向你道歉，是我们的不对。"

沈欣茹的语气真诚，这让第五夜的脸色有所缓和，他下意识地多看了她几眼："看来这玄天剑宗还是有人明白事理的。好吧，看在沈道友的分上，我这一次就大度地原谅他们吧。"

"多谢第五道友的体谅。"沈欣茹脸上绽开一抹温婉的笑容。似是感受到对方打量自己的眼神，她有些羞涩地垂下了眼睑，心中却是一片得意。

只可惜，两个人对话中的"他们"的注意力根本没在第五夜的身上。

"小白，他不会是被我说中了所以生气吧？难道那就是传说中的恼羞成怒？"

开口问出这个问题的正是云悠。

对于云悠的问题，白溯只会给出认同的观点："大概是。"

顾楚痕则是忍着笑打断两个人："喂，你们两个够了，好歹也给别人留点儿面子啊，哈哈哈……"

云悠将视线移向了他，鼓起包子脸，指着他说道："师兄，一直在哈哈大笑的你，有什么资格说我们呀？"

"我当然……哈哈哈，不行了，我去旁边笑一下。"

第五夜听到那三人毫不在意的对话，突然有一种把这三个笨蛋都揍一顿的冲动。

最后，第五夜怒气冲冲地走开了。经过这段小插曲，山林再次恢复了平静。

各门派的弟子在建好的阵中打坐调息。毕竟，秘境里危机重重，一切都是未知数。恢复好精神，在秘境中也能多一份保障。

云悠也拉着白溯在一个角落坐下，开始闭目养神。

"你就是玄天剑宗的云悠？"

就在她即将入定之时，一个骄横的女声突然传进耳中。

云悠下意识睁开眼睛，顺着声音的方向看过去，只见一个身着青白冷色绣银边斜襟长袍的女子站在她的面前，袍面绣着淡雅的朱雀图案，腰系缀珍珠绸带，乌发绾在脑后，戴着素净的银簪，耳坠银丝。

云悠点了点头，打量着对方的眼中闪过一丝困惑："我是云悠，请问有什么事吗？"不远处的沈欣茹目睹了这一幕，不由得嘴角微弯，露出看好戏的表情。

她自然是认得那个白袍女子的。

此女子，便是朱雀剑派掌门慕容宗的独女慕容玖玖。修士的修为达到元婴期后，便不易再生育。慕容宗到了元婴期，才得来这么一个女儿。老来得女，慕容玖玖可谓集万千宠爱于一身，因此自小就养成了嚣张跋扈、目中无人的性格。

然而，在云悠回答完毕后，慕容玖玖却做出了一个让在场的人都出乎意料的举动——抱住了云悠，猛蹭她的脸。

"啊啊啊，好可爱，我第一次看见第五夜被气成这样，太解气了。小可爱，不如你跟我回朱雀剑派吧。"

云悠整个人都呆住了："咦？等等……"

沈欣茹也是目瞪口呆，这情节发展不对啊！慕容玖玖不是来为第五夜出气的吗？不过眨眼之间，慕容玖玖就发现被她抱在怀中的云悠已经不见了，她抬起头，才发现一道清冷的身影不知何时挡在了她面前，而云悠正被他护在身后。

正是白溯。

慕容玖玖有些生气地朝他喊道："喂，大冰块，你做什么？我跟小可爱说话，

第八章 云渊秘境

跟你有什么关系？"白溯没有说话，只是将云悠护得更紧。

那冷厉的眼神，没来由地让慕容玖玖的心里泛起丝丝寒意。

"慕容师妹，这样太失礼了，快回来。"朱雀剑派一行中匆匆走出一个男修，蹙着眉将慕容玖玖拉了回去。这名男修面容俊朗，剑眉英挺，双眸深邃，鼻梁高挺，一看就是正气凛然之人。

慕容玖玖挣扎着，有些不满地说道："君师兄，你做什么？我就是想跟小可爱说说话。"

"不要胡闹！"被称为"君师兄"的男修瞪了慕容玖玖一眼，斥责道，随即叹了一口气，朝白溯和云悠抱了抱拳头，无奈道，"两位道友，真是抱歉了，师妹自小被师父宠坏了，因此有些任性，请两位见谅。"

说着，又转头看向慕容玖玖，厉声道："师妹，还不跟我回去。"

"哦，我知道了。"慕容玖玖悻悻地低下了头，但想到了什么，又抬起头，兴奋地对云悠说道，"小可爱，等秘境试炼结束后，我再来找你，你要等我！"

那热情的模样，实在让云悠无法招架，她只好不知所措地点了点头。

"那就这样说定啦！我待会儿再来找你玩哦！"

罢了……就算那两个人关系再好，也不会影响她这次的秘境之行。

沈欣茹收回了视线，轻轻抚了抚衣袖里当成手链戴在手上的莲花冰晶吊坠，嘴角勾起一抹意味深长的笑容。

有了这个芥子空间，她可以把秘境内的奇珍异草尽数移植进去，免得白白便宜了云悠！然而她不知道的是，螳螂捕蝉，黄雀在后。

坐在树下看戏的黄大壮将所有人的表现尽收眼底。他看着那个将剑当成斧头愤怒地砍着树的红衣男子，突然灵光一闪，阴恻恻地笑了起来。

好题材啊，真是好题材。仙界两大美男之间的恩怨情仇、相爱相杀，真是个很好的卖点，下一期的仙界奇闻，一定会大卖的！

其间发生的两段小插曲，并未影响到云悠对这次秘境之行的期待。

精神尚未充足，云悠也没有继续打坐调息。她低头练习着结印，不时转头跟白溯说上几句话。被忽略在一旁的顾楚痕也没有生气，而是一脸悠闲地靠在树干上，扯着二狗子的长发玩，接连几次被不耐烦的二狗子拍掉了手。

也许是因为各门派都有一位元婴期长老在场，在座一些怀着别样心思的人也有所收敛。

"时辰到了，大家准备。"不知过了多久，一直在观察天空云雾变化情况的莫衡长老突然开口道。随着他的话音落下，晴空万里的天空骤然变了颜色。

乌云厚厚实实地铺在天空中，为那张本该蔚蓝的面容化上黯淡的灰色彩妆，悬

崖峭壁之后的这片竹林也被笼罩上一片乌云。极海的海风变得时强时弱，吹得竹林发出"沙沙"的响声。各门派的众弟子向着树林中的同一处投去了惊讶的目光。

云雾缭绕的尽头，刚刚被枯枝落叶覆盖的某一处，突然被风吹走，露出裸露的土地，随即便出现了一个传送阵，呈六芒星状，散发出淡淡的白光。

只是六芒星阵的上方，环绕着一些字形古怪的红色符文，缓慢地旋转着。

从那些红色的符文上，在场的人都能感觉到一股巨大的力量，云悠猜测那些符文便是封印秘境入口的禁止令。

果然，下一刻，当禁制出现在众人眼前时，各门派五位领队的元婴修士便各拿出一块由万年寒玉制成的碎片，拼成了一块完整的图案——只有五把钥匙合一，秘境才能被顺利打开。"开！"一声喝令在树林中回响。

然后只见四周一阵幽幽紫光，仅仅是几秒之间，大地又恢复了平静，那黑压压的乌云已经消失不见。海风渐渐弱下来，阳光拨开了乌色面纱，露出安详的面容，大海也归于平静。

云渊秘境入口的禁制消失了，只留下散发着淡淡幽光的六芒星传送阵。

消除禁止后，五位元婴修士又将刚才的寒玉碎片收起，让开了道路，让各自门派的弟子进入秘境。

"好了，你们可以进去了。"莫衡长老转过身，对着身后一众弟子淡淡道，"记得我之前跟你们说过的话，进去之后，你们将会到达第一重秘境，那里会有三条通道，你们七人一组，各选一条通道通行。"

停顿了一下，他又补充道："在到达第二个传送阵之前，切记不能离开自己的队伍，明白了吗？"

"是，师叔。"

得到了回应，莫衡长老让开了道路，让玄天剑宗的弟子们踏入传送阵。

白色的光一点点包裹住了走进入口的弟子，众人的身体在白光下渐渐透明。

转眼间，参与试炼的一百余名弟子已全部进入传送阵，似是感应到无人再进入，六芒星法阵的光芒开始减弱——它正在渐渐关闭。

然而，谁也没有注意到，在传送阵关闭之前，一抹白影倏地闪过，飞快地蹿进了阵中。莫衡长老一愣，下意识闭了闭眼，又睁开，转头看向其他几位元婴修士："各位道友，刚刚是不是有什么东西也跟着进入了秘境？"

其中一位元婴修士笑着开口道："不可能吧，莫道友，这个秘境，只有金丹期以下的修士才能进入，若是不符合条件的人贸然闯入，会被阵法绞碎的。"

莫衡长老皱眉捋了捋胡子，疑惑不解地喃喃道："莫非刚才是老夫眼花了？"

传送结束后，呈现在众人面前的果然是三条不同的黑漆漆的通道。

第八章 云渊秘境

其余四大门派的弟子已自觉分成三支队伍，各选择一条通道进入。

云悠刚踏出传送阵，便看见顾楚痕脸带笑容走了过来，拍了拍她的脑袋，微笑着说道："云小萌，你师兄我先走一步了，记得跟队友们好好相处啊。"

"我知道了，师兄，我又不是小孩子。"云悠噘起嘴，赶紧伸手将顾楚痕弄乱的头发理好。

顾楚痕只是笑笑，没有说话，在走入通道之前投给她意味深长的一瞥。

开始云悠还有些莫名其妙，但是很快，她才明白顾楚痕离开之前那句话别有深意。顾楚痕跟随着别的队伍离开了，那么此时此刻，三条通道之外就只剩下了七个人——云悠、白溯、黄大壮、颜无双、乔三、沈欣茹、沈心柔。

刚好组成一支队伍，但是这支队伍的人怎么看怎么怪异！

跟刚刚其他队伍的有说有笑不同，这支队伍一片安静。

似是察觉到气氛的尴尬，谁也没有开口说话，七人站在通道之外，停步不前。

但这样下去也不是办法。

最后，还是沈欣茹装作若无其事开口打破了沉默："事不宜迟，我们出发吧，等到了第二个传送阵时再分开。在这之前，还是团结一致的好。莫衡师叔的吩咐必定有他的道理，所以还是不要擅自行动为妙。"

对于莫衡长老的用意，沈欣茹自然是知道的，只是不能说出来。通道之后的第一道关卡，并不是真正的秘境，而是一个由幻境构成的小世界，必须七人一组组队通过。在第二个传送阵之后，才是真正的云渊秘境。

沈欣茹话音刚落，黄大壮立刻举手赞同："我同意沈师姐的话！"

"哼！"沈心柔很不屑地冷哼一声。

黄大壮没有理会她，而是转头朝乔三露出一个讨好的笑容："小三弟，等会儿就靠你的关照了，哈哈，你千万别丢下我啊。"

乔三微垂下眼睑，暗暗握起了拳头："大壮哥你说什么客气话，应该是小弟需要你关照才对。"

云悠则是抬头看向白溯。

白溯伸出手，将她的小手握在了手心，回了她一个安心的眼神："我们走吧。"

云悠露出笑容，朝他点了点头。一旁沉默寡言的颜无双看了两个人那交握的手一眼，握住了衣角，一言不发地走在了队伍的最前头。

走过这条长长的通道，眼前的景象已发生翻天覆地的变化。

碧蓝如洗的天空，成片的绿茵，五彩斑斓的奇花异草，在花丛中飞舞的灵蝶，日光中似乎流淌着一种七彩光芒。

空气中弥漫着一股淡淡的清香，既令人心旷神怡，又令人心生警惕。

"小心，快屏息！不要呼吸，这里的花香有毒！"这时，有人着急地开口说道。

出乎所有人的意料，说出这句话的竟然是黄大壮！其余六人齐齐看向了他。黄大壮一愣，猛地反应过来，赶紧举起手解释道："我……我只是在一本书上偶然看过，所以才知道的。"

这黄大壮身上的确藏有很多秘密……沈欣茹扫了他一眼，便收回了视线。她虽有所怀疑，但并没有多想，此刻她的心思全落在了另外一件事情上。

虽然这是幻境，但一切触及的东西都可变成现实，沈欣茹在进来之前，打听到这附近有一颗仙界中已经绝迹的万年玉露果，对她的风灵根很有帮助，能极大地提升自己的能力。

绝对不能让其他人得到！下定了决心，沈欣茹立刻朝四周张望，思量着下一步的行动。可是就这样贸然地走出去采摘，实在太显眼了。

无论那颗万年玉露果被这支队伍之中的谁发现，都不是一件好事。所以，现在该怎么办？沈欣茹皱了皱眉，心不在焉地扫视着四周，当她的目光落到距离颜无双最近的一棵树上的蜂巢时，不由得眼睛一亮。那不是鸠毒蜂的蜂巢吗？

鸠毒蜂，是仙界中毒性最强的一种灵蜂。鸠毒蜂的蜂蜜可解万毒，同样，它的蜂毒也是所有灵峰中最可怕的一种，只要沾上一点儿，就算是元婴期修士，不到一个时辰，若不及时服下解药，便会毙命。看着那巢鸠毒蜂，顿时，一个主意漫上了沈欣茹的心头。

队伍中，谁也没有注意到沈欣茹的异样。就在云悠打量着周围的环境时，忽然有什么柔软温暖的东西搭上了她的小腿。

咦？

"喵呜。"云悠连忙低头一看，看见此时应该在玄天剑宗的小白猫用两只毛茸茸的爪子抱着她的小腿，用黑溜溜、水灵灵的眼睛看着她。

"咦？小小白，你不是在师姐那里吗？"云悠先是一怔，随即惊喜道，将正扒拉着她裤脚的小白猫抱了起来，"怎么跟着我来了？"

第九章

地下长廊

"喵呜喵呜。"小白猫举了举爪子,得意地给云悠说着它这一路的经历。

"所以,你是趁莫师叔不注意,偷偷跟着我们上了飞舟,然后找地方藏了起来?"云悠看着怀里的小白猫,惊讶地问道。

小白猫也抬头看着她,点了点头。云悠揉了揉它的脑袋,教训道:"小小白,以后别这样了,知道吗?这样做太危险了,万一遇到坏人怎么办?"

坏人?

"喵喵!"小白猫歪着脑袋,黑溜溜的眼珠转着,似懂非懂地叫唤了一声。

然而,这一幕落入了另外一人的眼中,却是无比刺目!

幻雪猫!

颜无双的视线久久停留在云悠怀中的小白猫身上,不知不觉握紧了拳头。

那一次,强行解除了她与幻雪猫之间的契约并让她身受重伤的人,果然是云悠!

颜无双眼中闪过一抹宛如寒冰的冷意,就要动身上前理论。

但她刚迈出一步,就被人拉住了手。

颜无双立刻回头看去,却对上了乔三担忧的目光:"师姐,你要做什么?"

"乔三,你拉着我干什么?"她看着乔三的目光变得如刀锋般锐利。

"师姐,我不知道你想做什么,但是现在我们正在历险,你忘记莫师叔的话了吗?"乔三压低了声音,语气着急地劝道,"此刻在秘境中,切勿轻举妄动。现在我们需要团结,而不是起内讧。有什么事情,还是等出去再说吧。"

"你怎么会……"颜无双眼中浮现出一丝挣扎的神色,她深深地看了正把小白猫塞到白溯怀里的云悠一眼,最后还是不甘心地退了回去。

就是现在!机会来了!看着颜无双后退的脚步,沈欣茹眼底闪过一抹喜色,却依旧假装警惕地打量着四周的环境,藏在衣袖底下的手却悄悄地捏了一个法诀。

一道无色的灵力飞速向着颜无双的双腿打去。

但颜无双若有所觉,一个侧身,灵活地闪过了沈欣茹的攻击。

颜无双身体一偏,右腿却正好撞到了鸠毒蜂所在的树上,位于她头顶正上方的蜂巢猛烈摇晃了几下,蜂巢内外的鸠毒蜂躁动不安起来。

沈欣茹没想到颜无双会躲开她的攻击,开始还有些懊恼,但没想到歪打正着!被惊动的鸠毒蜂如同乌云压顶般倾巢而出,愤怒地朝着打扰它们的人蜂拥而去。

首当其冲的,就是颜无双!黑沉沉的鸠毒蜂压顶而来,众人都大吃一惊。黄大壮更是"哇哇"大叫起来,立刻抱头躲避,在四周胡乱地奔跑着。

"小心!"乔三见状,第一个反应就是脱下自己外面的法衣,朝着颜无双扑了过去。却没想到,黄大壮在中途撞了过来,正巧跟乔三撞了一个正着,那件原本要披到颜无双身上的外套就这样套到了黄大壮的头上。

两个人滚成一团,一同朝着山坡滚了下去。

"谁……"

黄大壮一边"哇哇"大叫一边从外套下伸出了头,看到乔三的脸时,不由得一愣,随即感动道:"小三弟,原来你是要救我吗?刚刚谢谢你了,没想到你这么为我着想。"乔三十分无奈,明明想救的是颜无双,他突然冲过来干什么?

"哇!小三弟,不好!那些毒蜂来了!你小心!"不等乔三反应过来,黄大壮又迅速扯过了那件外套,套到自己的头上,还顺手将乔三拉了起来,"这边,那边,这边又来了!"

黄大壮俨然将乔三当成了挡箭牌,被蜜蜂蜇到的都是乔三,而他自己则很幸运地躲过蜜蜂的攻击,毫发无损。

"啊啊啊,快走开!不要来我这边。"沈心柔也因为这场变故而大惊失色,她当即运用灵力保护自己的身体,但是她很快发现这些毒蜂竟然可以穿透她的灵力罩,顿时脸色煞白。她边尖叫着咒骂颜无双:"颜无双,你这个废物!你这个无用的东西!没什么本事就罢了,为什么还要拖累我们?"

此时此刻,颜无双才发现,她的冰灵根居然起了优势,一道道冰墙在她的四周支起,勉强挡住了来势汹汹的毒蜂。

颜无双眼底刀光剑影交替,一双暗黑的眸子似乎卷起风暴。她狠狠瞪了沈心柔一眼,又转过身继续对付那从四方八面不断朝她扑来的毒蜂。

手中的长剑灵活翻舞,灵力成剑,毫不畏惧地迎敌。

越来越多的鸠毒蜂不断落地,很快堆积成山。

看着数量渐渐减少的毒蜂,颜无双的眉头刚舒展一些,但很快又不禁紧锁。明明开始变稀疏的鸠毒蜂蜂群再次变得密集起来,齐齐朝她飞来!为什么没完没了?尽管颜无双身手敏捷,但还是免不了被鸠毒蜂蜇了几下。

被蜇的皮肤立马肿起了一个黑色的小包,身体内的灵力也在同时慢慢消散。渐渐地,晕眩袭来,她竟有些站立不稳。

云悠用灵力催动紫霄剑,跟白溯背对背,一同杀着周围的鸠毒蜂。

第九章 / 地下长廊

这些鸠毒蜂似乎很害怕云悠紫霄剑上的九霄天雷之力，刚接近便像触碰到什么可怕的东西似的，飞快地逃走了，但这并不是轻敌的理由。

又有几只鸠毒蜂被小白猫冻成了冰块，掉落到草地上，朝着斜斜的山坡滚了下去。看着头顶那数量众多的鸠毒蜂，云悠皱起了眉："小白，这些蜂太多了，根本不可能杀得完。"的确，再这样下去不是办法。

而制造了这场混乱的沈欣茹也抽出自己的剑，假装在杀鸠毒蜂。

实际上，在这次的秘境试炼之前，她便有了充足的准备。她在藏经阁中查阅了许多资料，自己炼制了一种香料，在进入秘境之前偷偷涂抹在身上。这种香料无色无味，倒是鸠毒蜂很厌恶这种味道，因此根本就不会近她的身。

红色的长裙宛如盛开的一朵彼岸花，绚烂夺目，她在蜂群中迅速穿行，不动声色地向着记忆中万年玉露果生长的位置走去。

瞥到不远处一颗晶莹剔透的果子时，沈欣茹唇角绽放出满意的笑容。

却在这时。

觉得体力不支的颜无双单膝跪地，膝盖传来刺骨的寒冷，她用剑撑住自己受伤的身体。情急之下，她从储物腰带中拿出了一沓火系符箓，往头顶那片黑压压的鸠毒蜂扔去。

"烈焰阵！"沙哑的声音带着急促的喘息，火焰在空中汇聚成一排浪，向鸠毒蜂群冲出。顿时火焰将鸠毒蜂连同周围包裹，一阵"噼里啪啦"的燃烧声传来。

被烧焦的鸠毒蜂不断掉落，散发出一股难闻的气味。

沈欣茹脸上的笑容立刻僵住了，险些尖叫出声。颜无双这笨蛋！

她采摘万年玉露果的脚步被这道突然冒出的火墙硬生生隔绝了！万年玉露果所在的那片区域也瞬间被大火吞没！

转眼间，那颗珍稀的万年玉露果就这样葬于火中……

但是，颜无双的急中生智还是起了作用。鸠毒蜂似乎很畏惧火焰，立刻弃巢而去，朝着空旷的地方四处飞散。

不一会儿，除了地上烧成焦炭的毒蜂，这附近已再无鸠毒蜂。

黄大壮看着那飞速散去的鸠毒蜂，终于松了一口气。

他小心翼翼地将头上的外套拿了下来，无意中低头，却看到了被鸠毒蜂蜇得已经看不出原来清秀模样的乔三！

黄大壮惊呼出声："小三弟，你没事吧？哇，怎么变成这副样子了？"

"黄大壮你很好……"乔三气若游丝的声音断断续续的，完全听不清楚他在说些什么。

"没事没事，鸠毒蜂的蜂巢就在附近，有了蜂蜜就可以解毒。你千万别急，我

现在就来救你。"黄大壮立刻朝着蜂巢的地方跑了过去。

不知道是不是太急了,他急着去摘蜂巢的时候,一脚踩上了乔三的胸膛!

"咔嚓!"只听清脆的一声,有什么断裂的声音从黄大壮的脚下传来。

黄大壮脚步一僵,眨了眨眼,又迟疑地低头看去。

那好像是……肋骨断裂的声音?

此时此刻的乔三只觉得两眼昏黑,痛不欲生,恨不得一刀了断自己。

"对不起,小三弟,我不是故意的……嘿嘿……"尴尬地干笑了几声,黄大壮又手忙脚乱地冲上前去将树上被熏得焦黑的蜂巢摘了回来。

他坐在乔三旁边,抽出腰间的刀,对着蜂巢一阵猛劈。刀锋锐利,看似坚不可摧的蜂巢很快被黄大壮劈成几块。

"小三弟,解药来了。"将蜂巢劈开后,黄大壮将菜刀随手往旁边一扔。

却没想到,那菜刀在半空中转了一圈,直直朝乔三的脚指头砸了过去!

"啊!"乔三惨叫一声,弹坐起身,又躺了回去,两眼一翻,险些晕了过去。

完全没有看到乔三被菜刀砸中的黄大壮惊讶道:"啊!小三弟,你不要吓我!你又怎么了?"乔三已经没有力气回应黄大壮了。

云悠看着黄大壮和乔三的互动,悄悄附在白溯耳边问道:"小白,黄大壮跟那个乔三的感情好像很不错啊。"白溯看了他们一眼,微微点了一下头。

刚清醒过来的乔三听到云悠和白溯的对话,有种欲哭无泪的感觉,谁跟黄大壮这笨蛋感情好了?此刻欲哭无泪的,除了乔三,还有沈欣茹。

她紧咬牙关,看着那瞬间被烧成灰烬的花林,心中五味杂陈。

明明唾手可得的东西,就这样被颜无双毁掉了,她不甘心!

过程是曲折的,但结局勉强……是好的。

最后,黄大壮将蜂巢中的蜂蜜分成几份,热络地送到每一个人的手中,让大家尽快服下蜂蜜以解体内的毒素。

七人之中,伤情最为严重的要数乔三。他不仅中毒最深,还被毒蜂蛰成了臃肿模样。虽然喝下蜂蜜解了毒,但脸还是没法立刻消肿。

顶着一张臃肿的脸,乔三简直悲愤欲死。

可惜造成这一切的罪魁祸首黄大壮非但没有半分的收敛,还不停地在他身边绕来绕去,提醒着他此刻悲惨的状况:"小三弟,你没事吧?你真的没事吧?可你的脸还肿得不像样子啊!"

"我怎么会有事?"乔三咬牙切齿地一字一顿道,盯着黄大壮的眼神锋利似刀,"刚刚谢谢大壮哥的照顾了!"

第九章 地下长廊

只是他的眼睛被肿起的肉挤得只能看到一条小缝，黄大壮只当他古怪的语气是刚才中毒的后遗症。

"没事就好，没事就好。"他松了一口气道，"你没事我就放心了。"

乔三在心里默默地嫌弃，跟黄大壮这人说话，完全是对牛弹琴。

"喵呜！"小白猫软软糯糯的声音传入耳中，不知道从什么地方叼着一颗果子回来了。它将果子放入云悠的手心，然后得意地抬起头，摇着尾巴，一脸求夸奖的表情。

这颗果子晶莹剔透，能透过冰蓝色的皮看到里面的情况，内核有一条状似莲花的脉络，一直连到皮外。

"玉露果？还是万年的？小小白，你从哪里找到这颗果子的？"云悠诧异不已，"听说这种果子在仙界已经绝迹了，没想到这个秘境中还有。可惜是风灵根、水灵根才能服用……"

喃喃自语着，她又转头看向白溯："小白，你需要吗？"

白溯摇了摇头："你留着吧，这果子对我没用。"

"可是这东西对我也没什么用啊，那就上交给门派吧。"云悠点了点头，随手将这颗珍稀的万年玉露果扔入乾坤袋中。

沈欣茹心心念念想要得到万年玉露果，就这样被云悠简单的一句话决定了它的下场。眼睁睁看着云悠将万年玉露果收起的沈欣茹，都要被气得晕过去了。

沈欣茹开不了这个口，只好把话默默地咽了回去，随即将所有的怒火转移到了颜无双身上。

是的，若不是颜无双"多此一举"，她早就将那颗万年玉露果弄到手了，哪会轮得到云悠捡这个便宜？

沈欣茹对颜无双很是恼怒，自然对她没什么好脸色。沈心柔也有着同样的想法。

从颜无双身边经过时，沈心柔故意用力将她推到一边，怒斥道："废物！别挡着路，走开！瞪什么瞪，如果不是你，我们也不会被那群毒蜂围攻。自己没什么真本事，就不要出风头！"

向来独来独往的颜无双并不在乎他人的想法，但不代表她会任由他人侮辱自己，她暗暗记下了这一笔账。

沈心柔快步走到白溯面前，转眼间已经恢复淡雅如兰仙子的模样，娇着地开口道："白师兄，不如我们一起……"

白溯从头到尾也没有正视她一眼，只是拉过尚未有所反应的云悠，淡淡地开口道："走吧。"火焰熄灭后，草丛都被烧掉了，前面的景象一目了然。

莫衡师叔所说的第二个传送阵就在不远处，正散发着淡淡的白光。

"咦？小白……"

白溯拉着云悠头也不回地朝着传送阵而去，小白猫赶紧跳到他的肩上，跟随着两个人一同进入了传送阵。

沈心柔不甘地跺了一下脚，赶紧跟随着白溯和云悠踏入阵中。

黄大壮见状，赶紧低头询问坐在地上的乔三："小三弟，你还能走吗？我扶着你去……"

"颜师姐……"乔三当即的反应，便是回头看向颜无双。

"你的颜师姐很好，你就放心吧。"

不由分说，黄大壮便拖着还在挣扎的乔三匆匆走进了传送阵。

"黄大壮，你等等……"

乔三恼怒的声音消失在阵中，紧随其后的是渐渐回过神来的沈欣茹。

而最后一个进入传送阵的，是颜无双。

七人不知道的是，当他们全部踏入第二个传送阵后，传送阵的光芒便渐渐黯淡下去，很快就消失不见了！

白光闪烁后，眼前是另一番景象。

这里似乎是一处水中岩洞，四周弥漫着湿气。地面均是坑坑洼洼的水坑和大石块，水流淌而过的声音传入耳中。由于光线昏暗，视线能见的范围也有限。

而被传送到此处的，只有云悠和白溯，外加趴在白溯肩上的小白猫！

两个人对望了一眼，很快交流出一个共同的信息：刚才的传送阵，竟然是不规律的随机传送阵！因为两个人是同时走入阵中的，才没有被分开。

还没等两个人来得及打量四周的环境，"轰隆……"大地忽然震动，发出一声闷响。

以云悠和白溯为中心的地面突然龟裂开来。

两个人赶紧跳开，时间掐得非常准，在跳离了最为险要的地方时，突然有东西从裂缝中破土而出——出现在眼前的是一个浑身是赤铜色泥浆的巨人，在日光的照映下泛着红光。这个庞然大物是从哪里来的？

云悠下意识扔出一张火系的符篆，怪物四周顿时被一团火焰笼罩。她趁机跳到更加空旷的地方，又向白溯所在的方向望了一眼："这个是什么怪物？"

"铜色魔人。"看着面前的庞然大物，白溯眼中闪过一抹复杂的神色，"二级魔族，一般生在地下。"

"魔族？秘境里怎么会有魔族？"云悠瞪大眼睛，忍不住惊讶出声，"而且……"

而且，她看不穿面前这个铜色魔人的修为，这说明，它的修为并不在金丹期之

第九章 / 地下长廊

下！这完全是有违常理的，有秘境之力的压制，这铜色魔人的修为竟然没有被压制在金丹期之下？是什么地方出了变故？

但来不及细想，云悠话音刚落，那个巨人竟吞掉了周身那朵朵焰火！它疯狂地膨胀，发出"咕噜咕噜"的声音，刹那间，它爆炸了，污泥向四处飞溅。

"小心！那些污泥有毒！"白溯赶紧出声提醒道，一把将云悠护在怀中，跳着躲开了那些赤铜色的污泥。

未等云悠反应过来，她已落入温暖的怀抱。脸微微一红，但心中那种莫名的情绪很快归于平静。她抬起头朝白溯微微一笑："小白，谢谢你。"

白溯移开了视线："不客气。"云悠微微点头，然后将小白猫放到头顶，与此同时，一道由雷电构成的屏障出现在她和白溯面前。

但还未看清，一个身影就飞快地朝云悠袭来。身影与屏障撞击，屏障几乎破裂！雷电之力是所有邪恶之物的克星，但这个铜色魔人竟然不怕雷电？

云悠心一沉，连忙将灵力注入紫霄剑中，笔直地朝铜色魔人刺去。

铜色魔人赶忙躲过，但仍让一闪而过的雷电伤了胳膊。

似是被激怒，铜色魔人突然狂性大作，疯狂地嘶吼起来，手一把横扫过去，瞬间洞中石头乱飞。

不好！云悠心中暗叫不妙，与此同时，她才真正感觉到她与这个怪物之间的实力差距！以目前的修为，她并不是铜色魔人的对手！

却在这关键时刻——

银白色的光芒掠过视线！

白溯的剑笔直地插了铜色魔人的躯体，倒映着那庞大身影的眼中一片凝重之色。随着一声惨叫，铜色魔人粉身碎骨。白溯的速度极快，似是在一瞬间轻而易举地化解了这一次的危机。天地间，又恢复了平静。

小白猫从云悠头上探下脑袋，喵了一声，似乎在问：结束了吗？云悠点了点头，暗暗松了一口气。她刚要将紫霄剑收起，却被白溯紧紧握住了手腕。

云悠有些疑惑地看向他："怎么了，小白？"

"地在震动。"白溯的声音低沉。

果然，震动越来越大，周围的大地都发出"轰隆轰隆"的声音，像是遭受了巨大的惊吓。

霎时间，大地裂开一条大缝，随后又像树根一样，有许多小缝在大缝旁边接二连三地裂开，缝隙越延越长，速度快得让两个人来不及躲闪。

两个人只觉得脚下一空，便双双坠入了由裂缝延伸开来的洞里。

环顾四周，一片漆黑。

幸好两个人都有灵力护身，并没有受伤。

"小白？你在吗？"云悠试探地往黑暗中唤了一声。

这时，一只手握住了云悠，白溯的声音随之传入耳中："我在，别怕。"

仿佛有一股安定人心的魔力，云悠只觉得心中暖暖的，她赶紧回应道："我不怕，我是在担心你。"

站稳了脚步后，云悠举起另一只手，用灵力在掌心燃起火焰照明。

只是，由雷灵力构成的幽紫色火焰散发出微弱的光芒，在这个窄小的地方宛如幽灵一般摇曳，显得格外阴森恐怖。

这似乎是……地道啊，难道他们在地下？

幽紫的火光映出两个人拉长的影子，四周一片死寂。

两个人戒备地在这条狭窄的地道中行走着。

两人一猫的呼吸声清晰可闻，脚步声回荡在地下长廊中，偶尔有水落在地上的声音。这时，有脚步声从地道的另一端传来，并且愈渐清晰。

云悠和白溯不约而同地警惕起来，而地道对面，很快便亮起了火光。

看到对面那人的模样，云悠不由得一愣。

"怎么会是你？"她与地道对面那人异口同声地说道。

幽紫色的火光映出了一张妖娆绝美的脸。眉心轻轻一点朱砂，一双丹凤眼泛着冷冷的光，他一袭红衣似乎凝聚了天下所有耀眼的红，在昏暗中也丝毫不显逊色，妖媚而不俗气。

地道对面出现的人，正是在进入秘境之前，顾楚痕给云悠介绍的那位"心狠手辣，喜怒无常"的第五夜——那个长得比女人还要妖冶的男子。

在看到云悠和白溯时，第五夜狭长的眼中同样闪过一抹惊讶之色。

"你怎么会在这里？"

"你们怎么会在这里？"

他与云悠再次不约而同地开口。如此默契的反应让第五夜一愣。

回过神来后，他有些掩饰般冷哼一声，视线有意无意地瞥向白溯："白溯，真不巧，没想到竟然会在这里遇见你，你现在看起来也不见得很好……"

"喵呜。"很可惜，第五夜的毒舌模式才刚开启，立刻就被一个软糯的声音打断。与此同时，有什么毛茸茸的东西搭上了他的脖子。

第五夜的神经立刻绷紧，眼神也带上了戒备之色，然而当他看到不知道什么时候爬到了他肩上的小白猫时，不由得一愣。

"哪儿来的猫？"第五夜看着趴在自己肩上的那团毛茸茸的雪白，轻皱起眉。可是那软软糯糯的触感，却让他舍不得将像围脖一样缠在自己脖子上的小白猫扔下

第九章 地下长廊

去。

云悠下意识摸了一下自己的脑袋,头顶上果然空空如也。她的视线重新落到第五夜身上,有些惊讶道:"小小白看起来很喜欢你。"

"小小白?"听到这个名字,第五夜有些嫌弃地撇了撇嘴,他伸手戳了戳懒洋洋趴在他肩膀上的小白猫,又看向白溯,"喂,白溯,这只笨猫难道是你养的?"

"喵呜!"胡说!它才不笨!小白猫叫唤起来,举起爪子想要抗议。哪知道爪子一松,失去了支撑点,便直直往地上摔去。

"小小白!"云悠着急地惊呼出声。

却在它滑下去的那一刻,第五夜眼疾手快地将它捞在怀里,用力捏了捏它的耳朵,依然是那般嫌弃的语气:"果然笨死了。"

幸好有惊无险,小白猫从他的怀里伸出脑袋晃了晃,又十分无辜地朝他眨巴了一下眼睛。

云悠则是十分诧异地眨了眨眼。她很是好奇,正如师兄所说的,第五夜这般心狠手辣、喜怒无常的人,居然会对一只小白猫——还是他以为的是死对头养的小白猫……如此温柔?

这时,在进入秘境之前,一直将第五夜视为空气的白溯开口道:"先别说那些无关紧要的事情了,你是怎样落到这个地方的?"

尽管第五夜对白溯的语气心有不满,但考虑到大局,他还是如实道:"我踏入第二个传送阵后,便被单独传送到一个地方……"

第五夜的遭遇跟云悠和白溯十分相似。他同样是被传送阵随机传送到一个地方。只不过不是岩洞,而是一片只有一条幽径的竹林。

那片竹林异常寂静,他在那里看不见任何灵兽,似乎除了那青翠欲滴的竹子,便再无其他的生物。

正在他顺着竹林的幽径行走之时,地面突然裂开,从地下冒出了一个火红的牛头怪物,周身冒着火焰。

虽解决那头牛头怪物花费了不少的工夫,但第五夜还是顺利将它解决了。只是当那头怪物倒下后,地面便陷了下去。当他回过神来的时候,便已经身处在这条仿佛看不见尽头的地道中。后来,便在这里遇见了云悠和白溯……

听了第五夜的描述,白溯薄唇微微抿紧,寒潭般幽深的黑眸中掠过一丝难以读懂的凝重之色:"火焰魔牛,三级魔族……"

第五夜微微吃惊道:"你是说……魔族?"

见白溯点头,他深蹙起眉,陷入了沉思:"这怎么可能……"

接二连三的魔族在秘境中出现,而且修为并不在秘境之力的压制之下,这实在

令人匪夷所思。

"不对啊……"

云悠用紫霄剑戳了戳周围的墙壁,突然发现了一个问题,"如果你是从地道那边过来的,这说明那个方向也是死路一条,如果两边都是死胡同的话,我们应该怎么出去?"

她抬头看了一下头顶上方,提出了一个建议:"小白,我们可以从刚才掉下来的地方,用飞剑飞上去吗?"

第五夜摇了摇头:"不行。刚才我试过了,我掉下来后,地面的缝隙就自动封闭了,而且似是一片混沌,永无止境,完全没有尽头……"

"这莫非是……幻境?"

"若是幻境,这附近必定会有阵眼什么的,但是我完全感觉不到这附近有幻境的阵法。"第五夜很快否定了这个猜想。

"那现在该怎么办?"

三人站在地道之中,谁也没有再开口说话,气氛一时陷入了僵局。

"你们快看!那是什么?"就在第五夜隐隐觉得有些绝望时,云悠似是发现了什么,突然出声提醒道。

她将手心中的灵焰举高了一些,三人的右侧方,有一条只允许一个人通过的小道,不仔细看,根本发现不了!

这大概是唯一的出路了。经过一番眼神的交流,三人很快达成了共识——顺着这条通道走下去,一探究竟。

地道中安静得几乎可以用死寂来描述,只有三人行走时的脚步声清晰可闻。

"滴答"不知道从哪里落下一颗水珠,重重地摔在了地上。

没来由地,云悠忽感背后一股凉风吹过,如毛发般轻轻地拂过身体,那莫名的痒带着寒意在体内蔓延。

"什么东西?"她下意识往后一看,却不由得大吃一惊!他们刚刚走过的路,竟像是活的一般,自动封闭起来了!若不是他们一路走来,云悠都怀疑是不是自己的错觉。白溯和第五夜听到她的惊呼,立刻回过头,也发现了这种奇怪的情况。

"我们继续走,不要停下来。"白溯只停顿片刻,便当机立断拉过云悠的手,加快了脚步。他们已经没有任何退路了,只能顺着小道一直走下去。

渐渐地,通向前方的道路变得宽阔起来,到最后竟然可容纳一辆马车通过。

不久,一扇拱形的金漆铜门呈现在三人的眼前。

只是这大门紧闭,门上插着一把看起来年代已久的青铜大锁,锁的图案,是一个长着角的牛头妖怪。四周的道路都被封闭起来,面前只有这一扇门。

第九章 地下长廊

第五夜停下了脚步，微眯的丹凤眼中闪过一抹深思："这门……就是出口了吗？"

"哎，大红，用你的剑砍一下那把锁。"云悠突然开口道。

第五夜愣怔了好一阵，才反应过来云悠是在叫自己，不由得有些生气地指着白溯道："为什么我是大，而他是小？"

云悠打量了他一眼，理所当然地说道："因为你看起来年纪比较大啊。"

第五夜"呵呵"地笑了一声。尽管如此，第五夜还是听话地抽出了自己的剑，快如疾风地朝着那把青铜大锁劈去！

"当啷！"随着一声清脆的响声，顿时火花迸射，但门上的锁依然毫发无损。

"不行，砍不开。"

收起长剑，第五夜才猛地想到一个问题：不对啊，他干吗要这么听这个小丫头的话？真是见鬼了！

"对了，为什么你不用自己的剑砍？"他疑惑地看向云悠。

云悠有些奇怪地看他一眼，解释道："你不知道吗？一只小黄鸭前辈在秘籍里说过，重要的角色一般都是留在最后出场，这叫作压轴。"

"那最先出场的呢？"

"一般都死了。"

听着云悠一本正经地胡说八道，第五夜有种想撞墙的冲动。

他是撞了什么邪才跟这个小丫头在胡扯？

"少胡说八道了！你明明是宝贝自家的剑才拿我的来斩锁——"

云悠恍若未觉地将视线移到一旁结实的墙壁上，做出认真思考状："说起来，如果在这墙壁上打洞，不知道能不能通向外边。"

"怎么可能？如果打洞行得通，我早就……"第五夜下意识便嗤笑出声，话说一半才猛地反应过来，"不对，你不要转移话题！"

"我也来试试吧！"

无视了像炸毛的猫一般的第五夜，云悠甩下一句话，立刻拔出紫霄剑，注入灵力，笔直地劈向那只形状怪异的青铜大锁。

雷电之力缠绕的剑身刚接触到锁身上，就立刻被反弹回来，幽紫色的火花四射，这跟第五夜刚刚遇到的情况完全一样。

"果然不行，小白，你也来试试？"云悠将剑收回，又转头向白溯投去了一个询问的眼神。白溯点了点头，走上前，白光一现，手起剑落。

然而，铜门上的锁只是晃动了一下，依旧没有丝毫变化。

"喂，你到底有没有在听我说……"

"连小白也没有办法砍开的锁,太奇怪了……"云悠走上前,抓起门上的锁仔细研究起来,"不对,既然有锁,就必定有对应的开启方式。这把锁没有锁孔,也就是说它并没有对应的钥匙——也就是说,它不能用常规的方式打开。那怎样才能开启呢?"

仿佛说出了某个关键的对应词语,这把青铜大锁上牛头妖怪眼睛的地方突然发出一阵奇怪的红光,云悠手触及的地方突然出现一个旋涡!三人顿时大吃一惊!

"小心!"完全没有防备的云悠被卷入旋涡中,白溯赶紧伸出手去拉她。

但是旋涡不断扩大,直至将三人都卷了进去……

双脚着地后,面前的金漆铜门已经消失不见。

眼前是一片丛林,脚下是铺满枯枝落叶的泥土。四面八方都被浓重的乳白色迷雾覆盖,完全看不清除三人之外的所有景物。

所幸没有失散。

"这里又是什么地方?"第五夜皱起了眉,试图用手挥了挥面前的雾气,可是眼前那片朦胧并没有因此消失,"这真的是地下吗?为什么地下会有森林?"

云悠却没有立刻去查看周围的情况,从到达这个地方的那一刻,她就敏锐地察觉到白溯此刻的情况……似乎有些不对劲儿。

"小白,你没事吧?脸色看起来很不好的样子……"

云悠凑上前,担忧地看着他。

白溯强压下身体内某股想要翻腾而出的力量,摇了摇头:"我没事。"

"白溯,你不会吧?还说是玄天剑宗第一天才弟子呢,这么点儿情况就受不了了吗?"第五夜朝两个人看了过来,丹凤眼微眯,眼中掠过一丝嘲讽。

突然,他的语气变了,笑容也随之收起,道:"喂!注意身旁!"

话音刚落,密密麻麻的蓝色火焰突然从那团混沌不清的雾气中冒出,朝三人砸过来!

"轰!"巨大的白色保护罩包住了三人,火焰球砸到坚实的保护罩上发出巨大的声响。四只全身布满蓝鳞、看上去像龙的动物穿过迷雾,显出真身。它们见攻击不起作用,愤怒地瞪着眼睛,而后——

"快捂住耳朵!"白溯连忙道。

四只蓝龙一起吼叫,卷起一股足以毁灭一座山丘的狂风,粉碎了四周凡是能看得到的东西!天突然暗了下来,它们庞大的躯体遮住了阳光。

即使捂住耳朵,云悠还是能感受得到那尖锐的声音刺得自己耳朵生疼。

白色的保护罩产生了剧烈的震动。

白溯的剑猛然挥出四道剑光,朝着其中一条龙飞去,顿时听到它惨叫连连。

第九章 地下长廊

"是蒲牢。"他沉声道,"是一种以鸣叫为主要攻击方式的神兽。"

"神兽?"云悠捂着耳朵,有些惊诧地抬起头,眼中满是不能置信,"这个充满邪恶气息的地方,为什么会有神兽?"

"因为它们都已经魔化了。"白溯看向准备再次进攻的蒲牢,对云悠和第五夜道,"用你们的剑攻击它们的颈部,只要它们不能鸣叫,就会死亡。"

应了一声,云悠进入了应战的状态,与第五夜一人站了一个方向,各自面向两只蒲牢。

"开始了!"一片刀光剑影和嘶吼之后,四只蒲牢终于被云悠三人解决。

蒲牢巨大的身躯才刚倒地。

风又叫嚣起来,顿时在三人四周卷起旋风,如圆形的阵法。他们便惊讶地发现眼前的景象起了变化,不过眨眼之间,他们重新站到那扇铜门之前。

只不过,铜门上的锁已经被破开两半,掉到地上,成为一堆烂铜。

"吱呀……"巨大的门摩擦在地上发出低沉的声音。

铜门打开了。

一座水池呈现在三人眼前,池水热气翻腾,翻着刺鼻的味道,令云悠不适地皱起了眉。水池之中,不时有气泡冒出。四条只容许一个人通过的铁链横贯于水池上,连通了两边。

而水池的对面,则是一块平地,平底上有一处祭台,上面似乎放着什么东西。

"这个地方……为什么在秘境之中,会有如此邪恶的地方?"第五夜喃喃自语道,饶是见惯了修仙人之间互相打斗的他,也感到十分不舒服。

"这座水池,可以用飞剑飞过去吗?"

云悠说着,放出了一只用以传信的小纸鹤。只是小纸鹤刚飞到水池之上,却突然像被什么力量拉扯一样,倏地往池中掉了下去,瞬间被池水吞噬,消失不见了!

第十章

陷阱重重

　　看着那瞬间被池水吞噬的小纸鹤，云悠顿时觉得一股寒意油然而生。

　　若刚刚掉下去的是一个人，而不是云悠用以探路的小纸鹤，那必定尸骨全无！

　　第五夜眉头紧蹙，表情凝重地打量着四周的环境："看来这个地方有什么限制着，不能以常规的方法通过。所以说，只能通过那些铁链过去了吗？"

　　这座水池向着两边延伸，根本就看不见尽头。

　　"可是，那些铁链……难免会有什么陷阱啊。"云悠有些苦恼地说道。

　　话音刚落，就见白溯一言不发地走上前，结了一个手印，顿时，一个人形的泥娃娃从地面生成，迈着不稳的步伐走上了铁链。

　　"扑通！"泥娃娃的双脚刚踏到铁链上，像是有生命一般，其余三条铁链便弯曲成鞭，朝着它狠狠扫了过去，将它扫入了池中！

　　泥娃娃瞬间被池水溶成了泥浆，消失不见。

　　试验完毕，白溯返回云悠身边，语气平静地开口道："我们必须同时从这几条铁链上走过。"

　　"可我们现在只有三个人。"第五夜抬眸看向了一直安静地趴在自己头顶的小白猫，"这小家伙能勉强算一个吗？"

　　"喵喵喵！"头顶上的小白猫赶紧趴下，用力摇头。

　　第五夜又看向白溯："喂，白溯，那现在该怎么办？"

　　"只有等了。"白溯语气平淡。

　　"等？"第五夜一愣，随即着急地跳了起来，"不是吧？你在开玩笑吗？万一没有人再来到这个地方……"

　　话未说完，他便见云悠和白溯真的坐到了一旁，顺手打开了一个防御阵。

　　云悠这个小姑娘还从腰间的乾坤袋里拿出几个长得水灵灵的红果子，高高兴兴地递给白溯。

　　"小白，你要不要吃灵果？上飞舟之前，师姐塞给我好多。"

　　"你们两个给我适可而止啊！现在什么时候了，白溯，你还有心情吃东西。"第五夜忍不住抓狂。他觉得自己快被面前这两个人弄疯了，至于形象，已经不重要了。

第十章 / 陷阱重重

在这如此紧要的关头，这两个人居然还有闲情雅致在这里野餐！

"说起来，大红，你为什么总是用这种不入流的方式引起小白的注意？好幼稚啊。"云悠咬着果子，突然开口道。

"什么？我才没有……"他简直气急败坏。白溯只是瞥了他一眼，没有说话。

激动过后，第五夜总算慢慢冷静下来，似乎也意识到自己刚刚的失态，他轻咳一声掩饰过去，又看了云悠一眼，冷哼道："白溯，我真想不明白，为什么你会喜欢这样的小丫头！"

"咦……难道你喜欢的是师姐那种类型的吗？"被第五夜出言讽刺，云悠非但没有生气，反而好奇地问道。

"你师姐？"第五夜眯起眼睛，有些不解地反问。

"就是祁莲师姐。"

"玄天剑宗凌华真君的掌上明珠祁莲吗？"第五夜忍不住冷笑出声，"开什么玩笑？我怎么会喜欢那种母老虎？"

原来师姐的大名已经传到别的门派去了吗？

"你说谁是母老虎呢？"一道愤怒的男声突然在第五夜的身后响起。

铺天盖地的剑气汹涌而出，如惊涛骇浪般在水池四周翻腾。

顾楚痕和第五夜就这样在水池的一侧激烈地对战起来。

只不过，第五夜并无心应战。他后退一步，险险落到一处凸出的平台上，趁着这个空当，赶紧出声道："顾楚痕，你等等，刚刚只是误会……"

顾楚痕完全没有理会他的解释，一道道剑气狂风暴雨般朝第五夜身上砸去。

似是受到这可怕的战意影响，池水宛如巨浪一般，冲刷着横架在水池上方的四条铁链。

旁边两个人打得激烈，云悠却若无其事，坐在防御罩内，跟白溯一同吃着灵果聊着天。直到一颗果子见核，她才慢悠悠地转过头，朝顾楚痕喊道："哎，师兄，别打了！我这里有师姐给的果子，你要不要？"

"小莲给的？要要要。"顾楚痕闻言一怔，随即立刻收起剑，屁颠屁颠地跑到云悠跟前。来势汹汹的修士，眨眼间变得如此温顺，实在让第五夜百思不解。

他握着剑愣怔在原地，一时反应不过来。几缕凌乱的发丝因为刚才的战斗而散落在额前，让他看起来有些狼狈。

云悠打量了正朝自己走来的顾楚痕一眼，又有些好奇地往他身后张望："对了，师兄，怎么不见二狗子？他不是跟着你一起进入秘境的吗？"

此时的顾楚痕虽然有些风尘仆仆，但总体而言，依旧元气十足。

"踏进第二个传送阵之后，我就跟二狗子失散了，也不知道他现在跑到什么地

方玩去了。"顾楚痕脚步一顿，"说起来，你们也是从地面上掉下来的吗？"

云悠点了点头，然后接话道："是啊，我和小白……"

第五夜将思绪拉回，他收起剑，也径直朝云悠和白溯走了过来，直接开口道："白溯，现在有四个人了，总该出发了吧？"

白溯往池面上扫了一眼，脸上的表情却没有什么变化："还不是时候。"

第五夜愣了一下，随即蹙眉道："什么意思？难道你们不想尽快离开这里吗？"

"的确想离开。不过小白既然这么说了，肯定是有原因的，我还是听小白的。"云悠侧头看向他，语气是满满的信任。

"白溯，现在可不是纠结儿女私情的时候！再在这里待下去，难免会发生什么变故。"第五夜并不认同白溯的说法，下意识想要寻找同盟，"顾楚痕，你觉得……"

可是，顾楚痕只是瞥了他一眼，冷哼一声，便收回了视线。

第五夜尚未反应过来，紧接着便看到了让他目瞪口呆的一幕——

顾楚痕径直走到云悠的身边，就这样坐下来了！他居然就这样坐下来了！

"云小萌，给我一个果子。"顾楚痕说着，已经毫不客气地从云悠手中抢过几颗灵果，边咬着边教训道，"你怎么能把小莲给的东西分给外人？"

"我才没师兄你这么小气，一个果子也不肯分给别人。"云悠眼巴巴地看着顾楚痕几口将她仅有的几个果子吃掉，有些不满地噘起嘴反驳道，"而且小白也不是外人啊。"

白溯嘴角微勾。

"好好好，你说不是外人就不是外人。"顾楚痕瞥了白溯一眼，语气严肃道，"不过你说的话，我会如实告诉你师姐的。"

"告诉就告诉，我才不怕。"云悠朝顾楚痕做了一个鬼脸，并不知道自己到底应下了什么。

"喂，你们……"完全被忽略的第五夜拂袖走到一旁，那三人言行举止中所透露出的"我们就是不带你玩"的意思让他忍不住生气。他愤怒地朝着坚硬如铁的墙壁狠狠踢了一脚，导致墙壁上的灰尘簌簌地落下。

气死他了！

玄天剑宗的这群都是什么人啊！

与此同时，在秘境一处树林中，却是一派祥和。

在一块空地前，架起了一个火堆，正生着火，浓烟滚滚，而火上架着一个简陋的烧烤架，黄大壮一边优哉游哉地哼着歌儿，一边翻着上面香气四溢的烤蘑菇。

乔三是被火堆燃烧散发出来的烟雾熏醒的。

第十章 陷阱重重

浓烟飘出的方向正好对着他昏睡的位置，当他睁开眼的时候，被烟雾呛得直咳嗽。

"喀喀……"听到乔三的咳嗽声，黄大壮有些惊喜地回过头，看向正艰难支撑起身的乔三，关切地问道："小三弟，你醒了？"

"这里是什么地方？我睡了多久？"乔三揉着太阳穴，努力回想着先前的一切。大概刚醒过来的缘故，他的记忆有些模糊不清。

他依稀记得，自己进入秘境后，遇到了蜂群。后来，被黄大壮拖进了第二个传送阵……没错！进入第二个传送阵后，到底发生了什么？

想到此处，乔三却只觉得一阵头痛欲裂，不由得用拳头捶了一下脑袋。

"不久，也就三天吧。"黄大壮随口答了一句，又凑过头来，十分热切地问道，"睡了这么久，你也饿了吧？我烤了蘑菇，你要不要吃？"

"三天？"乔三被这个回答惊了一下，纷沓的记忆汹涌而来，他终于想起一切了——最初进入秘境的经过，以及进入这次秘境的目的！

三天，已经耽搁太久了，再这样下去恐怕不行。他霍然起身，身上的筋骨却被拉痛："不行，我得出发了……哑！"

看到他这副痛苦的模样，黄大壮连忙将他扶着坐了下来，劝道："小三弟，别急嘛。来，先吃个蘑菇，这里的野生蘑菇烤起来很香，这附近还有野生的孜然，撒上去可好吃了。"他俨然将这秘境试炼之地当成了野营度假的地方。

"更何况，你要是因为肚子饿而没有力气，接下来怎么在秘境里探险呢？"

"咕……"随着黄大壮的话音落下，乔三的肚子适时地叫了起来。

乔三恍然发现，他的确是有些饿了。

的确，正如黄大壮所说的。没有力气，又怎么去办正事？

这时，黄大壮将其中最大的一个刚烤好的花蘑菇递给乔三。

乔三心不在焉地接过了蘑菇。

黄大壮将蘑菇递给乔三后，又自顾自地吃了起来，不时打出一个饱嗝。

似是被黄大壮说服，又看着吃得津津有味的他，乔三也尝试着咬了一口花蘑菇，随即一怔！正如黄大壮所说的，撒上孜然粉的烤蘑菇无比美味。

乔三顿时食欲大振，三两口将手上花蘑菇吃完。可是，蘑菇刚下肚，变故便陡生。

乔三突然觉得肚子一阵强烈的绞痛，这阵痛楚开始向全身迅速蔓延。他下意识扼住喉咙，瞪大眼睛看向黄大壮："黄大壮，你……"

话来不及说完，他已经两眼一翻，直接口吐白沫再次晕过去。

"哎呀，小三弟，你怎么又晕过去了？"

黄大壮看着乔三惊呼出声，他下意识看向两手各握着的薯菇，仔细打量了一

番,"难道那只蘑菇是有毒的吗?可我吃的没事啊?大概是之前中的毒还没完全解掉吧……"

为了肯定自己的猜测,黄大壮咬了一口蘑菇,又重重地点了一下头。

"时间到了,我们走吧。"

水池流淌的洞穴中,白溯忽然站起身,清冷的声音在洞中响彻。

"喂喂,白溯,凭什么你说不走就不走,你说走就走?"

正盘膝面对着墙壁生闷气的第五夜闻言,立刻起身将视线投向白溯,脸上露出一贯的嘲讽表情。

"你说走,我偏不……"可是他话未说完,就见云悠和顾楚痕默契十足地站了起来,一同朝铁链的方向走去,不由得一愣:"你们……"

云悠回过头来,用奇怪的目光看他一眼:"大红,你还在那里做什么?不走吗?"

"这么紧要的关头,不是耍小性子的时候。更何况这个地方并不安全,再在这里待下去,难免会发生什么变故。"顾楚痕也看向他,皱眉道。

云悠赞同地点点头:"师兄说得对,更何况,大红不是想尽快离开吗?"

第五夜简直要被气死了。这不是他不久前才说过的话吗?被云悠和顾楚痕这师兄妹俩用他自己说过的话堵回去,第五夜只觉得憋了一肚子的气。

他冷哼一声,转头去逗弄身边的小白猫:"小东西,你家主人这么坏,我们不要理她……"

云悠也不理会他,直接对小白猫喊了一声:"小小白,我们该走了,出去给你小鱼干。"

"喵喵!"听到"小鱼干"三个字,小白猫立刻"背叛"了第五夜,迈着小短腿欢快地奔向云悠。第五夜来不及收回的手就这样僵在半空,脸色更是难看得很,直到被白溯的声音拉回了思绪。

"快走,再不走来不及了。"

"什么?"他下意识抬头看去,却见白溯神色带着几分凝重。

顺着白溯的视线看去,只见水池对面的那一座祭台,正散发出一阵暗红色的光芒,时隐时现,并不清晰。

池水变得波涛汹涌,打起的巨浪甚至高出了铁链。而横架在水池上的铁链,则不安地躁动起来,摇晃不止,发出了"当啷当啷"的声音。

似乎有什么东西即将现世。直到此时,第五夜终于明白了白溯的意图,但他依旧有些幽怨:"哼,这次就这么算了!看在你年幼无知的分上,我就让你一次吧。"

说着,硬着头皮朝三人这边走了过来。

第十章 陷阱重重

云悠看看白溯，又看了第五夜一眼，忍不住凑到顾楚痕的耳边，小声说道："大红这么听话，难不成是因为小白？"

一只小黄鸭前辈还在他的书里说过：总是对一个人刀子嘴豆腐心，在外人面前嘴上不停奚落他的不好，却对他无比关怀，这是喜欢的表现，它可以说是自私的爱。因为这个人并不想让外人知道自己喜欢的人的好。

除此之外，一只小黄鸭前辈还说过，爱极了一个人后，得不到回应，就会因爱生恨。

不知道为什么，想到这一点，云悠突然感觉心里生出了酸酸的怪异感觉。当看见白溯对第五夜的举动依然无动于衷时，她心里才好受了一点儿。

她撇了撇嘴，移开了视线。似是感受到云悠不快的情绪，白溯突然走上前握住了她的手，轻声问道："害怕吗？"

小手突然被握紧，温暖通过手心传递给她，云悠一怔。回过神后，她朝白溯露出一个甜甜的笑容："不害怕，这座水池，还没入门试炼那时候遇到的东西可怕呢。"

玄天剑宗的入门试炼被称为仙界中的入门第一难。

入门试炼一共有七七四十九道关卡，每一道关卡都设下了重重陷阱。刀山、火海、酸沙……各种可怕的场景，候选者们的灵力均被封住，只能依靠自身一步一步通过试炼。一不留神，就会遍体鳞伤。

云悠便是靠着自己的毅力，顺利通过了所有的关卡，成为凌殊真君的亲传弟子。

不过是一座水池而已，哪有入门试炼时所遇见的可怕？

"那要小心。"白溯不放心地叮嘱道，"一会儿无论看见什么，都不要相信，一直走过去，知道吗？其他的事情，由我来应对。"

云悠朝他点了点头。

第五夜瞥了两个人一眼，若有所思，但他并没有开口说什么，很快便收回了视线。就这样，四人在同一时刻踏上铁链。

而刚踏上铁链，云悠便感觉到脚下的池水似乎更加汹涌，周围的景象开始变幻。云悠突然觉得原本清明的头脑，变得如毛线团般乱。

"阿悠。"正当她试图解开那乱在一团的线时，一个缥缈的声音传入耳畔。

"阿悠，你这是怎么了？"

云悠停下脚步，下意识往左右张望起来。奇怪，她刚刚不是处于水池的铁链之上吗？怎么会……

她环视四周，却惊异地发现自己正在碧落峰的入口之处，绿树成荫，鸟语花香。除了自己之外，一个穿着青色纱袍的女子站在那里，乌黑的长发盘得一丝不苟，是复杂华丽的发式。

本不应该出现的祁莲正站在不远处,用疑惑的目光看着她。

师姐怎么会在这里?自己现在又是在哪里呢?

云悠不由得一阵恍惚,如此真实的情景,让她一时分不清现实与虚幻。

"不要相信……"耳边突然回响起白溯刚刚对她说过的话,云悠顿时感觉到身后一股压力。

她空着的手往前一伸,白光闪现,一把流转着紫色光芒的剑出现在她的手中。

她举着紫霄剑,指着压力的来源者。

祁莲却像毫无察觉她的变化一般,继续开口催促道:"阿悠,你站在这里做什么?还不快点儿过来,不然凌殊师伯又该训你了。"

"师姐?"云悠警惕地问,"不对,你到底是谁?"

对面的祁莲露出生气的表情,叉腰道:"阿悠,你说什么?我是你的师姐啊。"

"胡说!师姐从来不会叫我阿悠,给我破!"手中的紫霄剑划破空气,剑身散发出的雷光比白雪还耀眼,刹那照亮了一切。

"啊……"

"祁莲"的身影在雷光中扭曲,最后连同周围的场景一起消失不见。

等白光消失后,云悠才发现,她的下面依旧是汹涌翻腾的池水,就差一步,她就要踏出铁链,掉下那可以令人瞬间丧命的水池中去!

就在这时,不断翻涌的池水突然出现一个漩涡,逐渐扩大,那翻腾的浪花中突然有一条赤色的巨龙飞跃而出,凌驾在高空之上,发出了愤怒的嘶吼声……

在那一瞬间,所有人只觉得看到了天崩地裂和电闪雷鸣的景象!

"不要回头!一直走!"

白溯凌厉的声音传入所有人的耳中,他的剑化作一道白亮的光芒,宛如利剑般刺向赤色巨龙。洞穴中顿时闪耀起星辰般璀璨的光芒,如同一盏盏明灯瞬间照亮了昏暗。

似是不想让白溯抢去所有风头,第五夜冷哼一声,也放出了自己的飞剑,两道光芒几乎在同一时刻刺向赤色巨龙。

"吼!"被双剑刺中的赤色巨龙发出一阵阵愤怒与不甘的嘶吼声,随后一点点崩裂,最后化作水滴落到池中。

与此同时,四人以最快的速度走下了铁链,水池上的漩涡也随之消失,归于平静。

仿佛刚才所看见的景象只是大家的错觉……

铁链连接的通道不过如此短暂的距离,却是陷阱重重,不过幸好有惊无险。

云悠等人走下铁链后,才看清这里的祭台上放的是什么东西。

那是一个盒子。盒子极其华丽,颜色采用了金黑搭配,盒面是黑得发亮的材料,

第十章 陷阱重重

如凝着圣洁光辉的夜幕，精致繁丽，花纹鸟兽、云藤海藻。

"咔嚓！"一声清脆的响声，盒子的盖突然自动打开了。

"那是什么？"云悠惊异地看着盒子内的东西。

盒子里面盛着一颗晶莹剔透的赤色珠子。

但是，这个盒子的底部是空的。祭台似乎跟水池连通，池水从底下"咕噜咕噜"地冒了上来，滋润着这颗赤色的珠子。

"魔核……"白溯站定在地上，脸色突然变得苍白，身体不受控制地往下跪去。

"小白！"云悠也顾不上祭台上的那一颗奇怪的小珠子，连忙跑上前去查看白溯的情况。白溯用剑支着地面，剑柄被骨节分明的手指握紧。

"我没事……"他微微抬眸，看向祭台，暗黑的眸子里足以容纳千年沉寂，"快把祭台上的那个东西破坏掉，不然就迟了！"

话音刚落，云悠、第五夜和顾楚痕三人不约而同地拔剑，对准赤色的珠子劈了下去。那华丽的盒子顿时四分五裂，盒中的赤色珠子似乎承受不住这样强大的力量，瞬间化成齑粉。

似是失去了养分一般，池水立刻退了回去。渐渐地，整个水池都干涸了，露出了泥土铺成的池底。

"小白，你真的没事吗？"毁掉珠子后，云悠赶紧转身将白溯扶起，但看着他努力隐忍的模样，却一时束手无策。

"让我看看。"第五夜微微蹙眉，他走上前，手搭上了白溯的肩膀，却不由得大吃一惊，"白溯，你体内怎么会有这么磅礴的魔气？"

魔气原诞生于神魔之隙的最深端，集天地怨气而生，正是这种东西，孕育了成千上万的魔族。

魔气是魔族与人类魔修极大的补品，但是对于每一个正道修士和凡人来说，魔气的影响却是致命的。一旦被魔气侵蚀入体，承受的将是难以忍受的蚀骨之痛。若是不将魔气除去，后果不堪设想。

第五夜虽是天生的暗灵根，也承受不住与黑暗相伴而生的魔气的侵蚀。

手触上白溯身体的那一刻，他只觉得自己体内的某一部分被渐渐吞没，难以呼吸，一阵阵闷感席卷全身。

瞬间的惊怔过后，他立刻松开了手，看着白溯的眼神也变得诧异不已。

怎么可能？这个人，如此强大的魔气所造成的痛苦，他是如何承受下来的？而且，看白溯目前的情形，这些魔气，似乎已经存在一定的年限了。

难道说，他一直以来都……

"这种情况……存在多久了?"第五夜深蹙着眉,用不可思议的语气问道。

看到白溯的脸色渐渐恢复,云悠稍微放下心来,此时听到第五夜的问话,忍不住回头看了他一眼:"大红,你一直说很讨厌小白,其实还是挺关心他的!"

"谁关心他了?"第五夜脸色一僵,立刻辩解,"我只是怕他突然挂了,不能等到我将他打得落花流水的那一天了。"

"咦?是吗?"云悠很是怀疑地问道,又转过身朝顾楚痕做了一个鬼脸,"师兄,我是大红的脸,他不要我了。"

顾楚痕十分淡定地点了点头,语气也是同样淡然:"嗯,我也不要,丢掉吧。"

"喂喂喂,你们两个够了,别以为我不知道你们是在嘲笑我。"

云悠和顾楚痕很有默契地移开了视线,看向洞穴的顶部,似是寻找到什么有趣的东西。发泄了一会儿,第五夜神情严肃地看向白溯:"白家曾遭到魔修灭门……不会跟这个有关吧?"

"这跟你没有关系。"白溯转身背对着他,冷冷地说道。赤色珠子被消灭后,白溯的状态便逐渐恢复如常。就好像他之前那些异常的状态,只是大家的错觉。

"哼!"第五夜冷哼一声,又独自躲到了墙角,碎碎念着什么。仔细一听,都是诸如"白溯这人果然惹人讨厌""既然不让我管,那我也不再多管闲事""那就让你自生自灭去吧"之类的话。

"喵呜?"云悠头顶的小白猫歪着脑袋,用爪子指向第五夜,似是十分不理解他的举动。

"大概是生气了吧?"云悠不确定地说。

原来是这样……小白猫若有所思地点了点头。

"说起来,这秘境内怎么会有魔族的东西?"似是想到了什么,云悠赶紧开口道。经她这么一说,顾楚痕和第五夜才猛然反应过来。

原本在墙角散发着怨气的第五夜立刻转过身来,神色凝重地开口道:"创造云渊秘境的那位渡劫期强者也是出于五大仙门的修仙者,他所创造的秘境自然不可能有魔族的东西。"

"是有人刻意将这些东西带进来的。"白溯突然开口道。

云渊秘境为玄天剑宗、碧云堂、渺音阁、须弥派和朱雀剑派五大仙门共同所有的资源,自云渊秘境被创造以来,也只有这五大门派的弟子被允许进入。而且秘境外设有禁制,每次开启都需要五大仙门各自拥有的钥匙碎片合而为一,才能将禁制打开。按理说,魔修中人或者魔族,是不可能混入秘境中的……

顾楚痕大吃一惊:"难道说,你怀疑在这之前,五大仙门中有人偷偷将这些魔物带进了秘境内,利用秘境内的灵气来养育它们?"

第十章 陷阱重重

白溯面不改色地微微颔首道："很有可能。"

"此事得跟掌门和各位汇报才是，而且看来，这里的禁制压不住那些魔族的修为。既然他们都能在秘境中设置秘密基地，恐怕并不止一处。"顾楚痕说着，从怀中掏出一块菱形的紫色水晶，输入灵力。

这颗紫色的水晶，是仙界中最常见的记录水晶，可以将真实的情景记录下来重复播放，与亲眼所见并无两样。记录水晶等级不同，能记录的时间长短也不尽相同。

顾楚痕手中这块，明显是较为高级的记录水晶，可以记录两个时辰之久的情景。

当顾楚痕将洞穴中的一切都记录下来后，突然听云悠喊道：

"快看，那是什么？"顺着云悠所指的方向看去，只见四人围着的那处祭台变得透明起来。不一会儿，那祭台竟然从他们眼前消失了！

随之，一个散发着幽幽白光的六芒星传送阵出现在祭台所在的地方。

与此同时，这座水池洞穴突然震动起来，碎石沙子"哗啦啦"滚落，四周的洞壁也开始出现裂缝。

"看来这里的能量不足，就要坍塌了，我们快走。"白溯环顾四周，开口提醒道。几乎同一时间，四人一猫不约而同地向白光闪现的地方一跃。

如果推测没错，这个传送阵便是出口！

随着白光的消失，一片青山绿水的景象呈现在眼前……

终于出来了！

"兰师姐，我给你打了泉水回来！"

从清泉中打了满满一竹筒水，林君珞很快回到了兰清音身边。

此时陈子箫已经将周围收拾干净，而躲在暗处的颜无双已经蓄势待发，就等待着那个最合适的时机。

而时机，即将到来！

"辛苦你了。"兰清音接过竹筒，朝他温婉一笑。那宛如梨花般动人的笑容，让这个不过二八年华的少年不觉脸红起来。

却在这时，变故陡生，大地突然震动起来。

一阵白光突然在三人面前闪现——

"怎么回事？"兰清音惊呼出声，还没等她弄清这场变故，手中的竹筒就被什么撞飞！

"兰师妹！"

"兰师姐小心，快后退！"

陈子箫和林君珞不约而同地亮出各自的法器，将兰清音护在身后。

而这时,盛着泉水的竹筒也落在地上,洒了一地,毒素飞快地侵蚀了周围的花草,那原先开得正盛的花草瞬间枯萎了。

"咦?这泉水有毒?兰清音三人惊愕地盯着被泉水侵蚀的花草,而随之出现在面前的三人让他们更为惊讶。

"什么人!咦?"当看到那一抹水蓝时,兰清音忍不住惊呼出声,语气带着一丝惊喜。

"云悠女神!"但话音刚落,她就发现自己好像暴露了什么。

陈子箫和林君珞齐齐看着自己,眼中带着一丝莫名其妙。

"师姐,你刚刚说了什……"

出现在兰清音三人面前的,正是刚从洞穴中逃出的四人——云悠、白溯、顾楚痕和第五夜。

显然,云悠等人也没有想到,被传送的地点,会撞上正在历练的其他弟子。

云悠!白溯!又是他们!

为什么他们总是要跟她作对?

几乎每一次,她精心布下的计划,都被那两个人破坏得一干二净!

躲在暗处的颜无双见自己的计划被破坏,顿时气恼不已。她握紧拳头,心中极为不甘,但思量了一番,她还是转过身,身影宛如鬼魅般飞快地消失在树林深处。

而兰清音却一改刚才冰清仙子的模样,捧着脸眼睛闪闪发亮地盯着云悠,嘀咕道:"果然,明明反派女王和男主角才是真爱啊,他们多好的一对啊,为什么会有那个多余的讨厌的第五夜……"

兰清音的喃喃自语,云悠听得一清二楚,但她不理解那话的意思。倒是那什么第五夜,是指现在站在她身边的这个吗?

"你们是……渺音阁的弟子?"

正打量着四周环境的第五夜微微眯起了眼,同时也认出了那三人中的女子的身份——渺音阁的第一美人兰清音。他也敏感地察觉到,这个渺音阁有着第一美人称号的仙子对自己抱有很大的敌意。

真是奇怪,自己明明没有跟她有所接触啊,这敌意从何而来?

"那个……请问你是玄天剑宗的云悠师妹吗?"这时候,兰清音小步跑了过来,毫不客气地将还在发怔的第五夜挤开,靠到云悠身边有些不好意思地开口。

云悠惊讶,但还是点了点头。同时她十分惊讶,自己什么时候变得这么有名气了?

得到肯定的回答,兰清音立刻从储物腰带中拿出一个蓝皮小本子和一支毛笔,然后压抑着内心的兴奋,用期待的目光看着云悠:"云悠师妹,我有一个请求,你

第十章 陷阱重重

能不能帮我在上面签个名？"

"你说的是……签名？"云悠呆了一下，先是怀疑是否自己的听觉出现了问题。

兰清音的热情，让云悠有些无法招架。

"可以让白师兄也给我签一个吗？"兰清音用力点头，又有些害羞地道，"那个……最好跟你的名字连在一起，我可喜欢你们这一对了，好希望你们最后能在一起啊。"

"等等，陈师兄，兰师姐她……"林君珞挠着脑袋，露出一脸不解的神情。

面前这个微微红着脸忸怩害羞的兰清音，让他无法把她与平日里那个不食人间烟火的仙子兰清音联系在一起。

他一直以为，兰师姐是因为爱慕玄天剑宗的白溯，才对白溯如此关注。但现在看情况，似乎并不是他想象中的那样。

陈子箫神情严肃地瞥了他一眼："今天你所看到的事情，绝对不准说出去，知道吗？"

"啊？"林君珞一时反应不过来，只是用茫然的眼神看着自己的师兄。

"不要问为什么，只需照做就是。"陈子箫轻咳一声，语气颇为尴尬。

林君珞只好愣愣地点了点头："哦。"

"什么在一起……"云悠下意识转头看向白溯，却从他的眼中看到了同样的疑惑。而顾楚痕和第五夜则是一脸看戏的表情。

"一直以来，我都很憧憬你那反派女王般的气场，我觉得那才是我们女修应该学习的对象！"兰清音的语气充满崇拜和憧憬，"每当看着你欺负脸色苍白、弱柳扶风的白溯的时候，我就觉得你们两个实在太般配了。不过那个第五夜好讨厌呀，每次看到你们将要有所发展的时候，他总会跳出来破坏，就像一只拼命在耳边叫着的苍蝇，好想让他消失啊……"

听到兰清音对白溯的评价，第五夜立刻朝他扔去一个嘲笑的眼神，可嘲讽的笑容还没来得及露出，便僵在了嘴角。

随着兰清音每一个字出口，他的拳头便握紧一分，到最后手上青筋显而易见。

而白溯则被兰清音看得十分不自在，迎上对方的目光变得宛若千年寒冰，可是兰清音非但没有半分收敛，一双水瞳中的兴奋之色越发深了。

"那么，你那本书可以借我看看吗？"云悠僵硬的嘴角微微抽动了一下，她伸手指了指兰清音手中那本蓝色封皮的本子。

"当然可以！"兰清音眼睛亮亮地点了点头，毫不犹豫地将一本书递到云悠手中。

然后，云悠在这本话本的封皮上看到一只抱着脑袋，跷着二郎腿躺着的小黄鸭。

一只小黄鸭前辈什么时候出新作了?

云悠正想这么问,但想想试剑大会前夕,她闭关了一个月之久,仙界发生了翻天覆地的变化也不稀奇。

不对,一只小黄鸭前辈的著作都有他龙飞凤舞的特色签名,但这本话本上并没有。难道有人冒充一只小黄鸭前辈出了这本书?

云悠胡思乱想着,随手翻了翻手中的话本,只翻过几页,便动作僵硬。

这本话本中的每一个角色,无一不是她所熟悉的。云悠、白溯、顾楚痕、第五夜、颜无双、沈欣茹、乔三……而她和白溯,还在故事里占了重要的戏份!

故事中的人名与现实一样,可人物的性格……嗯,性格虽然有部分的相似,不过故事发生在另一个世界,剧情发展和人物事迹却跟现实截然不同。

在话本的故事中,白溯是男主角,而她则是全书中的最大反派——被称为黑暗魔女的魔族女王。

故事中的"云悠"杀死了白溯身边一个个重要的人,令白溯心碎神伤。看着心上人被背叛伤害,一直暗恋白溯的第五夜也为之心碎神伤,但是白溯对"云悠"情根深种,总是误解第五夜的所作所为,认为他与云悠的关系都是第五夜挑拨的。

整个故事并未完结,但也能依稀猜得出接下来的走向。

因为在话本故事中,反派从来没有什么好下场。

尤其是下面一段——

白溯醒来时觉得浑身酸痛。他坐起身来,环顾了一下四周,似乎是在一个洞穴中,空旷寂静,头顶上有水顺着石笋尖滴落。

再低头看了看自己,一身白衣皱皱巴巴的,上面还有斑驳伤痕。只要稍微一动,便扯动身上的伤。

他依稀记得,在昏迷前最后见到的画面,是云悠毫不留情地将剑插入自己的身体。他最爱的人——她为什么要这么做?想到这里,白溯猛地咳了起来。

"你醒了啊?"一个清脆的少女声音响起。白溯回头,身后不知何时站了一个身着蓝色长裙的少女,一双黑色的眼睛水灵灵的,却有着无法简单解读的复杂。

"你……为什么要这样做?为什么要杀死……"白溯咬着苍白的嘴唇,艰难地伸出手,想要抓住云悠的衣角。

云悠挑了挑眉,轻易地就将白溯推开。他本来就身受重伤,加上被她抽掉了所有的灵力,现在更是弱不禁风。

云悠冷笑一声,脸上的笑容宛如冰霜,她单手握着白溯的右肩,越发用力:"你真以为我爱你吗?你这愚蠢的人类!告诉你,白溯,我假装喜欢你,不过是利用你而已。你的师父,你的师妹,你的族人,全都被我杀掉了!"

第十章 陷阱重重

白溯只觉得一阵撕心裂肺的痛。他愣愣地看着云悠,眼神空洞。

"你真的很蠢,你知道吗?第五夜对你那么好,你还以为他是别有所图,你真傻。其实那都是我一手设计的。"云悠俯下身,紧紧捏着白溯的下巴,强迫他看向自己,发出一阵轻笑,"不过我不会杀你的。你知道吗?你对我们魔族可是有大用处的。除此之外,我还会让你看着你所有重要的人,一个个在你面前死去……"

愚蠢的人类、愚蠢的人类、愚蠢的人类……

如此的台词不断在云悠的脑海里打转。

她顿时觉得自己整个人都不好了。

这是什么东西啦?

抹黑她和小白也罢,偏偏停留在一个最为关键的地方,让人欲罢不能。

此刻云悠满脑子只有一个想法:作者你出来,我保证不打死你!

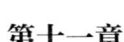

第十一章

湖底森林

"呵,弱柳扶风的……"第五夜抱着手臂,看着白溯嘲讽出声。

"你也差不多嘛,讨厌的苍蝇。"顾楚痕睨了他一眼,忍不住插嘴道,"别五十步笑一百步了。"

周围的气温陡然下降了好几摄氏度,缈音阁两名男弟子早就为了避免被怒火殃及,撤得远远的了。第五夜像只参了毛的猴子,狠狠地瞪了几眼面前这个没心没肺的人,再次被气走。

"云师妹,"见云悠良久没有反应,兰清音看了她一眼,又小心翼翼地开口问道,"有什么不对的地方吗?"

"没什么,这本话本是从什么地方买的?"收回复杂的思绪,云悠将那本话本还给了兰清音,又随口问了一句。

兰清音眨巴了两下眼睛,说道:"啊,这是进入秘境之前,你们宗门的黄大壮卖给我的。"云悠下意识跟白溯交换了一个眼神。

黄大壮!又是他!莫非,这本话本跟他有关?

兰清音仿若未觉两人异样的情绪一般,继续热切地邀请道:"对了,云师妹,等会你们要到什么地方去?不如跟我们一起……"

"不用了!"白溯冷若寒冰的声音打断了她的话。

剑光一闪,不等众人反应过来,白溯已经带着云悠飞走了。

"哎……"

"白溯,你带云小萌去哪里?"顾楚痕连忙朝着飞剑上的两人喊道,但并没有得到任何的回应。转眼间,那两人已经不见了踪影。

飞剑迅速在云层间穿行,风吹得云悠的衣袍猎猎作响。

"小白,我长得像反派吗?"白溯的飞剑上,云悠无精打采地耷拉着脑袋,闷闷不乐地开口问道,就连头顶的呆毛,也像霜打的茄子一般蔫了下去。

"不像,不要听他们胡说。"白溯摸了摸她的脑袋,用不容置疑的语气说道。

听到白溯语气肯定的回答,云悠这才勉强打起精神来。她点了一下头,又握起拳头愤愤道:"等找到黄大壮,我们一起把他狠狠揍一顿,上次的账还没算完呢。"

第十一章 湖底森林

"好。"白溯毫不犹豫地应了下来。

云悠眨了眨眼睛，看着白溯那认真的表情，忍不住露出一个发自真心的笑容："小白，你真好。"

白溯微怔，脸上透出了一抹淡淡的红色，他下意识移开了视线。

看着他的侧脸，云悠不觉回想起方才在话本中看到的情节……

如果不是那本话本里的反派女王是用了她的名字，导致阅读的时候时常入戏，她也几乎要拜倒在女王的石榴裙下了。

因为，实在太霸气了！不对，她都在想什么啊！

云悠脸上一热，赶紧晃了晃脑袋，将这些乱七八糟的念头从脑海里驱除出去。

"小白，你看那里！"飞剑之上，云悠似是突然察觉到什么，伸手指向一处。

她所指之处，是一面平静如镜的湖。

实际上，这是一处树中之湖。一棵巨型的空心树中，有一池澄澈明净的湖水。而湖心的中央，好像有什么闪烁着，就像月亮倒映在水中时的景象，银光闪烁，宛若珍珠落入。

而湖的周围生长着浓密的、不知名的植物，色彩斑斓，交错的藤蔓将道路两边封得严严实实。唯一的方法，只能直接飞进去。

"那里面好像有什么，我们下去看看？"

对于云悠的提议，白溯向来都是赞同的。他随即带着她在湖边落下。

还没走近，云悠便能感觉到湖中蕴含着大量的灵气。这时并没有风吹过，湖水却突然漾开了一圈圈涟漪，仿佛感受到有人的到来。

云悠用神识仔细地探察了一遍湖水，然后看向白溯："小白，你也感觉到了吧？"白溯微微点头，用肯定的语气说道："那个东西在湖心底下。"

"好，那我们下去一探究竟吧！"云悠握了握拳头，跃跃欲试。

这时，一个身影在两人身后的那片丛林中闪过，白溯似是察觉到什么，回头瞥了一眼，但又很快收回了视线，恍若未觉般，仿佛刚才只是无意之间做出的举动。

等到两人下了湖后，那个人才缓缓从高密的树丛后走了出来，日光映出了他的脸。那人，赫然是——乔三。

一个透明的灵力罩包围着云悠和白溯身体，将他们与湖水隔绝开来。

即使在水中，有了灵力罩的保护，依然可以顺畅地呼吸。

秘境中水域的水底与外界不同，竟然光线一如白天，能够清晰看到道路。

水下的世界云悠第一次来，她好奇地看着那些水底的游鱼因为害怕而躲过他们时成群结队的样子，然后展开笑颜。

即使被水下世界的景象吸引，两人也没有因此停留，而是以最快的速度向湖心

处游去。距离目的地越发接近了，很快，云悠看到了一个怪异的现象。

在湖中央，幽暗钻挤在缝隙之中，隐匿着什么东西。远远望去，就仿佛什么东西以一种独立的姿态存在于真实与虚幻之间，强大的灵力维持着外面那层保护膜，向外界传输着驱逐的信号。偶尔经过的游鱼即使知道那里没有任何东西，也会本能地避开绕道而游。

云悠有着强烈的直觉——就是那个地方，有什么东西，在呼唤着她。

于是，她向白溯打了一个手势。两人加快了速度，朝着那源源不断地散发着灵力的地方游了过去。

越靠近湖底，光线变得越微弱。到达那游鱼所回避处之时，已接近伸手不见五指般昏暗。透过远处不知何物发出的微弱光亮，依稀见到周围卷着泛着泡沫的黑漩涡，阴森森的，可怕极了。

湖底是光溜溜的一片黑色的沙地，似有泡泡冒起，黏稠稠的。

云悠举起一只手，掌心立刻亮起幽紫色的灵焰。随后，他们看清了周围的景象。

原来，这里是一片可怕的湖底森林……

千奇百怪的水中植物周围盘旋着飞转的漩涡，一些半植物半动物的生物，冒着许多个头，伸着长长的、黏糊糊的手臂，在这片空间之外自由自在地挪动着。远方蔓延着无边无际的黑暗。

湖底森林的中央，就是云悠所感觉到藏有隐匿东西的地方。虽然看不真切，但她猜测这里一定有入口通往什么地方。

二人仔细探寻着，忽然发现湖底深处一道透明的冰冷坚硬的墙壁将一个两平方米多左右的窄小密室密密地包裹着，近处的景物模糊不清。

这里似乎有一股无形的力量，将这间密室与外面完全隔绝开来。云悠将手按在那道透明的墙壁上，又尝试用她的紫霄剑戳了戳。果然不行，无论她的手还是剑，都穿不过去。她立刻回头呼唤白溯："小白，这里似乎有一个阵法，你过来看看。"

白溯向云悠游了过来，用手试探地触摸了外面那层隔膜一下，用手指凌空在保护层上画了一圈。顿时，保护层上像被侵蚀一般，露出了一个缺口，并且渐渐扩大。

云悠不觉惊叹出声："啊，开口了。小白，你好厉害！"

"我们走。"没等云悠反应过来，白溯已经拉过了她的手，从这个突破口中直接进入里面。亮白色的光辉包裹住两人，两人的身体一点点透明。

然而这时，一个一直跟随着他们的黑影突地闪现，也跟随着两人一同从这个缺口进入了里面……

走过狭窄的通道后，视线便豁然开朗。

云悠和白溯并没有想到，这湖底之下，居然隐藏着这么一个路线复杂、布满机

第十一章 湖底森林

关的密室!

"喵呜。"这时,小白猫从云悠的衣袖中跳到地上,冲到她和白溯的面前,抬头看向两人,举起一只爪子指指自己,又指向前方那片漫无边际的黑暗。

"小小白,你的意思是……你认识这里的路?"云悠有些惊讶地看着小白猫,不确定地猜测着它的意思。小白猫却很肯定地点了点头!

"那我们就跟着你走吧。"于是,小白猫便充当起领队,带着云悠和白溯两人走向密室的深处。有了小白猫带路,果然一路畅通无阻,就连一些基本的陷阱、机关也没有碰到。

如此顺畅,却让云悠有些不安。这里不会有机关吧?她举着手心中的灵焰,向左右张望着。她这么想着,就真的踩中了一块活动的地砖。

脚下一块四方的浮雕被她踩了下去!

"轰隆"!机关活动的声音几乎同时响了起来。

"小白,小心!"云悠脸色一变,下意识喊了出声!

可是下一刻,却什么也没有发生……

"啊……"

咦?奇怪,她明明踩中了机关啊,可是为什么,什么事情也没有发生呢?

云悠用脚尖碰了碰脚下的砖块,又有些疑惑地看向白溯,可道:"小白,你听到了吗?刚刚是不是有人在惨叫?"

白溯用非常肯定的语气否定了她的猜测:"是你听错了吧,我们走吧。"

"是吗?"云悠眨了眨眼,眼中闪过一抹迷惑之色。难道真的是自己的错觉?

一个深不见底的陷阱底下。

"白溯,云悠,你们……你们好样的……"乔三用手支撑着陷阱底下的墙壁,避开那些尖锐的棱刺,气喘吁吁地站了起来。掉入这么深的洞里,在落下的那一刻,他清晰地感觉到自己右脚的腿骨被摔断了。

到底是谁,把陷阱和机关设计成这样的?

乔三气愤地用完好的脚踢了墙壁一下,却痛得抱着脚指头嗷嗷直叫。

走着走着,云悠忽然停了下来,白溯也一下子停住了脚步,一脸警戒。

"有四道脚步声。"云悠轻声道,"可我们只有三个人在走路。"

她是把小白猫也算作了一个人。

"难道是……"云悠猜测道,但直觉告诉她不是。

白溯摇了摇头:"魂族不走路,是飘的,不可能有脚步声。"

就在这时,云悠手上由灵力构成的火焰霎时间熄灭。两人眼前一片漆黑,而耳畔那多余的脚步声越发清晰起来。云悠和白溯同时念着火咒,结果竟然失效了!

他们的灵力在这里被禁锢了!

即使是在秘境内,也会有日月交替的景象出现。

天色早已暗下,晚风徐徐吹来,撩起一番清凉。深夜皎洁的月光如水一般柔和地在大地上淌开。

白溯不由分说带着云悠御剑离开后,兰清音一直处于一种失落的状态中。这个宛如天仙一样的美人,正躲在角落里,握着手中的蓝皮小本在碎碎念,浑身笼罩着一层幽怨的气息:"云悠师妹的签名还没有拿到,她就离开了,好伤心,好难过……"

林君珞则在一旁看着自家师姐,不知所措,只好尝试开口安慰她:"师……师姐,你别难过了。你大可以等到试炼结束后,再向云悠师姐要那个……那个签名……"

不知道为何,明明是很正常的事情,却让他难以启齿。

兰清音闻言,先是一怔,随即眼底一亮:"对哦!我可以等试炼结束,再让云悠师妹给我签名……等等!"

忽地想到什么,她又转头一脸怀疑地看着眼前的林君珞:"你这样说,是不是早有预谋?"

被兰清音盯得发紧,林君珞不觉有些难为情,但是她接下来说出的话,却让他有些不明所以:"啊?"

"你是不是也这么想的?等秘境试炼结束后就向云悠师妹要签名!"兰清音哼了一声,指着他道,"说好了,不准跟我抢第一个。"

林君珞脸上一热,连忙摆手解释起来:"不是啦,师姐,我没有那么想……"

"这个笨蛋。"三人中较为稳重的陈子箫有些无奈地摇了摇头,然后收回视线,转头看向面前两人——正在面面相觑的顾楚痕和第五夜。

"玄天剑宗的两位道友,你们怎么会突然出现在此处?"他疑惑地问道。

听到陈子箫的问话,顾楚痕将思绪拉回,下意识接话道:"这件事说来话长……"

"喂!我才不是玄天剑宗的。"第五夜后知后觉地反应过来,连忙出声抗议道。

但是没人听他的解释。

"我们无意中遇到了地下妖兽的袭击,然后掉到了地下的裂缝之中,后来找到了一个传送阵,就来到了这里。"

顾楚痕简略地陈述了一下事情的经过,其中的一些细节自然被他忽略了。他并不想提起在地底下水池的经历,于是飞快地转移话题:"对了,不知道兰仙子刚刚给我师妹看的那本,是……"

他不过是随口提起,试图转移眼前之人的注意力,却没想到吸引了正在跟自家师弟"讨价还价"的兰清音。

"你对那个故事也有兴趣吗?"兰清音顿时像找到同盟一样,立刻抱着小蓝本

第十一章 湖底森林

像一只飞舞的蝴蝶般欢快地扑了过来,"对了,我记得,我之前买的一只小黄鸭前辈的专访里也有两位的介绍呢。"

她兴奋地从储物袋中找出另一本小蓝本,翻到某一页,递了过去。当顾楚痕看到上面的介绍时,不由得一僵,好奇地凑过头来的第五夜反应亦是如此。

顾楚痕:人类,变异雷灵根修士,出身容城十月镇,穷小子,玄天剑宗弟子,性别男,长相不过尔尔,色厉内荏,妻管严,天生炮灰命,属于话本里出场三话必定被干掉的人,最多活到第五话,笨蛋一个。

第五夜:半人半妖类,暗灵根修士,朱雀剑派首席大弟子,性别男,长相妖冶,比较偏女人的长相,可称为"朱雀剑派的第一美人"。不过性情古怪,喜怒无常。

这样的介绍,简直比上次白溯"荒原巨熊"的介绍还要离谱。

顾楚痕忍着把手中的小蓝本撕成碎片的冲动,冷静地翻到封面——

著者:一只小黄鸭。

好样的,真是好样的!

顾楚痕在心中冷笑了一声,将手中的小蓝本还给兰清音,又转头看向第五夜,露出一个堪称完美无瑕的笑容:"第五兄,我想了一下,觉得这个一只小黄鸭前辈写的东西,真的非常有'水平',真是令人'叹为观止',不如择日一起拜访一下那位'德高望重'的前辈如何?"

第五夜将拳头握得嘎嘎作响,他深呼吸了一口气,嘴角勾起一抹魅惑的笑意:"没错,顾兄弟,我也深有同感……"

原本针锋相对的两人,此时却勾肩搭背称兄道弟起来,一同埋头去商量如何"拜访"一只小黄鸭前辈去了……

在湖底密室中,当手中的灵焰熄灭的那一刻,云悠下意识往白溯身边靠近了一些,扫向周围的目光带上了更为浓重的警戒。

"东西就在这附近了吗,小白?"她有些不确定地开口道。

白溯的声音依旧冷静:"没错,你拉着我的手,不要怕。"

"好。"云悠在黑暗中摸索了一下,但是立刻,她的手就被一只大手握住。感受着从那只手上传来的温度,她顿时安心不少。

两人继续往前走去。突然,一簇妖异的紫色火焰冲天而起,出现在两人眼前!顿时一室的黑暗被驱散,气氛在这簇紫光的照耀下,却变得更为诡秘。

云悠倒映着紫色火光的眼中闪过一抹惊讶之色:"这是……"

异火!

"喵呜!"这时,走在两人前方的小白猫却叫唤了一声,在云悠和白溯没有反

应过来时,忽地朝着那簇紫色的火焰扑了上去!

云悠忍不住惊呼出声:"危险,小小白!"

扑向那团紫色火焰的小白猫却在距离它仅有一步之遥的地方,停了下来。

小白猫试探地抬起小爪子,小心翼翼地伸向火焰。就像看到了一个新的玩具,忍耐不住好奇地想要去拨弄。

"喵呜!"毛茸茸的爪子还未碰到紫色的火焰,小白猫就被烫到了,它赶紧将爪子缩了回来。那团异火似是感受到小白猫的害怕,十分得意地晃动一下。小白猫见状,又警惕地后退了一步。然而这个举动,却让火焰更加得寸进尺地向小白猫逼近。

"喵喵喵!"受到惊吓的小白猫叫唤着,飞快躲到了云悠身后,用爪子紧扒在云悠腿上,抬头看向她,泫然欲泣。

见小白猫被欺负,云悠立刻生气地拔出紫霄剑,对向那团紫色的火焰:"不准欺负小小白!"

经过多日的相处,云悠已经将小白猫当成了一个很重要的朋友,而不是把它当成普通的灵宠或者宠物看待。

似乎被云悠的气势吓到,火焰在那一瞬间黯淡下去,随之熄灭了。

但是,黑暗只维持了一瞬间,就再次被光照亮。

从刚刚火焰消失的地方,滚出一束小小的紫色火苗。

小火苗上面似乎有一双黑色小眼睛,眨巴了一下,它又滚到云悠的脚边,绕着她转了起来。看着绕在自己脚边卖萌讨好的火焰,云悠有些疑惑:"你这是……向我道歉?"

小火苗摇摆了一下,似是同意她的话语。

"不行,谁让你欺负小小白。"云悠并没收起手上的紫霄剑,移开了目光,冷哼道。扭动着的小火苗停了下来,似是十分失落,连身上散发出来的火光也黯淡了不少。

不过……

忽然又感觉手背有些温暖,云悠回过神来一看,刚刚还在她脚边撒娇的小火焰已经站立在她的手背上。

她能感受到这团小火焰对她没有丝毫恶意,看起来也并不凶狠。甚至莫名其妙地,有些亲切感。

难道是它身上所蕴含的那些雷灵之力跟她互相吸引的缘故?这团小火焰落在自己手上,云悠居然能从它身上感受到一丝九霄神雷之力!

见云悠没有露出厌恶的表情,小火焰在她蓝色的衣袖上蹭了蹭,似乎很高兴。很意外地,它的触碰,并没有让云悠的衣服被烧毁。

第十一章 湖底森林

云悠拉回思绪，收起紫霄剑，又用手指戳了戳小火焰："好了，看在你这么可怜的分上，那我就原谅你吧。不过……"

她说着，下意识环顾四周一圈。她感觉到之前在湖面上所感受到的气息，到这里便戛然而止，难道说……

"湖底的异常，是你搞的鬼吗？小火火？"云悠又看向手中的小火焰，带着一丝疑惑问出了声。小火焰有些不好意思地扭动一下，然后点了点头。

果然是它在作怪。

弄清楚原因，云悠也没有继续探险的兴趣了，于是转头对白溯道："小白，既然弄清了原因，那我们走吧。"她也没有将小火焰带走的意思。

白溯没有阻止，只是微微点头道："好。"

却不料才一转身，云悠就被拦住了去路。那团紫色的小火焰抢先一步跳到地上，抬头用那两只黑色的小眼睛看着它，可怜兮兮的，似乎不打算让她离去。

于是在幽暗的密室之中展开了一轮持续数秒的人和小火焰的对视。最后还是云悠败下阵来，她有些疑惑："怎么？你想把我们留下当成你的柴火吗？"

紫色的小火焰摇了摇头，火苗又蹿高了一些，似乎是在否定。

"那你想怎么样？"云悠眨了眨眼，疑惑道。

小火焰又跑了过来，黏在云悠的脚边不肯离去。

云悠觉得这团小火焰实在是有趣极了。

"你不想我走？"她猜测道。

没想到小火焰竟然通人性地点了点头！

第一次应对这种状况，云悠有些不知所措，"呃……我不可能一辈子待在这里啊，这是哪里我都不知道。而且秘境试炼期满后，我就要被自动传送出去了。"

闻言，小火焰显得更加着急了，扭动得更加厉害。

她有些为难地想了一下，提议道："不如……你跟我们出去？"

小火焰这下终于高兴了，它一闪身，重新出现在云悠的手上。

瞬间一阵白光闪过，天地法则成立，契约已成。

云悠眼中闪过一抹惊讶，但转瞬即逝。她没有想到，这团紫色的小火焰，居然不是普通的异火！被小火焰强行立下契约后，云悠与小火焰之间便心意相通，她自然能知道小火焰的一切信息。

九霄神雷落地时所生出的变异九天玄火，异火中的王者！难怪刚刚她用灵力变出的火焰，会突然熄灭。在火中王者面前，任何火焰都会感到畏惧。

而它的作用是……

不过云悠的关注点，却不是在这上面。

"这回的没有毛,跟小小白不一样,师父总该让我养了吧。"她微微一笑,伸出手指戳了戳小火焰,小火焰有些害羞地扭了扭,但看得出它的兴奋。

"喵呜。"意识到自己即将失宠,一直睁着眼睛看着两人互动的小白猫有些失落地低下头,无精打采地叫唤了一声。

"小小白,不要伤心啦,我的意思不是嫌弃你。"云悠赶紧蹲下身,揉了揉小白猫的脑袋,"你就乖乖待在小白那里,他会把你照顾好的,我有空的时候会去看你的。"

得到安慰,小白猫的心情这才好了一些,微微抬起头,闷闷不乐地朝云悠叫唤了一声,又有些嫉妒地转头朝小火焰龇了龇牙,发出威胁。

云悠不觉有些好笑,她站起身,朝白溯说道:"小白,我们走吧。"

"好。"白溯回应道。于是,两人原路折回。

这回云悠没有再用灵力放出燃烧的灵焰,而是直接将停在她的手心中不愿离去的小火焰当成火把,用来照亮周围的道路。

却没想到才转过弯,云悠就踩上了什么柔软的东西,只听脚下发出一声闷哼。

"等等,小白。"云悠停了下来,又试探地踩了几脚,可是脚下已经没有声息了,她连忙用手中的火焰照向地面——

那似乎……是个人?而这个人,正是伤痕累累地躺在地上昏迷不醒的乔三!

"小白,快看,这里有一个人!"云悠惊讶地看着躺在地上的男子,赶紧招呼白溯道,"他也是玄天剑宗的弟子?他怎么会在……难道说,他是跟踪我们来的?"

她称呼乔三时用的是"玄天剑宗的弟子",很显然没有记住仅仅有过几面之缘的乔三。躺在地上假装昏迷的乔三在心中暗恼,又开始记恨云悠刚刚狠狠踩他的那几脚。却没想到,白溯抢在云悠之前,狠狠地用剑柄劈向了乔三的颈部!

"啊……"乔三发出一声惨叫,还未等他反应过来发生了何事,意识便陷入了黑暗之中。这回他是真正昏迷过去,没有了声息。

就连云悠,也被白溯这样的举动吓了一跳。

她低头看了地上的男子一眼,吃惊地说:"小白,你就这样打晕了他,真的没有问题吗?"

"他看到了我们,除了灭口,这是唯一的办法了。"白溯将剑收起,一脸平静地说,仿佛刚才的事并不是他所做的一样。

"可是他醒来后,依然会认得我们的样子。"云悠皱起眉,有些担忧地说。她并没有察觉白溯话中的不妥。

"相信我,他不会记得的。"白溯看着她,十分笃定地说。

他说着,又用神识探察了地上的人一番,但随之他微微蹙了一下眉,不过很快

第十一章 湖底森林

恢复如常。

既然白溯这样保证了,云悠便不好再说什么。但她仍然带有疑虑地开口道:"好吧,既然你这样说……但是,小白,我们对同门做出这样的事情,要是被掌门和长老们知道,会不会被他们处罚啊?"

她有些担心,他们会不会被定下一个残害同门的罪名?

白溯淡淡地看了倒在地上的男子一眼,漠不关心地说:"也许,他只是不小心撞到墙壁上,所以晕了过去而已。"云悠嘴角一抽,有种想笑的冲动,却怎样也笑不出来。周围的温度好像瞬间下降了不少。

好吧,她现在才知道,原来一向不苟言笑的小白也是会说冷笑话的!

于是,云悠和白溯便将乔三扔在这里,就这样沿着原路离开了湖底的密室。

而在离开之前,跳跃在云悠手心中的小火焰却偷偷地在乔三的身上留下一小团火种。等到两人离开后,那团火焰便猛地燃烧起来。

"啊!"随着一声惨叫,狭窄的地道瞬间被大火覆没。

云悠和白溯畅通无阻地离开了密室,从透明保护罩上打开缺口,进入湖水中,那层保护罩再次封闭上。两人丝毫没有察觉,位于湖底的密室被大火烧毁了!

而此时此刻,远在岸上。刚苏醒过来的乔三忽然剧烈咳嗽起来!

"喀喀……"他瞪大了眼睛,下意识伸手抠着火辣辣的喉咙,心中尽是难以置信的情绪!他跟踪着云悠和白溯进入湖底的分身,竟然就这样被白溯给毁掉了!

震怒之余,乔三心中也不由得生出了一丝庆幸。

幸好那并不是本体,不过是由分身再分裂出来的分身而已,而真正的本体……但即使如此,他多少还是受到了一些伤害。毁掉他分身的,似乎是……异火?

白溯什么时候身怀这般厉害的异火了?白溯的实力,果然不容小觑,难怪他一直都看不清……

"乔三,你醒了?你……这是怎么了?"正在打量眼前这片树中湖的颜无双听到动静,下意识回过头,返回他的身边去查看他的情况。

当看到乔三虚弱的脸色时,颜无双微微皱了一下眉,尽管神色没有什么变化,但她的眼中闪过一丝连她自己也没有察觉的担忧。

"师姐,我只是在想……你说得很对,现在的我果然太弱了。"乔三捂着自己的胸口,自嘲地笑了一下,有些虚弱地说道,"不过,我以后一定会变得很强,强到有足够的能力来保护你的。"

"你……"颜无双看着他这副模样,眉心蹙得更深,她不觉移开了视线,淡淡出声,"好,我等着这一天。"

"看样子,这个一只小黄鸭就是玄天剑宗的人了?"

趁着渺音阁兰清音三人休息的机会,顾楚痕和第五夜向兰清音借来了"一只小黄鸭"的一些著作,一同埋头认真地研究起来。

对照着"一只小黄鸭"的写作风格,两人很快发现一个共同的特点,那便是:大多数都跟玄天剑宗有关。

虽然"一只小黄鸭"看似对整个仙界乃至六界都极为了解,他所写的著作涉及各界的奇闻趣事,但大多数的事情,还是发生在玄天剑宗。

若不是玄天剑宗内部的人,怎么会知道这种事情,除非"一只小黄鸭"对这个地方情有独钟。两人埋头小声地商量着对策。

"你说,那个'一只小黄鸭'对我们关注得那么密切,会不会就藏在我们的身边?"第五夜摩挲着下巴,不确定地猜测道。

顾楚痕觉得,他看第五夜真是越来越顺眼了,听到对方的话,他不由得眼前一亮:"你的意思是,'一只小黄鸭'或许会在云渊秘境内?"

第五夜点了点头:"很有这个可能。"

"要是这样,那就好办了……"顾楚痕眼珠一转,突然想到了一个办法。

他立刻念起召唤灵宠的咒语,将现在不知在何处的二狗子召唤过来。

这就是与灵兽订下契约的好处。只要主人与灵兽处于同一空间,无论身在何处,主人都能随时随地将灵兽召唤过来。

然而,当二狗子出现在两人面前时,浑身都湿漉漉的,水珠"啪啪"往下掉。除此之外,他的嘴里还叼着一条鱼,头上也有一条活鱼在活蹦乱跳。

看到顾楚痕的时候,二狗子的笑容立刻僵在了脸上,但依然维持着那头顶顶鱼,嘴里叼鱼的滑稽姿势。

顾楚痕下意识愣住了,随即发出一阵爆笑:"哈哈哈,二狗子你在做什么?怎么这么狼狈?"

"顾兄弟,这就是你的人形灵兽?喜欢吃鱼,难道是一只猫?"第五夜打量着面前的二狗子,也感到颇为意外。

"愚蠢的人类,给我闭嘴,我才不是什么猫!"二狗子立刻反驳道,指着第五夜恼怒道,"我可是……哼!"

"顾楚痕,你叫我来有什么事?"他又转过头,看着顾楚痕没好气地问道。

其实最开始他真的是一个很听话很乖巧的神兽,整日跟在顾楚痕屁股后头主人长主人短的,每次完成任务都任劳任怨,想着主人会如何奖励他。但当彻底了解到顾楚痕是个如何恶劣的人后,之前的崇拜和尊重都被风吹走了,也习惯了直呼其名,反正他也不怎么在意。

第十一章　湖底森林

"我让你过来，是想你帮忙做一件事情，就是……"顾楚痕也不卖关子，开门见山将自己的目的说了。

"什么，你要……"但好像是想到什么，二狗子只有黑着脸点点头，然后飞快地跑走了。

他的名字是叫"二狗子"，听起来很土没有错，但他并不是真的狗妖，可是顾楚痕这家伙竟然真的把他当狗用！二狗子幽怨地想，恨死顾楚痕了，真是恨死他了！

天色渐暗，微风徐徐地吹着，撩动绿草野花的腰肢，鸟叫声清脆如风铃。

酒足饭饱的黄大壮懒洋洋地坐在树下，打着饱嗝，优哉游哉地抱着他的小本子在构思下一本作品的内容。

下本新书，就叫作《秘境美食大全》吧！

烤凤凰蛋、串烧凤凰肉、清汤小蘑菇、炒白虎肉、焖甲鱼……

似乎都是不错的选择。

"砰"！黄大壮正想得入迷，忽然，从竹林后传来了一阵巨响，打断了他的思绪。

"发生了什么？"他吓了一跳，下意识地跳了起来，左顾右盼。冷静下来后，他悄悄挪动着脚步，向着声音的来源走去。

只见平整的土地被巨大的风球砸了个深深的坑穴，无数碎石飞起，割破了沈心柔沾着土灰的袍角。她颇为狼狈地勉强躲过一击，头发披散，双目带着惊慌盯着前方……

一只身形足有一层楼高的怪物站在眼前，浑身灰黑色的毛发，面如凶煞，有几分像貂，一双金黄色的眼睛闪着狭长的光，目光如刺一般穿过沈心柔的发梢。

"这……这是什么怪物？"皱了皱眉，沈心柔飞快地蹲下身抓起一把石子，狠狠地朝怪物掷去。

"轰"！似是嘲笑她的不自量力，怪物口中发出震撼天地的咆哮，声音卷起三团风球，卷起风沙与石，又汇合在一起形成硕大的球体，刹那间沈心柔的视野模糊起来，她的灵力在对付这只怪物的时候，已经用得一干二净了。她赶紧用袖子挡着眼睛，只觉脸颊被风沙击打得生疼。

而后又是一声把耳膜震得轰轰作响的咆哮，带着满满的喜悦与兴奋，沈心柔想要睁开眼看清楚眼前的一切，却奈何强大的风让她只能保持这种狼狈的姿势。单薄的身子渐渐地无法扛住这汹涌而来的狂风，沈心柔咬了咬牙，只觉脚下一轻，随后浑身就失去控制被风左右。

犹如悬在空中一般，沈心柔脚底扑腾了两下，却均踩空，心里"咯噔"一声，觉得风势稍小些的时候睁开眼睛，只见自己赫然被形成的风捆着悬在半空，动弹不

得。

"这是什么啊？快放开我！"沈心柔吃力地喊着，只感觉越是挣扎，就越是难以呼吸。

"平静下来！不要怕！"这时，一个熟悉的男声进入耳底，沈心柔惊异地朝不远处望去，只见乔三已站立在一树顶之上。

少年虽然只是一身玄天剑宗的杂役弟子衣饰，但衣袂翩翩，神色焦急。他转移目光，紧锁那只貂样怪物，皱眉道："区区一只低等魔兽竟然也敢与日月争辉！"

他的衣袖在空中划过一道弧线，一条黑色光芒由淡到深扩散开来，形成一把弯弯的利刀向怪物切去！无从逃避的怪物在刹那间被强大的黑光消灭，连尘埃都没有留下来。风势也随怪物的消失在瞬间弱了下来。

天地间又恢复了往日的安和平静。

早已筋疲力尽的沈心柔在失去风的束缚后从半空中掉落下来，乔三脚尖轻点树顶，以不可捕捉的速度闪到沈心柔身前在她落地之前接住了她。

"你……"沈心柔愣愣地看着眼前的少年。

乔三却露出了一如既往的阳光般羞涩的笑容："沈师姐，你没事吧？"

"我……我没事……"沈心柔摇了摇头，脸颊微红，只觉得内心有什么被激活，心怦怦地乱跳。

"哦……没想到乔三这家伙原来是跑去英雄救美了……"正趴在草堆里偷窥着一切的黄大壮喃喃自语道，"不对，乔三最近的目标不是颜无双吗？怎么跟沈心柔好上了？这下不好办了，要是让颜无双知道……还是祝他好运吧！"

黄大壮若有所思地点了点头，又回到原来的地方，继续思考他的新作去了。

殊不知道，他即将大祸临头……

第十二章

久别重逢

意识到自己的失神，沈心柔咬了咬唇，垂下眼，神色有些闪躲："刚刚……谢谢这位师弟了。"

"沈师姐，不必客气。帮助同门是分内之事，对了，我的名字是乔三。"乔三脸上微微露出一抹笑容，走上前牵住沈心柔的手掌。

沈心柔抬起脸直视着近在咫尺的那张清秀的脸庞，乔三清澈的目光专注地看着她的衣襟，好看的嘴唇自然上挑成一道弧线。

沈心柔的心猛地跳了一下，不自在地侧过脸后退了一步："乔师弟，你……"

乔三似乎意识到了这样的行为并不妥当，他故作不知情地说："师姐，你叫我乔三就可以了，对了，我可以叫你心柔师姐吗？"

沈心柔心中慌乱无措，完全不知道应该做出什么反应："我……"

黄大壮离开后不久，在他刚刚偷窥的树丛后，露出了三道目光。

"喂，二狗子，你确认……前面那个人，真的就是'一只小黄鸭'？"顾楚痕转头看向一旁的二狗子，压低了声音，有些不敢置信地追问道。

"没错，这本书上所附着的气息就只有他最多。"二狗子将一个蓝皮本子放到鼻子前嗅了嗅，又很不高兴地反问道，"怎么？难道你不相信我的判断吗？我们一族，可是……"

"等等，不用说了，我知道了，我当然相信你的判断！"顾楚痕当机立断打断了他。"哼！算你识相……"二狗子小声嘀咕了好一会儿，又抬起头，露出一副极为不耐烦的表情，"对了，你还有什么事吗？没事我先走了。"

进入秘境后在完成顾楚痕交代的任务后，他差点儿断气，于是索性不回来了，就在秘境里寻了个地方休息，还没缓过劲来，结果这个坏家伙又擅自召唤过来。

"好了好了，没你的事了，继续去抓你的鱼吃好了。"顾楚痕看出他的不耐烦，挥了挥手，赶他离开。

"哼！"二狗子冷哼了一声，毫不留恋地转身离开。

盯着二狗子的背影打量了片刻，第五夜这才回过头，对顾楚痕说出自己的看法："顾兄弟，你这神兽……脾气还真是大啊。"

"没办法,这孩子就是有点儿叛逆……"顾楚痕感慨地叹了口气。

顾楚痕的声音不大,却很清晰地传入前方二狗子的耳中。他一个趔趄,险些摔倒在地,继续若无其事地往前走着,唯一能看出变化的,是他握成拳头、青筋暴起的手。

可惜那两人再也没有理会他,顾楚痕和第五夜又将脑袋凑在一起,透过高密的树丛缝隙,观看着不远处那充满柔情的一幕。

"那个'一只小黄鸭'是你们玄天剑宗的外门弟子?"第五夜一眼便看出了乔三所穿的服饰的不同,不由得惊讶道,"一个外门弟子,怎么会对门派内的秘密如此一清二楚?"

"这件事情,我也不大清楚,不过我回去后,会跟师父汇报的……"顾楚痕微微皱眉,"但那个家伙之前对云小萌不怀好意,现在又在对别的女人献殷勤,更重要的是,竟然还在话本上随意抹黑我们,果然不是什么好东西!"

"没错!"第五夜狭长的丹凤眼微眯,一道冷光闪过,"顾兄弟,你说,我们应该给他一个怎样的教训?"

"第五兄,我突然想到个主意。"顾楚痕嘴角微勾,附在第五夜耳边小声说了什么话。"这样真的行吗?"第五夜听完,向他投去了一个疑惑的眼神。

顾楚痕摩拳擦掌道:"嘿嘿,这里黑灯瞎火的,就算有灯火照明,我们那样,他怎么看得清楚……"

"那就这么办了。"第五夜思考了一小会儿,最终点了点头。

"对了,沈师姐,接下来,不如我们一起……"

而树丛之外,乔三嘴角微弯,还在与沈心柔亲切地交谈着。

"啊……"沈心柔的视线不经意地移向乔三身后,突然看到了什么,她尖叫了一声,踉跄地后退了几步。

"沈师姐,发生了什么?"嘴角还挂着志在必得的微笑的乔三大吃一惊,下意识转过头去,但他话未说完,便被人从身后用麻袋套住了头,视线顿时陷入了一片黑暗之中。

树丛中,突然跳出了两个戴着狰狞的鬼怪面具的人,这让毫无防备的沈心柔吓了一跳。而且这两人出现后,不由分说就将一个麻袋套到了乔三的头上。

经历了刚才那么一场战斗,沈心柔已经筋疲力尽,灵力不足的她无心战斗。她并不知道这两人的意图,只觉得这两人不怀好意。尽管对乔三怀有一丝好感,但她也只能将乔三扔下,朝乔三投去一个歉意的眼神后,她转身跑掉了。

"啊,你们干什么?"在黑暗中,乔三用手向四周胡乱地摸索着,边挣扎边大喊道,"有什么事情冲着我来,不要伤害沈师姐……"

第十二章 久别重逢

"沈师姐!你在哪里?不要怕,我会保护你的……啊!"

拳头和棍棒随后像雨点般砸在他的身上,乔三被打得四处乱窜,并没有发现他口中的"沈师姐"早已逃之夭夭了。

"你们到底是谁?太无耻了,竟然做出偷袭这般无耻的事情,有本事就……啊!"丝毫没有理会乔三义正词严的斥责,两人揍得越发起劲。

然而突然间,乔三的惨叫声戛然而止,布袋一空,里面的人,竟然就这样凭空蒸发了!"怎么……"戴着面具的两人一愣,不约而同停下手中的动作。

两人对视,然后拾起那个用来套乔三的麻布袋检查了一番。

"咦?这'一只小黄鸭'还会金蝉脱壳啊?"顾楚痕拿下脸上的面具,撇了撇嘴道,"就这样让他跑掉了,真是可惜啊!"

殊不知,在秘境某处的地底,乔三对着那片已经干涸、只剩下碎石和泥块的池子,目眦尽裂!

"噗!"他捂着自己戾气翻腾的胸口,猛地咳嗽起来!

站在水池入口的这个人,才是乔三的真身!

乔三静静地站在入口处,在微弱火光的照映下,显得异常心酸:"到底是谁毁了我的……"

那坍塌的地下水池外的墙壁上,有几个不知道用什么写出来的字,在灵火的照映下看起来模模糊糊的。

"玄天剑宗观光团到此一游。"

一连折损了两个分身,乔三还是一定程度受到了伤害,再加上面前景象的打击,他气得两眼一黑,晕了过去。

"小火火,快回来!"

刚上了岸,云悠从湖底带出来的异火便像一匹脱缰的野马,兴奋地到处乱窜,瞬间便把周围的丛林点起了一片大火,不少珍稀的灵植瞬间被烧毁。

这让云悠不得不出言威吓:"把火收回来,不准乱放火。不然就把你扔在这里,知道吗?"小火焰立刻回到云悠的脚边,两只小眼睛有些委屈地眨了眨,不敢再胡作非为了。

虽然知道它被封印在湖底有上千年之久,但为了避免引发更大的灾害,云悠还是毫不客气地将它收回体内。

然后,她转过身,看向身旁的白溯:"小白,我们……"

这时,风起花落。不知名的花朵纷纷扬扬地铺散开,落了满地。

云悠盯着一片花瓣,看着它最终落到了白溯的头上,就像一片羽绒静静地躺在

了柔软的草地上。

"小白。"她下意识唤了他一声。

"嗯?"白溯微微侧头,看向她。

"你头上有片花瓣呢……"她微微踮起脚,帮白溯从头上拿下那片花瓣。

微风吹过,少女被拂起的发丝从白溯脸颊掠过,带来一丝异样的感觉。

白溯微微失神。片刻后,他突然伸手,抱住了她。云悠不由得怔住,她在白溯怀中眨了眨眼睛,疑惑地问道:"咦?小白,你怎么了?"

"我……"白溯迟疑了一下,刚要开口说话,却被随之而来的巨响和地上扬起的飞尘和落叶打断!

"砰"!一个人突然从树上掉了下来,把地上砸出了一个大坑!

"怎么……"

"喀喀喀……"

云悠吓了一跳,等眼前的烟尘散去,仔细一看,正躺在坑中咳嗽的那人赫然是黄大壮!他手中还握着几只似是刚从树上掏下来的鸟蛋?

"我知道了,小白你刚刚一定是发现危险了,不想让我受伤对不对?"云悠似是想到了什么,眼睛一亮,立刻感激地看向白溯,朝他露出一个大大的笑容,"谢谢你了,小白。"

手忙脚乱地从地上爬起来的黄大壮突然感受到一道犹如千年玄冰般冷厉的目光,他下意识抬起头,又赶紧用手挡住了自己的眼睛。哎呀,白溯看他的眼神好可怕!

向白溯道谢完毕后,云悠又将视线投向黄大壮,出声问道。

"黄大壮,你在这里做什么?"

"云师姐,白师兄,好巧啊……"黄大壮四处张望着,偷偷把手中的鸟蛋往衣袖里藏了藏,"哈哈,我就在这树上看看风景,没想到被大火的烟熏着了眼,不小心从树上掉了下来。吓你们一跳,真是不好意思啊……"

"是吗?那你……"云悠疑惑的目光投放在黄大壮身上,正要开口说些什么,突然一阵痛楚从身体的某一处炸开,瞬间便像是寒气入体一般,体内的灵力被冰冻凝住,浑身蚀骨般疼痛。这是怎么回事?

"怎么了?"白溯神色一慌,连忙上前扶住了摇摇欲坠的云悠,在触及她身体那一刻,他的黑眸底下掠过难以置信的震惊之色,"怎么会……"

此刻在她体内肆虐的气息,分明就是……

云悠握住白溯的手,摇了摇头,表情里带着隐忍的痛苦:"小白,我没事的……"

她想要运用灵力去抵抗这阵莫名而来的痛楚,但倦意袭来,她痛苦地闭上了眼睛,声音也渐渐小了下来,最后晕倒在白溯的怀中。

第十二章　久别重逢

"哎呀！云师姐这是被魔气入体了吧？"黄大壮看了云悠一眼，不假思索地脱口而出，"白师兄，你们是不是在地底碰了什么不应该碰的东西啊？这个秘境的地底的东西都沾染了魔气，小心为妙。不过云师姐看起来被魔气入体的时间不是很长，应该没什么事情，白师兄，你还是赶紧帮云师姐把体内的魔气除掉吧。"

白溯小心翼翼地将云悠抱在怀里，听黄大壮这么一说，不由得抬起头，目光犀利："你怎么知道的？"黄大壮猛地僵住，他才发现自己一时多嘴，说漏嘴了，连忙捂住了嘴巴，拼命摇头。

但这样的做法，显得有些欲盖弥彰。他又放下了手，努力为自己找着理由。

"我……我刚刚在掏鸟蛋……哦不，刚刚在看风景的时候，无意中听到乔三说的。"黄大壮眼珠乱转着，随口胡掰道。

他本来想说是从书上看来的，可是万一对方追问是什么书，那就不好了。

"乔三？"白溯微微蹙眉。

"对对对，就是那个对云师姐心怀不轨的家伙！"黄大壮连忙添油加醋般胡编乱造道，"我听到他跟一个女人说了什么，地下被魔气沾染，让对方小心之类的话。"

他说着，抬头偷瞄了白溯一眼，见对方没有任何反应，只有硬着头皮继续往下编。"而且，我曾经在一本书里看过被魔气入体的症状，所以就……"他支支吾吾道，见白溯依然没有动静，只觉得欲哭无泪。他已经编不下去了，好歹给点儿反应啊！

尴尬的气氛持续了数秒，白溯才回过神来般，深深地看了黄大壮一眼，抱着云悠消失了。总算走了……

看着眼前那片空旷的土地，黄大壮暗暗地松了一口气，但心里却有些不安。为什么他总觉得白溯看他的目光别有深意呢？白溯将云悠带到了一处山洞中。

这个山洞是在一个峭壁之上，只能容纳五人的大小，由于正对着外面，光线很充足，但常人却难以发现。看着昏迷之中的云悠，白溯眼中闪过一抹担忧之色。

云悠的小脸拧在了一起，不断冒着冷汗，似乎陷入了可怕的噩梦，无法逃脱。白溯闭了闭眼，深吸了一口气，再睁开，将手放在她丹田处，小心翼翼地将灵力输入。

是他大意了！一直跟在她的身边，都没有发现那团异火的不妥之处。原以为毁掉那颗赤色珠子，魔气就会消失。没想到，这片秘境的地底之下的东西，都已经被那颗赤色珠子的魔气沾染了。

看来……这个秘境的异常，已经存在很长一段时间了。

黑色的魔气随着白溯拉丝般白色的灵力被抽出了云悠的体外。

连着白雾般的灵气一起，黑色烟雾最终消散于空气中，云悠痛苦的神色渐渐得到缓解。

"嗖"！光线有些昏暗的山洞突然被紫色的光芒照得通亮。

云悠体内的异火现出了它的真身，它滚到了云悠的身边，又抬头看看白溯，两只小眼睛眨了眨。

白溯冷厉的目光落到它的身上，他语气冰冷地开口问道："你是因为身上沾染了魔气，想要人帮你除掉，所以才缠上她的？"

似是被他的目光所慑，小火焰害怕地往后缩了缩，然后有些不安地点了点头。

"不要以为你强行跟她订下了契约，我就拿你没有办法。"白溯突然伸手将小火焰整个捏了起来，看着在他的手中拼命挣扎的那团火焰，目光冰寒刺骨，"幸好这次她无大碍……若你再敢利用她，我一定不会放过你！"

他说完，才松开手。死里逃生的小火焰飞快地滚到了角落，然后愧疚地点了点头，缩在那里不敢动弹。

二狗子负气走出了很远，才发现自己手上还握着顾楚痕给他的那本书。

"忘记还给那个家伙了……"二狗子停下了脚步，看着手中的小蓝本皱起了眉。算了，他才懒得回去找顾楚痕那个家伙，不知道为什么，最近仅看到顾楚痕的脸，他就忍不住生气。

正在二狗子将要把手中的小蓝本扔掉时，他突然闻到了一股诱人的香气。

那是——食物的香气。食物？这秘境里怎么会有食物？莫非有人在烤东西？

而事实证明，他的想法是正确的。二狗子循着香味传来的方向寻了过去，随之看到一个人——跟刚刚那个叫乔三的人一样，也穿着玄天剑宗杂役弟子的服饰，不过十来岁的少年。这个少年，正将几只鸟蛋放到一个火堆上烤着，忙得不亦乐乎。

虽然对方有些灰头土脸，但这丝毫没影响他烤东西的兴致。

"咦？"当看到那个少年时，二狗子不由得一愣，神色变得迟疑起来，然后，他将手中的小蓝本举到鼻子前，嗅了嗅，又看向眼前的黄大壮，眼中闪过一抹惊怔之色。

"糟了，我好像弄错什么了……难道他才是这本书的……"二狗子傻眼了，他看着手中的小蓝本，一时不知所措。

这下真是糟糕了！没想到他堂堂神兽，竟然会有判断失误的时候！

之前他找到的那个人，岂不是被当作这个烧烤少年的替罪羊？

以顾楚痕的性格，要他大费周章地去找一个人，绝对没什么好事，肯定是得罪了顾楚痕才被如此报复。二狗子几乎能够想象出，那个少年悲惨的下场了。

要不要回去告诉顾楚痕啊？二狗子心中十分纠结。

"算了！不告诉他了！"思前想后，二狗子还是做出了不再理会的决定。

谁让顾楚痕那么可恶，总是对他呼来喝去的，就让他自个儿着急去吧！至于弄

第十二章 / 久别重逢

错人、愧疚什么的,他才没有呢!

他这么想着,随手将手上的小蓝本一扔,便转身离开了。

小蓝本在半空中划出一道亮丽的弧线,然后直直砸落到正在兴致勃勃地烤鸟蛋的黄大壮的头上。

"哎哟!"黄大壮立刻吃痛地叫出了声,宛如惊弓之鸟般弹跳了起来,他有些紧张和惊慌地向四周环视,"谁?是谁?是谁!"

可是环视了周围一圈,却什么也没发现,林子的四周空无一人。

"奇怪……"他暗自嘟囔了一声,伸手将头顶的东西拿了下来,却在看到小蓝本封皮的那一刻愣住了。

"咦?这不是我的……"

云悠醒过来的时候,头脑一片昏沉。她只觉得浑身的力气都提不起来,就像身上的灵力被抽干了一般。

她坐起身来,环顾了一下四周,这里似乎是一个山洞,但是不大,水滴从洞壁上滴落,发出清脆的声音。虽然光线并不充足,但是勉强可以看清周围的一切。

陌生的环境让云悠顿感不安,但她很快看到了一旁的白溯,顿时安心不少。

"你醒了?"看到云悠清醒过来,白溯连忙上前扶住了她,眼中充满担忧之色,"现在感觉怎么样?"

"小白,我这是……怎么了?"云悠揉了揉额头,往山洞周围张望着,她隐约记得不是在这个地方的,"我明明记得,之前我们正在湖边跟黄大壮说话,为什么……"随即,她看到缩在角落里的那团小火焰,无精打采,看起来好可怜。

"小火火,它怎么又出来了?"她不过睡了一觉,怎么一醒来,周围好像变了个样子?

被白溯宛如寒冰的目光扫了一眼,小火焰立刻害怕地滚回角落,两只黑点似的小眼睛眨啊眨的,只是黯然地蹲在那里,不敢乱动。

"不用管它。"白溯淡淡道,收回了视线,又伸手揉了揉她的头发,语气有所缓和,"你被魔气入体了,我就把你带到这里,帮你把魔气从体内抽出来。"

"哎……魔气?"云悠怔了一下,想到了什么,有些惊讶地说道,"对了,小白,你的体内不是也有魔气吗?既然你能把魔气抽出来,为什么不把你体内的魔气也除掉?"

白溯摇了摇头,脸上的神色并没有什么变化:"你被魔气入体的时间极短,而且量少得微不足道,所以才能,而且……"

话说一半,他突然话锋一转,定定地对上了云悠的视线。

"你相信我吗？"他问道。

"小白，怎么突然这样问？"云悠有些奇怪。

看着云悠那双倒映着自己身影的黑眸，白溯不自觉地移开了视线："没什么，只是……"但没等他把话说完，云悠却蓦地笑了。

清澈的水眸似有一种潋滟的水光在荡漾，宛如天上的繁星般引人注目，她伸手握住了白溯的手，弯起眼睛，微笑着开口打断了他："当然啦，因为小白是我最好的朋友。"

只是最好的朋友吗？

他心中有种空落落的感觉，但是想起她之前说的那句"若是你敢诉衷情，我就跟你绝交"的威胁，只能淡淡地转移话题："你不要动，将手放到我的掌心上，接下来我帮你把体内残余的杂质清除。"

"好。"话题跳跃如此之大，云悠依旧没有察觉到什么异样，她点了点头，闭上眼睛，听话地将手放到了白溯的手心中……

时间如白驹过隙，三个月就这样在不知不觉间过去了！

不管在秘境中的众人是否愿意，在时间到达的那一刻，他们身上不约而同被覆上了一层柔和的白光——秘境之力正在将他们驱逐出外！

颜无双睁开眼睛，看着周围那片陌生又熟悉的布满迷雾的树林，还未能彻底回过神来。不过眨眼之间，她的人已经被传送出秘境了。

三个月已经过去了吗？环顾四周一圈，她看见进入秘境中试炼的弟子被陆续传送出来，身上皆有不同程度的伤。

"小白，小白，我又进阶了！"一个清如银铃的声音传入耳中，这个悦耳动听的熟悉的声音在颜无双听来却是如此刺耳。

她循着声音的方向看去，果然看见正一脸兴奋地绕在白溯身边的云悠，而白溯，也专注地凝视着她，向来冰冷的黑眸中有一丝难以察觉的温柔。

颜无双微微蹙眉。

云悠的修为竟然已经到了筑基大圆满，而白溯的修为……更是她所看不透的。

对了，怎么不见乔三？她和乔三……不是一直在一起吗？为什么被传送出来时，却不见了他的踪影？颜无双继续向四周搜索着，心里竟有些不习惯。

柔和的光芒消散后，乔三的身影终于姗姗出现。

"颜师姐！"当看到颜无双的时候，乔三松下一口气似的，欣喜出声，"原来你已经出来了，刚刚你突然消失不见，差点儿把我吓坏了。"

颜无双冷淡地朝他点了点头，黑眸下难掩的担忧之色亦随之收起。

第十二章 久别重逢

"嗨！小三弟，原来你在这里啊，太好了！哈哈……啊不！你快让开……"

听到黄大壮那催命般的声音，还对之前所遭受的一切心有余悸的乔三心突地一跳，整个人都紧张了起来。他赶紧左盼右顾，却没找到黄大壮的身影。

"我在你上面啊——"

"咚"！

正在乔三疑惑之时，他只觉得身上一阵剧烈的压痛。紧接着一声巨响，飞扬的尘土便将他的视线完全覆盖。

"喀喀……"一旁的颜无双也被波及，咳嗽起来。

她用手挥去面前的烟尘，然后看到了……

"还好没事……"黄大壮检查完自己毫发无损后，松了一口气。他随手扔掉手中的鸟骨头，正要起身，却突然被身下压着的那个人吓了一跳！他猛地跳了起来："哇！小三弟，你怎么没躲开？我刚刚不是让你赶紧走开吗？"

回应他的只是乔三猛翻的白眼和吐着的舌头。

颜无双忍不住惊呼出声："乔三！"

乔三总算缓过来一些，听到颜无双的惊呼，还不忘努力抬起头朝她露出一个帅气的笑容："颜师姐……我没事……"

说完这句话，他便晕厥过去。

"活该！"

第五夜和顾楚痕见到这一幕，只觉得心里出了一口恶气，不约而同地拍手称快。然而一直将两人的反应尽收眼底的云悠则若有所思地点了点头。

不行，回去一定要告诉师姐。这件事情可严重了，师姐平时对自己这么好，可不能让师姐受到任何的委屈。云悠在心里打定了主意，正要回头跟白溯说出自己的决定，就被一个人给缠上了。

刚从秘境中出来的兰清音迫不及待地找到了云悠，热情地拉住她的手，眼睛扑闪地看着她说道："云师妹，有空要来渺音阁找我玩呀！对了，还有签名，我……"

"你这个女人是从哪里冒出来的？敢跟我抢小可爱？"

只是她的话还未来得及说完，就被另一个有些跋扈的声音打断。

一个身影突然来到云悠面前，不满地瞪着兰清音。出现的人，正是跟第五夜同一门派的慕容玖玖。

兰清音有些生气道："你挡着我做什么？快让开，云师妹又不是你一个人的！"

"小可爱只能是我的！"

兰清音和慕容玖玖就这样吵了起来，倒让云悠有些摸不着头脑。

现在又是什么状况？

这时,她的手被人握住了。云悠回头一看,发现是白溯。

清冷的黑眸倒映着她的身影,他淡淡地说道:"我们走吧。"

云悠点了点头,敏锐地察觉到白溯有些不高兴,但还是按捺不住好奇回头看了一眼,才随着白溯登上飞舟。玄天剑宗其余的弟子也陆续登上飞舟。

参与秘境试炼的弟子虽然身上受到了不同程度的伤害,但庆幸的是,并无一人陨落。人齐之后,飞舟正式启程。

飞舟返程的速度比来时更要迅速,半个时辰后,降落的飞舟掀起一阵风浪,在玄天剑宗的山门前停了下来。这时已将近傍晚,天边织锦般的晚霞泛着微光。

看着眼前熟悉的一切,云悠激动的情绪溢于表面。

玄天剑宗,他们终于回来了!

下了飞舟后,云悠左右张望,寻找着人群中熟悉的身影。

原本以为最先出来迎接她的会是一直记挂着她,即使在秘境中也不忘给她发去传信的师姐祁莲——虽然那些传信在离开云渊秘境后才陆续收到,没想到是……

一团黑色的球状物体突然滚到了云悠的脚边,它边拼命摆动着两只几乎扇不起来的胖乎乎的翅膀,边欢快地叫唤了几声。

"哑哑哑!"

"这团……是什么东西?"云悠眨了眨眼睛,惊奇地看着脚边那团黑乎乎的东西。她不记得自己曾经养过这么一团毛球,更何况师父从来不让自己养带毛的灵兽。莫非她不在的这段日子里,玄天剑宗里又弄出了什么新品种的灵兽?

正胡思乱想着,从那团圆滚滚的毛球中露出两只滴溜溜转着的小眼睛。

那双熟悉的小眼睛跟云悠记忆中的一只黑色的乌鸦重合在一起,她下意识脱口而出:"你是……小黑?"

"哑哑!"没错,就是本鸦!

黑鸦得意地扑棱着翅膀,昂首挺胸,可惜太胖了,才刚飞起,便立刻摔到地上。

云悠蹲了下来,难以置信地用手指戳了戳黑鸦的身体,惊讶地问道:"不过才三个月,你怎么胖了这么多?"

白溯不在的这段日子,黑鸦好像胖了一整圈,拖着那圆滚滚的身体,它飞不起来了。其乐融融的一幕,在颜无双看来无异于一种无声的嘲讽。

站在远处看着这一幕,她的嘴角勾起一抹讥讽的笑意,然后转身头也不回地离开了。不过颜无双的离去,并未引起任何人的注意。

久别重逢,云悠也很高兴。

"小黑,有没有想我们?"她抱着胖成了球的黑鸦,兴奋地问道。

黑鸦拼命点头,可看到白溯那明显阴沉下去的脸色时,又连忙摇头。

第十二章 久别重逢

"啊?"看着它奇怪的举动,云悠有些不明所以。

迎上白溯那宛若寒冰的目光,黑鸦赶紧挣扎了几下,从云悠手中滚了下来,像球一样滚回白溯的脚边。

"算了,我明天再带礼物来看你吧,现在要回去见师父啦。"云悠站起身,回头面向白溯,弯起眼睛笑道,"小白,我先回去了,明天再来找你。"

向他告别后,云悠正要转身离开,白溯却出声叫住了她。

"等等……"

云悠回过头,目光落到白溯正握住她的手腕的手上,疑惑道:"嗯?小白,怎么了?"白溯收回了手,移开了视线:"我……有话要跟你说。"

这个时候,参与试剑大会的弟子已全部从飞舟上下来,陆续离开。临近夜晚,此次秘境试炼的返程并没有惊动门派中的其他人,所以很快,山门前的人便寥寥无几。云悠眨了眨眼睛,好奇地看向白溯。

白溯不禁握了握拳头,又缓缓松开。在云悠询问的眼神下,他终于迟疑地开口:"我……"只是,他的话还未来得及说出口,就被一个女声打断。

"小萌!"

云悠闻声看了过去,只见一个青色的倩影出现在视线中,她立刻朝来人露出一个大大的笑容:"师姐,你来了。"

来人正是祁莲。

"抱歉,刚刚师父把我叫去帮忙了,所以来迟了。"祁莲向着云悠疾步跑来,不等停下便迫不及待地拉过云悠的手,嘘寒问暖起来,"小萌,秘境试炼怎么样?有没有受伤?"

祁莲问了云悠很多事情,但总结起来无非是——

最近几天过得怎样?有没有保护好自己?有没有受伤?

"师姐,你放心吧,我没什么事。这次秘境试炼可有趣了。"云悠眉眼弯弯地说道,"不过我在秘境里被魔气入体了,还昏迷了,幸好小白帮我把体内的魔气给除掉了。"

前面一句倒没什么,后面一句话话音刚落,祁莲脸上的表情立刻变得僵硬:"你说什么?你魔气入体然后昏迷了,然后是白溯……"

云悠点了点头,似是不理解祁莲的表情为何会在一瞬间变得扭曲:"是啊,师姐,这有什么问题吗?"

"没什么……"祁莲敛起眼中的神色,脸上随即展开一个暗含深意的微笑,"小萌,长途跋涉从秘境回来,你也累了,赶紧回去休息吧。"

而她无意中瞥向白溯的目光中暗含刀光剑影。

"啊?"云悠有些不明所以地看着自家师姐。

"你回去给凌殊师叔报平安,多日不见,他一定很担心你。"祁莲语气平静道,"师姐有话要单独跟白溯说。"

"好吧……"见祁莲这么说,云悠也不好再追问下去,只好应了下来,她回头望了白溯一眼,有些不舍地朝他挥了挥手,"小白,我迟些再来找你玩。"

得来的却是祁莲极不耐烦的催促声。

"还不快去!"

"哦。"

见师姐发怒,云悠也不敢再磨蹭,赶紧唤出飞剑,朝着碧落峰的方向飞去。

直到云悠的身影从两人的视线中消失,祁莲才回过头,目光犀利地看向白溯,语气冰冷地开口道:"白溯,你是不是忘记我当初跟你说过的话了?"

白溯沉默不语。

"记住我的话!再敢占小萌便宜,我一定不会放过你的!"扔下这句威胁的话,祁莲也跟随着云悠御剑离开。

白溯站在原地,久久不语。

这个时候,在一旁滚来滚去的黑鸦又滚到他的脚边,想要撒娇,却被白溯嫌弃地一脚踢开。

"你该减肥了!"白溯冷冷地说道,并未看它一眼,便毫无留恋地大步离开。

"咚"!一头撞到一旁柱子上的黑鸦含着泪,用胖乎乎的翅膀揉了揉头上的大包,心里直呼不满。坏主人!不带这样的,以貌取鸦!

乔三在床上躺了不知道多久,终于醒了过来。然而醒来的时候,已是日上三竿。他只觉得自己头痛欲裂,骨头处都传来被压断的痛楚。等意识清晰一些的时候,有一阵细碎议论声从门外传来。

"黄大壮也从秘境回来了,看起来收获不小。"

"没想到他如此深藏不露啊。"

"他好歹也是试剑大会的第一名,看来他即将要成为亲传弟子了,只是不知道会拜入哪位长老的门下……"

那羡慕的语气,让乔三的牙齿不自觉地咬得"嘎嘣"作响。

黄大壮吗?他活动了一下发麻的手臂,起床推门走出房间。

"咦?乔师弟,你醒了?"见到乔三出现,刚刚在议论的两名杂役弟子都露出惊讶的表情。

乔三愣了一下,然后神色飞快地被阳光般灿烂的笑容所覆盖:"两位师兄好。"

第十二章 久别重逢

"你醒了就好,三天前黄师弟把你背了回来,那时候可是急得不行。"其中一名杂役弟子露出了欣慰的表情。

乔三大为吃惊!三天?他这一睡……竟然睡了三天?

另一人感叹道:"是啊,我们差点儿以为你不行了,幸好黄师弟把身上所有丹药都给你服下了,你的情况才有所好转。"

"当时你口吐白沫、浑身抽搐,我们都以为你快不行了,还是黄师弟妙手回春,真不愧是夺得试剑大会第一名的新秀……"

那两名杂役弟子一口一个"黄师弟",满满的夸赞意味,在乔三听来煞是刺耳。

乔三勉强地扯了扯嘴角,维持着嘴角的笑容:"那……两位师兄是否知道,大壮哥现在在哪里?"

"他一大早就被掌门传召过去了,乔师弟你要找他,估计得等等了。"

"谢谢两位师兄,我知道了。"

"那我们先去干活了,乔师弟,你好好养伤。"

目送着两名杂役弟子离去,乔三垂下眼帘,掩下眼中那一抹不易察觉的冷意。

正是晌午,颜无双的房间却被一层结界隔绝开去——

"又是你?"充满戒备地看着那个浑身萦绕着魔气的黑袍男子,颜无双冷冷出声,"你到底想怎么样?"眼前的这个人,分明是一个魔修!

"颜儿,我好歹救过你的命,还帮过你许多次……对待自己的恩人,就是这种态度吗?真让我伤心。"黑袍人的动作停了下来,但他的语气丝毫没有伤心的意味,反而更多的是戏谑。

"欠你的人情,我一定会还清。但是现在,可以请你先离开吗?"颜无双毫不留情地开口赶客。

"真是无情的女人。"黑袍人微微弯唇,停顿了一下,才缓缓开口说道,"只要你帮我做一件事,你欠我的人情便就此抵消,你觉得怎么样?"

颜无双皱了皱眉,才开口道:"你说。"

"那就是……杀了白溯。"

第十三章

教训乔三

"师父,我回来啦!"回到碧落峰,云悠跳下飞剑,欢快地往屋里跑去。

不过,除了凌殊真君外,屋内还有另一个人……

云悠在门前停下了脚步,有些惊讶地看着早已在屋内的顾楚痕:"咦……师兄,你怎么比我还快?二狗子没跟着你回来吗?"

她说着,在门口左右张望了一眼,才踏进屋内。

顾楚痕侧头睨了她一眼,毫不客气地嘲笑道:"当然,也不看看我是谁?只有像你这么呆呆傻傻的人,才会这么慢。"

云悠撇了撇嘴,不满地反驳道:"师兄你才呆呆傻傻呢!"

顾楚痕掏了掏耳朵:"哎呀,为什么我听见有人在自欺欺人呢……"

"好了,你们师兄妹不要闹了。"凌殊真君适时出声打断了两人,威严的目光再次落到顾楚痕身上,"楚痕,继续说,你们在秘境里遇到了什么奇怪的事情?"

在凌殊真君具有威慑力的目光下,顾楚痕站正了身子,陈述着在秘境里发生的事情:"是,我掉到地下后,顺着那条地道走了过去,然后进入了一座奇怪的密室中……"

一旁的云悠却是越听越不对劲儿,忍不住插嘴道:"等等,师兄你说什么?想出怎样走过水池方法的人不是小白吗?怎么变成你了?"

被当众揭穿的顾楚痕脸一红。他尴尬地咳了一声,强作镇定道:"我这是艺术加工,你懂不懂?"

"小白?"凌殊真君疑惑地挑起了眉,适时地提出自己的疑问。

"就是紫阳真君的弟子白溯。"顾楚痕开口解释道,又有些戏谑地看了云悠一眼,"'小白'可是云小萌给人家起的爱称。"

凌殊真君没有说话,只是向云悠投向意味深长的一瞥。

云悠直觉用这种语气说话的顾楚痕一定不安好心,但那几句无关痛痒的话,也对她起不了什么作用。

她也没管凌殊真君看自己那别有深意的目光,只是兴奋地跑了上前,像一只小猫一样绕在凌殊真君身边叽叽喳喳地说个不停:"师父师父,你有什么要问我的吗?"

第十三章 教训乔三

秘境里面可好玩了……"

凌殊真君却出声打断了她:"不必了,要说的,你师兄都告诉我了。"

云悠眨巴了一下眼睛,有些不明所以地看着师父。

"好了,你回去吧。"似是没看见云悠可怜兮兮的眼神一样,凌殊真君毫不客气地开口赶人。云悠十分失落地耷拉下脑袋,像是霜打的茄子一样蔫了下去。

见师父没有挽留的意思,她只好转身离开。但是,她回过头的时候,却恰好看到顾楚痕扬扬得意的笑容,没来由地觉得生气,于是十分不满地朝他做了一个鬼脸,坏蛋师兄!老是抢她的风头!就这样,云悠闷闷不乐地回到自己的房间里。

对着墙壁生了一会儿闷气后,她打开窗户,在窗根前支着下巴,望向外面布满繁星的夜空。不知怎的,她莫名其妙地想起了白溯。

不知道小白现在怎样呢?他也回到自己师父的身边了吧?

这个时候,云悠不由自主地想起在秘境中,白溯帮她除去身体里魔气的事情。当时,听他的语气,除去魔气的事情对他而言,似乎是一件再正常不过的事情。这是因为他身体里的魔气吗?

因为身体内磅礴的魔气,所以他每一天都要重复这样的举动。

小白……每天都要承受着那样撕心裂肺的痛楚吗?一定很痛苦吧?

想到这里,云悠觉得特别难过。

她望着自己的双手,想道:要是能为小白做些什么就好了。

可是她却失望地发现——现在的自己,似乎什么都做不了。

颜无双走出自己房间的时候,明显有些心绪不宁。

她心不在焉地关上房间的门,就这样怔怔地站在门口,就连乔三出现在她的身边也不知道。

"颜师姐……颜师姐,你怎么了?"乔三叫了她好几声,颜无双才从走神的状态清醒过来。

"你……什么时候来的?"她惊讶地看着面前的人,心里警钟大作:自己的警觉性,什么时候变得如此低了?连有人接近她都没有发现!

乔三看她的眼中带上了几分担忧:"我来了有好一阵了,但见你在这里发愣……师姐,是发生了什么事吗?你没事吧?"

发生了什么事……

"我没事。"似是被什么刺激到,颜无双的语气陡然变得冷淡起来,"你别多事了。"

乔三的神色顿时黯然下去,颜无双也意识到自己的态度有些冷硬,语气软了一

些:"对了,你的伤好些了吗?"

说出这句话的同时,她却移开了视线,不去看乔三脸上的神色。

"已经好得差不多了,谢谢师姐关心。"听到颜无双的问候,乔三立刻高兴了起来。颜无双微微点了点头,又从储物手镯中取出一瓶丹药,递了过去:"这瓶丹药是我自己炼的……对你的伤很有帮助,你拿去吧……"

"谢谢师姐。"乔三一愣,伸手接过颜无双给的瓶子,脸上的笑容更加灿烂了。

颜无双的目光终于落到了他的身上,这一眼,却让她皱起了眉:"还有,你回去好好休息吧,身上有伤,就不要总出来走动。"

乔三微笑着用力点头:"好,我听师姐的话。"

虽然颜无双的语气是一贯的冷硬,但是乔三已经明显察觉到她对自己的态度有所改变。告别颜无双后,他带着志在必得的笑容回到自己的房中。

当他回到房间的时候,才发现黄大壮不知道什么时候已经回来了。黄大壮正坐在床上,跷着二郎腿,傻乐着抱着一本书在看。

刚推开门的他一怔:"大壮哥,你……"

听到乔三的声音,似是没有想到会突然有人进来的黄大壮立刻慌张起来,他连忙将手中的书藏到了背后,又悄悄往枕头底下推了推。

"啊!小三弟,你回来了?"

黄大壮这般遮遮掩掩的动作,一下子引起了乔三的怀疑。

"大壮哥,你在看什么?"他用疑惑的目光打量着黄大壮,好奇地问道。

黄大壮故作镇定地笑了笑:"没……没什么,只是以前买的话本,你肯定不喜欢看的。"

"能让我看看吗?"乔三走了过去,假装若无其事道。

"我还没看完,等我看完再给你看吧。"黄大壮眼珠转了转,含糊地打了一个哈哈,试图掩饰过去。只是,有些事情,越是不让人知道,人却越是好奇。

正如现在的乔三。"大壮哥,你是不是有什么事情瞒着我?"乔三狐疑地问道。

"瞒着你?怎么可能,哈哈,小三弟,我对你多好,你又不是不知道?连那祖传的辣条和茶叶蛋的秘籍都送给了你,怎么可能有事情瞒着你?"说这句话的时候,黄大壮又不由自主地将枕头下那本书往里面推了推。

乔三静静地站在原地,目光如炬,就这样看着黄大壮没有说话。

房间里的气氛变得十分奇怪。

"哈哈,说起来我有些困了,今天在掌门那忙了一天,我先睡了……"

察觉到气氛的尴尬,黄大壮打了一个哈欠,躺到自己的床上,翻身背对着乔三,就这样睡了过去。乔三看着他的举动,垂下的眼睑中闪过一抹阴鸷之色。

第十三章 教训乔三

不知道过了多久,黄大壮突然听到有一个声音迷迷糊糊传入耳中——

"大壮哥,快起来!刚刚掌门派人过来,让你醒后过去一趟。"

黄大壮一听,吓得立刻跳了起来,差点儿从床上滚下来。

"是吗是吗?"他左顾右盼着,眼里再也没有一丝困倦,"他们来了多久?"

"刚刚才走。"一旁的乔三连忙开口道,"大壮哥,你别急,还来得及。"

"哦,那还好,还好,我先出去了……"黄大壮含糊地应了一声,飞快地往自己身上套了一件衣服,便头也不回地飞奔出门。

目送着黄大壮迅速离开的身影,乔三眼中闪过一抹精光。等黄大壮的身影从视线中消失后,他连忙将门锁扣上,然后迅速走到黄大壮的床边,从他的枕头底下翻出被他藏起的那本书。

《绝世宝典》

酒肉和尚著

蓝色的封面上画着一个龇着牙笑的白面和尚。

乔三看着封面,喃喃自语道:"酒肉和尚?这个名字好熟悉……"

这个笔名似曾相识,似乎是某个比"一只小黄鸭"更加出名的大文豪的笔名。

书名旁边还有一行小字:想要成为天下至尊吗?想要修炼无人能及的神功吗?想要站在众生的巅峰吗?一书在手,天下我有!

盯着封皮上的简介,乔三眼中泛出了狂热的光芒,但随即,他又握紧了拳头,愤愤道:"这个黄大壮……怪不得一直藏着掖着,原来是从掌门那得了什么好东西!"

乔三压下心中翻腾的思绪,注意力重新落到手中那本《绝世宝典》上。他迟疑了几秒,还是翻开了手中的蓝皮本子。

内页的第一面,映入眼中的就是一行龙飞凤舞的草书——

欲练神功,必先……

必先什么?乔三愣住了。

"必先"后面的字,竟然被人刻意用墨水涂黑了。乔三不死心,将纸页掀开,对着烛光照了好一阵——但是,即使举着纸页对着烛光,也看不出这上面原先写了些什么。如此关键的地方,怎么能没有了?

乔三心中暗怒。他知道,神功秘籍都会有一个必要的修炼前提。若是不知道这关键的前提,就算知道秘籍里的所有内容也没有用——正如现在,第一页这关键的信息被抹去了,后面的内容就等于一纸废文。

这黄大壮,果然在防着他!乔三气恼地将这本《绝世宝典》摔在一旁,连看后文的心思也没有了。这一刻,他只觉得百爪挠心,有种想要立刻冲出去截住黄大壮,

逼问他的冲动。

但是不行，自从夺得了试剑大会第一名后，乔三隐约察觉到黄大壮对他的态度开始起了细微的变化。以往大大咧咧的黄大壮不见了，不但没有以前大方，还处处防备着他，做事也开始偷偷摸摸了。想到这里，乔三发出一阵无声的冷笑。

难道黄大壮以为这样，就可以阻止他得知这本神功秘籍的秘密了吗？等着吧，终有一天，他会让黄大壮跪在他的脚边，哭着将自己的秘密全部说出来！

千思万想之后，乔三终于打消了立刻去找黄大壮的想法。他决定还是等有机会的时候，再从黄大壮口中套出来这书的秘密。

有了主意之后，乔三又拾回刚刚被他摔到地上的《绝世宝典》，用灵力弄出了一本同样的书，然后将书塞回黄大壮的枕头底下。

玄天剑宗有一座终年被冰雪覆盖的山峰。

并非玄天剑宗里的最高峰青鸾峰，而是在青鸾峰后的一座雪峰——拥有仙界第一人之称的紫阳真君所在的紫云峰。

紫云峰常年飘雪，峰中的亭台楼阁都被积雪覆盖。放眼望去，完全是一片纯白色的冰雪世界。加上紫阳真君突破元婴期后开始云游四海，向来行踪不定，鲜少居住在门派当中，这座紫云峰便宛如被真正冰封一般，毫无生机。

正午时分，紫云峰中。

缀着淡红的梅花瓣雪花般飞舞，奔跑了千年的风唱着亘古不变的歌。楼阁在花瓣飞舞中影影绰绰，包裹在巨大透明的寂寞与忧愁之中，虽千万年不朽，却被岁月冲刷掉了生气。

紫阳真君负手立在大殿之前，向远方眺望，蓝色道袍的衣角被风吹得猎猎作响。

白溯一步一步踏上了台阶，向着背对着他的紫阳真君跪下，微垂下眼睑："师尊。"

随着他的声音落下，一团毛茸茸的黑色球团扑棱着肉乎乎的翅膀，滚到了白溯的脚边，与这座大殿严肃的气氛格格不入。但白溯却未曾理会它。

"你回来了？"紫阳真君淡淡开口道，缓缓地转过身，看向跪在面前的白溯。

突然，似是察觉到不妥，紫阳真君微微蹙眉，手搭上了白溯的肩膀，瞬即松开，大吃一惊道："怎么回事？你体内的魔气为何比以前更要活跃了？"

白溯藏在衣袖下的手微微握紧，"师尊，徒儿……"

回到玄天剑宗后，云悠的日子似乎又恢复了以往那般平淡无趣。

不知不觉间，七天过去了。每天除了修炼、修炼和修炼外，没有其他事情可以做。

第十三章 / 教训乔三

自从那天从云渊秘境回来,见了祁莲一面后,她便没有再见过自家师姐。听说那天的次日后,祁莲便在师父落丹元君的命令下开始了闭关修炼。

总是欺负她的可恶的师兄也被师父关了起来,开始冲击金丹期。

修为已经到达了筑基大圆满的云悠本来也想尝试着冲击金丹期,可是凌殊真君却以"心性不足"为由无情地拒绝了她的请求。

云悠对此有些闷闷不乐,她有什么地方比不上师兄呢?为什么师父要说她心性不足?而这段时间内,小白猫、白溯、小黑……以往总是跟她一起玩的小伙伴们也没有出现。像是商量好了一般,集体消失了。

感到无所事事的云悠只好跑去其他峰找人切磋比试,可是那些师兄师弟师姐师妹,刚看到她就落荒而逃了……

她又不是荒原巨熊,为什么他们都跑得这么快呀?难道自己真的长得很可怕吗?想到这里,云悠不自觉地拽了拽头上的呆毛,好生失落。

要不到执事大殿接几项任务做做?

说起来,有好一段日子没有见过临海师伯了呢,去跟他打声招呼也好。打定主意,云悠调整好心情,便放出飞剑,朝着执事大殿飞速而去。与此同时,执事大殿内,被云悠想念的临海真君突然打了一个大大的喷嚏。

"阿嚏!"响亮的声音在殿中回荡,惹来了几个正在干活的杂役弟子的注目。

"奇怪,怎么突然……"临海真君有些不解地皱起了眉,"是哪位在叨念本座?"修真者的修为越高,越是不容易生病,因此不可能有感染风寒一说。

这时,两个杂役弟子细碎的议论声传入了他的耳中——

"听说前往云渊秘境的师兄师姐已经回来了。"

"是吗?那有没有人受伤?"

"受伤肯定是有的,不过没有人陨落。听说其他门派,似乎有弟子在秘境中陨落了……"

"不会吧?到底发生了什么事?"

"具体我就不清楚了,不过我隐约打听到,那似乎跟掌门的两位千金有关……"

临海真君不觉一怔:"试炼已经结束了?云小萌那个丫头也已经回来了吧?刚刚的喷嚏不会是她……"

但转念一想,他很快又否定了这个猜想:"罢了,错觉罢了,刚从秘境回来,她怎么可能会有精力跑来接任务?"临海真君笑了笑,又埋头去整理桌上的案卷。

云悠刚从飞剑上落下,就被一个迎面而来的少年拦住了去路。

"云师姐,好久不见。"

她收起飞剑，有些疑惑地看向这个一身杂役装扮的少年，随即露出茫然的表情："请问你是……我以前见过你吗？"

出现在云悠面前的人，正是刚从执事大殿中走出来的乔三。见到云悠独自一人，他便下意识走了上前。听到云悠的发问，原先自信满满的乔三被噎了一下，脸上的笑容也有一瞬的僵硬。

"云师姐真是贵人多忘事。"他垂下的眼帘里闪过一丝浓浓的不悦，语气也带上了几分阴阳怪气，"不过师姐不记得我并不奇怪，我不过是一个小小的杂役弟子，自然入不了师姐的眼。"

"所以说你到底是谁呀？"乔三的明嘲暗讽让云悠顿时不满起来，对他的印象又坏了几分，"你直接告诉我就是了，用得着这样啰里啰唆说一大通莫名其妙的话吗？"

"师姐说得是，是我的不是……"

乔三感到委屈不已，也只好深吸了一口气："我是不久前才跟师姐一同前往秘境试炼的弟子乔三，不知道师姐有没有印象？"

"乔三？"云悠仔细回想了一下，脑海里闪过了一幕某个男子被黄大壮砸晕的画面，顿时了然道，"哦哦，想起来了，你就是黄大壮那个体弱多病的兄弟吗？"

"体弱多病"这个评价，像一把铁锤一样，狠狠地砸落到乔三的头上，让他的笑容再次僵在了嘴角。

"云师姐，你……对我是不是有什么误会？"他过了好一会儿才从这个打击中回过神来，深深吸了一口气，隐忍着怒气问道。

似是想起什么，云悠又若有所思地点了点头："黄大壮那个人，看起来有些不正经，不过他对你这个兄弟还是不错的嘛。真看不出来，黄大壮那个奸诈狡猾的家伙，也会有这么重情义的时候。"

说黄大壮不正经也罢，奸诈狡猾也罢，这些观点他都很赞同。但是云悠这个反应分明……

乔三总算知道了，对方跟他的思维不在同一条线上。他说的话，根本就是对牛弹琴！乔三暗暗握紧了拳头，转念一想，嘴角又勾起了一个弧度，缓缓开口道："云师姐，我听说白师兄受伤了，你这是准备去看望他吗？"

云悠怔了一下，随即惊讶道："欸？什么？小白受伤了？什么时候的事情？为什么我不知道？"

但随即，她看着乔三的目光却带上了几分警惕："不对啊，你怎么比我还清楚小白的事情？"鱼儿似乎上钩了呢。

"我当然……"乔三微微勾唇，正要开口说些什么，却得意忘形，没有发现一

164

第十三章 教训乔三

直藏在袖中的那本书掉到了地上。

"咦？这是什么？"

云悠的注意力被地上那个蓝色封皮的小本子吸引了过去，因此乔三说的那一大通话……自然是被她忽略了。

乔三依旧口若悬河地说着有关白溯的事情，却未注意到云悠弯腰将地上那本书捡了起来。等到他反应过来的时候，已经迟了。

"这是什么？"

乔三只觉浑身一僵，顿时慌了："等等，师姐，那是……"

他喊出声的时候，云悠已经翻看了好几页。这本书，竟然是一些下三烂的功法招式，专门用作偷袭之用的？等一下，这本书是乔三的，而乔三刚刚还跟自己问起小白的情况，难道……

云悠握着书的双手下意识地攥紧，很快那一面书页被她捏出了皱褶。

乔三刚想去抢夺云悠手中的书，但手才伸出，就被云悠突然投向他的那宛若寒冰的眼神惊得僵在了半空。

未等他有所反应，只听云悠气愤道："难怪你刚刚一直旁敲侧击向我打探小白的事情，原来是对他图谋不轨！"想到这里，云悠只觉得气愤至极！

什么？乔三只觉得自己已经跟不上云悠的思维了，愣怔了好几秒，才回味过来云悠话中的意思。他顿时急了，连忙解释道："云师姐，你误会了，我……"

"砰"！云悠一拳正中乔三的面门，将他的话全部封在了拳头中："不用说了！"

这一拳力道之大，让乔三直接倒在了地上。

他忍着痛挣扎着起来："师姐，我不……"

"刺啦"！来不及阻止，那本书已经被云悠撕成碎片，她一脚狠狠踩上了乔三的肚子，怒道："像你这种人，没资格跟小白比！"

说完，冷哼了一声，放出飞剑，御剑离去。

此时正值午后，前来执事大殿接受和提交任务的弟子众多。

因此，执事大殿前的这一幕，很快引来了弟子们的注目。

听到云悠和乔三两人的对话，众弟子很快弄清了事情的原委，纷纷向乔三投去复杂的眼神。

"什么？乔三对白师兄图谋不轨？"

"这个乔三，不是那个在试剑大会上表现优秀的杂役弟子吗？他竟然想暗算白师兄？"

"这是真的假的呀？"

"没想到他是这样的人呢！"

"对啊对啊,这个乔三看起来斯斯文文的,没想到内心竟是这样阴暗。"

"但平时看他柔柔弱弱的,不像是这样的人啊?"

更有甚者,直接翻出了他与黄大壮的关系。

"知人知面不知心!之前就觉得跟在大壮哥身边那个不是什么好人,事事都要靠大壮哥解决,沾的也是大壮哥的光,现在看来果然……"

"说不定他秘境试炼的名额,是靠着黄大壮的关系拿来的。"

"算了吧,我们嫉妒不来的,谁让他是黄大壮的好兄弟呢!"

围观着被云悠揍得号啕大哭?的乔三,众弟子对着乔三指指点点,议论纷纷,语气里夹杂着不可置信和幸灾乐祸。

一顶顶帽子扣到了乔三的头上,压得他几乎喘不过气来。听着那些奚落的声音,乔三真恨不得将此刻在场的人全部灭掉。

但现在这种情况……乔三手忙脚乱地从地上爬了起来,捂着鼻青眼肿的脸,飞快地跑掉了。但是这样的事情,对于每日重复着修炼这样枯燥活动的玄天剑宗的弟子来说,实在是一件趣闻。

随着乔三的离开,相关的传言非但没有减弱,反而越传越广,甚至有好事者把这件事放到了语坛上广而告之。顿时,语坛炸开了锅。

天海峰·古俊风:发生了什么事?怎么我刚出关,就发现跟不上仙界的节奏了?

归元峰·李文星:有一个弟子要跟白溯切磋?那不是很正常的事情吗?

幻海峰·齐高旻:楼上这位师弟你有所不知,是个外门弟子。

落丹峰·沈正雅:什么?外门弟子还敢和白溯切磋?

天誉峰·寒羽落:不会吧?我还以为是哪个女修又要跟白溯表白了,所以被云悠给揍了,没想到是个外门弟子要和白溯切磋呀?

玄海峰·张晨:只会靠着大壮哥帮忙的男修,活该被揍!

幻海峰·吕鸿波:不是切磋,好像是这个外门弟子想要暗算白溯!

百丈峰·廖书竹:可怜的白师兄,就这么被盯上了。

百丈峰·司马绫罗:虽然我看云悠不顺眼,但是她这次干得好,遇上这种图谋不轨的人,就该狠狠地揍一顿!

风雨峰·陈俊元:那家伙叫什么?乔什么三?这样的人怎么配做玄天剑宗的弟子?

苍焰峰·甘葛菲:那个乔三怎么敢这样对白师兄?

碧桃峰·陈绮玉:乔三滚出玄天剑宗!乔三滚出玄天剑宗!乔三滚出玄天剑宗!

语坛很快淹没在一片议论的热潮之中。

众弟子讨论得热烈,完全将语坛的规则忘得一干二净。

第十三章 教训乔三

见秩序被破坏,语坛的管事气得直跳脚,立刻出来发警告。

语坛管事·管三:不许刷屏!不许刷屏!不许刷屏!

语坛管事·管三:说了多少遍,不许在语坛上刷屏了!

语坛管事·管三:刷屏的弟子,全部封号一个月!

幻海峰·刚刚被封号的某人:咦?这难道就是传说中的重要的事情说三遍吗?

语坛管事·管三:利用语坛漏洞开账号的,封号一个月!

这下终于安静了,但乔三对白溯怀有不轨意图的事情,还是不胫而走,到最后一发不可收拾,很快就传遍了玄天剑宗上下……

云悠教训了乔三一顿,心中却并不觉得解气,反而闷闷不乐的。御剑在玄天剑宗的上空飞行的她不知不觉在青鸾峰落了下来。

将飞剑收起,她走到那块熟悉的大岩石上坐下,支着下巴发起呆来。

暖阳之下,微风徐徐,轻轻拂过柔软的青草地,清泉从岩石的缝隙间流淌而下,蝴蝶成双成对在花草间飞舞。

微风轻轻吹拂在云悠的脸上,带出酥痒的感觉,但是,眼前如此令人赏心悦目的美景也不能令她的心情好起来。

白溯被那样不怀好意的人惦记着,的确令人高兴不起来。

不过,自己为什么会产生这种奇怪的情绪呢?

"喵呜——"就在云悠思绪神游天外的时候,伴随着一声软软糯糯的猫咪叫声,一只毛茸茸的猫爪搭上她的脑袋。

云悠愣了愣,立刻回过头,惊喜地将面前那团毛茸茸的小白猫抱了起来:"小小白?"小白猫眯了眯眼,惬意地在云悠怀中蹭了蹭。

云悠边揉着小白猫柔软的毛,边问道:"你这个小坏蛋,这几天去哪里了?我到青鸾峰也没看见你。"

"喵喵喵!"小白猫睁着水灵灵的眼睛,抬头朝她晃了晃脑袋,露出一脸无辜的表情。这时,一角熟悉的白衣落入云悠的眼中,她的注意力立刻被拉了过去。

欣喜的笑容在她的脸上绽放,她立刻放下怀中的小白猫,快步朝那个白衣青年迎了上去:"小白,你也来了。"

"喵呜!"被丢下的小白猫发出一声不满的抗议,也赶紧迈着小短腿跑上前去,蹭在云悠的脚边,抬头全神贯注地看着两人,似是要偷听两人在说些什么。

白溯看着面前那抹鲜亮的蓝色,黑眸幽深,映在他那张冷若冰霜的脸上的日光也似乎柔和了几分。

"对了,小白,我得告诉你一件事。"没有注意到白溯的异样,云悠握了握拳

头，义愤填膺地说道，"刚刚有个叫乔三的杂役弟子找上了我……"

白溯神色一僵，语气起了细微的变化："乔三？"

"是的，他找我打听你的事情，还对你不怀好意……"云悠小鸡啄米般地点了点头，将刚才的事情告知了白溯，脸上随之绽开一个大大的笑容，"不过小白，你放心，我已经帮你把他揍了一顿！"

阳光照在云悠的脸上，带着珍珠般莹润的光辉，也将少女长长的睫毛染上璀璨的金色，白溯一时看得失了神。

见白溯只是发怔，没有说话，云悠有些疑惑："小白？"

脑中闪过一个念头，她随即有些失落地耷拉下脑袋："我是不是又做错了？抱歉，要是这样令你不高兴，我……"

"不是的。没有关系，你揍他揍得很对。"白溯轻声打断了她，语气肯定道。

云悠立刻抬起头，开心地问道："真的吗？"

白溯点了点头，停顿了一下，才缓缓开口道："我想对你说……"却在这时，从天空中飞来一只蓝色的纸鹤，稳稳地落到了云悠的手中。她下意识低下头，注意力自然而然被拉走了。

"咦，这不是师姐的传信纸鹤。师姐已经出关了吗？"云悠有些惊讶，她立刻拆开了手中的传信纸鹤，但上面只有一行简单的字：小萌，有急事，速回。

纸上是祁莲的字迹，但落笔急速，可以看得出她写下这句话时的急切。难道师姐遇到了什么她无法解决的事情？云悠眸中满是担忧之色。

不对劲儿，她还是赶紧回去看看为好。打定了主意，云悠边将手中的字条捏成一团，边抬头对白溯说道："小白，师姐有急事找我，我要先回去了，抱歉。"

在临走之前，她似乎想起什么，又回过头向白溯投去询问的眼神："对了，小白，你刚刚想跟我说什么？"

白溯定定看着云悠，眼中充满她所无法读懂的情绪。他动了动唇，最终还是说道："没什么。"

"好，那我先走一步了，下次再来找你。"云悠朝他点了点头，便跳上了飞剑，离开了。一直毫无存在感地跟在白溯身边的黑鸦偷偷瞄了神色在一瞬间变得晦暗不明的白溯，赶紧扑棱着翅膀滚到巨大的岩石后，躲了起来。

哎呀，笨蛋主人又失败了，鸦又要倒霉了！这该怎么办？

乔三捂着脸，带着一肚子的火气灰溜溜地回到杂役弟子的居住地。

他从未觉得如此难堪过，刚刚听到那些不堪入耳的话，他有种想要毁天灭地的冲动。就在他握得青筋暴起的拳头将要砸落到墙上的那一刻，一个熟悉的声音打断了他的动作："乔三……"

第十三章 / 教训乔三

乔三的手僵在了半空,他赶紧收回了手,有些紧张地看向正向自己迎面走来的人:"颜……颜师姐。"

但是唤出了这一声后,乔三却突然转身,朝着远离颜无双的方向离开。

"乔三,你在做什么?"颜无双似是对乔三这样怪异的举动十分不解,不由得皱起了眉。乔三并没有因为颜无双的叫喊而停下,反而有些惊慌失措地加快了脚步。

颜无双心中疑惑加重,她快步上前,拦住了乔三的去路:"乔三,你在躲什么?"

乔三用衣袖捂着自己的脸,神色闪躲,始终不肯正视颜无双:"我没……"

"既然没有,为什么不看我?"颜无双眉心紧蹙,她不顾乔三的反对,态度强硬地将他的手掰了下来,"把手放下来。"

"怎么回事?"当乔三脸上那一片大红大紫映入眼中的时候,颜无双不由得大吃一惊,下意识退后了一大步,"你脸上的伤……"

乔三只是低着头,像一个做错事的孩子般,不敢开口说话。

颜无双的神色随即凝重起来,她追问道:"发生了什么事?是谁伤了你?"

"不,颜师姐,这……这是我走路不小心,摔倒在地上碰的。"乔三眼珠转着,心虚地说道。"不要对我说谎!"颜无双双目一凛,用命令式的语气道,"你脸上的伤,一看就是人为造成的。"

乔三单手捂着胸口,低下头,声音透着虚弱:"我……那是……是云悠师姐……"

看着颜无双的脸色越发阴沉,他又赶紧澄清道:"颜师姐,其实不是云悠师姐的错,是我不长眼冒犯了她,所以她一怒之下才……"

颜无双眼中闪过万千思绪,最后通通化为冰冷的利刃,她闭上眼睛深吸一口气,二话不说拉过了乔三的手:"走!"

乔三愣了一下,视线落在颜无双握着他的手腕的手上,不解地问道:"师姐,我们去哪里?"

"去找云悠算清楚这一笔账!"颜无双冷厉的声音传入耳中,乔三却有些犹豫:"颜师姐,这样不太好吧……"

"我的人,还轮不到她来教训!"颜无双握紧了拳头,冷笑一声,"我要让所有人知道,我颜无双的人,容不得任何人欺负!"乔三这才闭了嘴,听话地跟在颜无双身后。

然而颜无双却没有注意到,乔三悄悄地勾起了嘴角……

"云悠呢?"

碧落峰的峰门入口,恰巧闭关完毕、前来寻找云悠的祁莲看着突然出现在自己面前、浑身萦绕着浓烈杀气的颜无双,不由得愣住了。

这颜无双现在闹的又是哪一出？对颜无双并没有什么好印象的她有些不耐道："小萌目前不在碧落峰中，师妹你找她有事？"

颜无双闻言，深蹙起眉，极不信任的目光停在祁莲的脸上片刻，最后似乎觉得祁莲说的不是假话，才一言不发地带着乔三转身离开。

目送着两人的背影，祁莲细想之下，总觉得有什么不对劲儿的地方。于是连忙给云悠送去一只传信纸鹤，告知她刚才发生的事情。

须臾之后……

"云悠！"

当云悠踩着飞剑离开青鸾峰、路过执事大殿时，却被来势汹汹的颜无双拦住了去路。她颇感意外，不得不在这里临时落下，疑惑不解地看着面前杀气腾腾的颜无双。

"颜师妹，你找我有事？"

"你是不是应该给我一个解释？"颜无双怒视着云悠，眼底黑云翻腾。

"啊？"这下云悠，当真是觉得莫名其妙了。

"小萌！"一直尾随着颜无双的祁莲下了飞剑，匆匆来到云悠的面前，一把将还在发愣的云悠护到身后，同时向颜无双投去了戒备的目光。

祁莲边警惕着颜无双，边小声询问云悠道："小萌，你没事吧？她有没有对你做什么？"

"师姐，我没事。"云悠摇了摇头，眼中布满疑惑之色，"不过，现在是什么状况？"

"这……"祁莲扫了颜无双一眼，正要给云悠解释事情的前因后果，却被颜无双带着怒意的声音打断。

"云悠，我承认，你确实有骄傲的资本，但是……"颜无双打量着云悠的眼中酝酿着狂风暴雨，嘴角扬起冷笑，"像疯狗一样总是缠着我不放，这就是你亲传弟子的作为吗？"

云悠看了一眼颜无双，视线随之落到她身后的乔三身上，顿时明白过来："所以，你是来帮乔三出气的？"

第十四章

下山历练

"别以为自己真的有多高贵,我可不认可天赋和地位那一套!在我眼里,每个人都是平等的!等着瞧,就算我们只是外门弟子或杂役弟子,也会有出人头地的一天!"颜无双冷眸扫过云悠,一番话掷地有声,清晰地传入在场的每一个人的耳中,"更何况,我的人,还轮不到别人来指手画脚!想要动我的人,那也该问我颜无双答不答应!"

"所以……你和乔三是一伙的?"颜无双这番话中,云悠就只听懂了一句话,她后退了一步,看着颜无双的眼神越发怪异,"难道那本书是你给他的?"

饶是冷静如颜无双,听到云悠的话,也不由得怔住。云悠的话是什么意思?莫非乔三隐瞒了她什么?瞬即,她将狐疑的目光投向了乔三。

此时距离乔三被揍不过半个时辰,来往于执事大殿的玄天剑宗弟子只增不少。殿前争执的这一幕,很快引来不少好事者的围观。

有刚好围观了之前那一场事件的弟子热火朝天地议论起来。

"这颜无双是为乔三来出气的?难道乔三是受了颜无双的指使?"

"对啊,那个颜无双曾经疯狂痴迷白溯师兄呢,说不定是惨遭拒绝而怀恨在心。"

"不过她现在这么快就移情别恋了?"

有不明状况的弟子,听得糊里糊涂,于是连忙向知情人士打听。就这样,一传十,十传百,不一会儿,乔三的"所作所为",更加广为人知了。

不过,也有另一种看法。

"我倒觉得,是那个颜无双知道乔三对云师姐不怀好意,所以故意利用他……"

"这两人都惨遭拒绝,难怪会走在一起……难道这就是传说中的惺惺相惜?"

"都一样无耻,怪不得能走到一起。"

"这乔三莫不是刚刚被云师姐揍了,转眼就找颜无双来出头。他还是男子汉大丈夫吗?缩在一个女人身后算什么?活脱脱一个吃干饭的!"

"刚刚听说他的试剑大会名额是靠着黄大壮得来的,我还有些疑虑,现在看来……呵呵。"

若是颜无双刚才那番话放在初次与云悠对峙的时候说,说不定还能笼络一大批

外门弟子的心。而此时此刻说出这样一番话，再联系乔三之前的"所作所为"，是怎样听都觉得怪异。

窃窃私语不断，那些议论的声音让颜无双的双颊发热，脸色越来越难看。

"闭嘴！"她终于忍不住怒喝出声。

全场被她突如其来的一声怒喝震住了，顿时鸦雀无声。

颜无双微微抬起下颌，微风吹过，黑发在风中飞舞，不知道为何，在场的众人都觉得，在这一刻，颜无双周身的气势变得更加不同了。

"不论如何，乔三是我颜无双的人，从现在开始，谁敢对他不利，就是跟我颜无双作对！"

她环视了全场一圈，缓缓开口道，霸气而狂妄的宣言骤然回响在执事大殿前。

众人都被她这一番莫名其妙的话惊呆了。现在又是什么状况？

乔三同样怔住了，他的眼中顿时涌现出无比复杂的神色，有难以置信，有惊讶……然后，这种复杂的情绪，转化为欣喜若狂！

他感动出声："颜师姐……"

"我们走！"向云悠投去警告的一瞥，颜无双冷着脸将乔三拉走了。

云悠也被眼前的变故惊呆了，一时没回过神儿来。

直到那两人的身影从视线中消失，她还是觉得有些莫名其妙。

她终于忍不住看向祁莲，问道："师姐，颜无双和那个什么三……他们两个的脑袋是不是有点儿不正常？"

"大概是的。"祁莲很肯定地点了点头，"不然怎么凑在一起了呢？"

听了祁莲的对颜无双和乔三的评价，在场的弟子们不约而同露出若有所思的表情。

乔三看着一言不发地走在前方的颜无双，内心越发不安。

他加快脚步追了上去，小心翼翼地开口道："抱歉，师姐，我不是故意瞒着你的，我只是没有来得及告诉你……"

"乔三。"颜无双突然停下了脚步，回头看向乔三，犀利的目光定格在他身上，"我不想再从你的嘴里听到这样懦弱的话！若想将那些羞辱过你的人都踩在脚下，你先要改变你这般懦弱的性子！"

"我知道了，师姐。"乔三愣了片刻，声音渐渐低了下去，"还有，谢谢你，师姐，我没想过你会为我出头。"

"我不会让你被别人欺负的！"颜无双面无表情道，停顿了片刻，她的语气有所缓和，"好了，你身上的伤还没好，赶紧回去休息吧，我不打扰你了。"说完，

第十四章 下山历练

她便要转身离开，却被乔三叫住。

"师姐……"

颜无双回过头，微微皱眉："还有什么事？"

"师姐……"乔三深深吸了一口气，鼓起勇气道，"你可以叫我阿乔吗？"

颜无双愣了一下，不自觉地移开了视线，语气却明显冷淡了不少："随你喜欢。"

乔三并未察觉到颜无双的态度变化，只是激动道："我可以叫你颜儿吗？"

颜儿……

这个称呼让颜无双为之一怔！似是心尖被什么东西碰了一下。

"你愿意叫什么就叫什么吧……"她漫不经心地随口道。

"颜儿，颜儿，我太高兴了……"得到准许的乔三欣喜若狂地大喊出声。嘴里低喃，"你放心，我不会让你受委屈的。像你说的一样，总有一天，我们会站在天下的巅峰，让众人仰望！"

乔三的话，触动了颜无双的心弦。此刻乔三给她带来的温暖，是她从来没有感受过的。颜无双心一软，看向乔三的眼神也柔和许多，一抹笑容在嘴角绽放。

云悠盘膝坐在一块山石上，翻看着从一名弟子手中买回来的话本。

一团幽紫色的小火焰突然腾空冒出，滚到云悠的身边，在她的手边蹭了蹭。见云悠没有任何反应，小火焰又眨巴了一下眼睛，跳到她的面前，学着她的样子紧盯着纸上的内容，那模样看起来认真极了。

阅读着纸上的故事，云悠只觉得自己的人生受到了巨大的冲击。

似是发现了新大陆一样，一抹惊讶之色从云悠的黑眸底下掠过，她有些不可思议地自言自语道："咦？里面有个角色的名字跟小白一样，还是个大反派……"

云悠撑着下巴，胡思乱想着，这时一阵熟悉的脚步声传入耳中，令她惊喜地转身："小白，你来了？"

看见白溯，跳跃在云悠身前的小火焰像是受到惊吓一般，"嗖"地灭掉，消失不见了。

不等白溯接话，云悠已经从山石上跳了下来，几步跑到他身边，将手中那沓白纸递到了他的面前，指着某一处说道："小白，你看你看，这里面也有一个角色叫白溯。里面说的事情不会是真的吧？"

没有看到最后，白溯不动声色地将那沓纸从云悠手中拿走，语气平静道："不要再看这些无聊的东西，对你有害无益。"

他的神色依旧平静，但眼尖的黑鸦还是看见了他衣袖底下那紧握起来的手。

"哦……好吧。"云悠只能眼睁睁看着白溯用灵焰将那沓纸烧掉了。

至少让她看完结局啊！直到那沓纸燃成灰烬，云悠才依依不舍地收回了视线，抬头看向白溯："对了，小白，你找我有事？"

清晨接到白溯的传信时，她暗暗感到惊奇。这还是白溯第一次主动约见她，平时都是她主动到青鸾峰上去找他的。

"我……"白溯一怔，想起自己这一趟的目的，不由得移开了视线，声音掺杂进一丝难以察觉的紧张，"我想问……你现在有喜欢的人吗？"仿佛不经意提起般。

"咦？为什么这么问？"

云悠有些疑惑地看他一眼，接着低下头，边想着边掰着手指数道："喜欢的人……当然有啦！师父、师姐、师兄……啊，师兄那个家伙，总是欺负我，我才不要喜欢他！还有小白、小小白和小黑，我都很喜欢呢！"

躲藏在不远处树丛间偷窥着的黑鸦有些不忍目睹地用翅膀捂住了眼睛。

虽然它觉得此刻的主人实在笨透了，但为了自己的小命，它还是决定保持沉默。

"对了，小白，师父让我三天后下山历练，不过他说可以找熟悉的人一起去。"云悠并没有将白溯方才的问题放在心中，她数完了人，又抬头看向他，满怀期待地问，"你要不要跟我一起去？"

白溯眼中闪过一抹讶色，但转瞬即逝。

"大概不行。"他摇了摇头道，"师父刚给了我任务，时间正好是三天后。"

云悠有些失望地低下头："是吗？那……"

白溯伸出手，揉了揉她柔软的长发，安慰道："没关系的，下次再跟你一起去。"

云悠怔了一下，朝他展颜一笑："好。"

"到时候会有同门跟你一同下山……"

耳边回响着凌殊真君昨夜叮嘱的话，云悠站在山门之前，左盼右顾地等待着凌殊真君口中那位即将跟她一起同行的"同门"。

其实，她对这次的安排，的确是有些不满的。

连一同结伴出行的人是谁都不告诉她，师父真是太不负责任了。

同门？希望不要像上次那样，来一个遇到危险只会躲在她身后的软腿男才好！云悠在心中愤愤地想。

就在这时，一抹熟悉的白色身影映入了云悠的眼中。咦？那不是小白吗？

她下意识举起手朝他挥了挥："小白，这边这边。"

山门的那一侧，白溯回过头来，当看到云悠的时候，他的眼中分明闪过一抹意外之色。"对了，小白，你怎么也在这里？你也是在等人吗？"云悠走了过去，有些好奇地问道。

第十四章 / 下山历练

白溯迟疑了片刻，才不确定地开口道："我等的人……应该是你。"云悠也愣了。

她的搭档是……小白？过了好一会儿，她终于反应过来："小白你这个大骗子，不是说有任务吗？"

"所以说，小白你的任务是……护送一位同门下山历练？这个同门是我？"云悠和白溯边走边交流着各自所知道的信息，然后，一切信息都对上了。

"应该是这样。"白溯点了点头道。弄明白了事情的前因后果，云悠也就释然了。

"看来是师父早就知道了，只是故意瞒着我不说，太坏了！"她气鼓鼓地抱怨道。

尽管凌殊真君平日看起来一本正经的，但事实上云悠觉得，自家师父其实有很多事情瞒着自己。

"不过，算了……"收回了思绪，云悠又低头看向怀中的小白猫，揉了揉它两只尖尖的耳朵，"小小白，我们可以下山了，高兴吗？"

跟白溯碰面之后，她又返回青鸾峰峰顶寻找小白猫。然而到达青鸾峰的那一刻，她却看见可怜的小白猫正在被师兄那只不怀好意的人形神兽二狗子用狗尾巴草逗弄着。

看到这样的一幕，云悠不由得生起气来。她毫不客气地上前将二狗子一脚踢开，然后将小白猫带走了。

"喵喵——"小白猫用炯炯有神的眼睛望着她，兴奋地叫唤了一声。

距离玄天剑宗最近的凡人居住地，是一座叫留雁城的凡间都城。

而留雁城便是云悠此次下山历练的第一站。

留雁城是仙界与凡间的接壤之地，要去凡间的其他地方，留雁城是必经之地。

山下凡人众多，为了避免引人注意，下山之后，云悠和白溯便收起飞剑，改为步行。没有了飞剑，两人的速度自然慢了下来，到达留雁城时，已是深夜。

此时留雁城内灯火寥寥，还下着蒙蒙小雨。

城门早已关闭，要是寻常人进城，必然要等到明天了。但对于云悠和白溯来说并不是什么难事，两人用一个小小的传送阵，就可以直接进城。

映入眼帘的是一条足足可容四辆马车并排驶过的大道，街道两旁排着密密麻麻的房屋店铺，不过此时的大街小巷甚是冷清，只有借着不远处的几点灯火勉强能够看清周围的事物。眼前的景象，跟云悠上次来时所看见的景象全然不同。

以往夜越深，街上就越热闹，车如流水马如龙，漂亮的花样彩灯点亮了夜空。

怀中打着呼噜的小白猫似乎也被城中的凉意惊醒，它睁着蒙眬的眼睛，茫然地看着四周。

云悠打量着冷清的大街小巷，又看了一眼那宛如细丝的雨水，皱了皱眉，问道：

"小白,你有没有觉得……今天的留雁城,好像有些怪怪的?"

身体外面有灵力形成的保护罩罩着,雨水沾不到两人的身上。但那丝丝小雨,仔细一看,竟然泛着绿光。

"夜已经很深了,我们先找个地方落脚吧,有什么事等天亮再说。"白溯向周围看了一眼,微微蹙眉,但还是开口提议道。

"好。"云悠收回了视线,点了点头,"我记得前面就有一间客栈……"

一摸腰间,她却是一僵。

"糟了。"云悠抬头,眨了眨眼睛,用尴尬的眼神看向白溯,"小白,我好像……忘记带凡间的钱了。"

"咚"!"咚咚"!

更夫打更的声音像是夜晚的歌声,这一慢两快的节奏说明已经三更天了。打更的声音覆住更夫的脚步声,在静谧的湖面如涟漪一圈圈地荡漾。

雨还在"淅淅沥沥"地下着。

留雁城的东南方,一户林姓的富贵人家中。

夜色爬上林府朱红的墙壁,几点黯淡的星光如稀疏的雨点般打在府邸的走廊楼阁间。林老爷焦急地在门外踱来踱去,只穿着白色衣袍,肩上搭着一虎皮披风,踩着缎面平鞋,像是匆忙从床上起来的。

一名少女满脸急色,从长廊小跑过来,身后跟着两个着绿底粉外褂的丫鬟。

"小姐!小姐,夜晚天寒,您先披件衣服,不然会着凉的。"两位追着她一路跑来的丫鬟手中拿着一件披风,着急地劝说道。

"爹爹。"没有理会丫鬟的叫喊,她跑到林老爷身前,看了看那紧闭的房门,听到那刺心的叫声,不禁问道,"娘……怎么样了?"

这名少女,便是林老爷的千金林曦月。

林老爷叹了口气,拍了拍林曦月的手背:"从半夜折腾到现在,怕是难产啊。"

林老爷的夫人戚氏已经怀孕九月,再过半月左右就要临盆,可是今儿天还黑得一片的时候,却忽然肚子疼,本以为休息一阵便无事,可没料想到痛得越来越厉害。

守夜的丫鬟们见戚氏头冒虚汗,脸色惨白,一直喊疼,也吓了一跳,赶快去叫醒府里的大夫和早已请来长住的稳婆,随后又惊动了府中上上下下的人。

站在林老爷身后的小妾梁姨娘也是一身白色衣袍,肩搭白狐袍子,凤眸里满是笑意,但嘴角却紧抿,还故作担忧道:"姐姐吉人自有天相,一定会顺顺利利为老爷产下子嗣的。"林曦月看向梁姨娘,似是猜到什么,最后却只是笑了笑。

想必爹爹必定又是在梁姨娘的屋里过的夜,早就听说爹爹极其宠幸这个去年年

第十四章 下山历练

底才来府上的小妾，几乎到了独宠的地步。这梁姨娘虽是得宠，可毕竟是个小妾，何况既然是独宠，至今肚子却还没有消息，怕也是得意不了多久了。

林曦月打量着梁姨娘一脸娇容，便收回了不悦的视线。

"夫人！坚持住！坚持住啊！"屋里传来稳婆激动的声音，然后是女人撕心裂肺的叫喊声。林曦月揉着手中的手绢，整颗心都悬着。

一声尖锐的叫声后，便再也没有声音了，安静得几乎可以用死寂来形容。

"滴答"！屋檐边的一颗水珠重重地摔在了地上。

没来由地，林曦月忽感背后吹来一股风，凉意如毛发一般轻轻拂过身体，那莫名的痒带着寒意在体内滋长蔓延。

"吱嘎……"

许久过后，门被推开，三十来岁的稳婆抱着用大红缎被包裹着的婴儿，一脸喜色地走到林老爷和林曦月面前，笑道："恭喜老爷，贺喜老爷，喜获麟儿！"

方才的寂静被妇人谄媚的声音敲个粉碎，似乎从未出现过一般。

房门口所站之人都欢腾起来，下人们的道贺声杂乱地重叠在一起，林老爷愣了愣，大大的笑容占据了他秀气不减当年的面容上，一时间，平日稳重成熟的他似乎连眼睛都塞满了笑意。唯有梁姨娘身体一僵，但也凑上前去看那刚刚出生的婴儿。

林老爷从稳婆手中接过自己的宝贝儿子，粗糙的手颤抖着撩开遮住婴儿半边脸的缎布，激动得说不出话。

一张小巧玲珑的小脸出现在大家的视野内，小婴儿闭着眼睛，正睡着。

虽然还小，但看得出五官长得分外好看，清清秀秀的，有几分像林老爷，也有几分像戚氏。躺在林老爷厚实的怀抱里，恬静得就像一个陶瓷娃娃。

都说小孩子刚出生时都是难看的，但这个婴儿似乎是个例外。

一旁的稳婆说："因为小少爷是早产儿，所以个头儿比较小，可能出生时不哭也是这个原因。但小少爷天生福相，将来一定是个大富大贵之人。"

林曦月含笑盯着自己的弟弟，但是倏地，她眼睛睁大，心里犹如被电击到一般，抽了一下。随即她不禁失声叫了一声。

众人顺着林曦月的目光看向了小婴儿。

霎时间，似乎连风也没有了。

在众目睽睽之下，小婴儿忽然睁开了双眼，邪邪地笑了起来，那笑容宛如地狱里的亡魂。

"啊！"站在边上的几个下人皆是面如土灰，一脸惊诧，赶忙踉跄地后退几步，甚至有几人不小心撞到了一起。

他们惊恐地看着那可怕的男婴，脚步一点点往后退，但畏于自己的主子，只有

你看看我、我看看你，按捺住拔腿就跑的念头，但双腿还是不由自主地打战。

林老爷的心"咯噔"一下，下意识地就把锦被中的婴儿扔给了稳婆，却没有后退。惊异、难以置信、恐惧、悲恸在他的脸上一一闪现。他明若星辰的双眼蒙上了一层灰，双唇嗫嚅着，不知要说些什么。

没有看到这一切的稳婆看向孩子，只见婴儿依然是闭着眼睛睡着的，只是……

稳婆用手探了探他的气息，那欣喜的神情瞬间被震惊冲刷得一干二净。她抬头看向死盯着孩子的林老爷，颤抖道："小少爷……小少爷……小少爷夭折了！"

最后的几个字，几乎无法用正常的语调说出。当场的人又是一惊！

从惊慌中挣脱出来的梁姨娘指向婴儿，厉声道："妖怪！绝对是妖怪！夫人生下的孩子竟是个妖怪！大家都看到了！都看到了！"

她顿时有了底气，那些妖魔鬼怪什么的，都比不上能扳倒现在家里唯一的正室更值得兴奋的了。其他人都吞了吞唾沫，不敢说话。

"老爷，您还犹豫什么？快去请仙师呀！"梁姨娘按捺着兴奋，催促道。

林老爷已然没了表情，如石化了一般，半天没有回过神来，甚至稳婆将死婴带走也没有抬头看一眼。缓缓地，他抬起头，深深地朝大门看了一眼，似乎想透过这扇木门，看到躺在里面的戚氏。

"夫人莫非是……"半晌，林老爷拖着早已沙哑的声音开口。

话未说完，林曦月就连忙打断道："不是的……不是的！爹爹你千万别听别人瞎说！"

梁姨娘冷哼一声，柳眉轻挑："瞎说？大小姐你也看到了，刚刚那个婴儿笑得那么奇怪，随后又离奇地死去，不是个怪胎是什么？我看啊，要么是夫人自身就是个妖怪，要么就是夫人和一个妖怪有了孩子，然后说是老爷的。"林曦月面如死灰，一时语塞，的确刚刚的事是她亲眼所见，可是……

半晌，林老爷叹了口气，闭上眼，念着："家门不幸，家门不幸啊！城中才出事没多久，咱们家又起了变故。"随后皱了皱眉，万般无奈道，"将夫人看守起来，等我去请了仙师回来再议。"说完，他便离去了。

梁姨娘得意地笑了笑。林曦月咬着下唇，一脸愤恨地看着梁姨娘。

窗外，绵绵细雨掩盖了一切。

客栈外的屋檐下。

"小白，凡间好像是用银两的吧？你带了吗？"云悠翻找着自己乾坤袋中的物品，有些苦恼地说道，"我这里全是灵石。"

下品灵石、中品灵石、上品灵石……她统统不缺，乾坤袋里满满的一堆。但问

第十四章 下山历练

题是，灵石是只在仙界流通的货币。

凡间惯用金、银和铜作为流通的货币，没想到她把如此重要的一件事给忘记了。

大概是客栈外两人弄出的动静过大，惊醒了正在柜台后打着瞌睡、流着哈喇子的掌柜。看到有客人，他立刻高兴地迎了出来，满脸堆笑地问道："两位客官是打尖还是住店？"云悠抬起头，一脸为难地开口道："抱歉，我们……"

"放心吧。"话未说完，白溯便开口打断了她，转身走向掌柜。

咦？莫非小白带了钱？云悠充满期待的眼神紧随着白溯移动，却只见白溯直接将蹲在他肩上的黑鸦拿了下来，递向掌柜，声音清冷地问道："可以用它抵账吗？"

不仅云悠，就连掌柜也因为他这句话而愣住了。睡得昏天暗地的黑鸦一个激灵惊醒过来，白溯略嫌清冷的声音飘入耳中，让它惊慌失措起来。

发生了什么事？本鸦睡着的这段时间发生了什么？怎么一觉醒来就要被卖掉了！黑乌赶紧扑棱着翅膀"哑哑"地叫了起来，试图逃跑，却被白溯按了回去。

客栈掌柜看看白溯，又看看他手中的黑鸦，愣了又愣，过了好一阵才回味过来白溯话中的意思，不由得变脸了："这么丑的傻鸟也敢用来抵账，谁知道是不是你们从路上捡的？没钱住宿就不要妨碍我做生意，我这里不是善堂，快走快走。"

遭到嫌弃的黑鸦立刻尖声叫了起来："什么？你还嫌弃本鸦……唔唔！"

不过话未说完，就被眼疾手快的白溯捂住了嘴巴。

客栈的掌柜不耐烦地挥手赶走两人，刚要转身回到店内时，却无意中看到云悠怀中的小白猫，顿时眼睛放光。

"等等！"他叫住了两人，指着云悠怀中的小白猫说道，"要是用那只猫来抵账，倒是可以。"

什么？

"不行，这个不能换！"云悠眼中掠过一抹意外之色，连忙将那团毛茸茸的雪球藏到了背后，摇了摇头。

"喵呜。"小白猫被折腾醒了，半睁开蒙胧的睡眼，露出一脸茫然的神色。

如此的区别对待，气得黑鸦"呱呱"大叫。

"闭嘴，你又不是青蛙。"白溯低声斥道。

黑鸦不情愿地闭上了嘴巴，生起闷气来。

哼！坏主人，就会欺负它！掌柜闻言，马上黑了脸："不行就给我出去……"

云悠倒想到了办法，连忙叫住了他："等等，掌柜的，除了小小白，我们也可以用其他东西来……"

"哼，我不做你们的生意了！"云悠话未说完，便被掌柜毫不客气地打断。得来的不仅是这样一个意外的答案，掌柜进入客栈时，还顺手将客栈的门给关上了。

"砰"！

修仙第一名门、玄天剑宗的亲传弟子，因为没带银两，落魄得被一个凡人掌柜毫不客气地拒之门外。云悠看着面前紧闭的大门，又看向白溯，脸上浮现一抹尴尬之色："小白，现在该怎么办？"

白溯抬眸看了一下浓重的夜色和不断从空中落下的连绵细雨，正要开口说话时，一位打着雨伞、在夜色中匆忙行走的穿着藕色衣裳的少女却突然撞到了云悠的身上。

"啊！"一声惊呼后，少女摔倒在地上，雨伞也随之落地。

云悠连忙去查看少女的情况："姑娘，你没事吧？"

"抱……抱歉。"少女看了云悠一眼，但当她的目光落到白溯身上时，脸色却忽然一变，随即像受到惊吓般低下头去，不顾满身的泥泞，拾起地上的雨伞，便匆匆而去。

云悠目送着少女远去的背影，喃喃道："我怎么觉得，这座城里的人也变得很奇怪啊……"

说来也怪，偌大的留雁城中，就只有这一家客栈。被扫地出门，就意味着这个夜晚，或许他们需要露宿街头了。

不过云悠并没有因此感到泄气，向来乐观的她很快想出其他的解决方法："算了，我们不住客栈也没有关系。我记得在留雁城中，有一间藏珍阁，我们可以到那里借住一晚……"

云悠记忆中的藏珍阁是由一名金丹期修士所开的店铺，店主原本也是玄天剑宗的弟子，因为无法舍弃对人间的情感，到达金丹期后，便辞别门派，返回家乡安顿下来。并且，他特意在家乡留雁城中开设了一间售卖珍宝的店铺，专门为路过的玄天剑宗弟子提供便利。

云悠愉悦的声音在到达目的地时戛然而止，因为映入眼帘的，却是大门紧闭、周遭显得冷清不已的藏珍阁。

似是长久无人打理，门上的漆大片大片地脱落，悬挂在门上的金漆牌匾在风雨中摇摇晃晃，随时有掉下来的可能。

而藏珍阁的门窗上，竟然还贴有官府的封条！

云悠感到吃惊不已："奇怪，我上次来的时候，这里还客似云来呢，更何况……这间藏珍阁可是仙界中人开的，为什么会被凡人的官府封掉？而且，发生了这么大的事情，为什么玄天剑宗里一点儿风声也没有？"

"可能是有人刻意封锁了消息。"白溯微微蹙起了眉，神色凝重。

"小白，我们接下来要怎么办？"云悠露出苦恼的神色，"难道真的要露宿街

第十四章 / 下山历练

头吗？"

白溯肩上的黑鸦终于找到发言的机会，赶紧挥舞着翅膀，十分活跃地抢答道："哑哑！干脆直接把那个掌柜打晕，然后进去住一晚就是！"

它的建议，得来的并不是它想象中的赞同。

云悠弯下腰，用好奇的眼神仔细打量着黑鸦："咦？小黑，我怎么不知道，原来你是会说人话的。"黑鸦顿时汗如雨下。

最终，云悠和白溯还是做不出损人利己、投机取巧的事情，两人最后在郊外寻找到一间破庙，在那里安顿下来。

在雨天的夜晚，有个能落脚的地方，云悠便已经很满足了。

用清洁术打扫出一片空地，云悠席地而坐。白溯在周围布下防御的法阵，云悠觉得没什么事情可做，便在乾坤袋中翻找，看看有什么可以用上的东西。

她的手无意中触及以前黄大壮错塞给她的红皮本子，便下意识地将本子拿了出来，随意翻了几下。

突然发现了什么，她一怔，连忙招呼身旁的白溯过来："小白，你看，这张简笔地图，是不是很眼熟？"

白溯凑过头来，神情一下子变得严肃："这是……留雁城的地图？"

本子上的一页，有人随手画了一幅简笔地图。代入了记忆中所知道的城池后，云悠很快认出，这似乎是留雁城的结构图，但是有些地方却又不像。

因为这张地图上，多出了一些秘道之类的建筑物。

"但这些多出来的阴影是什么东西？留雁城中，似乎没有这些地方啊。"云悠疑惑地说道。

白溯略一沉思，随即合上了小红本子，交回到云悠手中："先别想太多，今晚好好休息。这件事，我们明天再商议。"

"好。"两人决定等到天亮后，再到城中一探究竟。

因为下雨的缘故，夜晚并没有月光，破庙中没有丝毫光亮，一片漆黑。

黑暗中，片刻的寂静过后，白溯突然开口道："我有些话想跟你说。"

清冷的声线，在空旷的破庙中显得格外清晰。

"什么？"云悠迷糊不清的声音响起。

"我……我喜欢……"

白溯另一只手握住了云悠的手，侧头一看，却发现她已经睡着了。

小白猫和黑鸦靠在她的身侧，同样呼呼大睡。看着云悠平静的睡颜，听着她均匀的呼吸声，白溯微垂下眼睑，敛起了眼中复杂难辨的神色。

翌日醒来之后，云悠和白溯再次进城。雨依然没有停，依旧淅淅沥沥地下着。

云悠原以为会在留雁城中看到花花绿绿的雨伞挤满一街的景象，但事实上的景象与她想的却是截然不同。

街上行人脚步匆匆，他们的身影飞快地出现，又飞快地消失在雨幕之后。

"这雨下得古怪。"云悠凝视着那丝丝小雨，仔细一看，像昨夜看到的那样，雨水泛着绿光。

先前她还以为是因为夜色太暗而产生了错觉，但现在……

云悠想着，缓缓地伸出右手，撤去手上的灵力咒，只见雨水落到手上后就化作青烟不见了。

"怨雨！"白溯眉头紧皱。

云悠神色凝重道："是我们疏忽了，没有注意到。我们是修仙之人，正气比常人重十几倍，所以这怨雨里的怨气不能伤我们半分。还有那些拥有灵根的人，也能在不经意间消除雨里的怨气。但要是常人淋了这雨……"

怨雨是由大量的怨气日积月累而成，并不属于自然循环之物。常人淋了雨，虽然不会死，但身体会渐渐变得虚弱。而且怨雨会让常人的感知变得迟钝，这样，很多意外的发生他们都可能察觉不到。特别是在夜晚，他们睡觉时不会听到和感觉到外界的任何事情。

可是这留雁城，为何会下起怨气如此浓重的雨？就在这时，一个熟悉的叫卖声忽然传入两人的耳中。

"卖辟邪画像了！卖可以辟邪的画像了！"

"这位大婶，你要不要看一看我的辟邪画像？"

"这位大叔，有没有兴趣买一幅辟邪画像？"

"这位姑娘，你看最近留雁城中怪事不断，不如买一幅辟邪的画像回去吧？"一个身穿黄色衣服的少年活跃地穿梭在人群之中，推销着他手中的画像。

令云悠惊奇的是，这个人不是别人，正是黄大壮！

"黄大壮，你在这里做什么？"

云悠和白溯交换了一个眼神后，便很有默契地同时走上前，拦住了黄大壮的去路。

"这位……啊！"黄大壮的叫卖声在看到两人时僵住，"啊啊啊，你们认错人了……"他吓了一跳，转身就要跑。

可惜一前一后的去路都被云悠和白溯堵住了，黄大壮无处可逃，只得咽了咽唾沫，扯开一抹尴尬的笑容，紧张地开口道："啊！云师姐、白师兄，好……好巧啊，你们也是下凡来做任务的吗？"

"你是来做任务的？"云悠用怀疑的眼神打量着黄大壮，最后视线落到了他手

第十四章 下山历练

中的画卷上。

"这是什么?"云悠怀疑地问道。

黄大壮一不留神,手中的画卷已全部落到了云悠的手中。来不及阻止,云悠已经翻看了起来。手中的一张张画卷上赫然是乔三的画像。可是……辟邪的画像?

回想起黄大壮刚才的叫卖声,原来这乔三,还能辟邪吗?云悠翻到底下,却发现还有几张白溯的画像——那是他荒原巨熊状态下的模样。

"小白的画像不准卖!"云悠有些不悦地将那几张荒原巨熊模样的画像抽了出来,把其余的扔回黄大壮的手中,又转头对白溯露出一个笑容,"小白,我把你的画像都拿回来了,你放心吧!"

至于乔三,谁管他?

黄大壮在不迭地应着:"是是是,我知道了,云师姐……"

似是想到什么,云悠又看向黄大壮,疑惑不解地问道:"不过,黄大壮,你为什么要卖这些东西?"

黄大壮正暗暗抹汗,听到云悠这么一问,他放松下来的心再次提起:"这是因为这城里最近总是发生一些怪事,所以我就弄了点儿能辟邪的画像来叫卖。"

"等等,你怎么知道这城里有怪事发生?"云悠敏锐地捕捉到他话中的关键。

"我……"

第十五章

怪事频出

黄大壮遮遮掩掩的举动，立刻引起了云悠的怀疑，她追问道："我什么？莫非你知道什么秘密？"

"云师姐、白师兄，你们听说了吗？"他指着那处茶摊道，"那些怪事，我都是听这里的百姓说的！"

"是吗？"云悠放下拦截黄大壮去路的紫霄剑，半信半疑道。白溯投向他的目光中也带着几分怀疑之色。"对对对。"黄大壮将头点得像小鸡啄米般，"那个……我手中的画像还没有卖完，有机会再聊。"

说完这句，趁着云悠和白溯两人还未反应过来，黄大壮便迅速地跑掉了。

直到转到一条再也看不到云悠和白溯身影的大道中，他停下了脚步，暗暗松了一口气。真是险啊……

"这位小哥，那些辟邪的画像是你卖的吗？"突然，有人拍了他的肩膀一下，把他吓了一跳。黄大壮慌张地转过身去，发现是一位面无表情的大爷，他有些忐忑不安地问道："大爷，您这是……"

这大爷不会发现了这些画像的猫腻，所以来找他算账的吧？

却没想到，这位大爷一脸喜色地开口道："住在我隔壁的张婶说你这里有辟邪画像卖，不知道现在还有没有了？"

"有有有！当然有，请问大爷，您要几张？"黄大壮真是喜出望外。

"就来两张好了，如果有效的话，我再来买。"

"好好好，大爷您再来啊！"紧随大爷其后，陆续有一些百姓前来向黄大壮购买辟邪画像。

"小哥，给我也来两张。"

"我也要一张。"

"给我来三张！"很快，黄大壮手中的存货便所剩无几。他喜滋滋地数着手中的铜板，又看着手中仅剩的几张乔三的画像发了愁，低声自言自语道："画像被云悠拿走了好几张，都不够卖了，怎么办？"

没想到乔三那厮的画像这么有用，早知道离开玄天剑宗之前，就多弄几张了。

第十五章 怪事频出

他抬头时，无意中看到了不远处贴在官府布告栏上的几张重犯的通缉画像，不由得眼前一亮。有了！黄大壮灵机一动，就想出了一个办法。

他左看看右望望，确定周围没什么人后，这才蹑手蹑脚走上前去，伸出手将布告栏上的画像揭下。

"你鬼鬼祟祟的要做什么？"突来的一声厉喝，让黄大壮整个人差点儿跳了起来，"你要揭榜？你是抓到了这名逃犯，还是知道他的消息？"

两名穿着巡捕装的官兵围上前来，一左一右站到了黄大壮的身后。

"不不不，两位官爷，我只是看看……因为我眼睛不好，所以想揭下来看看而已。"黄大壮的视线落到两人腰间插着的长刀上，双腿不可抑止地发起抖来。看着那锋利的刀锋，他下意识咽了口口水，又连忙赔笑道："我现在就贴回去。"

他手忙脚乱地将画像贴回到布告栏上，顶着两名官兵怀疑的视线，头也不回地跑掉了。"今天是怎么了？接二连三地……说来，这凡间的官兵还真凶啊……"

在一处屋檐下停了下来，黄大壮喃喃自语着，用衣袖擦了擦额上的虚汗。直到他低头清点手中的画像时，才赫然发现他在慌张之下，一不小心把乔三的画像当成了通缉犯的画像，贴到了布告栏上！

"请问这位大叔，这城中最近是不是发生了一些怪事？"

留雁城中百姓行色匆匆，云悠和白溯在尝试从街上的百姓口中打听一些消息，但路过的行人一看两人是从外地来的，立刻摇头摆手，神色慌张地走开了。就这样，半天过去了，两人依旧毫无头绪。

"真是奇怪，为什么这里的人，对这些怪事都闭口不谈？"云悠看着雨中那一个个步伐匆忙的身影，疑惑不解地问道。

白溯看了一眼天色，沉声开口道："时候不早了，我们先找个地方坐下吃点儿东西吧。"

云悠微微点了点头，走到了白溯身边，跟他并肩走在一起，边走边伸出手去接天上落下的雨丝。"这些雨，是只在留雁城中下吗？可是它的源头在哪里呢？"

会下怨雨，必定是有人在作怪，只要找到源头将其消灭即可。初始时，云悠猜测这附近必定藏了一些邪修。

可是她和白溯在留雁城周边的郊野搜寻了一圈，并没有找到任何有用的线索。

并且，她发现了一个十分奇怪的现象。这场怨雨，只在这留雁城中下而已，只要踏出城门，便再也看不见半点儿的雨丝。

云悠收回视线，看向白溯，接着问道："可是我们刚才查探过，城中并没有古怪的地方，除了那些生出怪婴的妇人，但她们一定是受了这些怨雨的影响……小白，

你有没有收到紫阳师伯的传信？"

白溯摇了摇头，道："我昨夜已经传信给师父，但是直到现在依然渺无音信。"

玄天剑宗距离留雁城并不远，按理说，这个时候，发去的信件应该能得到回复了。云悠昨夜也给凌殊真君发去了传信，她在简讯中说明了留雁城中的古怪现象，但目前为止，她也未收到任何的回音。

"或许我们的传信被什么屏蔽掉了。"白溯幽深的黑眸中透着凝重。云悠吃惊地看向他："小白，你的意思是……"

不知不觉，两人已经走到了一间酒肆前。就在这个时候，一个浑身带伤的人突然不知道从哪里冲了出来，打断了两人的对话。

这人身上的薄衫已经破烂不堪，只能从他的体貌特征依稀辨认出他是一名男子。

饶是斩杀过无数妖兽的云悠，也被面前的人吓了一跳。还未反应过来，就见他跌倒在她和白溯的面前，伸出布满伤痕的手，声音虚弱地说道："救……救我……"

紫光一闪，一把剑立刻出现在云悠的手中。紧握着紫霄剑，她顿时觉得安心不少："救你？发生了什么事？是什么人把你伤成这样的？"

"我……我是从……伤我的人……是……是……"断断续续地开口，却说不出一句完整的话。

云悠忍不住皱眉打断了他："等等，这样吞吞吐吐的，你直接说名字不就好了吗？万一……"万一他没说完，就死掉了怎么办？那不是白费力气吗？谁知道，她的话音刚落，面前的人便眼睛一瞪，咽气了。

这就是传说中的乌鸦嘴吗？可是她的话还没来得及说完呢！云悠刚想上前查看那人的情况，却被白溯拉住了手。

"小白？"云悠疑惑地看向白溯。

"没气了，他的身体已经到了极限，救不回来了。"白溯摇了摇头道。

云悠下意识抬头看向前方，眼中的神色却是越发凝重："可是这个人……是从哪里冒出来的？"

就在此时，一批官兵突然从云悠望着的方向冲出，瞬间将云悠和白溯包围了。

发生了什么事？云悠大吃一惊，满是不解地看着这群对他们严密戒备的官兵。

这时，从这批官兵后面走出一个剑眉星目的年轻男子，生得极为俊朗，另外一人则是脸上布满皱纹的老头——赫然是昨日将他们拒之门外的掌柜！

"世子大人，就是他们两个！"客栈掌柜指着云悠和白溯两人，夸张地叫嚷起来。

"我观察他们很久了，昨夜就是他们在我的店外鬼鬼祟祟的，被我赶出门后，他们并没有离开，还在周围……啊！这不是刘三爷吗？他……他怎么会在这里？"客栈老板的注意力突然被地上的人吸引了过去，脸色一白，好半晌才抬起头，颤抖

第十五章 怪事频出

着指向两人,"你……你们杀人了?"

客栈老板迅速躲到了年轻男子的身后,指着两人恐惧地说道:"世……世子大人,他们杀人了!没错,那女的手中还拿着剑呢!您快把他们抓起来!"

云悠眨了眨眼,愣愣地看着手中的紫霄剑,似是十分不理解。为何不过瞬间,她和小白便成了杀人犯?

被称为"世子大人"的年轻男子蹙起了眉,用探究的视线打量着两人,同时毫不犹豫地下令道:"抓住他们!"一声令下,一群官兵立刻一拥而上。

云悠和白溯对视了一眼,默契地朝着对方点了点头。就在官兵们将要碰到两人的时候,一道闪耀的白光突然出现,让在场之人在刹那间都睁不开眼睛。等到视线恢复之时,面前哪里还有云悠和白溯的身影?

在场的官兵你看看我、我看看你,面面相觑。

年轻男子这才觉得不妙,立刻厉声道:"还不快追!"

"可是世子大人……属下也不知道那一男一女逃到何处去了!"

年轻男子眉蹙得更紧,片刻后,他沉声道:"立刻下令,将留雁城封锁,不允许任何人出城。必须将那两人给抓住!"

"是!"不过一炷香的时间,留雁城全城戒严。城中的四处出入口都被封锁了,只许进不许出。

老百姓不知道发生了什么事,见官兵在大街小巷上巡逻搜查,他们也不敢再在街上逗留,慌忙地回到家中,闭门不出了。

原本已算冷清的留雁城,显得更为空寂。而那个被称为"世子"的年轻男子,同样在城中搜查着可疑的人员。

在巡视一间酒楼时,两个正在喝茶聊天的男子将好奇的视线投向了他。

"他好像有些眼熟啊。"直到南宫寒城上楼后,一楼坐着喝茶的一个中年人才低声对同坐一桌的一个略年长的人询问道,方才他一直盯着南宫寒城,总觉得非常眼熟。

略年长的笑道:"你年纪比我轻,怎么记性比我差?那不是前天才见过的魏王世子南宫寒城大人吗?他有好长一段日子在国都当护卫军军长,前些天才被圣上调到了留雁城,调查城中最近发生的怪事。"

中年人恍然大悟地拍了拍脑袋,"哦"了三下,又惊讶道:"那天我来得太匆忙,没有看清他的模样。"

"留雁城这段时间怪事频发,雨下个不停,新出生的婴儿全是怪胎!"另一个人撇了撇嘴,似乎是庆幸自己没经历那种吓人景象。

中年人惋惜般叹道:"是啊,听说住在我隔壁的郑大爷的媳妇,就生了个怪胎。"

然后二人的话题也从最近的怪事转到闲话家常了。而与此同时，走到二楼的南宫寒城忽然觉得肩头一重。他警戒地转身，一手握剑柄一手握剑鞘，一副要拔剑的气势，方才还忧心忡忡的黑眸刹那间深邃暗沉。

"喂，是我啊，豆豆。"听到这个称呼，南宫寒城脸上突然出现了几分不自然的神色。看清来人后，南宫寒城才将剑放下，眼里的防备也隐没不见，反倒添了几分惊讶。他道："原来是大壮，你不是拜师学艺去了吗？怎么会在这里？"

刚刚叫住南宫寒城的人，正是黄大壮。

原来，黄大壮在拜入师门之前，是魏王府中总管的儿子。他与南宫寒城的年纪相仿，两人是"穿同一条裤子"长大的朋友，关系可以说是主仆也是玩伴。

因为南宫寒城幼时皮肤黝黑，被黄大壮起了一个外号叫作"豆豆"。那时南宫寒城年幼，就糊里糊涂地接受了这个外号。

"说来话长，说起来……豆豆，你怎么也在这儿？"

黄大壮心中暗觉奇怪，他记得自己小说的设定里，目前还轮不到南宫寒城出场啊。为何他会在这个时候出现？莫非是因为他崩坏了不少剧情？南宫寒城的脸上露出一抹尴尬之色："大壮，你还是唤我寒城吧。"

黄大壮挠了挠头："好吧……既然见了面，咱们找家酒馆喝几杯吧，好些日子不见了。"南宫寒城抬头看了看天色，离晚饭时间尚早，便点了点头，跟着黄大壮随便进了家路边酒馆。

要了一壶酒，黄大壮为南宫寒城斟上一杯，再为自己倒满，这才坐下来，真假参半地说起了自己出现在留雁城中的原因。

仙界之事，自然被他隐瞒下来了。他只说自己遇到了一个世外高人，并且拜了师，这番是被师父派下山来历练的。两人喝了几杯酒，又聊了几句。

黄大壮又胡编乱造地说了几句，见时机合适，便问道："说起来，豆豆……不，寒城你怎么会来到留雁城？我记得你应该是在京中任职才对啊。"

"说来话长，我是被圣上派到此处调查最近城中发生的古怪事情的。"南宫寒城说着，微微皱了皱眉，"我师父，懂得一些奇门遁甲之术，仙逝之前便传授于我。我也因此习得了一些法术，被圣上封为一品灵师。而刚刚，我在追捕两名逃犯……"

那是自然，这是我特意为你设定的剧情啊！黄大壮在心里暗暗想道。

没有灵根的人其实也可以习练法术，但必须由修真之人自愿将毕生所有的修为输入对方的身体之中，为之打通脉络。南宫寒城便是遇到了一位不留恋人世的修真者，才得到这样的机缘。习练法术的凡人被称为灵师。当然，灵师使用法术的威力远远比不上纯正的仙人，效果也大打折扣。

他故作不知般追问道："逃犯？不如你给我说说，说不定我可以帮上你的忙。"

第十五章 / 怪事频出

"那两名逃犯是一男一女,穿着样式相同的服饰……"

听南宫寒城的描述,黄大壮不由得一怔,豆豆要追捕的……不是云悠和白溯两人吗?他下意识地捧起茶杯喝了一口茶,转着眼珠,正思考着要不要告诉他真相时,又听他沉声说道:"我心中总有一种直觉,那两个人似乎习得什么邪术,跟我一直在追捕的魔门中人有关。"

"噗!"黄大壮忍不住将口中还未来得及咽下的茶水全部喷到了南宫寒城的脸上。他心中"咯噔"一下,赶紧从怀里掏出一块布,对着南宫寒城的脸乱抹一通,边擦边慌张地道歉道:"抱歉,抱歉,我不是故意的。"

"没关系,让我来吧。"南宫寒城叹了一口气,接过黄大壮手中的手巾,擦去脸上的水渍。

黄大壮有些不安地坐回到座位上,见对方没有生气的意思,不觉松了一口气,又小心翼翼地开口问道:"豆豆……啊不,寒城啊,你说那一男一女跟魔道中人有关,会不会是你弄错了?"

"不可能。我亲眼看着他们杀死了一名无辜的百姓,那两人手中还拿着杀人的凶器。"南宫寒城深蹙起眉,语气严肃道,"人证物证都有,当场人赃并获,我是不可能弄错的。"

黄大壮尴尬地笑笑,又不好反驳,只好问道:"那抓到那两人后,你打算怎么办?"

"当然是斩首示众,给留雁城百姓们一个交代!"南宫寒城义正词严地说道。

"这样啊……"黄大壮眼珠转着,不知道在想些什么。

见到黄大壮这副神色复杂的模样,南宫寒城眼睛一亮,赶紧追问道:"大壮,你是否知道什么内幕?不妨告诉我。若是能抓到凶手,朝廷定会重重有赏。"

黄大壮有些慌张地跳了起来,这还是他第一次听到跟钱有关的事情选择敬而远之的。"不不不,我一个外来人,怎么会知道内幕啊?"黄大壮神色闪烁道,"那个寒城啊,我突然想起有事,下次有机会再聊,我先走一步了。"

他边说着,边将脚步悄悄往出口处挪,说完告别的话后,便一溜烟似的跑掉了。

"哎,大壮……"南宫寒城连忙站起身,看着黄大壮跑得飞快的身影,有些无奈地叹了一口气,只能将挽留的话都咽了回去。

正要叫来店小二结账,回过头的时候,却无意中看到黄大壮刚刚坐的凳子上,落下了一本蓝色封皮的书。

"这是……"南宫寒城心中疑惑,下意识将那本书籍拾起,翻看了起来,"《修真界纪事》?"他心中大为震惊,"难道大壮这些年是去修真了?"

这本叫《修真界纪事》的书中,详细地描写了一个叫"云悠"的魔族女王如何

作恶，如何危害人间……

南宫寒城的脸色越来越凝重，他越发觉得刚刚在街上看见的那一男一女，跟这书里的大反派魔族女王"云悠"和她的小喽啰"白溯"非常像！

想到此处，他连忙在桌上放下酒钱，便匆匆地走出了这间酒楼。南宫寒城迅速地在城中巡视着，这么一巡视，还真让他发现了云悠和白溯两人。

可是，他却看到了一个奇怪的现象……

在南宫寒城的想象中，本应该是东躲西藏的两人，此刻却大摇大摆地走在留雁城的街道上，那些从两人身边经过的官兵对两人视若不见，就好像他们是空气一样。

南宫寒城不觉心中生怒，下意识地加快脚步，上前拦住了那几名巡逻官兵的去路："等等！你们见到那两名逃犯，为何不把他们抓起来？"

"世子大人，您……您别开玩笑了。"几名官兵先是一愣，然后面面相觑，随后齐齐看向南宫寒城指着的地方，声音带上了一丝颤抖，"我……我们没看见那里有人啊！"什么？南宫寒城怔住了。

"世子大人，要是没什么事，我们先到别处巡逻了。"这留雁城本来最近怪事就多，几名官兵也为之胆寒。不等南宫寒城有所反应，几名官兵便迅速离去了。南宫寒城收回思绪，不动声色地朝着云悠和白溯走了过去。

此刻的云悠和白溯两人，正在官府的布告栏前，阅读上面的逃犯通缉令。只听那蓝衣少女指着其中一张通缉令，疑惑地道："咦？这不是乔三吗？我看看……啊！怎么他成通缉犯了？还是什么修炼邪功的男子？"

原来他们还跟那个修炼邪功的逃犯有关系？南宫寒城闻言大吃一惊，心中越发觉得自己的猜测是正确的。

他立刻拔剑，迎着云悠和白溯冲去："妖孽，还不束手就擒！"随着一声怒叱，以他为中心向外荡起白光。

但他的攻击，对于两位纯正的仙人来说不过尔尔。第一时间察觉到危险的白溯脚步轻跃，将云悠送到就近的一棵树下，同时亮出自己的剑，迎上了南宫寒城来势汹汹的攻击。

"小白，他能看见我们？"看着白溯的侧脸，云悠惊讶地开口问道。

白溯没有说话，他身形如电，眨眼间便到了南宫寒城跟前，一脚将他踢开。

南宫寒城滚到一边，显得有些狼狈。云悠趁机从乾坤袋里拿出一根捆仙索，朝着南宫寒城扔了过去。躲避不及的南宫寒城就这样被捆仙索砸了个正着，然后被捆了起来。

"快点儿放开我！你们知道我是谁吗？"南宫寒城有些恼火地看着身上那根古怪的绳子，拼命想将它挣脱开来，却震惊地发现这绳子竟越捆越紧。

第十五章 / 怪事频出

身为世子的南宫寒城哪曾受过这般屈辱？当即用愤怒的眼神瞪向云悠。云悠没有理会他，又从乾坤袋里翻出一根绳子，在他身上又捆了一重，这才拍了拍手，跳到一边，嘻嘻笑道："双重保险，这下逃不掉了吧？"

"你……"

云悠伸出脚尖踢了踢他："喂，你为什么要袭击我们？难道你……"

"你们从魔界来人界是想做什么？"南宫寒城用狠厉的目光瞪着云悠和白溯两人，声音严厉冷酷，"为什么要在留雁城中作恶？"

咦？她还未问出口呢，怎么就被倒打一耙了？云悠一脸莫名其妙："你说什么？"

"刘三是你们杀的吧？"

"等等！"云悠也想起来了，眼前这人，不就是在那个人冲出来的时候，带着一群官兵要将她和小白抓起来的男子吗？

她正色道："那人的死跟我们毫无关系，我们只是正好路过而已，你凭什么不分青红皂白就诬陷我们？"

云悠的话并没有融化南宫寒城眼中的寒冰，他直直地看着她，冷笑一声，即使被捆绑着，身上依然散发着不容小觑的霸气："那你们是什么人？从何而来？"

云悠随口瞎掰了一句："我们是从京城来的。"

"京城？那为何我以前从未见过你们呢？"南宫寒城露出一抹讥讽的笑容，似乎在嘲笑着云悠这低劣的谎言。

"我们又不是什么出名的人物，你为何会见过我们呢？"云悠并没有因为谎言被揭穿而感到惊慌失措，而是奇怪地反问道。

南宫寒城用不容置疑的语气说道："少狡辩了！城中的怪事，分明就是你们所为！"

他想起那本书中，那个叫"云悠"的魔族女王的所作所为，忍不住一阵恶寒。

没错，在那本《修真界纪事》中，那名叫"云悠"的女魔头，她无法无天、迫害忠良、心狠手辣。

南宫寒城想着，越发觉得眼前这个女子是故意为之，更好接近他，不由得冷笑出声："这种方式倒是别出心裁，你成功引起了我的注意。但是，我不会上当的。"他英俊面容上分明写满了厌恶。

"咦？"云悠瞪大了眼睛。

想到自己此刻的处境，南宫寒城心一横，眼睛一闭，宛如一个即将赴死的战士般大义凛然地说道："就算我咬舌自尽，也不会向你这个女魔头低头的！"

云悠呆呆地望着他，最后忍不住捂脸道："小白，我好想揍他。"

白溯不假思索地点头："揍吧。"

看着步步逼近的云悠，南宫寒城虽是一副视死如归的表情，藏在衣袖底下的手却早已被冷汗浸湿。

"手下留情！手下留情！"就在这时，一个人从一旁扑出，将南宫寒城整个人扑倒在地。

"大壮？是你？你不要管我，你快走！"顾不上被压倒在地的疼痛，南宫寒城抬起头，却猛地一愣，他看着面前的黄大壮，万分着急地说道，"这两人可是来自魔界的……"

"不不不，豆豆你误会了。"黄大壮手忙脚乱地从他身上爬了起来，转向云悠，做出阻止的动作，"云师姐、白师兄，请手下留情，一切都是误会。"

一把雷光的长剑横在了黄大壮面前，被打断的云悠不悦地开口问道："黄大壮，你怎么会在这里？"

"等一下……"但不等黄大壮答话，她突然发现了问题。

"你们是认识的？"云悠和南宫寒城几乎是异口同声，齐齐将疑惑的视线投向黄大壮。

"哈哈……"面对着六道充满怀疑的目光，黄大壮摆着手，冷汗涔涔道，"这都是误会！误会！"

一刻钟后。

"其实，事情是这样的……"在南宫寒城的住处，黄大壮顶着巨大的压力，吞吞吐吐地将事情的前因后果说了出来。

他在离开酒楼之后，才发现身上那本还未创作完的小说丢掉了，于是匆匆忙忙地返回原地，但那个时候，南宫寒城已经离开。他冲出了客栈，却在这里看见了南宫寒城被五花大绑的画面，心中着急不已，想也没想便扑了上前。

"大壮，你说的话可是真的？这两人……是你的同门？"南宫寒城听了黄大壮的解释，露出一脸怀疑的神色，"你怎么知道这本书中说的内容不是真的？"

黄大壮闭了闭眼，一咬牙说出了真相"这是因为……因为这本书就是我写的！"幸好他没在封皮上写"一只小黄鸭"的字样，不然就彻底暴露了。

"什么？"又是一阵异口同声，"是你写的？"

"即使这样，你们还是无法摆脱杀人的嫌疑。"南宫寒城疑惑的视线在黄大壮身上打了一转，然后落到了云悠身上，语气生硬道，"人证和无证俱在，除非……"

云悠也忍不住生气地问道："那你想怎样？"

不知怎的，对上云悠的视线时，南宫寒城便忍不住想起刚刚屈辱的一幕，他握紧了拳头，硬巴巴道："你们必须在我的监视范围内活动，直到留雁城中的事情水落石出为止。"

第十五章 / 怪事频出

云悠和白溯对视一眼，"你的意思是，无论我们去哪里，你都要跟着我们？"

"没错！"

云悠扫了他一眼，直接将他忽略，转头跟白溯说起悄悄话来："小白，他真讨厌，就算是大红也比他可爱多了。"黄大壮赶紧开口纠正道："云师姐，他的小名是豆豆不是卤蛋。"南宫寒城气得脸色涨红。

"说回正事，你们在这城中闹出这么大的动静，想必已经惊动暗处的人了。"云悠这时开口说道。她和白溯原本计划，是悄悄在留雁城中查探事情的真相，却没想到，才查出半分的蛛丝马迹，就被这两个人打草惊蛇了。

她停顿了一下，说出自己的想法："既然已经暴露，那索性就来一招引蛇出洞吧。"南宫寒城皱起了眉，没有说话。

黄大壮倒是急切地问道："云师姐，你想要怎样引蛇出洞？"

云悠不假思索道："当然是派个人当诱饵，将暗处的人引出来。"

南宫寒城却是冷哼了一声，语气极为不屑："我怎么知道，你们会不会趁着这个机会逃之夭夭？"

"我好像没有说过，我和小白要去当那诱饵吧？"云悠挑眉道。南宫寒城再次蹙眉："那你们……"却见云悠和白溯一同看向了黄大壮。

黄大壮浑身一颤，心中顿生出一种十分不祥的预感。

"你们……为什么都看着我？"他打了一个哈哈，强颜欢笑道。

片刻之后，留雁城东边城门的城楼上，倒吊着一个手脚乱挥、不断大喊着的人，他的身上挂着一面白布，上面书写着龙飞凤舞的"辟邪"两个大字。

"云师姐、白师兄，我错了，救命啊！阿嚏！这城墙上好冷，快放我下来！豆豆，你为什么要这么狠心？我刚刚救了你一命啊，你为什么要跟着他们胡闹？阿嚏！我真的知错了，我下次一定不会乱写你们了……"

黄大壮鬼哭狼嚎的声音，很快吸引了不少留雁城百姓的注意。众人围在城墙下，对着城墙上的黄大壮指指点点。"咦？城楼上的那个人是怎么回事？"

"据世子大人说，此人拥有辟邪的能力，将他挂在城墙上，能起到辟邪的效用。"

"原来如此，那我晚上终于能睡一个好觉了。"

"没错，世子大人真英明。"

"世子大人威武，世子大人英明。"

"真是活该！让他胡乱贩卖小白的画像。"云悠哼了一声，收回了视线，"看他下次还敢不敢到处造谣生事！"

南宫寒城用怜悯的眼神看了城楼上的黄大壮一眼，又看看想出这个主意的云悠一眼，将想说的话都咽回肚子里。

他无论如何也想不到,这个可爱的小姑娘居然这么凶。因此,他决定保持缄默。

"轰隆"!这时天空炸响了一道雷,从黄大壮的身后劈过,惊得他浑身发抖。

"救命啊!快救我下来!"可惜,他就算喊破喉咙,也不会有人来救他了。

果然正如南宫寒城所说,在将黄大壮当诱饵挂上了城墙之后,他时刻监视着云悠和白溯两人,寸步不离。

不管他们到哪里,他都像一条小尾巴一样,跟随在两人身后。然而云悠和白溯对他熟视无睹,完全将他当成了空气。这种被忽视的感觉,让南宫寒城浑身难受,尽管是在自己的府上,看着两人亲密无间的举动,他反而生出了一丝尴尬……

还好,这种尴尬的状态并没有维持太久。须臾之后,一名官兵前来禀告道:"世子大人,外面有一个女子吵着要见你……"

未等官兵讲完,伴随着一个哭哭啼啼的声音,一名素衣女子便从外面冲了进来,跪倒在南宫寒城的面前。

"世子大人!民女是林府的小姐林曦月,有急事求见世子大人,恳请世子大人到我们府上去一趟……"她掩着脸,哭得梨花带雨,那模样煞是可怜。

"这……"南宫寒城有些犹豫地向着云悠和白溯看了过来。

"要不要我们也跟着过去啊,卤蛋?"云悠不卑不亢地迎上了他的视线,不咸不淡地反问道。

"好好守着这两人,切记不得让他们离开。"南宫寒城一甩袖,对着守在门外的侍卫嘱咐一句,便跟随着那名林府的小姐离开了。

"小白,你觉不觉得,那个林小姐,有些眼熟?"云悠用手支着下巴,从门外收回视线。白溯稍微一思索,然后点头道:"那天在客栈外面见过的女子。"

"轰隆……"在南宫寒城离开后不久,天空突然发出一声雷鸣,天色越发阴沉。明明还是大白天,天色却像夜晚般黑沉,此刻的天空,呈现出一种紫黑色。

"好浓重的妖气!"云悠皱眉看向天空,"不好了,小白。这是……"

这种异象,预兆着有什么不好的事情即将发生。

其实引蛇出洞不过是一个掩人耳目的借口,他们不过是想给黄大壮一个深刻的教训,因此随口找了个理由将他挂到了城墙上。至于真正的诱饵,依然是他们两人!

因为担心南宫寒城误事,这个计划,他们并没有告诉他。

"那个女子有古怪。"白溯突然开口道。

对方的目标恐怕是……两人交换了一个肯定的眼神:"南宫寒城!"

敌在暗,他们在明,现在的情况对于云悠和白溯而言,是相当不利的。事不宜迟,猜出了对方的意图后,两人不再停留,立刻动身朝着南宫寒城离开的方向赶去。不过,两人的离开,并没有惊动守在屋外的侍卫和官兵。

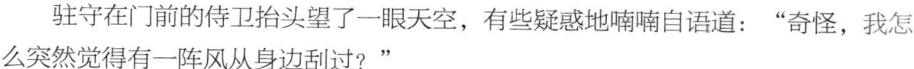

第十五章 怪事频出

驻守在门前的侍卫抬头望了一眼天空，有些疑惑地喃喃自语道："奇怪，我怎么突然觉得有一阵风从身边刮过？"

身旁的同伴听到他的自言自语，不由得好笑道："现在正在下雨呢，有风吹过并不奇怪吧。"

"也是……"殊不知，屋内的两人，已悄然无声地从这座庭院中离开了。

一路上，云悠发现街道上静得可怕，房屋前挂着的灯笼原本暖黄的烛光现在看起来也怪怪的。此刻留雁城的大街小巷没有一个人，偌大的城寂静得可怕！

"这里的百姓都去哪里了？我们回来之前……"云悠皱眉问道。

尽管留雁城中下着雨，但他们回来之时，街上依然有几个身影，不至于像现在如此冷清。而且，不过须臾之间，方才还开着的店铺不约而同地打烊了。

是发生了什么变故吗？

"到了！"最后，是白溯清冷的声音，将云悠快要飘远的思绪拉了回来。眼前的光线一下子暗了许多，不远处传来刀剑碰撞的声音。

雨似乎下得更大了，空无一人的街道上，有两个人正在激战！

除了云悠和白溯正在寻找的南宫寒城外，还有一个人，浑身被一件黑袍包裹着，看不清他的长相，只能从身材辨认出他是一个男子。

只见黑袍人剑锋凌厉，招式成熟，一阵阵强力自内到外慑人而出，霸道的气势浑然天成。

相对于黑袍人的来势汹汹，南宫寒城却是节节败退。对黑袍人凌厉的攻势，他只能仓皇接下，向后跟跄几步，脸色煞白。一不留神，他被一股黑气击中胸口，顿时剧烈咳嗽起来。

眼前这一幕，怎么看都像是南宫寒城被对方单方面殴打。

在黑袍人击中南宫寒城的胸口时，云悠清晰地看见从黑袍人身上散发出一种奇怪的气息，宛如黑雾，给她一种十分不舒服的感觉，就仿佛有股冰冷刺骨的东西渗入了身体中，难受却有些熟悉，那是魔气！

"是魔修！"

认出了对方身份的云悠立刻轻跃上前，阻止了还想要上前进攻的南宫寒城。

南宫寒城有些不悦地看向云悠："身为世子，自然要保护城中的百姓……啊，女魔头，你做什么？"

"南宫寒城，快退后！"云悠并没有理会南宫寒城的挣扎，只是在他的肩上拍了一下，便借着他的力道飞跃上前。随着紫色的雷光闪烁，紫霄剑渐渐在云悠手中形成，她笔直地向前方的黑色身影刺去。

一阵淡色的光芒自南宫寒城身上散发出来，苍白的脸色渐渐好转。

他诧异地发现，自己身体内那股冰冷难受的感觉正在渐渐消失，但与此同时，一股激荡霸道的力量突然在体内炸开，承受不住身体内胡乱游窜的霸道力量，南宫最终无力地栽倒在地。

从南宫寒城身边经过时，白溯只是淡淡扫了他一眼，便收回了视线，径直越过昏迷不醒的他，走向了云悠。

看到白溯出现，那名正在与云悠缠斗的魔修却收住了攻势，展身飞离了战斗范围，落在不远处的屋顶上，嘴里发出了意味不明的嘶哑的笑声。

"呵呵，好久不见了……"

最后两个字，藏在黑袍下面的黑衣人是用嘴型无声地说出的。在那么远的距离，根本看不清他说的是什么。

白溯与他对视着，脸上的神色并没有什么变化，只是幽深的黑眸中多了几分凝重。黑袍人深深地看了白溯一眼，化作一道黑光消失在远方的天际。云悠刚要跳上飞剑追上去，被白溯拦了下来。

"不要追了。"他遥望着那个魔修逃跑的方向，沉声道。

"咦？小白？"云悠回头有些不解地看了白溯一眼，又遥望刚刚黑袍人离开的方向，有些吃惊道，"难道城中的一切，是魔修的人搞的鬼？"

"不过……"片刻后，她又回过头来，疑惑地看向白溯，"小白，你认识那个人？"刚刚听那黑袍人的语气，似乎跟小白还是旧识？

"我不认识他。"白溯语气平静地回道。

"真的吗？"云悠依然感到疑惑，"你……是不是有什么事情瞒着我？"

"当然没有。"白溯怔了一下，才回答道，他转头迎上了她的视线，"若我有什么瞒着你，必定天打雷……"

"轰隆"！然而，他话未说完，天空便传来一阵低沉的雷鸣声。

南宫寒城在迷迷糊糊之中，隐约听到一个清脆的声音在耳边响起。

"奇怪，这南宫寒城怎么还没醒来？"谁？是谁这么大胆，竟敢直呼他的名字？

南宫寒城听着那个熟悉又陌生的声音，有些不悦地皱了皱眉。

又听那个女声继续道："不会死了吧？可我明明看到他刚刚皱了一下眉……"

"凡人的体质跟修士不同，刚刚他被魔气所伤，可能没这么快醒来。"一个男声耐心地解释道。

女声的主人听到后，反而没有任何担心的表现，还没心没肺地提出建议："还没醒来吗？要不把他挂到城墙上算了！反正他的手下看到后，会把他认领回去的。"

"喵呜。"接着是一个猫咪的声音，似乎对那人提出的主意十分赞同。

第十五章 / 怪事频出

不！他才不要像黄大壮那样被挂墙头！于是，南宫寒城被吓醒了。

他从冰冷的地上一跃而起，睁开眼睛的那一刻，映入眼帘的却是云悠的脸，他不由得心中一紧："你……你这个女魔头，别想趁我昏迷不醒的时候对我图谋不轨，我……我是不会就范的！"

像是看到了什么可怕的东西一样，他往后缩了一下，看向云悠的眼中充满警惕。

云悠愣了一下，然后有些无奈地摇了摇头，看向白溯："小白，南宫寒城把脑子给撞坏了？怎么在胡言乱语？"

白溯瞥他一眼便收回视线："既然他醒了，那我们走吧。"

"好。"云悠点了点头，跟上了他的脚步。

意识清晰了一些，南宫寒城才反应过来自己刚刚说了什么，他赶紧将护着身体的手放下，但看着面前两人的警惕之色依然不减："你们要去哪里？不会是想逃跑吧？"

云悠和白溯不约而同地停下了脚步，看向他。这一刻，南宫寒城分明看见云悠的眼中写满了"果然是撞坏了脑子"的字样。

她没好气地说道："我们要逃跑，早就在你昏迷不醒的时候跑掉了，也不会等到这个时候。"

"喵呜！"云悠脚边的小白猫重重地点了一下头，表示非常赞同。

南宫寒城的语气充满怀疑："那你们……"

"我们决定去那个刘三最初出现的地方看看，你要去吗？"

南宫寒城一怔："刘三？"

第十六章

前尘往事

"就是他。"云悠点了点头,"我和小白都认为,他是这次事件的突破口之一。"

南宫寒城蹙着的眉皱得更深:"可他不是被你们……"

"你的手下已经对刘三进行了尸检,应该能发现一些有用的线索。"打断他的人,却是白溯。

这是对南宫寒城态度冷若冰霜的白溯首次开口跟他说话。

而他的话,不是疑问句,而是陈述句,似乎早已猜出了结果。

"这……没错,刘三身上的伤痕,并不是刀剑所伤,而是……"南宫寒城犹豫了一下,还是将检验的结果说出,他眼中渐渐漫出了复杂的神色,"鞭子造成的伤害,他是死于鞭伤。"

云悠微微勾唇道:"所以说,单凭这一个证据,就足以证明我和小白是无罪的了。"

身为剑修,她和小白的武器都是剑,而且当时她被南宫寒城"人赃并获"时,手中拿着的也是剑,根据尸检的结果进行推理,她和白溯的嫌疑就被排除了。

"喵呜!"看到她脸上的笑容,一旁的小白猫也跟着兴奋地叫唤了一声。

南宫寒城却是不假思索地否定了她的结论:"当然不行!那不过是其中一个微不足道的证据而已,还有证人亲眼看见你们杀了人。"

似是早已猜到会是这种结果,云悠瞥他一眼,理所当然地接话道:"所以现在才要去调查一番,你若是不放心我们,大可以跟着一起来。"

"我……"不知为何,听到云悠如此一说,南宫寒城反而犹豫起来。

刚刚跟魔修搏斗的一幕还历历在目,回想起那种可怕的黑色气体侵入身体的感觉,直到现在他还是心有余悸。

刚要动身的云悠瞥见南宫寒城犹豫的神色,缓下脚步:"怎么,你不会是怕了,不敢去吧?"

南宫寒城顿时脸红耳赤,他强作镇定道:"谁说我怕了?去就去,谁怕谁?"

暗中跟着自家世子大人的几名暗卫看到这一幕,不由得瞠目结舌。他们怎么觉得,一向英明神武的世子大人,自从遇到那来历不明的两人后,就形象大变?

/第十六章/ 前尘往事

不论过程如何,最后,云悠和白溯两人,连同南宫寒城,一同前往了刘三初次出现的地方。那是靠近留雁城城墙一侧一条空荡荡的街道,周边并没有店铺,只有被密封的房屋外围,平时鲜有人经过。

"这里没有任何出入口,刘三是从什么地方冒出来的?"南宫寒城边走边敲着城墙上结实的青砖。正在低头研究着手中红皮本子上的某张地图时,云悠忽地停下了脚步,她似乎发现了什么:"等等,这个地方……"

她抬起头,又退后了几步,比对着周围与本子上的地图的不同,然后举起手指向那面空荡荡的结实的墙壁。

"似乎这里应该有个入口才对。"

"入口?你开什么玩笑?这不是一面……"南宫寒城看了一眼那面结实的墙壁,正要嗤笑出声,声音却在下一刻戛然而止。他看见白溯按照云悠的指挥,走上前,有顺序地在几块青砖上敲了敲。

随后,墙壁上出现了一扇由黑光布成的门。

南宫寒城僵硬的嘴角不由得一抽:"原来这里还真有一个入口啊。"

因为担心在进入门内时会遇到意外,云悠在入口外布下了几个巩固和防御的阵法,才跟着白溯走进入口。

即使阵法被人毁掉,他们也有应对的时间。

但整个过程意外地顺利。穿过那扇幽光组成的门,周围的景象陡然变换。

这里似乎是留雁城的地下,这座城的下面,竟然被人挖空了!

偌大的地下密室被幽幽的烛火照亮,但光线仍然有些昏暗。

"小白,快看!"

望着映入眼帘的景象,云悠倒抽了一口凉气,指着前方道:"刘三和失踪的一干人都在这里了。"

"这……太残忍了!"南宫寒城身体一颤,不由自主地后退了一步,他下意识将拳头握得"嘎嘎"作响,"做出如此丧心病狂的事情,实在是不可饶恕!"

云悠环顾周围一圈,发现这地下城已经没有活人了,这里的人都被灭口,而他们的身上……均有被鞭打过的痕迹!

"难怪我之前打听到,最近留雁城中总是有人莫名其妙地失踪,原来都被抓到这里来了。"

云悠神色凝重地看向白溯:"小白,这里没有活口,我们来迟了。地下的人,全部被灭口了。"

"你看……"白溯没有给出回应,他只是伸出手,指向了某处。

云悠立刻顺着他指着的方向看去,只见那个地方,有一个跟他们曾经在云渊秘

境的水池中见过的相同的东西——一处高高的祭台，上面有一颗翻滚的黑色珠子，但这一次滋润着珠子的并不是池水，而是不断从四面八方而来的怨气！

"小白，那是什么？"她皱了一下眉，指着那颗黑色珠子问道。

白溯迟疑了一下，还是开口道："怨魂珠。"

"怨魂珠？是魔修用来收集人的怨气的珠子吗？怪不得这留雁城会下起怨雨来……"云悠想起自己曾经在一本古籍上看过的相关资料，突然间恍然大悟。

却在这时，白溯手中亮光一闪，手中长剑出鞘，他一个跃身，长剑笔直地劈向了正在祭台上翻滚的黑珠！那动作，快得连云悠也看不清！

黑色的珠子承受不住突然汹涌而来的力量，瞬间化作齑粉，消散在空气中。

云悠有些吃惊地看着他的举动："小白，你为什么把它毁掉了，将它封印起来带回去给师父他们研究，不是很好吗？"

"魔族的东西，还是尽早毁掉比较好。"白溯收回长剑，淡淡地开口道。

"也是……"云悠若有所思地点了点头。

"这……这就解决了？"南宫寒城终于从巨大的震撼中回过神来，惊讶地瞪大了眼睛。

"应该吧。"云悠瞥了他一眼，看他的眼中带着些许的责怪，"我们来迟一步，都怪你和黄大壮打草惊蛇。那些魔修大概已经转移阵地了，这里已经被放弃了，估计追查不出什么了。"

南宫寒城脸上一热，轻咳了一声，瞬即转移话题道："咳……只是我有些不明白，他们把城中的青年人都抓到这里，想要做什么？"

云悠指着有着新鲜挖掘痕迹的一端，解释道："这个方向，是通往玄天剑宗的方向。"

"什么意思？"南宫寒城不解地追问道。

"不懂吗？我猜测，他们大概是想从这里挖一条通道，直接通向玄天剑宗。"云悠微微皱了一下眉，说出心中连她自己也不能接受的猜测，"魔修们……或许想要借此入侵仙界。"南宫寒城浑身一震，顿时陷入了沉思中。

云悠收回思绪后，又回头看向白溯，语气着急道："小白，事关重大，我们必须马上告诉师父和掌门。"白溯微微点头："我们先出去再说。"

三人走出地下密室时，雨不知什么时候已经停了，但天空始终是乌蒙蒙的一片，不见放晴。而他们并没有发现，有两道复杂的视线，正紧盯着他们的一举一动。

一个浑身包裹在黑袍之下的人回头看向旁边长相倾城的少女，调侃般说道："小颜儿，你还犹豫什么？现在白溯心境不稳，正是偷袭他的好时机呢。莫非，你还对他有所留恋？"

第十六章　前尘往事

"既然你这么想杀掉他，为什么自己不动手？"颜无双看着白溯和云悠的身影，回过头看向身旁的黑衣人，冷冷开口道。

黑衣人一愣，随即戏谑地笑道："原来小颜儿这么关心我的事情吗？放心吧，等你杀了他后，我自然会告诉你我的一切。"

"少自作多情了。"颜无双脸色微红，态度却依然冷淡，"我自然有我的计划，你不要妨碍我。"语气冰冷地扔下这么一句，她转身离开。

在返回世子府的路上，南宫寒城一路沉默着，一言未发。

他的神色极为严肃，周身笼罩着一种浓重的气息，直到他的思绪被云悠清脆的声音打断。"对了，卤蛋。"云悠侧头看向他，"之前找你的那个女子呢？"

"说了多少遍，我不叫卤蛋！"南宫寒城有些生气地纠正道，但见云悠依旧我行我素，只能无奈地接着道，"那名女子，是林府的千金林曦月。"

"那你被魔修袭击的时候，她人呢？"云悠接着提出了疑问。

南宫寒城不以为意道："她被吓跑了，一个女子，见到这样的情况，吓坏了，并没有什么奇怪的。"

"不，你错了。一个千金大小姐，为什么要亲自来请你到府上去？她大可以派丫鬟来呀。"云悠直截了当地指出其中的疑点，"能做出这种事的女子，除了想要攀上高枝之外，就只剩下另一个解释了。"

这时，白溯沉声开口道："她不是真正的林曦月。"

林府。

戚氏虚弱地靠在床边，眼睛半闭半合，当看到林曦月时，苍白的嘴唇动了动。

"娘，你醒了？你刚生产完不久，怎么不好好休息？"林曦月赶忙跑到床前蹲着，用手抚着戚氏的脸，潸然泪下，道，"娘，你的脸色怎么这般差？都没人来照顾你吗？"

戚氏叹了口气，虚弱地轻声道："都道我是妖孽，哪个敢靠近我？再说老爷下令看守我的人，也仅仅是看守罢了。"

林曦月心疼得直落泪，她握住戚氏冰凉的手，摇了摇头，"不……不是的，娘不是妖孽，娘是好人，他们不能这么说……"

戚氏微微一笑，随后问道："孩子……真的死了吗？"眼中是满满的忧愁，但似乎还有几丝亮光，那是希望。

林曦月哽咽道："真的。"

听完林曦月的回答后，戚氏闭上了眼睛，两行清泪从苍白的脸颊落下。其实她还算年轻，不过三十出头，但此时却苍老了几分。在她闭眼前的那一刻，她眼中唯

一的亮光也消失了,只留下深深的伤。良久,戚氏睁开眼睛,双眸空洞无物。

"说吧,你到底是谁?冒充月儿接近我,有什么目的?"她淡淡地开口问道。

林曦月脸色骤变,紧握住她的手,笑容勉强道:"娘,你说什么?我是曦月啊,你不认得……"

戚氏面无表情地说道:"月儿早已死了,我亲眼看着她没了气息的。一个已经死去的人,怎么可能莫名其妙地复活?"

"你……"林曦月放开了她的手,退后了一步,脸上的笑容不复,"你早就知道了。"她的声音透着几分难以置信,"那你为什么要一直装作不知?"

戚氏露出一抹苦笑:"我一直不愿意承认月儿已死的事实,便将你当作月儿般万般疼爱,幻想着月儿还活着……其实我早该认清事实,月儿她自小就身体不好,怎么可能在一场大病后,便百病不侵……"

她喃喃道,再看向林曦月的眼神变得凶狠:"我一直待你如亲生女儿,为何你要这般对我?你在我临产之前看过我!你说了很多让我增加怨气的话,还给我喝了一杯很奇怪的茶!"

她扑上前去,揪着少女的衣襟,撕心裂肺地吼着:"是你让我失去了孩子!是你让我杀死了我的月儿!你竟然又害死我的儿子!你到底想干什么?"

林曦月挑了挑眉,轻易地就将戚氏推开。原本戚氏刚生产完身体就很虚,现在更是弱不禁风。

她冷冷道:"早知如此就不该为了所谓的亲情留你一命,因为这样,我的行迹已经被玄天剑宗的人有所察觉,不能在城中多留了。"

戚氏只觉得一阵晕眩,眼皮一沉,眼前一黑,便晕倒在床上。

林曦月冷冷地看了床上的戚氏一眼,喃喃自语道:"无论如何,为了少主,这个计划还是要进行下去的,绝对不能收手……"

伴随着自言自语,一道绿光消失在房间之中。

云悠和白溯的话听来条条有理,却没有任何实质依据的分析推理,让南宫寒城感到啼笑皆非。

"怎么可能……"只可惜,他的话还没得及说完,就被一阵议论的声音打断。

"那林府,的确很古怪……"

"听说林府的千金林曦月,自出生以来就体弱多病,而且经常咳嗽。林老爷和林夫人为了林小姐的病,请了不少名医上门为林小姐医治,可是她的病情一直不见好转,反而愈加严重了……"

南宫寒城下意识循声望去,然后看见几名正坐在茶摊前的百姓,正在你一言我

第十六章 前尘往事

一语议论着什么。

"说来也奇怪,听说在一年前,林小姐发起了高烧,几乎要一命呜呼了,却在某一天突然好转。从那时候开始,她幼时落下的病根,也因此痊愈了。自此再也没有听见她生病过……"

"也有可能是吉人自有天相吧?"

"若真是吉人的话,城中的怪事怎么会越来越多呢?"

这时,一名百姓伸出手试探了一下,然后惊讶地说道:"说起来……这场雨总算是停了。"

"是啊,这雨下得古怪,停得也是突然。"

南宫寒城下意识回头,对上云悠那似笑非笑的眼神,脸上是火辣辣被打脸的痛。他立刻收回视线,轻咳了一声,掩饰般道:"那些死去的人……我会命人好好安葬的。"

话题跳跃过大,但他并不觉得有什么不妥。反而,他的内心隐隐有种不太对劲儿的感觉……他是不是把什么重要的事情忘记了?

算了,还是把眼下要紧的事情解决好吧。他摇了摇头,如是想道。

然而,早已被他遗忘的——快要在墙头上被晒成咸鱼干的黄大壮无力地摆动着,翻着白眼,气若游丝的声音从口中断断续续地冒出。

"救……救命啊……快放我下来……"黄大壮无力地喊道。

"果然是可以辟邪的神物,才挂上去不一会儿,雨就停了。"

"没错没错!"

"还是南宫世子英明,开始我还有些怀疑,没想到这种辟邪的方法,如此灵验啊!"

"世子大人英明,世子大人威武!"

"求辟邪大神保佑我家风调雨顺……"

就这样,黄大壮成为了留雁城的吉祥物。

当云悠和白溯跟随着南宫寒城赶至林府时,才知道林府里发生了一桩命案。

林老爷的爱妾梁姨娘死了。

梁姨娘死亡的时候,身上还穿着那件她最爱的霓裳羽衣——那是她从夫人戚氏手中抢来的战利品。墙上还有几个刚写下的字,在烛火的照映下模模糊糊——

"把他还给我。"

"那名妇人,是被人用匕首刺死的,大概在一个时辰前死亡。"仵作说道。

一切的证据,似乎都指向了林府的夫人——戚氏。

一个时辰前，戚氏曾去探望过梁姨娘，戚氏、梁姨娘身边的丫鬟小厮均能做证。

梁姨娘的死和林曦月的失踪在怪婴事件后又一次打破了林府原本的平静，府里上下人心惶惶，有不少胆小怕事的丫鬟下人，都找各种借口离开林府或是回乡探亲，认为自己要是再不走，下一个倒霉的人便会是自己。

也有不少人猜疑，林曦月的失踪以及梁姨娘的死，跟林府的夫人戚氏有着莫大的关系，并不是同被妖怪所害，而是说恐怕夫人就是那个妖孽，是她杀死了梁姨娘。

南宫寒城一行人的到访，让林府的老爷如同抓住了一根救命稻草。

匆匆出门迎接的林老爷"扑通"一下跪倒在南宫寒城的脚边，不住地磕头道："世子大人，您一定要为我们做主。"

"放心吧，本世子既然受圣上之命前来调查留雁城中的事件，就必定会将事情查个水落石出，还你们林府一个真相。"

说话的时候，南宫寒城不由自主地抬头，以一种探索的眼神看向一旁正在跟白溯说话的云悠。

却在云悠察觉到他的视线时，他又飞快地收回视线，有些不自在地故作威严道："林老爷请起，不知道现在戚氏在哪里，本世子现在就将她押走，带回去审问。"

林老爷连忙起身点头称是："是是是，孽妇已经被草民关了起来，现在就把她……"

"不必了！"一个突然插入的女声打断了林老爷的话。

众人循声望去，出声之人，正是戚氏！

"小白，看来我们又来迟了，那个假的林府千金已经跑掉了，看来她跟那些魔修的确是一伙的……"

正在跟白溯说着悄悄话的云悠听到那个清冷的声音，下意识地循声望去。

戚氏穿着一袭纯白色的长袍，已经三十出头的她依旧不显老，但是大概由于刚生产完的缘故，她的脸色显得十分苍白。

她的出现，将在场所有人的注意力都拉了过去。

林老爷更是吓了一跳，用颤抖的手指指向她，脸上满是惊慌："你……你是怎么出来的？我明明命人……你这个妖妇！世子大人，求您快把这个妖妇带走……"

"梁清薇不是我杀的。"戚氏没有理会语无伦次的林老爷，直接出声打断了他，随后她将视线转向了云悠一行，朗声道，"尽管我一直对梁清薇不满，但还不至于做出如此丧心病狂的事情。"梁清薇，便是梁姨娘的名讳。

"什么意思？"南宫寒城颇为不解地皱起眉。

戚氏越过南宫寒城，直接走向了云悠和白溯两人，直接开口道："两位可是玄

第十六章　前尘往事

天剑宗的弟子？"云悠惊讶道："没错，这位夫人，您……"

没想到凡人中也会有知道玄天剑宗的人？白溯看向戚氏的目光中也带上了几分审视。却见戚氏从衣袖中取出一块长方形的玉牌，递到两人面前："请问两位可认得这个东西？"

"这是玄天剑宗的通信灵牌！"云悠几乎立刻便认出了她手上的物品，更为之惊讶，"夫人您怎么会有……"

通信灵牌是玄天剑宗弟子的身份象征，每一个弟子入门的时候，都会得到属于自己的通信灵牌，上面烙有弟子的神识。这块通信灵牌就像绑定在身上一样，除非犯了错事被门派除名，否则这块牌子会一直跟随着弟子终身，直到该弟子身殒道亡。

林府的夫人戚氏手中，怎么会有玄天剑宗的通信灵牌？

莫非……她也是玄天剑宗的弟子？

"两位不必惊讶，我也曾是玄天剑宗的弟子。"戚氏望着云悠和白溯惊讶的眼睛，淡淡地开口道，"我以前的身份，是望天峰明若真君座下的亲传弟子戚瑜凡。"

云悠下意识看向白溯，有些不解道："明若真君？那不是师父和凌华师伯的师父吗？可是师姐不是说过，那位戚师叔在三十年前不是已经……"

三十年前那一场大战，玄天剑宗伤亡惨重，云悠曾经听师父凌殊真君说过，他曾经有一个叫戚瑜凡的师妹，亦在那一场大战中陨落。

至于其他的事情，他并没有提起。但现在看来，事情似乎是另有隐情？

"没想到眨眼间已经过去了这么多年，我离开的时候，你师姐还只是一个顽劣的小毛头。"戚瑜凡感慨道，语气中满是沧桑的感觉。

"原来夫人是戚师叔。"云悠若有所思地点了点头，又有些不解地问道，"这到底是怎么回事？"

戚瑜凡轻轻叹息出声："这件事情，要从三十年前说起……"

三十年前。

戚瑜凡受到师命下凡历练，到达留雁城中时，已是傍晚。

她望了望天，不禁暗叹运气真是不好，天空乌云密布，俨然一副将要下雨的阵势。果然还未等她进入城中，大雨便哗啦哗啦地下了起来。

她的一袭紫色纱衣被雨淋湿了大半儿，而她所站的地方，刚好有一棵参天大树，树叶簌簌地往下坠，落了她满身。

马车轮子滚动的声音在耳畔渐渐清晰，接着一个温润如玉的青年声音传进了她的耳中。"姑娘，这样淋雨会生病的，你家住哪儿？我送你过去。"

狼狈地抬头，戚瑜凡撞上了那温柔似水的目光。只见方才说话的青年乘坐着装

饰华美的马车，正撩起窗幕低头看着自己。

那是一张清秀的脸庞，青年只有十六七岁的样子，虽说不上英俊，但五官长得极为标致，嘴角挂着友好的微笑。

"少爷！"见少爷对一陌生女子发出同乘一车的邀请，车夫不禁出声制止。

"阿贵，难道你要我自己坐着马车而看这位姑娘受风雨之苦吗？"青年皱起了眉头。

"可是少爷……"

"不必多说，能够帮助别人我就觉得很快乐了。"青年淡淡一笑，然后又看向一脸茫然的戚瑜凡，"姑娘，考虑得如何？在下并非坏人。"

戚瑜凡刚要开口，一道闪电刺穿了天穹，接着是渐渐传入耳中的闷雷。

雨又大了。"上车再说吧。"青年催促道。

戚瑜凡点了点头。

青年说，他姓林，名清弘。

林清弘。

戚瑜凡觉得，这个名字就像他人一样，带着谦谦君子的气息，儒雅却不迂腐。

三个月相处下来后，林清弘给她留下了很好的印象。她不再是问什么都摇头不语了，林清弘问的她都尽量去回答，当然，不会提及自己的真实身份，只说自己早年丧父又失母，不久前一个人来到留雁城。听到这里，林清弘便体贴地不会再追问下去了。

两人平淡的关系直到七夕花灯节的那天有了变化。

那天夜晚的留雁城格外漂亮，各式各样的花灯装饰着大街小巷，连星星都忍不住前来观赏，夜幕间好似缀满碎钻，烟火也得意扬扬地与星光比美。

戚瑜凡被林清弘早早地拉了出来，站在河畔，看着漫天烟花兴奋地大叫。

在玄天剑宗，只会日复一日地修炼的她从未见过如此美丽的烟火。那么夺目、那么绚烂、那么富有生命力，每一次盛放都会引发人潮的欢腾……也从没接触过那么热闹的节日，人来人往，只有河畔清静一点儿。

戚瑜凡第一次觉得，自己的存在是可以清晰感觉到的。她望着林清弘傻傻地笑，林清弘看着她高兴的模样，眼底满是温柔。

戚瑜凡从此陷在甜言蜜语中不能自拔，她甚至忘记了自己的身份，忘记自己是玄天剑宗的弟子。林清弘也不嫌弃她孤女的身份，不久，便将她迎娶进门。

但是此事，很快被戚瑜凡的师父明若真君得知。对于自己爱徒私定终身一事，明若真君十分震怒。那个时候，门派中已为戚瑜凡定下了适合的双修道侣。

但面对爱徒的苦苦相求，明若真君最终还是放弃了，允许戚瑜凡到凡间与那个

第十六章 前尘往事

凡人共度终身,并对外宣称她已在大战中陨落。

然而,明若真君并不祝福他们,只是留下了一句话,语重心长的语气戚瑜凡至今都记得。

"他身为凡间的富贵人家之子,免不了三妻四妾,到那时候,你就会发现他跟你之间的甜言蜜语也会出现在他与别的女人之间。他会宠爱别人,他会冷落你,甚至渐渐地会不信任你。瑜凡,难道你能忍受这样的生活吗?"

当时被爱情蒙蔽了双眼的她觉得这简直不值得一听,但现在想起,惆怅与悲怆慢慢膨胀,散发出哀怨的气息。

在迎娶了她一年后,林老爷便厌倦了她,不断纳妾进门。花团锦簇,满眼的喜庆在自己眼中却是难以愈合的伤口。当时她就傻了,她为此大哭大闹了一场,但得来的却是更加厌恶的眼神。

原本以为只羡鸳鸯不羡仙的爱情竟成为伤害自己最厉害的武器。不知道什么时候,她身上的棱角渐渐被磨平,她变得只会吞声忍气,眼睁睁地看着自己的丈夫与那些如花貌美的妾室寻欢作乐。

然而噩梦不但没有停止,反而接踵而来。

女儿刚出生就被府中的妾室下了毒,导致身体羸弱,只能依靠药物维持着生命。尽管她狠狠地教训了凶手,但却再也换不回女儿的健康了。

至于后来,她被一个神秘人蛊惑,亲手杀死了自己的女儿。醒来之后,却惊讶地发现自己的女儿变得十分健康……就仿佛大梦一场。

尽管知道面前的"女儿"是他人假扮,并且不怀好意,她依然佯作不知,只是为了心中的寄托。却没想到,这不仅害了自己,还害了自己的亲生骨肉。

她为自己的天真和幼稚付出了代价。但那又能怎样?不过是咎由自取罢了……

听了戚瑜凡平静的述说,渐渐回忆起往昔的林老爷不由自主地走上前,握住了她的手,喃喃道:"对不起,瑜凡,我不该听薇儿的话怀疑你是妖孽。"

但她却抽开了手。林老爷的眼眶慢慢湿润,有些沙哑地唤道:"瑜凡……"

"林老爷,你认错人了,林府的夫人戚氏已经没了。我是玄天剑宗的弟子戚瑜凡,从今以后,我和林府再无瓜葛!"戚瑜凡静静地看着他,看到他眼底的愧疚如野草般茂盛,十分冷静地说道。

今天有一个梁姨娘,或许后天就有一个张姨娘、林姨娘、陈姨娘。

何必再为这样一个男人而暗自伤神,消耗年华?根本不值得。

林老爷听出了戚瑜凡话中暗藏的玄机,一下子慌了神:"瑜凡,你要做什么?你要离开我吗?可是我们这么多年的夫妻情分……"

戚瑜凡不语,突然一拳打向了林老爷的肚子。

"瑜凡,你……"林老爷脸上露出痛苦之色,双眼瞪圆,便吐出舌头晕了过去。

戚瑜凡面无表情地看着林老爷滑落到地上。

"老爷!"

"老爷,你怎么了?快醒醒,你没事吧?"

"不好了,老……老爷他晕过去了!"

这场突如其来的变故,霎时让林府上下乱作一团。

"我看林老爷身体抱恙,你们还是将他带回房中,让他好好休息吧。"面对下人们指责和无措的眼神,戚瑜凡只是淡淡开口道。

"打得好,这林老爷实在是太过分了!"看到这一幕的云悠不由得拍手称快,"就该狠狠地教训一顿!"

她的声音不大,但足以清晰地传入周围几人的耳中。南宫寒城顿时觉得有一股凉气从背后蹿了上来。

戚瑜凡的嘴角露出了淡淡的笑意,看向两人,语气有所缓和:"两位师侄,留雁城中的事情,还望你们告知玄天剑宗。我也会在不日返回门派,亲自跟师父请罪。"

云悠和白溯对望了一眼,然后朝她点了点头:"我们会的,那林府的事情,就劳烦师叔处理了。"与戚瑜凡告别后,两人便离开了林府。

直到人都走光了,站在原地的南宫寒城方才如梦初醒般惊醒过来,再看看四周,除了忙碌的林府下人,他所熟悉的人一个都不见了:"说好的审问呢?喂,你们等等我呀!"

云悠将灵力输进手上的纸鹤中,小小的纸鹤立刻活了一般,扑棱着小小的翅膀腾空而起,飞向遥远的天际。

她原想着直接用通信灵牌跟师父联络的,但是一直联络不上师父凌殊真君。她尝试着联络顾楚痕和祁莲,却得知他们也结伴下山历练去了。

云悠收回视线,回头朝白溯点了点头:"好了,留雁城四周屏蔽通信的屏障已经去除了,这次应该可以将信顺利送回到玄天剑宗了。我已经传信给师父,告知了他留雁城中发生的事情,要是他知道戚师叔还活着,一定会很高兴吧。"

说着,她又有些惋惜地摇了摇头:"不过戚师叔真的好可怜,遇人不淑,嫁了这么一个伪君子。"

"我……"

白溯还未做出回应之时,只听空气中传来"嗖"的一声微响,一团幽紫色的火焰出现在云悠的手心中,两只黑点般的小眼睛眨巴了一下。

云悠感到有些意外,她托起手中的小火焰,讶然地问道:"小火火,你这么快

第十六章 前尘往事

回来了？留雁城地下的东西，你全都烧干净了吧？"

为了不给魔修入侵玄天剑宗的机会，离开林府之后，云悠便指使小火焰将魔修修建的但尚未挖好的那条地下通道给毁掉了，防止在他们离开之后，他们又返回接着利用通道。

幽紫色的小火焰很雀跃地在云悠的手上跳跃着，又亲昵地蹭了蹭她的手指。

身旁一道冰冷的视线射来，小火焰僵了一下，回过头，然后它看到了一脸不悦的白溯。小火焰立刻受到惊吓般滚到地上，消失了。

云悠不觉弯唇一笑，又听白溯沉声开口道："刚刚你说的那件事……"

"嗯？"云悠回过头去。

"我不会像……"

"喂，你一直跟着我和小白做什么？"云悠敏锐地发现了正躲在面摊后的人，她看着那个像小尾巴一样怎样也甩不掉的人，有些不悦地说道，"还有，你为什么偷听我们说话？"

被发现的南宫寒城尴尬地从面摊后走了出来，却下意识地反驳："我哪有？这条路也是我回府的路。"

南宫寒城不敢正视云悠，但此刻看的方向，却正好是白溯站着的地方，这让云悠一下子起了疑心："那你为什么一直盯着小白看？你不会想要偷袭他吧？"

南宫寒城傻眼了，随即脸色涨红："别胡说八道！我怎么可能……"

云悠看了他一眼，又看看白溯，心中的疑虑加深。她悄悄往白溯身边挪了挪，挡住了南宫寒城的视线："你不要想着偷袭小白了！你是打不过他的！"

"都说我没……"

云悠却是懒得理他："小白，不要理他，我们走吧。"

这正中白溯的下怀，他点头应道："好。"

"等等，你们不能走！"南宫寒城闻言，立刻不假思索地脱口而出，又上前一步，拦住了两人的去路。

云悠停下脚步，向他投去一个奇怪的眼神："事情都已经解决了，为什么我们不能走？"

"我……"南宫寒城愣了一下，一时说不出理由。他连自己也不明白，为什么要挽留这两个来历不明的人。

白溯对上南宫寒城的视线，漆黑的眸子里结了一层薄冰，他冷冷开口道："不要奢望不属于你的东西。"

南宫寒城莫名觉得周身的气压骤降，他不由自主地后退了一步，张了张嘴："我没……"

"世子大人！"却在这时，一名官兵步伐匆忙地来到南宫寒城的身边，打断了三人的谈话，四周的温度这才恢复正常。

南宫寒城心中暗松一口气，他看向那名官兵，肃声问道："有何要事？"

"属下失职，让朝廷通缉的一名要犯混进留雁城中。"官兵说着，拿出一张画像，呈到南宫寒城的手中，"不过属下已经下令封城，不允许任何人进出，请世子大人做出决策。"

"这人不是乔三吗？"南宫寒城距离不远，画像到他手中时，云悠正好看清了画像上的人，这么一看，她不由得惊讶，"他犯了什么事情，怎么成了凡人的通缉重犯？"

"乔三？原来这个化名'迟翔'的重犯，真名叫作乔三？"南宫寒城一怔，眼中闪过一丝喜色，随即板着一张脸，故作一本正经道，"你们既然与这个重犯相识，更加不能离开了。"云悠和白溯对视了一眼，没有说话。

南宫寒城心中得意，还想说些什么，前方突然一阵骚乱，将他的注意力引走了。

造成这场骚乱的主角，正是乔三。

但他不是普通状态下的乔三，而是男扮女装的乔三！

一件水蓝色对襟春衫配一条绘着墨色兰花的裙子，一张面纱将他的脸遮住，远远望去，真是好一个弱柳扶风的天仙般的女子！

一刻钟前，乔三正要通过正常的途径进入留雁城，却没想到才刚接近城门，就看到通缉自己的画像，要不是自己跑得快，差点儿就被守城的官兵抓住了！

想到此处，乔三不由得在心中暗恼。在这之前，他根本就没来过留雁城，为什么会成了被通缉的重犯？

但是没有办法，为了进入留雁城，乔三想出了一个办法：他乔装打扮成女子，终于顺利混入了城中。但一个大男人，却要装成病弱的小娘子，也足够委屈的了。

等他找出那个败坏他名声的人，一定要他好看！乔三暗暗握紧了拳头。

可在这个时候，更加让他意想不到的事情发生了！

"啊！"

伴随着一声尖叫，城墙上一个摇摇欲坠的身影突然掉了下来，将乔三压个正着！

一阵腥甜从喉咙中涌出，这一刻乔三觉得自己的五脏六腑都要碎掉了。

发生了什么事？忽然听见黄大壮熟悉的声音从头顶传来。

挂在墙头被雨淋了一天，又被暴晒了半天有余，黄大壮的神志并不是很清晰。

"咦？我怎么……听到乔三的声音了？"黄大壮晃了晃意识模糊的脑袋，有些疑惑地喃喃自语道，"一定是幻觉。"

黄大壮！乔三痛不欲生，面纱也不小心被弄掉了。

第十六章 / 前尘往事

闻声围观的人立刻发现了乔三的异样,不由得惊呼出声:"这人……竟是个男的!"

"这是男扮女装?"

"不会吧?好端端的一个大男人,为什么要扮成一个小娘子?"

"真是不正经!"围观的百姓对着乔三指指点点,但也有人眼尖地认出了他。

"啊!这……这人跟通缉令上的那名重犯,长得一模一样啊!"

"这人不是那个修炼魔功的杀手吗?带走!"

一群及时出现的官兵,动作利落地将乔三捆起来带走了。

刚缓过一口气来的乔三赶紧争辩道:"等等!你们弄错了,我不是……"

但是他的嘴巴立刻被塞进了一块布,所有声音都被堵住了。

云悠正要凑上前去查看情况,却被白溯拉住了手。

"小白?"她有些疑惑地回过头。

白溯漆黑的双眸里隐隐有什么在流淌,他低声道:"我们走。"

云悠立刻懂得了白溯的意思,点了一下头,跟着他挤出了人群。

趁着骚乱,两人悄然无声地离开了留雁城。

第十七章

独孤宣御

同样昏昏沉沉的黄大壮一下子惊醒过来。

他才赫然发现自己目前的处境，顿时有些不知所措地环顾起四周来。

不过他刚转过头，就看见南宫寒城一脸喜色地朝他走了过来，拍了拍他的肩膀道："大壮，做得好！"

"咦？"黄大壮却是一脸的茫然。他做了什么？为什么他不知道？

又听看热闹的百姓们纷纷夸赞道——

"真不愧是世子大人带来的辟邪之人，果然灵验。"

"没错没错。"

"不仅使留雁城中的怪事都被解决了，就连那逃窜已久的重犯也被抓住了，果然是天佑留雁城。"

听着周围百姓的议论，南宫寒城更是喜上眉梢："放心吧，大壮，此事我一定禀报朝廷，并且重重有赏！"

重重有赏？

"哈哈……其实没什么，我只是路剑不平、拔刀相助而已……"黄大壮眼前一亮，但表面依然故作谦虚道。

然而，当他看到前方被官兵按住、还在不断挣扎的人，却是一愣，"咦？"

如果他没看错的话，刚刚被带走的"重犯"，似乎是……乔三？

正在他愣怔之时，南宫寒城却又回过头去，疑惑的视线扫过人群，随后板着脸看向身边的官兵："刚刚那两个人呢？"

几名官兵面面相觑了好一阵，才小心翼翼地回道："回世子，刚刚属下没有注意到那两人。"

"该死的！"南宫寒城有些恼怒地攥紧了拳头。

居然一不留神，让云悠和白溯两人跑掉了。

这两人不见了，那他应该如何跟圣上汇报留雁城的事情？

当今圣上对鬼神之说极为抗拒，向来不信仙人之流，又怎么能容许有怪力乱神的事情在他的领土范围内发生？

第十七章　独孤宣御

若如实汇报，非但不会得到嘉奖，反而会惹怒君王，还有可能落得个家破人亡的下场……

这叫他如何是好？

然而，更倒霉的事情还在后头。

手下的官兵见他许久没有反应，忍不住提醒道："世子，既然凶手已经抓到……"

只是他话未说完，就被一声惊呼覆盖了。

"世子，不好了！世子，刚刚抓住的那名犯人，将我们打伤后跑掉了！"

"什……什么？"南宫寒城浑身一僵，突然觉得脑袋一阵晕眩！

黄大壮吓了一跳，赶紧上前扶住了摇摇欲坠的南宫寒城，握着他的肩膀用力地摇晃："喂喂，豆豆……啊不，寒城，别晕啊，先把说好的奖励给我再晕过去……啊，你怎么翻白眼了？你没事吧？不要吓我！"

留雁城中的混乱，早已离开的云悠和白溯自然一概不知。

离开留雁城的他们，重新踏上了历练的旅途。

此刻他们已经翻过了一座小山丘，向着下一座城池出发。

为了防止迷路，渡过一条小溪后，云悠翻出随身携带的地图查阅起来，核对着地图上的位置，她颇为不解："为什么师父让我历练的路线这么奇怪呢？"

要到达下一座城池，需要从这里翻越过一座山林。而这片山林的一侧连着仙界，时常会有灵兽或者妖兽出没，因此这里鲜有人迹出没。当然山中险要的地方，奇珍异草亦有不少。

在出发之前，云悠曾经计算过，即使御剑飞行，也需要一整天的时间才能翻过这座山岭。

因此她和白溯商议后决定，天黑后，他们就在山林中暂歇一晚，等到天亮后，继续出发。

"到了现在，我还是有些不明白师父让我下山历练的意图呢。"收起地图，云悠抬头看向身旁沉默不语的白溯，有些疑惑道，"小白，你怎么不说话了？"

白溯向来沉默寡言，但对于她的问话，却是有问必答的。但从留雁城中出来后，白溯却一直保持着沉默的状态，一路一言不发。

白溯看她一眼，又迅速地收回了视线，"你……对那个南宫寒城，有什么想法？"

"那颗卤蛋吗？"云悠回想了一下，皱起小脸道，"我觉得他太无用了，又不经打，根本就不像一个男子汉，真不愧是黄大壮的朋友。"

在不知不觉间，她已经将南宫寒城划分到像黄大壮那一类的人里去了。

回答完毕后，她又好奇地看向白溯："不过，小白，你怎么突然问起他来了？"

白溯垂下的手在袖中握紧,但还是如实地说道:"他似乎……对你有意思。"

"咦?"这……怎么可能!

在临时扎起的营地附近搜索了一圈,云悠和白溯好不容易才猎到一只兔子。并不是拥有灵气的灵兔,仅仅是普通的兔子。

这天的晚餐,也总算有了着落。

"小白,不是说这山上有很多灵兽的吗?"云悠边说着,边用紫霄剑戳了戳那只已经咽气的可怜的灰兔,"为什么除了刚才那只独角兽,我一只都没有看见呀?"

而且刚刚那只独角兽,还是被小小白吸引过来的。

"喵呜。"一旁的小白猫抬起头,用黑溜溜的眼睛看着云悠,眼神煞是无辜。

"算了,我们先把这只兔子的毛处理了吧。"

"好。"

晚凉天净月华开,天色早已暗下,晚风徐徐吹来,撩起一番清凉。皎洁的月光如水一般柔和地在山林树丫间淌开。

在这荒无人烟的山林间,一个火堆生了起来。

"啊,小白,烤煳了。"云悠看着手上已经变成一块黑炭的兔肉,露出一脸苦恼的表情,她绷着小脸戳了戳旁边的小火焰,不解道,"小火火才烧了一下,怎么就焦掉了?"

烤架旁的小火焰两只小眼睛眨巴了一下,表示自己的无辜。

"不能用灵焰烤普通的肉,不然很快会焦掉的。"白溯耐心地解释道,"让我来吧。"

"嗯,好……"

白溯伸手去接过云悠手中的烤叉,却不小心握住了她的手。

两人皆是一愣。

对望了一眼后,白溯若无其事地将她手中的烤叉接过。

云悠迟疑地收回了手,一种怪异的情绪随着传到手中的那抹温暖蔓延而生,那是一种触电般的感觉。

她心中有些诧异。

这是什么奇怪的感觉?

云悠抬眸偷偷地看了白溯一眼,见他只是专心地烤着兔肉,这才暗暗松了一口气。

然后,她又有些茫然地低头看着自己的手心,疑惑心中那种奇怪的情绪到底是从何而来。

第十七章 独孤宣御

云悠用手支着下巴，看着篝火发起呆来。

为什么会有这种怪异的情绪呢？

一直以来，她和小白都是以这种方式相处，她和小白之间，除了朋友外，到底算是什么关系？同门的师兄妹吗？

正在云悠胡思乱想之时，白溯已经将手上的兔肉烤好，重新递给她："好了，小心烫。"

云悠的思绪被拉回，她赶紧伸手将兔肉接过，同时谢道："啊，谢谢你，小白。"

白溯烤的兔肉火候正好，完全没有烤焦的地方。金黄脆香的兔肉上撒上一把孜然，咬下去口感香酥，令人回味无穷。

整只兔子的肉并不多，云悠敏锐地发现，这只兔子的肉几乎大半都落入了自己的肚子里，小部分给了小白猫。

白溯只是吃了一两块就没有再动了。

当然，剩下的骨头都给了黑鸦。

对此，黑鸦只能流下两行清泪：你们真是太欺负鸦啦！

擦掉嘴角的油渍，云悠有些不解地看向正在周围布下防御阵法的白溯，望着他的身影有些出神。

小白只吃那么一点儿，不会觉得饿吗？

看到他转身返回，她将思绪收回，向他提议道："小白，晚上我们轮流守夜吧。"

虽然他们在临时扎营的地方布下了防御的阵法，但是长夜漫漫，阵法也不是绝对安全，难免会遭遇突发的危机。

"你睡吧，我守着你。"白溯看着她缓缓开口道，向来冰冷的神情在月光的照映下，似乎柔和了不少。

"咦？"云悠眨巴了一下眼睛，惊讶道，"小白，你不睡吗？"

"我没关系的。"

"可是……"

"快睡吧，明天还要赶路。"

白溯如此一说，云悠也不好继续反驳。

她只好在他的身边躺了下来，转过身背对着他，闭上了眼睛，心中却是思绪万千。

小白……为什么要对自己这么好呢？

云悠装作已经睡着。过了一会儿，她似乎感觉到白溯将外衣披到她的身上，衣服上还留有他的余温。

云悠怔了一下，心中讶然。她下意识伸出手，抓住了那件外衣的衣角，嘴角却

悄悄地勾起一抹笑容。

寂静的夜晚,就只剩下火堆燃烧时发出的噼里啪啦声和隐匿在树丛后不知名的虫鸣声。小白平时看上去冷冰冰的,但人真的很好呢!

她这样胡思乱想着,在不知不觉间就真的睡着了。

翌日醒来,两人继续启程。

御剑翻过山岭后,远远便看见一座城池的轮廓。

下一站的目的地,是凤舞城,据说那座城池是一位凡间很有名的王爷的封地,是仅次于皇城的第二大城池。

两人在凤舞城郊外降落,刚收起飞剑,正打算入城时,云悠却忽地被一个不知道从哪里冲出的红色身影撞了一下。

"啊!"云悠被撞得后退半步,但还是站稳了脚,而那抹红色身影直接摔倒在地。

"唔。"正当云悠诧然之际,跌坐在泥地上的红衣人发出一声惊呼,将她的注意力拉了过去。

红衣人扶着头上明显大了的斗笠摇摇晃晃地站起来,从斗笠下露出一双带着惊恐神色的黑眸——那是一个打扮得花枝招展的年轻女子。

她看着两人,神色明显带着惊慌失措。

"求求你们,不要抓我回去。"她"扑通"一声朝着云悠跪下,声音里带着哀求之色。

红衣女子的举动,实在让云悠有些摸不着头脑:"这位姑娘,你这是怎么了?"

红衣女子闻言一愣:"你……你们不是王爷派来的?"

"你说什么?什么王爷?"云悠跟白溯对望一眼,有些无奈地摇了摇头,"我们是从外地来的。"

"外地……"红衣女子回头望了一眼,稍微放下心来,又似是有些惊魂未定地按着自己的胸口,这才眼泪汪汪解释道,"奴家是淳王府的奴婢苏晴晴,刚从凤舞城中逃出来……"

"淳王是谁?小白你知道吗?"云悠下意识看向白溯,得到否定的答案后,视线重新落到红衣女子身上,"那你为什么要逃?"

她能看出,眼前这位红衣女子一直身处养尊处优的环境,向来锦衣玉食,又怎么会莫名其妙跑到深山野林里?她必定是受到了什么严重的刺激。

"这是因为我,我害怕……"

苏晴晴断断续续地向云悠讲述起她出逃的原因。

淳王独孤宣御是当今圣上的胞弟,传说他面如冠玉,绝世无双,但是冷漠无情、心狠手辣。即使对待亲近之人,也绝不手软。

第十七章 独孤宣御

因骁勇善战，立下了赫赫战功，他被天下百姓称为"战神"。

可是独孤宣御的年纪二十有余，始终未立正妃，后院的美人却是无数。

而苏晴晴就是其中的一人。

可是有一天，她看到一本当下十分流行的话本，里面讲述了一位王爷和他的替身王妃的妾室。

难道她只是王爷心中那抹白月光的代替品？最后还要惨死在王爷的手中？

苏晴晴越想越觉得惶恐，于是连夜逃出了王府。

"府中已有几位姐妹悄然无声地失踪了，大家都猜测是王爷将她们……"

云悠听着苏晴晴的诉说，下意识接过她手中的话本，映入眼帘的是封皮上一只跷着二郎腿躺着的小黄鸭。

咦？一只小黄鸭前辈的大名，已经传到了凡间吗？

再看看话本上的书名，云悠却有些愣了。

恶魔王爷……

这是什么东西？

云悠暗暗地想，继续津津有味地翻阅着手中的话本。但还未看完一页，手中的话本就被白溯拿走了。

白溯有些不悦地说道："不要看这种东西，对修行无益。"

"哦……"

云悠只能眼睁睁地看着白溯将话本扔给苏晴晴，听着他对她说道："你快走吧，我们不会告诉任何人的。"

"谢谢两位恩人。"苏晴晴盈盈地施了一礼，将话本塞回到袖中后，又拢了拢自己凌乱的发丝，便匆匆忙忙离去了。

"她怎么跑得这么快？那个王爷真的这么可怕吗？"云悠收回视线，突然有些忧心地看向白溯，"小白，要不你用荒原巨熊的面目进城？这样就不引人注目了！"

不过最后，白溯还是没有打扮成荒原巨熊的模样进城。

城门前设下了检查的关卡，虽然有官兵检查，但并没有苏晴晴说的那么可怕。

云悠和白溯一路畅通无阻，不过因为是外来人，需要登记名字。

云悠便随意捏造了一个化名登记上去，不过登记的时候，她顺手帮白溯也填写了——云小萌、白小萌。

很好，这下终于有人跟她一样叫"小萌"的了。

入城之后，云悠习惯性地去看城门前布告栏上的通缉令。

但这么一望，她的目光便胶着在上面，一动不动。

"喵呜。"怀中的小白猫也抬起爪子，搭在那张通缉令的画像上，目不转睛地

盯着上面的人呢。

白溯微微蹙了一下眉,走了上前:"怎么了?"

画像上是一位年轻的公子,这位红衣的男子,实在太眼熟了!

这不是朱雀剑派的第五夜吗?

"小白,这不是大红吗?"云悠指着上面的画像惊讶道,"他怎么变成了凤舞城的通缉犯?"

但随后,云悠很快发现,不仅是城门前的公告栏上,凤舞城中的大街小巷,都贴满了第五夜的画像!

更让她奇怪的是通缉令上的说明。

上面介绍说"第五夜"是淳王独孤宣御府中的一名宠妾,名叫叶舞,在不久前出逃了。白溯收回视线,看向她道:"大概只是长得相像,不要多想了。"

"也许……"

云悠若有所思地回头看了一眼,还是跟着白溯离开了。

不过刚走过一条街道,两人便发现前方被一大群人围堵住了,大街小巷水泄不通。被挡在了路上,他们无法走过去,只好挤入了人群中。

当眼前没有了阻挡的人群之后,一个熟悉的身影映入眼帘。

云悠连忙拉拉白溯的衣袖:"哎,小白,快看!"

人群包围圈的中央,那位长相妖冶的红衣男子,不是第五夜是谁?

又听周围的百姓议论道——

"前面发生了什么事?"

"听说淳王殿下终于抓到那个出逃的侍妾了。"

云悠这才发现,在第五夜的对面,站着一位面如寒玉的俊朗男子。他身穿一件深紫色锦蟒袍,腰间绑着一根兽纹角带,有着一双深邃犀利的俊目。

重重官兵将两人包围着。

似是被气着了,第五夜正气急败坏地朝他吼道:"看清楚,我是男的!男的!"

俊美男子冷笑一声,眉宇间尽是狂傲之色:"叶舞,别以为披件男装,本王就不认识你了。"

"恶魔王爷的……"

不知为何,云悠的脑海里莫名地冒出了这样一句话,看着第五夜的目光变得越发惊奇。

替身逃妾?这个不可思议的念头在云悠的脑海里打转。她尝试着说服自己,那不过是她的错觉。

"什么叶舞啊!我叫第五夜!说了多少遍,我是男人!男人!"第五夜暴跳如

第十七章 独孤宣御

雷，恨不得立刻将眼前那个男人给戳死，"我看你是失心疯了吧？"

"你怎么变得这么粗鲁……"独孤宣御先是脸色一变，随即恍然大悟一般，冷笑了起来，语气里带着看穿一切的傲慢，"呵，别以为你伪装成这么粗鲁的样子，我就认不出……"

看够了热闹，云悠心满意足地收回幸灾乐祸的眼神，回头对白溯说道："小白，我们走吧。"

虽然相识一场，但她并未想过要上前去帮助第五夜。她觉得，对方就算是一位位高权重的王爷，也不过是一个普通的凡人而已。对于这种小事，第五夜应该能够自己解决的。

白溯也没有久留的意思，听到云悠有离开的意愿，立刻点头道："好。"

原本没打算多管闲事，没想到他们的对话传入第五夜耳中，他循声看了过来，目光触及二人时眼睛一亮，想也没想便喊出了声。

"喂，白溯！"

看到了熟人，第五夜脸上露出了如释重负的神情，刚准备走过来，却被独孤宣御阴恻恻的声音所打断。

"白溯？"独孤宣御冷冰冰地重复，语气带着毫不掩饰的杀意。

似是想到了什么，他脸色一变，目露寒光地看过来，自动忽略了一旁的云悠。

独孤宣御打量着白溯，看着白溯脸上僵硬而不自然的表情，又转头看向第五夜，却见他此刻竟是一扫冷漠，带着满满的惊喜之色。

他似有所悟，只觉怒火中烧，指着两人颤抖道："你们……你们……"

三人闻言皆是一愣，面面相觑，好几秒后才反应过来，有些哭笑不得。

那个独孤宣御的脑子不会坏掉了吧？云悠疑惑地想，但尽管如此，心中却生出一种不高兴的情绪。

第五夜却似是看到某种解决问题的方法一般，突然眼睛一亮，趁王爷不备，他闪身到了白溯身边，故意道："既然被你识破了，那就没办法了，没错，就是他怂恿我逃跑的。"

"你们！"独孤宣御听他承认了，更是怒火中烧。

"叶舞，你好大的胆子！"

第五夜抛出一个不屑的眼神："你以为你是什么？不过是一个他的替身而已。"

咦？这句话莫名地熟悉。

云悠忍不住看了白溯一眼。

这不是那个话本里……

不过，角色好像反转了呀？不应该是王爷说出那句话才对吗？

"你！你说什么？"独孤宣御后退了一步，似是受到莫名的打击。

白溯看着第五夜搭在自己肩上的手，眼中闪过一抹厌恶之色，压低声音道："放手！"

看见白溯冷凝着一张脸，第五夜恶趣顿生。

"不放！"他嘿嘿一笑，露出白森森的牙齿，"白溯，如果你不帮我，我就拉你的心上人下水。"说着，还威胁似的看云悠一眼。

"你……"白溯皱眉，藏在衣袖底下的手握成了拳头。

在外人看来，这种你推我搡的动作，完全是打情骂俏。

众人哗然。

"难道是淳王强抢民女？"百姓们议论纷纷。

独孤宣御更是气红了眼睛，浑身发抖，一种被背叛的耻辱感涌上心头，他下意识指着两人，语气凌厉道。

"来人，把他们给我抓起来！"

伴随一声令下，王府的侍卫立刻蜂拥而上。

长久以来积累的实战经验，让云悠三人颇为默契地聚拢在一起，背靠着背，共同对敌。

虽然对方人数众多，但对于三位门派中的佼佼者来说，应对起来并不困难。

第五夜手持一把与他身形完全不衬的红色长剑，剑尖呈尖锐的齿状，泛着淡淡的红光。

他轻松地一挥，一道朱雀形状的光芒射出，靠近的一排侍卫顿时被红光包围，动弹不得。

两者之间的水平差距实在太大了，丝毫提不起云悠的战意。于是，那些侍卫便像是脆弱的饺子一般，一个个被扔了出去。

一群侍卫倒下了，又一群补上，实在没完没了。

到最后，云悠实在不耐烦了，索性向着黑压压的人群撒去了一把瞌睡粉，然后满意地看着对手连片地倒下。

擒贼先擒王，这个道理一点儿都没错。

独孤宣御很快也被第五夜和白溯联手制伏了。见主子被擒，独孤宣御的手下都僵在了原地，不敢轻举妄动了。

似乎为了解掉刚刚那一口恶气，第五夜还用一根不知道从哪里翻出来的绳子，将独孤宣御捆成一只粽子。

云悠收起剑，看着独孤宣御的眼神微微有些失望。

这个就是被天下百姓称为"战神"、百战百胜的王爷独孤宣御？

第十七章 独孤宣御

"你真的是独孤宣御?"云悠怀疑地问道。

向来养尊处优的独孤宣御从来未被人如此对待过,当下气得浑身发抖。

"你们想要对本王做什么?"他脸色铁青地对第五夜和白溯吼道,"告诉你们,识趣的就快点儿放了本王,否则下场只有死路一条!"

"没做什么,只是把你绑起来而已。"第五夜挑眉,似笑非笑地看着他,顺便在他的俊脸上盖上一个脚印。

独孤宣御对第五夜怒目而视,但转念一想,却隐隐觉得有不对劲儿的地方。

不对!

叶舞为人胆小怯懦,面对自己时唯唯诺诺,怎么会突然做出如此大逆不道的事情?难道是受了什么人的蛊惑?

独孤宣御越想越不对劲儿,视线终于落到了云悠身上。

只是那目光却带着浓浓的戒备和怒意:"是不是你对叶舞做了什么?女魔头,你利用叶舞,想对本王做什么?"

现在又是什么状况?

为何这些凡人见了她,都会说她是女魔头?

想到这里,云悠有些郁闷地拽了拽头顶上的呆毛。难道她长得就那么像是反派?

白溯眼中掠起一片刀光剑影,他一脚狠狠地踩了下去:"闭嘴!不准说她的不是!"

"啊!"伴随着一声惨叫,第五夜拍手称快:"踩得好!"

"你这……"

赶在独孤宣御破口大骂之前,第五夜脱下旁边一个已经晕过去的侍卫的外套,塞到了他的嘴巴里。

"唔唔。"独孤宣御只能用愤怒的眼神怒瞪着那个如此对待自己的罪魁祸首。

"像你这种人,还说是战神呢,也不知道搜刮了多少民脂民膏……"第五夜左盼右望了一眼,又公报私仇般踹了他一脚,"瞪什么瞪,我说得不对吗?"

一种浓浓的羞辱感漫上了心头,独孤宣御满脸涨得通红,紧握的手青筋暴起。

"住手!"却在第五夜想要踢第二脚的时候,一声厉喝打断了他,"你们在做什么?"

随即,一个白色的身影从天而降,宛如掉入凡尘的仙女,挡在了独孤宣御的面前。

"颜无双?"云悠立刻认出了眼前的白衣女子。这不是那个几番对她找碴的杂役女弟子吗?

"是你?"颜无双下意识抬眸看向第五夜,当她看清了眼前的人时,也不由得一愣。

媚眼如丝，眉如远黛，眉间点了几枚火红的朱砂。初见的时候，第五夜就给颜无双留下了无比深刻的印象。

那时候的颜无双也为这名男子的长相而感到失神。她以往从来不知道，原来世上有人，可以长得那么美，那还是一个男人。

如同第一次见面一般，颜无双不由得失神，看着第五夜发起了呆。

但随即，她看到了第五夜身后的那两个人，深蹙起眉，对第五夜的印象顿时大打折扣。

这个妖媚的男子……跟云悠是一伙儿的？

本来还对他印象不错，但没想到他如此不知好歹，竟跟云悠和白溯混在了一起。

颜无双在心中冷笑。

第五夜随意地扫了颜无双一眼，有些不满地开口道："怎么，这位道友，你要为这个家伙出头吗？"

"他是我颜无双的朋友，欺负他，就是欺负我颜无双！"

颜无双微微敛眉，伸手拿掉了独孤宣御口中的外套，然后再次抬头，冷厉的目光凝在第五夜身上，语气凌厉地警告道，"你们若敢上前一步，就别怪我不客气！"

这句话，却是对连同云悠和白溯在内的三人说的。

得到了解放后，独孤宣御站了起身，愣愣地看着眼前的白衣女子，难以置信地喃喃出声："无双……是你吗？"

颜无双对他的亲昵似乎有些不适应，只是淡淡地应了一声："是我……"

独孤宣御却十分激动地上前握住了她的手："是你，真的是你……你知道吗？自从那时分别之后，我有多想念你。"

当初，他遭到仇家暗算，身受重伤，命悬一线，躺在郊外奄奄一息。

那个时候，恰好出外做任务的颜无双遇到了他，便随手救了他一命。

殊不知，不过短短的几天相处，独孤宣御便深深地爱上了这个气质清冽的女子，于是他握着她的手请求道："无双，你做我的王妃好不好？我会许你万里江山。"

当时的颜无双只是微微皱了一下眉，然后毫不留情地拒绝了他："我们是不可能的。"

独孤宣御最初有些失落，但知道了两人身份的差距后，他却感到深深的无奈，只能选择放手。

回到朝廷之后，他亲自报了仇，但始终对颜无双念念不忘。

颜无双就是他心中的那一抹白月光，不可磨灭的朱砂痣。

听完独孤宣御的话，云悠一行人却是惊呆了。

现在又是什么情况？

第十七章 独孤宣御

"大红,原来你……是那个颜无双的替身吗?"

云悠眨巴着眼睛,难以置信地看向第五夜。

"我长得很像这个女人吗?"一阵惊怔过后,第五夜忍不住暴躁地跳了起来,指着颜无双怒道,"她长得那么丑,我哪里像她了!"

云悠见情况不妙,赶紧安抚他道:"是是是!大红最美了!别生气了……"

谁知道第五夜听到这话,更加愤怒了:"不对,我哪里像女人了?"

两人的对话,恰好传入刚从那些美好回忆中回过神来的独孤宣御耳中。

听见自己心目中的白月光被侮辱,他自然怒不可遏。

"叶舞,你给本王闭嘴!"独孤宣御朝第五夜厉喝道,面红耳赤,"你有什么资格如此侮辱她?就算她一万个不好,本王爱的也是她!不要妄想本王会爱上一个替身。"

第十八章

真假无双

他说了！他说出来了！

云悠忍不住捂住脸道："小白，我们今天出门的日子好像不太对。"

那边，不等瞠目结舌的第五夜回应，独孤宣御已经拉住了颜无双的手，深情款款地看着她道："无双，这一次我再也不会放手了。"

"独孤宣御，你放手！"颜无双不悦地冷声道。

她想抽回自己的手，可独孤宣御却握得更紧："不，我不放！"

他的语气无比坚定。

颜无双眼中的不快之色加深，她用力抽回自己的手："放手！"

"无双，为什么你还是不肯接受我？"独孤宣御眼中闪过一抹受伤之色，他更为急切地说道，"现在的我已经不是以前那个弱小的我了，我已经有足够的资格可以保护你了。只要你答应我，我可以给你一切，包括这万里江山。"

赤裸裸地说出这种宣言，真的好吗？

颜无双转过身背对着他，眺望远方，淡淡道："我已经有喜欢的人了。"

"什么？"独孤宣御僵在原地，如遭雷劈。

"我之前已经说过，我们之间是不可能的。我们本来就是两个世界的人。"颜无双回过头看向他，目光平静，语气冷淡，"更何况，我不喜欢别人的男人。"

一句话，仿佛将独孤宣御打入了十八层地狱。

他跟跄地后退了一步，又急切道："不，无双，我可以为你遣散后院的那些人的。如果你不喜欢……"

"够了！我……"

不等颜无双将话说完，独孤宣御突然冲动地扑上前，握住了颜无双的手臂："不要离开我！"

"放开她！"一个愤怒的男声传来。

众人循声回头，只见一把剑闪耀着银白色的光，气势汹汹地向着独孤宣御而来。

一个蒙着脸的黑衣人身形如电，眨眼间便到了他的跟前，与他单手过了几招后，身子一转，顺利地将颜无双抢了过来。

第十八章 真假无双

这种打扮，难道是……

"魔修？"

突然出现的黑衣人身上环绕着浓烈的邪恶气息，他浑身上下都被黑布包裹着，只露出一双有些邪异和森寒的黑眸。

云悠的眼中立刻带上了几分警惕之色。她往后一步退回白溯的身旁。

不对，此人身上的气息，跟他们之前遇到的那位魔修完全不同，先前的魔修所带的气息，会令人想到寒冰深渊之下的黑暗，而眼前这名黑衣人身上所散发的气息却让人难以捉摸。

瞌睡粉的药效已经过去，那群倒下的王府侍卫渐渐清醒过来。但看到独孤宣御被黑衣人一掌打飞的那一幕，不由得慌张起来。

"有刺客，快保护王爷！"

独孤宣御被两名侍卫接住，但他还是受了极重的内伤。

他喘着气，愤怒道："谁能将那名黑衣此刻当场击毙，本王必定重重有赏！但千万不能伤害……"

"无双！"

这是独孤宣御晕过去之前，喊出的最后两个字。

听了独孤宣御的要求，云悠忍不住直摇头。

颜无双和黑衣人那样亲密无间的姿势，想要杀死其中一人，不能伤害另一人分毫，这种要求，分明是强人所难。

此时她又发现，她和白溯，以及第五夜三人，已经被完全忽略了。

就像只是路过打酱油的三个人。

云悠回神，看了黑衣人一眼，又将目光转向白溯，开口问道："小白，我们要不要上前帮忙？那个魔修……"

白溯眸色清冷，语气平淡道："先不要轻举妄动，继续观察情况。"

云悠想了一下，还是点了点头，继续静观其变。

不过眨眼之间，黑衣人已经和侍卫混战起来。

黑衣人以一敌百，但依然应对从容。

被他稳稳地搂在怀里的颜无双抬头，眼中神色复杂而纠结："你怎么……"

她有些抗拒与对方如此亲密，挣扎了一下，但没有挣开："你放开我，我自己可以走。"

"相信我，颜儿，我不会伤害你的！"黑衣人语气坚定地保证道，随即抱着她落到了云悠等人的面前。

此时场面无比混乱，云悠和白溯已经退到了无人的地方，而正在优哉游哉地看

戏的第五夜依旧毫无察觉。

他被乱哄哄的人群挤了出去，接着也不知被谁推了一下，一个趔趄就往前摔了出去！

一气呵成的意外让第五夜始料未及。

不好！眼看就要以脸着地，第五夜一边放出灵力护体，一边伸出手，朝着面前的虚空抓去。

"刺啦"！

只听到有什么被撕碎的声音。

他抓住了什么，幸运地将身体稳住了，才没有跌倒。但站稳脚步的时候，他却发现手中多出了一块黑色的布料。

"这是什么？"第五夜怔然地望着手中的布料，然后下意识抬头，才发现自己从黑衣人身上撕下了一块布料。

他皱了一下眉，立刻将手中的布料扔掉。

那块黑色破布随着风飞舞飘扬，最后盖到了正昏迷不醒的独孤宣御的头上。

鸦雀无声过后，尖叫声、惊叫声起此彼伏，宛如魔音般刺耳欲聋。

"啊！刺客过来了，大家快跑！"

围观的百姓们顿作鸟兽散。

黑衣人也被这突如其来的变故惊呆了，顿时又羞又恼："我不……是谁干的？"

"你是乔……"

颜无双立刻敏锐地察觉到黑衣人声音的细微变化，震惊之色漫上了黑眸。

似是想到什么，她及时收住了声音。见情况不妙，赶紧拖着无措的黑衣人跑掉了："先离开这里！"

与此同时，干完"坏事"的第五夜努力地从人群中挤出，快步朝云悠和白溯走了过来，压低声音急切道："你们还愣着干什么？快走啊。"

云悠收回思绪，见白溯朝她微微点头，便迅速跟上了他的脚步，与第五夜一同，悄然无声地没入人群之中……

客栈的一个简陋房间中。

黑衣人用以蒙面的布已经被揭去，露出一张看似无害的脸。

这个人，赫然是乔三！

"你是怎样知道的？"看着颜无双的背影，乔三不由得露出一个苦笑。

颜无双回过头，走到他的跟前，有些愤怒地质问道："为什么要瞒着我？为什么要以双重的身份出现在我的身边？这样很好玩吗？"

第十八章　真假无双

乔三赶紧站起身："对不起，颜儿，我不是故意瞒着你的。但我发誓，我从来没有想过伤害你……"

颜无双的情绪有些失控："你明明知道，我最讨厌别人欺骗我！"

渐渐地，她觉得乔三有些不大对劲儿。

乔三的脸色突然变得苍白，整个人跪倒在地上。

"乔三，你怎么了？"颜无双皱眉，下意识问道。

乔三没有说话，只是大口大口地喘着气。

"颜儿，刚刚打斗的时候，我被人撒了一把粉末，那些粉末，很可能有毒……"乔三的声音里带着极力压抑的痛苦。

他瘫倒在一旁，抬起头，露出一抹苦笑，气若游丝道："对不起，颜儿，你快走吧。你不要管我了，让我自生自灭吧。"

颜无双脸上的愤怒之色渐渐平复下来，她的眼中神色复杂，片刻之后，她并没有离开，反而朝乔三走了过来。

"颜儿，你……"

颜无双沉默了一下，随即淡淡地说道："我不会走的。"

"颜儿……"乔三惊喜地低喃出声，"你这是原谅我了吗？"

颜无双缓缓地点了点头。

正当乔三想要欣喜地说些什么的时候。

"啊，快走开啊！"

一道突然从两人头顶传来的巨响，搅乱了屋子里的气氛！

那个熟悉的声音，宛如惊雷一般在两人耳边炸响。

颜无双身体一僵，立刻将乔三推开，弹跳起来，躲开那个砸烂了屋顶从天而降的人。

但乔三闪躲不及，恰恰被砸了个正着！

"黄大……"

来不及吼出的愤怒声卡在了喉咙里，巨大的冲击过后，他便被砸晕了过去。

从屋顶掉下来的，不仅是一个人，还有屋顶的瓦片和长年累月积聚的灰尘，宛如雪花般随着那人哗啦啦地倾泻而下。

颜无双在一阵咳嗽后，终于看清那突然出现的人，不由得对他怒目而视："黄大壮，你为什么会在这里？你在屋顶偷看？"

"咳咳，怎么会是你？颜师妹？还有……"

乔三？

　　好不容易拍掉身上的灰尘，黄大壮抬起头，却在看到面前之人时吃惊地捂住了嘴巴。他动作僵硬地眨了一下眼睛，然后低头看向被自己砸得口吐白沫的乔三，顿时感到十分心虚。

　　他好不容易摆脱了南宫寒城，才离开留雁城。到达凤舞城后，他暂时在凤舞城的客栈里落脚。

　　大概是白天的缘故，客栈的大堂太吵闹了，让他无法静下心来构思他的八卦话本，于是他便躲到了客栈的屋顶上。

　　谁知道这屋顶的质量太糟糕了，他刚踩上去，就觉得脚下一沉，接着整个人便随着低陷下去的屋顶掉进去了。

　　但没想到屋顶下的房间里是两个熟人。

　　想到这里，黄大壮眼珠一转，有些不自在地干笑了一声，视线瞟向门口的位置："哈哈，我只是无意中路过……"

　　他摆了摆手，说着便悄悄地往门口的方向挪去。

　　想到自己如此糗的一面都被对方看得一清二楚，还被以这种满不在乎的态度敷衍，颜无双只觉怒火中烧。眨眼之间，她已抽出自己的剑，向黄大壮砸去！

　　黄大壮赶紧往旁边一闪，却没想到直接踩到了乔三的身上。

　　"颜儿……"刚悠悠醒过来的乔三还没弄清怎么回事，就被一把迎面而来的重剑砸中，眼前又是一黑。

　　"咚"！

　　"啊——"

　　伴随着一声闷响和一声惨叫，乔三再次被砸晕过去，额头上还被砸出了一个大包！

　　黄大壮愣愣地挪开了自己的脚，看着躺在地上的乔三，却发现自己刚刚踩的地方……居然是乔三的肋骨！

　　大概是刚才的惨叫声过大的缘故，乔三肋骨断裂时发出的"咔嚓"声被掩盖了过去。

　　黄大壮愣了。

　　颜无双也愣了。

　　"乔三！"反应过来后，颜无双惊呼出声，扑上前去查看乔三的情况。

　　黄大壮见情况不妙，赶紧溜之大吉。

　　他头也不回，憋着一口气冲出了客栈，方才停下来，在门口直喘气。

　　与此同时，凤舞城中最为奢华的酒楼。

第十八章 真假无双

第五夜抬头看着牌匾上随性潇洒的笔墨，虽不是出自名家之手，却写得格外洒脱，仿佛要将一切红尘纷扰抛诸脑后。

走进大门后映入眼帘的是宾客满座的热闹情景，座位上的都是穿着得体，举止文雅的公子小姐，他们在座位上低声谈笑，举止投足之间风度可见。

这家店的确规模宏大，共有四层楼。梁柱栏杆，都是用上好木材建造，雕刻着繁复不俗的花纹。看来店主极喜红色，纱帘门饰都是不同的红，却全无庸俗之感。

云悠三人逃跑后不久，就从路人的口中听到淳王独孤宣御下令全城缉捕他们几人的消息。

俗语云，最危险的地方就是最安全的地方。

大概谁也不会想到，云悠、白溯和第五夜三名"逃犯"，居然会出现在凤舞城中这间最为繁华，也只有贵族子弟才能消费得起的酒楼里。

"几位客官，请问要喝些什么茶？"跑来招呼的是一个小巧玲珑的黄衣少女，十五六岁的模样，长相清秀。

第五夜收回视线，随口回了一句："来一壶碧螺春吧。"

少女应了一声，便退了下去。

待少女走后，白溯看着他皱眉道："为什么你会出现在凤舞城里？"

第五夜挑了挑眉，似笑非笑地说道："既然你都能来，为何我不能来？"

然后，两人便没有再说话。

气氛变得尴尬起来。

而正在给凌殊真君回消息的云悠却对目前的气氛毫无察觉。

就在刚刚，步入这间酒楼前，她收到师父的回信，但上面只有五个字——

"为师晓得了。"

回信的末端，连落款也没有。

看着凌殊真君的回信，云悠忍不住皱起了小脸："师父的回信好敷衍，亏我还写了那么多字！连夸奖也没有一句，可恶！"

虽然嘴上这么说着，但云悠还是乖乖地翻出纸笔，将刚刚凤舞城发生的事情写下，在回信上向凌殊真君汇报颜无双以及那名与颜无双有关联的黑衣男子的事情，顺便控诉一下师父对自己的敷衍。

就在这时，刚才那个黄衣少女便托着茶盘过来了，她一一为他们沏茶，手法精湛利落。

写完信，云悠将纸笔收好，然后抬头，目不转睛地盯着眼前的少女。

少女却像是毫无察觉一般，依然一丝不苟地为三人沏着茶。

云悠盯着她看了片刻，突然开口道："你好像一直跟着我和小白，说吧，你到

底有什么目的？"

从进入凤舞城的时候，她就注意到这名少女了。

她一直跟随在自己和小白的身后，躲躲藏藏，却不敢接近。

这个少女身上没有属于修真者的气息，看起来只是一个普通的凡人。

既然是这样，她为什么要一直跟着他们？

在初始时，云悠认为她对他们没有危害，所以并没有理会。却没想到，这名少女变本加厉。

她甚至不惜乔装打扮，扮作酒楼的侍女，来接近他们。

难道是她的伪装太好，修为深得连她和小白也看不清？

少女闻言，手一抖，壶中的茶水便倾泻了出来。

第五夜狭长的凤眼微眯，语气调侃道："白溯，没想到你的心上……咳，小师妹看起来呆呆的，观察还是蛮细致的，我刚刚还以为她没有注意到身后有人。"

黄衣少女着实吓了一跳，她双手握紧，往后退了一步，无措的目光在云悠三人之间来回扫视。

她的举动，反倒让云悠觉得意外。

这就原形毕露了？她还以为对方要挣扎一番，然后经过恶战一场，才可能从对方的口中得知什么消息。甚至有可能，对方宁愿玉石俱焚，也不愿意透露半点儿消息。

现在看来……是自己猜错了？这个黄衣少女并不是什么魔修妖修？

正在云悠疑惑之时，黄衣少女下一刻却"扑通"一声跪下了，惊慌失措道："云师姐、白师兄，我不是故意要冒犯你们的，我只是……"

师姐？师兄？

"谁是你的师兄师姐？"云悠忍不住看了第五夜一眼，"你是朱雀剑派的弟子？"

"不可能。"

"不是的。"

第五夜微微蹙眉，与黄衣少女同时出声。

"朱雀剑派上下每一个弟子我都认得，里面并没有这个人。"第五夜抿了一口茶，道。

"咦？不是大红门派的，那就只能是……"云悠惊讶的目光重新落到黄衣少女身上，"你是哪个峰的弟子？"

少女咬着嘴唇，眼中漫起了一层水雾，露出一个苦涩的笑容："我是……落霞峰的杂役弟子颜无双……"

第五夜握着茶杯的手一顿，他抬起头，诧异地看向她："颜无双？是刚刚那个

第十八章 真假无双

颜无双吗？"

"你说你是……颜无双？"云悠只觉得事情的走向越来越奇怪了，她不太确定地看向白溯，问道，"小白，玄天剑宗里可有同名同姓之人？"

白溯敛起眼中复杂的神色，微微点头道："有，但是为数不多。"

但即使如此，云悠眼中的怀疑之色并没有因此散去，她神色凝重地看着黄衣少女："据我所知，落霞峰就只有一个叫颜无双的女弟子。若你是颜无双，那么现在那个'颜无双'是……"

"云师姐，我就是你所猜测的那个颜无双。"黄衣女子硬生生地将泪水憋了回去，急切地接话道，"现在在我身体里的是一个来历不明的灵魂。"

云悠三人一下子沉默下来。

黄衣女子说出的话，令人一时难以接受。

眼前的这名少女长相平平，属于放到人群中很不起眼的那种类型。她的相貌与目前玄天剑宗的那位颜无双没有半点儿的相似之处。

云悠看着黄衣少女，眼中闪过一抹复杂之色。

按照她的说法……

难道……

"你是说，你被……"想出那一个微乎其微的可能性，第五夜忍不住倒抽一口凉气。

他没有说出那个词，但是这一个猜测已经在三人的脑海里成形。

夺舍。

云悠和白溯交换了一个肯定的目光，又齐齐看向了黄衣少女。

少女没有说话，只是忍着泪点了点头。

云悠的心中转过万千思绪，也不知道自己此刻的心情能用什么来形容。尽管她是玄天剑宗的天之骄女，但也不过是一个筑基期弟子，"夺舍"之类的事情，实在离她太远了。

"你说你才是颜无双，但是单凭你的一面之词并不能证明什么，你可有证据？"

黄衣少女怔了一下，然后急切道："我……"

"等一下，此事不宜在这里商量。"第五夜收起玩世不恭的神情，他出声打断了三人，语气凝重道。然后回头看了一眼，唤来酒楼的管事："给我们换间包厢。"

"好好好，这位客官，请往这边。"匆匆跑来的管事立刻脸露喜色，对着三人哈腰点头道。

云悠正要开口夸奖第五夜的善解人意，但刚站起来，她便突然想到一个问题，手下意识摸向自己腰间："等等，大红，你有带足够的银两吗？"

原先笑容可掬的管事听到这话,笑容一僵,瞬即变了脸:"什么?没带银两?你们不会想吃霸王餐吧?"

他沉着脸,正准备唤来打手将这几人扔出去时,一把扇子托着一只金元宝出现在他眼前。

"这些够不够?"第五夜看着管事,笑眯眯道。

管事看着那锭闪亮亮的金元宝,咽了口口水,眼睛都发亮了:"够够够!当然够!"

第五夜睨他一眼,用不悦的语气道:"那还不快点儿给我们换个包间?"

"是是是,几位贵客,这边请。"管事完全没有介意第五夜语气中的鄙夷,捧着那锭金元宝,脸笑成了一朵花。

管事十分干脆利索地帮几人换到了酒楼中最大的一个包间中。

打量着房间的环境,云悠忍不住感叹出声:"大红,没想到你居然还是个有钱人。"

"当然,本公子出门前可是带足了银两。不像有些……"第五夜得意地扬起下巴,说着,又意有所指地扫了白溯一眼。

白溯没有理会他,只将他的挑衅当作空气,这让第五夜有些气结。

为了防止有人偷听,将包间的门反锁上后,云悠又随手在四周布下了隔音的阵法,这才看向站在一旁显得有些忐忑不安的黄衣少女。

"你坐下来说吧。"

黄衣少女摇了摇头,她扯了扯唇角,扯出一抹凄凉的笑,接着道:"云师姐,你还记得那天的事情吗?"

云悠疑惑:"那天的事情?"

"前段时间,门派中传出你我因为白溯师兄而不和的传言,其实那一天,我原本就因为寻找九霄雷果而受了很重的伤,那时候师姐恰好从我身边经过,我晕头转向,不慎撞到了一棵树上……"

云悠微微点了一下头,她是想起来了:"可你说的这件事,跟你的身体被夺舍有什么关系?"

"撞到树上后,我的身体变得更加虚弱了,那个时候我以为自己快要死掉了。大概我的求生意念过于强烈,到最后我的意识并没有消散。"黄衣少女垂下眼睑,说到这里时,忍不住握紧了拳头,"但是,当我清醒过来后,却发现自己失去了身体的主导权。我的身体里,莫名地多出了另一个不属于我的灵识……"

她停顿了一下,接着说了下去:"那个灵魂很强大,我根本就抗争不过她。我只知道她同样叫颜无双。"

第十八章 真假无双

"你可知道,她来自什么地方?"第五夜忍不住好奇地插嘴道。

黄衣少女眼中漫上一丝困惑之色,她摇了摇头。

黄衣少女停顿了一下,看了白溯一眼,黑眸中有着几分依恋,又随即低下头去:"我虽然一直仰慕着白师兄,但白溯师兄对于我来说就像是遥不可及的星辰,我从来没有过不应该的妄想,只将白溯师兄当成一个仰望的对象。"

尽管对方只是在陈述一件事情,但不知为何,云悠的心里却莫名地泛起酸来。

真是奇怪,为什么会有这种感觉呢?

明明白溯的真面目如此吓人,为什么还会招蜂引蝶呢?莫非是他伪装得太好的缘故?

"我也没有想过要报复云悠师姐和落霞峰的那些师兄师姐们,他们虽然对我很严厉,但从来没有加害于我。"

"可是,那个人不但要夺我的身体,还曲解我的意愿,自作主张地替我做出决定。"黄衣少女恨恨道,"不仅如此,明明那只是她的一己私欲,还打着为我报仇的名号冠冕堂皇地行事,到处败坏我的名声。"

"我恨透了她,却无可奈何。最后,大概是我的修为太低了,我的身体终于被她夺去。"说到这里,黄衣少女露出一个悲哀的苦笑,"我原本以为自己要灰飞烟灭了,可是后来,再睁开眼的时候,我就变成了凤舞城中一个因为病死被家人遗弃在医馆门前的女孩——严无双。"

云悠眨巴了一下眼睛,有些惊讶:"你现在这具身体,也是叫颜无双?"

少女微微点头,又摇头:"只是同音,是'严厉'的'严',不是'颜色'的'颜'。"

第五夜只觉得嘴唇触及的茶水冰凉。

云悠一时也不知道应该说些什么,只好问道:"那你接下来想怎样做?你将此事告诉我们,是想让我们替你夺回你原本的身体?"

"我也没抱能将身体夺回的希望,现在的我不过是一个普通的凡人,也没有了修炼的能力。"严无双有些伤感地说道,但再抬头之时,漆黑的双目全是坚定,"我将此事告知白师兄和云师姐,只是为了讨回一个公道。我不求师兄和师姐为我出头做主,只希望你们能把我带回玄天剑宗,让我将此事禀告掌门,好揭穿那个夺了我的身体的人的真面目!"

与此同时,乔三被从天而降的黄大壮压得奄奄一息……

"这位小兄弟的肋骨被压断,加上受到了极重的内伤,所以才会发起高烧。而且他身上还有其他的旧疾,恐怕康复的时间会比较长……"大夫检查了乔三的身体

一遍，又仔细地为他把了脉，才收回手，朝颜无双回复道。

"旧疾？"颜无双忍不住皱眉，"什么旧疾？"

原本颜无双没有为乔三请大夫的打算，可是她为乔三疗伤并不见效。输入他体内的灵力宛如石沉大海一般，完全不起作用。

这个老头刚刚叨叨的几句，颜无双实在是半懂不懂的。不过看乔三那样子，似乎挺难受的。乔三原本苍白的脸颊涨着病态的红色，出气较粗，偶尔还会咳嗽。

大夫捋了捋胡子，一脸不解道："是以前落下的旧伤，大概是受过什么创伤……真是奇怪，老夫行医这么多年，从来没有见过如此古怪的伤势……"

颜无双沉声问道："那应该怎样做？"

"如果悉心调养，不出三个月，就能康复。等会儿我给你写个药方，你就拿着单子去抓药。"大夫说道。

"我知道了。"没想到只是断了根肋骨还有这么多麻烦，颜无双蹙着的眉皱得更深，但还是接过那两张纸，跟着大夫去医馆取药。

回来时，她看到乔三微微翻了个身。

"乔三？"他醒过来了？

颜无双带着疑惑走了过去，却见双眼紧闭的乔三大汗淋漓，在床上不断辗转反侧，似乎在说着梦话。

凑近一听，他说出的话，却让她如遭雷劈！

"云师姐……"

颜无双手一松，手中的药包掉在地上，她死死盯着床上的人。

"云师姐，别……别打我，我只是路过而已，我没想过要冒犯你的。"

听着乔三梦中的呓语，颜无双眼中涌起的惊涛骇浪渐渐平复下来，但脑中却不由自主地回想起大夫刚刚说过的话——

"而且他身上还有其他的旧疾……"

乔三身上的旧疾，难道是……

云悠，又是她！

是云悠将乔三伤成这样的！为什么她总是要跟自己作对？

颜无双握紧了拳头，心中的恨意越来越深。

然而，她并不知道，她对云悠仇恨的执念，已深深地在她的心中埋下祸根……

"我已经给师父传讯了，等明日收到回复后，就可以启程返回玄天剑宗了。"

云悠放出传讯的飞鹤后，又关上包间窗户，转身向屋里的几人汇报道。

虽然听了严无双的诉说后，大家都很同情她的遭遇，但这件事事关重大，他们

第十八章 真假无双

也无法做主。经过一番商量后,云悠还是决定先征询一下凌殊真君的意见。

"谢谢师兄和师姐,无双无以为报。"严无双感激地朝云悠三人施了一礼。

"不必道谢,这件事也关乎玄天剑宗的安危,我们只是尽了自己的责任。"云悠建议道,"你先回去收拾东西,至于我们……"

说着,她不由得思考起来。接下来,他们可以做些什么呢?

见她这副为难的模样,严无双好心地提醒道:"明日就是凤舞城一年一度的花灯节,不知道师姐和师兄是否有兴趣参加?花灯节可是凤舞城里的特色节日……"

"花灯节?"云悠有些好奇。

"没错,师姐和师兄去,一定很合适的,因为……"

花灯节是属于青年男女的节日。

严无双下意识将话咽了回去,她黯然地垂下了眼帘,掩饰般道:"我先告辞了。"

说着,她便离开了房间。

第五夜看着严无双的背影,扫了白溯一眼,狭长的双眸中闪过一抹若有所思之色。

"奇怪,怎么不把话说完?"云悠疑惑地看着门口的方向,小声喃喃道。

就在这时,白溯清冷的声音传入耳中。

"小萌,那个花灯节……我们一起去吧。"白溯淡淡开口,却莫名地感觉有些紧张,藏在衣袖下的手紧紧握着。

云悠有些惊讶地回过头,心中生出一种说不清的喜悦,然后嫣然一笑:"好。"

正在一旁玩耍着一颗透明水晶球的小白猫赶紧叫唤着跑了过来,用爪子抓住云悠的衣角拉了拉。

云悠将它抱了起来,微笑着揉了揉它的脑袋:"小小白,你也要去吗?"

"喵喵!"小白猫举起爪子,点头,黑溜溜的眼睛里满是期待之色。

天幕渐渐沉淀出一片夜色,点缀着少许冰晶般的星,露出与白天的浮躁截然不同的安静。夏季的蝉鸣一声声如浪潮般,在树林草丛之中涌起,就像宣布霸占了夜晚的歌。

"咻"!

一道银色的光冲向天际,随即似乎是响应它一般,红、橙、黄、绿、青、蓝、紫、粉八种颜色的光也以银光为中心,射向天空。

"砰……"九种光在夜幕上瞬间盛放,成为此夜凤舞城最耀眼美丽的花朵。它们的光彩渐渐扩散,似乎漫过整片天际,纵使色彩越来越淡,却在人们心里留下永不黯淡的绚烂的痕迹。

正在夜里鸣唱的夏蝉的主角位置被沸腾的人群和瞬间点亮的花灯夺去。

凤舞城最让人期待的庆典，花灯节开始。

"小白，这里好热闹！那边的花灯好漂亮，我们过去看看！"

花灯节一开始，云悠就像是一只小鸟，拉着白溯到处乱窜。

看着被她拉着的手，白溯眼底的漆黑被遍地的灯火照亮，他冷峻的脸颊在灯光的叠加下柔和了许多。

云悠看向那家家首尾相连的灯火，然后又看向白溯。

璀璨的花灯与烟火下，却有一道冷冷的目光看着他们的身影。

"云悠、白溯……"

云悠放下手中正在把玩的灯笼，忽然抬首，望向右方，似乎听到有人在叫她和白溯的名字。

然后感觉肩头一重，一只手已经拍在了她的肩膀上。

[第一册完]

幕后黑手布下大局，仙魔两界之战一触即发……
当身为魔族少主的白溯与"仙门叛徒"白悠再次相遇，
面对窘境二人又该何去何从？
更多剑宗趣事，敬请关注《仙萌奇缘》第二册！

番　外

黑团子

　　自记事以来，云悠便生活在玄天剑宗中。

　　小时候的云悠很调皮，因此总是被师父凌殊真君罚去青鸾峰面壁静思己过。

　　这对云悠来说，是一件既无聊又无趣的事情。她是一个静不下来的人，所以只好自己到处找乐子玩。

　　她用紫霄剑在石壁上刻画小人来取乐。

　　由于被惩罚的次数太多，石壁上已有了一串小人。

　　有被凶狠的荒原巨熊追着跑的顾楚痕，有生气时的师父，有温柔似水的师姐……虽然在画上都看不出来。

　　在云悠画得正欢的时候，一旁的草丛中突然发出了"簌簌"的声音。

　　云悠停下了手上的动作，往草丛处一看，见有一团黑色的东西滚了出来。

　　她试探地用脚尖碰了碰，然后又用手拎起来甩了甩，不由得眼睛一亮，竟然是一只黑色的毛球！

　　这团黑色的毛球是她从未见过的品种，两只小眼睛瞪得大大的，不知所措地看着她，似乎特别紧张。云悠向来喜欢这样毛茸茸的东西，心花怒放，没想到被关禁闭竟然还有这样的收获。

　　她左看右看，捏了又捏，揉了又揉，虽然小毛球有些脏，但是怎么看都很可爱。

　　由于在青鸾峰无法使用法术，她开心地用衣袖擦了擦毛球身上的泥土，然后把它揣进了怀里。

　　面壁思过之后，云悠便回到了碧落峰，左耳进右耳出地听完了师父的嘱咐后，便回到了自己的住处，眉开眼笑地把那团黑色的小毛球掏了出来。

　　凌殊真君向来讨厌带毛的东西，所以一定不能让师父知道。暗下决心的云悠决定先给小毛球洗个澡。盛来一盆温水，云悠刚要把小毛球放下去，可是它却拼命挣扎起来。

　　云悠很是奇怪地嘀咕："难道是害羞了吗？小毛球还分公母吗？"

　　不知道是不是错觉，感觉小毛球浑身一僵。

　　由于挣扎的力度变小了，云悠也没有深思。她小心翼翼地把它放到水里，洗得

干干净净。

　　回到屋子里，云悠鬼鬼祟祟地左右张望一番，然后在小毛球身上揉了几把，像是看不到它抗议的眼神般，把它塞到了被窝里，装作一副若无其事的样子。

　　到了晚上睡觉的时候，云悠钻进被子。感觉到她上床的动静，小毛球似乎被吓了一跳，飞快地蹿到了墙角。

　　大概是受过伤害所以才这样胆小，云悠心生怜惜，将它抱在了怀里，耐心地顺毛安抚。然而这样的举动却使得黑毛球全身的毛惊得都竖起来了。

　　这明显受到过极大心理创伤的模样，更加让云悠觉得它可怜。

　　莫非它曾经遇到过什么非人的遭遇？

　　"放心吧，球球，我以后会好好照顾你的。"云悠揉了揉球球身上的毛，郑重其事地承诺道。黑毛球死活挣扎都挣不脱，认命一般地老老实实任云悠揉搓。

　　它这样的表现是不是接受自己了？自动忽略它身上散发出的生无可恋气息，云悠理所当然地这样认为，十分开心。

　　接下来的日子，虽然还是常常被师父命令去面壁思过，但云悠不再觉得无聊了，因为有了黑毛球的存在。

　　黑毛球似乎不太爱干净，每次云悠给它洗澡都会拼命挣扎。

　　黑毛球似乎不喜欢睡觉，每次把它抱在怀里一起睡觉时，它总会浑身僵硬……

　　虽然黑毛球不会说话，而且有诸多缺点，但云悠还是十分喜欢它。

　　渐渐习惯了有它的生活，原本以为这样的日子会一直持续下去，然而忽然有一天，却怎样都找不到黑毛球了。

　　一开始，云悠以为它跑到什么偏僻的地方去了，然而把玄天剑宗翻了个遍，依然没有找到它的踪迹。

　　云悠呆呆地坐了很久，才不得不承认，黑毛球是真的不见了。

　　她为此伤心了很久。

　　有一天，她在青鸾峰的峰顶遇到了一个少年。

　　少年穿着一身白衣，面容清冷，宛如经年不化的冰霜。

　　云悠停下了脚步，鬼使神差地问道："我们……是不是在哪儿见过？"

　　少年抬起黑眸看向她，那双眼睛……似曾相识。

　　这便是云悠和白溯的初遇。

莲心不染

"郎骑竹马来,绕床弄青梅。同居长干里,两小无嫌猜。"

在别人眼中,顾楚痕和祁莲的关系可以用这几句话来形容。但只有顾楚痕自己知道,并不是这样的。

早先拜入玄天剑宗的顾楚痕,因为天资聪颖,被玄天剑宗第一人凌殊真君选中,收为了亲传弟子。

顾楚痕出生在贫寒人家,自幼生长在穷乡僻壤,不通人情世故,加上年少气盛,不懂得为人处世,刚入门不到一月,便遭到一些同门师兄弟的嫉恨。

表面上,他们对顾楚痕笑脸相迎,实际上心里对他是不屑极了。几名怀有同样心思的弟子聚在一起,暗地商议要给顾楚痕一个教训。

于是,他们这天故意在顾楚痕的面前提起:

"新入门的那批弟子里有祁莲师妹。"

"祁莲师妹,是那位凌华真君的女儿吗?"

"没错,就是她。这次入门测试,她被测到是单系的火灵根,拜入落丹峰的朱砂元君门下……"

"若是能娶到真君的女儿,那该多威风。"

"对啊,那就等于多了一个靠山。"

众弟子窃窃私语,不时窥向一旁的顾楚痕,果然见他竖起了耳朵在偷听。

见鱼儿上钩,有人道:"喂,顾楚痕,你是不是也这样想的?"

顾楚痕一愣,立刻否认:"我哪有……"

"呵,被说中心事心虚了吧?还是说,你只是想想却不敢去做?"那弟子讽刺道。

顾楚痕立刻气得跳了起来:"谁说我不敢?"

激将法果然让顾楚痕上当了,几名弟子相视一笑,互相交换了一个幸灾乐祸的眼神。不知天高地厚的顾楚痕真的跑去找祁莲了。他打听到祁莲每天都会从往返落丹峰的小道上经过,于是特地守在那里,等她出现时,便立刻跳出来拦住她的去路。

祁莲的父亲凌华真君与凌殊真君是同一脉的师兄弟,所以她对这个师兄有些印象:"你找我有事?"

顾楚痕摆出一副傲慢的表情,一本正经地说:"我娶你,或者你嫁给我,二选一。"祁莲一愣。却是不巧,他这一番话,被恰好路过的凌华真君听到了。

"臭小子,才多大的人,连毛都没长齐,就学人谈婚论嫁?"

顾楚痕抱头乱窜:"啊啊啊,师叔饶命,我开玩笑的……"

看着凌华真君追着顾楚痕满山跑的一幕,祁莲哑然失笑。

这天的事情,本来就此揭过,但不知道怎么被有心之人得知了。

顾楚痕出身贫寒,虽然天资极好,又是德高望重的长老的亲传弟子,却也被门派中的"仙二代"看不起。

顾楚痕异想天开的做法,果然遭到了祁莲的爱慕者的嘲笑:"癞蛤蟆也想吃天鹅肉!""也不看看自己的出身,还妄想配得上祁师妹!"言语的攻击还不解气,这些弟子甚至联合起来要给顾楚痕一顿教训。

才练气五层的顾楚痕哪里是这些修为被丹药堆出来的弟子的对手,两三下就被打倒在地。围观的人不少,却无人帮他。顾楚痕被踩在脚下,紧紧咬着唇,一声不吭。

一名弟子看着他,得意扬扬地道:"哟,顾楚痕,你不是很嚣张吗?"

"住手!"就在这时,有人跳了出来。

往声音的来源看去,顾楚痕眼中闪过一抹惊讶——站出来的人居然是祁莲!

这时顾楚痕才知道,那位看似娇弱的小师妹根本就不是小白花,而是霸王花!

"他是我的人,谁敢欺负他,就问我手中的剑吧!"祁莲气势汹汹地说道,手中火红的剑同样沾染着杀气。

"祁师妹,我们只是跟顾楚痕开个玩笑,你不要生气。"

"对对对,我们这就离开。"众弟子顿作鸟兽散,祁莲方才将剑收起,转头看向顾楚痕,调侃道:"前几天说要娶我的时候,不是很有底气吗?怎么今天就这样了?"

"我……"顾楚痕脸涨得通红,飞快地从地上爬起来,扭头跑掉了。

——顾楚痕与祁莲的初识便是如此。

后来,顾楚痕不知怎么的,就成了祁莲的"小尾巴",怎么甩也甩不掉。

直到有一天,她终于按捺不住了,问他:"顾楚痕,你到底想做什么?"

顾楚痕支支吾吾道:"你不是说,我是你的人吗?我……我想要你的心。"

祁莲一怔,随即释然般笑道:"你可想好了?莲子的心可是很苦的。"

顾楚痕坚定地说道:"莲心再苦,我亦甘之如饴。"

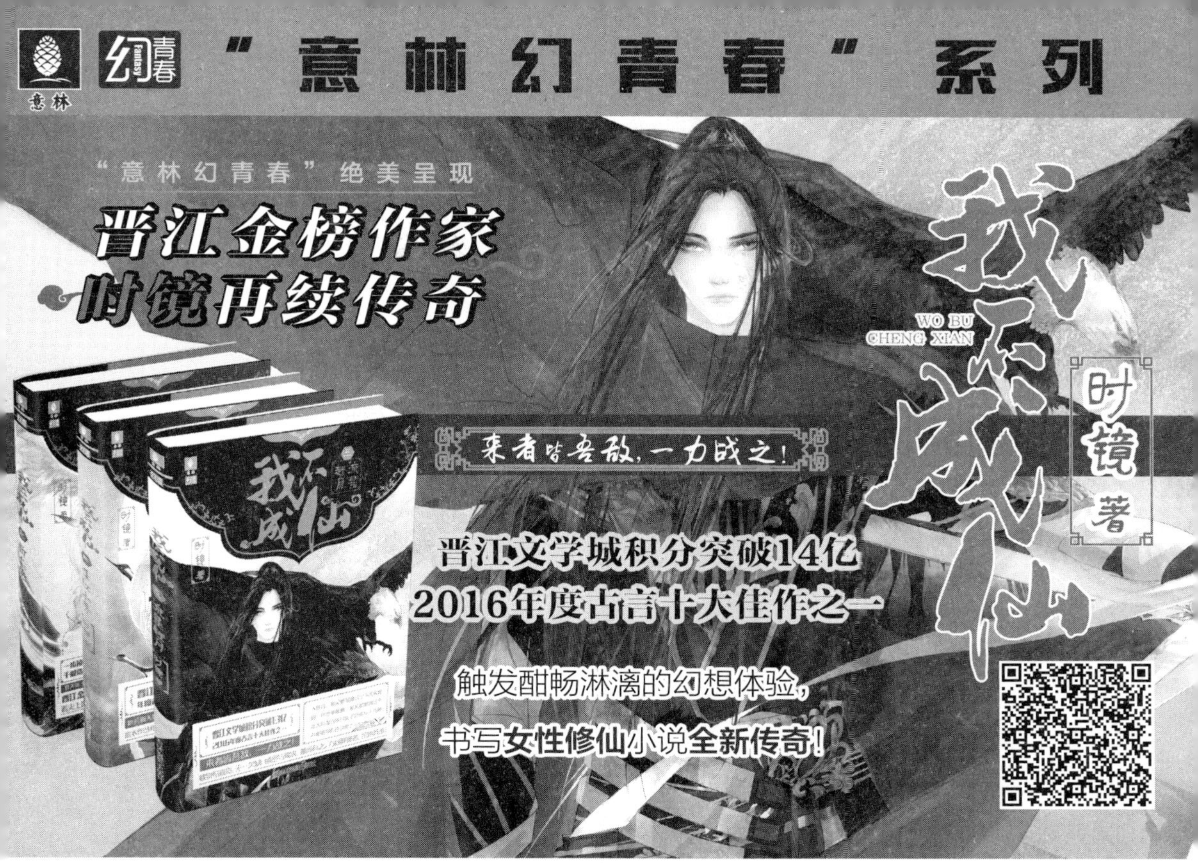
意林
幻青春 Fantasy
“意林幻青春”系列
“意林幻青春”绝美呈现
晋江金榜作家
时镜再续传奇
我不成仙
WO BU CHENG XIAN
时镜 著
来者皆吾敌，一力战之！
晋江文学城积分突破14亿
2016年度古言十大佳作之一
触发酣畅淋漓的幻想体验，
书写女性修仙小说全新传奇！

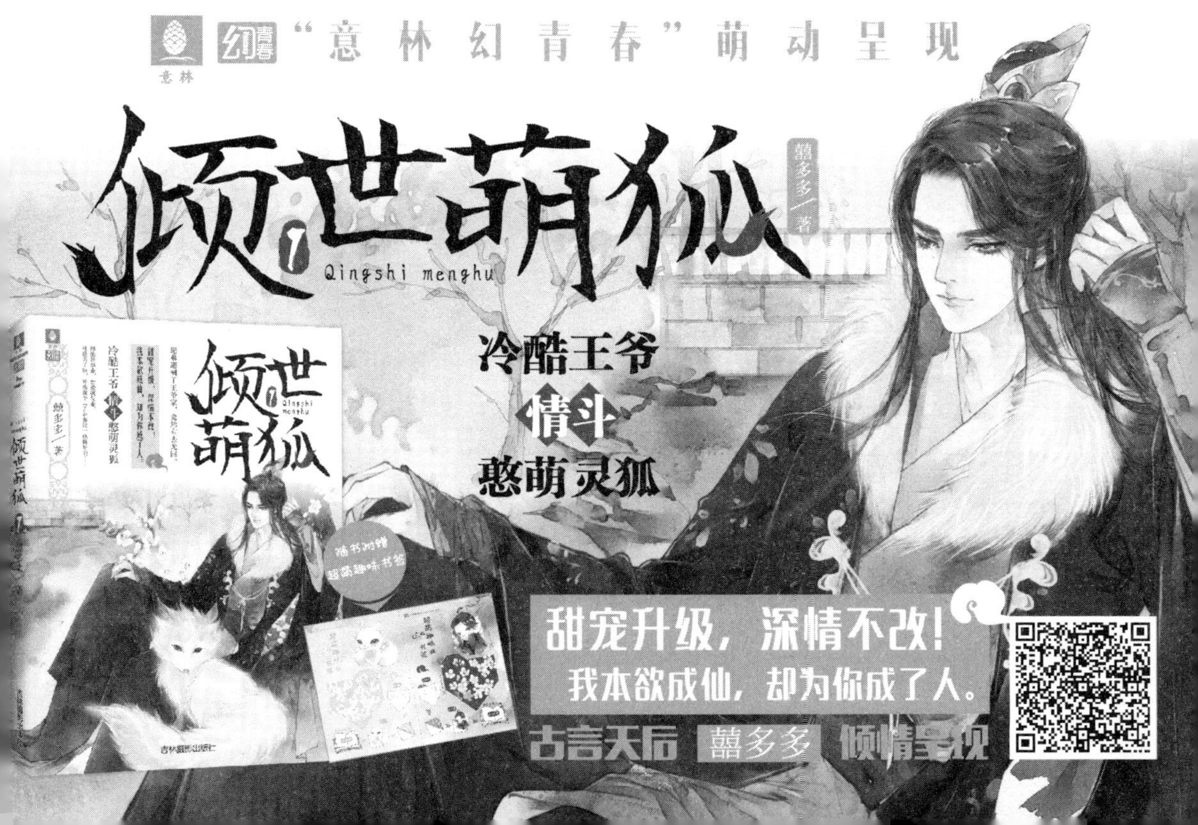
意林
幻青春
“意林幻青春”萌动呈现
倾世萌狐 1
Qingshi menghu
囍多多 著
冷酷王爷
情斗
憨萌灵狐
随书附赠
超萌趣味书签
甜宠升级，深情不改！
我本欲成仙，却为你成了人。
古言天后 囍多多 倾情呈现

意林精品图书推荐

意林幻青春 系列

《我不成仙 一 断尘绝念》
简介：不想成仙却毅然修仙，她见愁只想有朝一日对那人说："纵你成仙，亦不可逃！"
定价：28.80元

《我不成仙 二 杀红小界》
简介：血衣作战袍，刻骨为利刃。她的通天坦途，便是他的穷途末路。
定价：28.80元

《我不成仙 三 流星赶月》
简介：敏锐与直觉，无一欠缺，缜密与果决，兼而有之。力敌群雄者，舍她其谁！
定价：28.80元

《倾世萌狐1》
简介：避难避到了王爷家，竟然有去无回？冷酷王爷"情斗"憨萌灵狐，甜宠升级，深情不改！
定价：29.80元

《符神传说①斩焰少年行》
简介：接通元灵符界，交易、对战、派单……现实与虚拟之间，体味什么叫酣畅淋漓！
定价：28.80元

《符神传说②东川起风云》
简介：逆转鬼煞岭、入蛮荒探迷城，跨越空间界限，开启异度奇幻热血征程！
定价：28.80元

《符神传说③刀芒惊天下》
简介：巧进黑狱筑识海，烈焱龙雀惊天下。勇探天符浩二，领略异闻传奇。
定价：28.80元

《我的画风不太对①》
简介：当外星玩家遇到地球萌妹，爆笑爱情悬疑大戏惊喜上演！
定价：29.80元

意林幻青春 系列

《禁域①墓地神婴》
简介：皇者重现世间，只为触底反击，再创传奇！踏破乾坤纵横时空，禁域绝密即将揭晓！
定价：28.80元

《禁域②宗门斗者》
简介：扶桑谷内迷雾重重，时间长河、神秘女子……时空彼端，究竟有着怎样的秘密？
定价：28.80元

《风之守望者①》
简介：如何成为一个良好的被负责人？会做饭还会洗衣服就把最强黑服负责人拿下！
定价：24.80元

《风之守望者②》
简介：拯救学长大作战，开始！学长，我们要毁灭世界吗？
定价：24.80元

新书推荐

《我的人生无须证明给你看》
简介：ONE·一个《读者》《意林》《花火》人气作者马叛2017年全新作品。
定价：32.80元

《那个神秘的宣愉小姐》
简介：青春、古风双料大神苏缠绵首部青春心理治愈小说，一场治愈并守护爱情的计划……
定价：32.80元

《这一杯，我敬的是年少无知》
简介：悬疑推理小说作家何慕，出道六年，首部都市情感类短篇小说集。
定价：32.80元

《光年未至，盛夏已满》
简介：意林彩绘英文系列精选《绘英语》杂志中最受读者欢迎的内容，轻而易举让英语变强！
定价：29.80元

告白的书 系列

《我不愿让你一个人走过青春的荒芜》
简介：95后模特级作者谢宁远写给你最深情的告白书。十五篇故事，是告白，亦是陪伴。
定价：29.80元

《对方正在输入中》
简介：那些爱与被爱的故事。年少时的懵懂酸涩，成熟后的感人至深；是心头的一枚朱砂痣。
定价：29.80元

《你是年少的欢喜，喜欢的少年是你》
简介：古风天后唇玉，初涉现代爱情，打造都市轻风之作。
定价：29.80元

《从此晚安我自己》
简介：95后男神作者何家豪首部青春成人礼童话，16个故事，说给长成大人的你！
定价：29.80元

意林精品图书推荐

《别来无恙,我的小初恋》
简介:销量超百万作家沈嘉柯暖心力作,陪你一起挥别青春,再出发。
定价:29.80 元

《喜欢你这句话,我憋住了整个青春》
简介:数十篇青春伤感故事,带你领略成长、青春、爱恋的阴晴圆缺。
定价:29.80 元

《遇见你,就是最对的时候》
简介:青罗扇子、周德东等作家用文字演绎纸上电影。时光远去,我们永远青春。
定价:29.80 元

《我记得你说过的每句美好》
简介:独木舟、夏七夕、七微等名家用真挚的笔触探究青春的色彩。
定价:29.80 元

"多味之恋"系列

《这世间所有的纸短情长》
简介:织梦人张芸欣在深夜为你点一炉青莲之香,寻找渐渐远去的青春与年少。
定价:29.80 元

《世界那么大,命中注定遇见你》
简介:每个人都会接触形形色色的人,又会和一些人聚聚散散,马叛说:这些相遇都是命中注定。
定价:29.80 元

《我不怀念你,我只怀念有你的往昔》
简介:继《左耳》之后深入骨髓的疼痛青春,每个人都可以在她的故事中找到最原始的自己。
定价:29.80 元

《花与巡夜人》
简介:国内一本填色减压故事书,抚触你的心灵,治愈现代人的都市病症。
定价:36.90 元

"深夜暖心"系列

《少年从不等风来》
简介:关于年轻人的追梦故事,他们用自己的特立独行,创造属于自己的天地。
定价:29.80 元

《你的人生不需要别人点赞》
简介:大人物从这里起步,成就了丰盈的人生。数百篇故事告诉你成功者的秘密。
定价:29.80 元

《逆光飞翔,微芒盛放》
简介:名人的磨难被晾晒成坚强,带给你十八而志的青春励志的正能量。
定价:29.80 元

《像明星一样去战斗》
简介:数十位明星的奋斗史。逆袭背后,都是平凡生活中的伟大梦想。
定价:29.80 元

"十八而志"系列

《脑洞君,请收下我的膝盖》
简介:理科的严谨与文科的情怀,二者都可以拥有。
定价:28.90 元

《我心有猛虎,而你只要一枝蔷薇》
简介:量身为中学生打造的心灵读本!
定价:28.90 元

《一生心事只得一人来解》
简介:与名家碰触思想上的火花,快乐成为阅读的领跑学霸。
定价:28.90 元

《好男孩上天堂 坏男孩走四方》
简介:毕业于剑桥大学的才女陈叠邀您围观世界名校男神!
定价:29.80 元

"大阅读"系列

《把你所有的不安都交给我来暖》
简介:讲给你听,117 个如同心灵抱抱的故事。
定价:29.80 元

《所有人的坚强,都是柔软生的茧》
简介:玻璃心的朋友们,看这里!讲给你听,125 个含泪奔跑的人生故事。
定价:29.80 元

《生命中除了爱,其他都是行李》
简介:讲给你听,召唤小确幸的 111 个故事。
定价:29.80 元

《都重初心不可负,而初心是何物》
简介:133 个初心故事,既有明星大家,又有平凡人物,从故事里闪耀初心的光芒。
定价:29.80 元

"初心讲义"系列